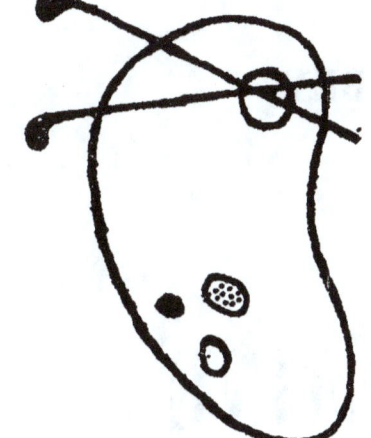

Début d'une série de documents
en couleur

RELIURE SERREE
Absence de marges
intérieures

VALABLE POUR TOUT OU PARTIE

DU DOCUMENT REPRODUIT

FORTUNÉ DU BOISGOBEY

MARIE BAS-DE-LAINE

Quatrième Édition

PARIS

LIBRAIRIE PLON

E. PLON, NOURRIT et Cⁱᵉ, IMPRIMEURS-ÉDITEURS
RUE GARANCIÈRE, 10

Tous droits réservés

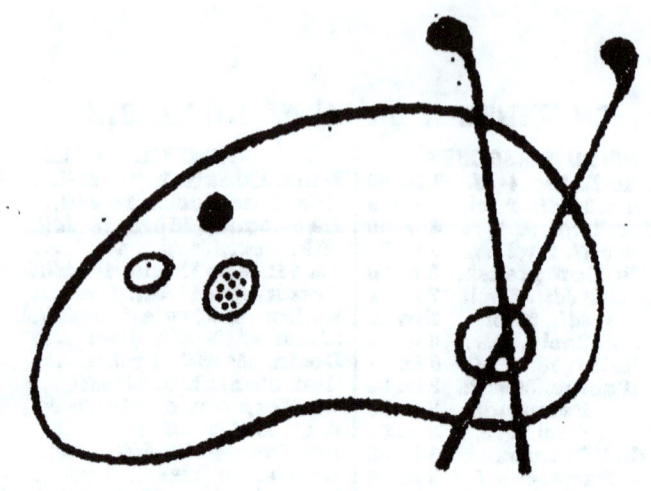

Fin d'une série de documents
en couleur

MARIE BAS-DE-LAINE

Ce volume a été déposé au ministère de l'intérieur (section de la librairie) en septembre 1889.

PARIS. TYP. DE E. PLON, NOURRIT ET Cⁱᵉ, RUE GARANCIÈRE, 8.

FORTUNÉ DU BOISGOBEY

MARIE BAS-DE-LAINE

PARIS

LIBRAIRIE PLON

E. PLON, NOURRIT et Cie, IMPRIMEURS-ÉDITEURS

RUE GARANCIÈRE, 10

MARIE BAS-DE-LAINE

PARIS. TYP. DE E. PLON, NOURRIT ET Cie, RUE GARANCIÈRE, 8.

FORTUNÉ DU BOISGOBEY

MARIE BAS-DE-LAINE

PARIS

LIBRAIRIE PLON

E. PLON, NOURRIT ET Cⁱᵉ, IMPRIMEURS-ÉDITEURS
RUE GARANCIÈRE, 10

MARIE BAS-DE-LAINE

I

De tous les anciens faubourgs annexés à Paris, il y a une trentaine d'années, Passy est à peu près le seul qui ait gardé une physionomie particulière. Il s'est considérablement agrandi. On y a percé de larges rues et bâti de belles maisons, sans compter beaucoup de jolis hôtels. Mais Passy n'est pas seulement un quartier; c'est une petite ville, comme autrefois, avant la démolition du mur d'enceinte.

On est de Passy, comme on est d'Étampes ou de Creil.

Parmi ses habitants, il en est qui vivent absolument comme on vit en province, et presque tous se connaissent, au moins de vue. Ils échangent des saluts quand ils se rencontrent sur la pelouse du Ranelagh, les jours où on y fait de la musique.

Deux fois par semaine, pendant l'été, les familles viennent s'installer là sur des chaises et les jeunes gens y passent en revue les demoiselles à marier.

On pourrait s'y croire dans quelque lointain chef-lieu de préfecture, n'étaient les invasions périodiques de Parisiens des deux sexes qui s'y abattent le dimanche. Encore ces envahisseurs appartiennent-ils presque tous à la petite bourgeoisie honnête, celle qui va volontiers dîner sur l'herbe, les jours de fête.

Gommeux et cocottes fréquentent peu ces paisibles parages, où ils ne trouveraient ni fêtes tapageuses, ni restaurants à la mode.

Pour eux, la campagne manque de charmes et les arbres du concert des Ambassadeurs leur suffisent. Aussi ne s'aventurent-ils pas souvent sous les ombrages sérieux qui avoisinent la Muette, et lorsque, par hasard, ils s'y fourvoient, ils ne s'y attardent guère.

L'an dernier, cependant, vers la fin d'une chaude journée de juin, une bande joyeuse y avait fait escale en revenant des courses de Longchamp.

Ils étaient bien une dizaine, dont quatre femmes, répartis dans trois landaus frétés chez le loueur en vogue, et en rentrant à Paris par la porte de la Muette, ils avaient trouvé drôle de faire arrêter leurs équipages d'occasion et d'en descendre pour voir de plus près la société de Passy, rassemblée autour d'un kiosque où jouait un assez bon orchestre.

Les dames de cette bruyante carrossée étaient de celles que citent les journaux qui ont la spécialité d'enregistrer les faits et gestes des horizontales de grande marque, comme ils les appellent ; fort connues sur le turf et ailleurs, pas très jeunes ni très belles, mais très élégantes et très lancées.

Quant aux Messieurs qui les accompagnaient, il y en avait de tous les âges, depuis un adolescent que sa majorité venait de mettre en possession d'une grande fortune, jusqu'à un vieux viveur qui n'avait pas encore dételé et qui se plaisait à guider les débutants dans la carrière galante où il avait laissé beaucoup d'argent et beaucoup d'illusions.

Les autres étaient tous du monde où on s'amuse, tous riches ou vivant comme s'ils l'étaient, tous gais ou faisant semblant de l'être, liés par la franc-maçonnerie du plaisir, prenant l'amour facile pour ce qu'il vaut et l'existence par ses bons côtés.

Ils s'étaient répandus par petits groupes sur la pelouse : ils allaient, lorgnant les femmes rangées en cercle autour des musiciens ; et les citadines de Passy riaient de leurs airs vainqueurs et des toilettes tapageuses des donzelles qui formaient l'avant-garde de cette troupe irrégulière.

L'un d'eux, plus rassis et moins outrecuidant que ses camarades, s'aperçut bientôt qu'on les trouvait ridicules et s'arrangea de façon à rester à arrière.

Celui-là était un garçon de vingt-cinq ans, brun et pâle comme un créole, bien planté, et bien tourné, qui ne paraissait pas tenir beaucoup à leur compagnie. Son air disait assez qu'il l'aurait quittée sans regret, s'il avait trouvé à mieux employer son temps au lieu de se moquer des bourgeoises devant lesquelles il passait ; il semblait se plaire à les examiner, sans impertinence, et il avait déjà aperçu quelques frais visages, plus agréables à regarder que les figures plâtrées des drôlesses à la mode.

Il ne s'arrêtait pas à leur lancer des œillades, car

le lieu eût été mal choisi pour tâcher de séduire de vertueuses personnes qui n'étaient certes pas venues là pour chercher aventure.

Il arriva pourtant qu'après avoir fait presque tout le tour de la pelouse, il resta cloué sur place par un coup d'étonnement et d'admiration.

Ses amis étaient déjà loin et ne s'inquiétaient pas de lui. Rien ne l'empêchait donc de les lâcher, et d'ailleurs il aurait encore le temps de les rejoindre, quand il aurait admiré tout son saoul les deux merveilles qu'il venait de découvrir ; deux femmes assises côte à côte, qui ne prenaient pas garde qu'il les dévorait des yeux.

Il fut tiré de sa contemplation par une voix masculine qui disait derrière lui :

— Pardon, si je vous dérange !... mais... vous êtes bien Gaston Destérel?...

L'interpellé se retourna vivement et se trouva face à face avec un jeune homme dont les traits ne lui étaient pas inconnus et qui reprit :

— Vous ne vous souvenez pas de moi...; ça ne m'étonne pas, car nous ne nous sommes jamais rencontrés depuis notre sortie du lycée Fontanes..., il y a sept ans.

— Agénor Luminet? interrogea le grand brun.

— Eh! oui, parbleu !... moi, je t'ai reconnu tout de suite. Tu n'as pas changé du tout, tandis que moi...

— Tu portes de longues moustaches, et quand nous nous sommes perdus de vue, tu n'avais pas un poil de barbe...

— Et puis, j'ai vieilli. Dame ! la vie n'est pas douce quand on n'est pas né propriétaire ou rentier. Il m'a fallu travailler ferme et je ne suis pas arrivé à une brillante situation. Je gagne deux cents francs par mois à tenir les livres chez un épicier en gros de la rue de la Verrerie. Je suis pourtant bachelier. Tes parents à toi ont eu l'esprit de te laisser de la fortune ; ça vaut mieux qu'un diplôme.

— Hum !... je l'ai déjà fort écornée, ma fortune, et je vois venir le moment où j'en serai réduit à chercher un gagne-pain... que j'aurai de la peine à trouver, car je ne suis pas bon à grand'chose... ; mais, en attendant, si je puis t'être utile...

— Merci, mon cher. Je ne roule pas sur l'or, mais je me tire d'affaire, sans rien demander à personne. Alors, tu ne fais rien ?

— Je cherche à m'amuser.

— C'est une occupation, dit en riant Luminet.

— Une occupation qui ne me réussit guère, car je m'ennuie à périr.

— Moi, je n'ai pas le temps de m'ennuyer.

— Je t'en fais mon compliment... Et je vois que tu ne crains pas la musique.

— Quand elle ne me coûte rien. J'y viens régulièrement le dimanche. C'est le seul jour où je suis libre, et comme j'ai mon domicile à Passy...

— Diable ! tu demeures un peu loin de la rue de la Verrerie.

— Je prends l'omnibus.

— C'est juste... ; mais, dis-moi... puisque tu habites Passy, tu dois connaître les habituées de ce concert champêtre ?

— Quelques-unes, oui.

— Alors, tu sais peut-être qui sont les deux dames assises à dix pas de nous. Ne te retourne pas..., elles devineraient que je te parle d'elles.

— Une brune un peu forte et une blonde élancée?

— Précisément.

— C'est la comtesse de Vercin et Mlle Claire de Vercin, sa fille.

— En vérité?... Je les prenais pour les deux sœurs.

— Mme de Vercin doit approcher de la quarantaine, mais elle paraît quinze ans de moins et je crois que sa fille est majeure. Elles sont mes voisines. Je loge en face du bel hôtel qu'elles occupent rue Mozart, et je les vois de ma fenêtre, quand elles se promènent dans leur jardin.

— Mais tu ne vas pas chez elles ?

— Hélas ! non. Je ne suis qu'un pauvre hère et ces dames ne reçoivent que des Messieurs de leur monde.

— Rien que des Messieurs?

— Très peu de femmes. Elles vivent assez retirées, quoiqu'elles soient fort riches. La mère est veuve, et s'il lui prenait envie de se remarier, ce n'est pas à moi qu'elle offrirait sa main, soupira Luminet.

— Elle pourrait plus mal choisir, répliqua gaiement Destérel ; mais tu dis ça d'un ton !... serais-tu, par hasard, amoureux d'elle?

— Amoureux transi, mon cher. Je la trouve superbe et elle ne sait seulement pas que j'existe.

— Bah !... il ne te faudrait qu'une occasion.

— Qui ne se présentera pas. Je tâcherais de la faire naître, si j'étais riche et indépendant comme toi, mais je ne suis pas en situation d'être admis chez Mme de Vercin et je n'oserais pas l'aborder dans la rue. Je dois me contenter de l'admirer de loin.

— Elle est encore très belle, et sa fille est adorable. Rien que pour la revoir je me sens capable de revenir à la musique, dimanche prochain.

— Tu n'y perdrais pas ton temps. Il me semble que ces dames te regardent beaucoup.

— A moins que ce ne soit toi, mon cher... et je vais te laisser le champ libre, car je suis arrivé ici avec des amis qui me font signe de les rejoindre et, décemment, je ne peux pas les abandonner...; mais, j'y pense... veux-tu être des nôtres? si le cœur t'en dit, je t'invite à dîner... je te présenterai à ces Messieurs et à des créatures qui t'amuseront.

— Merci, mon cher Gaston. Je ne serais pas à l'aise en si brillante compagnie.

— Dis donc plutôt que tu tiens à ne pas t'éloigner de la belle comtesse. Je comprends ça, mais promets-moi que tu viendras me voir un de ces jours, rue de Berry, 15, tout près des Champs-Élysées.

— Très volontiers, et je serai très heureux de renouer notre vieille camaraderie du lycée... Mais que diable! ont-ils, là-bas, à se bousculer en criant... Vois donc!... Tout le monde se sauve...; c'est une vraie débandade... Je ne devine pas ce qui se passe.

— Je ne devine pas non plus, dit Destérel ; c'est peut-être qu'un cheval s'est emballé sur la chaussée de la Muette. Quelle capilotade s'il vient se jeter au milieu du concert! ouvrons l'œil!...

Il ne tarda guère à découvrir la cause de ce désarroi qui n'avait pas encore gagné la comtesse et sa fille, car elles restaient assises.

La mère venait d'appeler d'un geste un grand laquais galonné qui se tenait debout, derrière leurs chaises, à distance respectueuse, et qui ne se pressait pas d'avancer à l'ordre, par la raison qu'il voyait venir un énorme chien, brochant à travers la foule, la gueule ouverte, la bave aux lèvres, les yeux sanguinolents, le poil hérissé, mordant les gens qui ne se rangeaient pas assez vite.

Il arrivait droit sur les deux femmes, paralysées par la terreur. Encore quelques secondes, et il allait atteindre la plus jeune qui se trouvait précisément sur son chemin.

Tout fuyait. Pas un homme n'avait le courage de courir sus à la bête furieuse, qui allait semant la mort à coups de dent... et quelle mort ! Pas un, il faut le dire, n'était armé. On ne va pas au concert avec un revolver dans sa poche, et quand on n'a que ses poings pour arrêter un chien enragé, on y regarde à deux fois avant de se risquer à lui barrer le passage.

Gaston Destérel tenait à la main une canne trop mince pour servir d'assommoir, mais c'était une canne à épée.

Il n'hésita pas une seconde à dégainer et à venir d'un bond se placer devant l'effroyable animal, qu'il attendit de pied ferme, les jarrets pliés, le bras tendu, et qui s'enferra, en pleine poitrine.

La pointe entra jusqu'à la garde, que Gaston lâcha assez vite pour éviter un coup de croc, et le monstre roula sur l'herbe où il se tordit dans les convulsions de l'agonie.

Agénor n'avait pas payé de sa personne, comme son camarade, mais il ne s'était pas sauvé. Il brandissait une lourde chaise, abandonnée par un fuyard, et il s'en fit une massue pour achever la bête en lui brisant le crâne.

Tout cela s'était passé en moins de temps qu'il n'en faut pour l'écrire et les deux amis ne s'étaient pas amusés à délibérer avant d'intervenir.

Gaston avait cédé à un premier élan de bravoure généreuse sans trop se demander pour qui il allait risquer sa vie. Peut-être eût-il été moins prompt à l'exposer, s'il se fût agi de défendre celle d'un de ces bons bourgeois de Passy qui jouaient des jambes sur la pelouse, mais enfin il s'était dévoué sans raisonner son dévouement.

Il n'en fut pas moins charmé de constater qu'il avait préservé d'une mort affreuse la merveilleuse jeune fille qu'il était en train d'admirer au moment où le chien enragé était entré en scène.

Merveilleuse, c'était bien le mot, car Gaston n'avait jamais vu une beauté aussi parfaite et aussi singulière.

Elle ne ressemblait à personne, avec ses cheveux blond-cendré, ses grands yeux noirs et ses lèvres rouges ; à personne, pas même à sa mère, qui était franchement brune et qui avait une tête de Romaine.

Très émues toutes les deux, la fille surtout, elles se serraient l'une contre l'autre, en regardant leur sauveur qui se contenta de les saluer sans leur adresser la parole.

Ce n'était pas qu'elles l'intimidassent, mais il lui semblait qu'elles lui devaient un remerciement et il ne voulait pas avoir l'air de le demander.

Agénor s'était rapproché de son ami et avait ôté son chapeau qu'il oubliait de remettre, tant il était embarrassé de sa contenance.

1.

Gaston lui joua le mauvais tour de lui dire:

— Présente-moi à Mᵐᵉ la comtesse de Vercin, puisque tu as l'honneur de la connaître.

A cette invitation inattendue, Agénor ne souffla mot et la dame fronça le sourcil, mais elle ne se fâcha pas et elle dit à Gaston :

— Vous venez de vous présenter vous-même en nous sauvant la vie. Il vous reste, Monsieur, à nous apprendre votre nom.

— Gaston Destérel, répondit laconiquement le sauveur.

— Je ne l'oublierai jamais et je serai très heureuse de vous revoir chez moi. Votre ami qui est, je crois, notre voisin, rue Mozart, y sera le bienvenu aussi, ajouta la comtesse, et j'espère que...

— Mademoiselle est souffrante, interrompit Gaston, en s'avançant pour soutenir la jeune fille qui chancelait.

Elle était restée ferme en présence du danger et le cœur lui manquait, maintenant qu'elle n'avait plus rien à craindre.

C'est un effet de réaction qui se produit fréquemment chez les femmes nerveuses, et Gaston s'empressait d'en profiter en offrant l'appui de son bras à Mˡˡᵉ de Vercin, mais elle se remit très vite et elle prit celui de sa mère sans lever les yeux.

Le grand flandrin de valet de pied, qui avait si peu secouru ces dames, venait de faire signe au cocher d'une élégante victoria à deux chevaux qui les attendait dans l'avenue du Ranelagh.

— Au revoir, Messieurs! dit la comtesse, d'un air à couper court aux actions de grâces et à la conversation.

Elle n'avait pas tort de vouloir se dérober, car les fuyards revenaient sur leurs pas et pour peu qu'elle se fût attardée, elle et sa fille auraient été cernées par la foule qui ne manque jamais de s'amasser, après un accident.

Gaston n'essaya pas de les retenir. Il ne se souciait pas de prolonger, devant des curieux attroupés, une explication qu'il ne tenait qu'à lui de reprendre bientôt, puisque Mme de Vercin venait de l'autoriser à lui faire une visite.

Agénor, au contraire, n'en revenait pas d'une si brusque séparation, après une si émouvante aventure. Il n'était pas mondain, lui, et il ne comprenait rien aux convenances, qui passent avant les sentiments. Il lui semblait inouï qu'un roman si bien commencé tournât comme la plus banale des rencontres, et il aurait trouvé tout naturel que la dame les emmenât sans désemparer, dans ce superbe hôtel de la rue Mozart que, depuis si longtemps, il admirait de la fenêtre de sa mansarde, sans oser rêver d'y entrer.

La comtesse et sa fille étaient déjà loin et les badauds s'empressaient autour des héros de ce drame en plein air.

Les plus hardis bourraient de coups de pied le chien qui ne pouvait plus les mordre.

A trente pas d'eux, un autre rassemblement s'était formé près d'une femme qui, moins heureuse que ces dames, avait été assaillie et renversée.

On voyait accourir, un peu tard, des gardiens de la paix, sabre en main.

Tout ce monde vociférait et s'agitait dans une confusion inexprimable. Gaston ne songeait qu'à disparaître, dût-il pour cela abandonner cet excellent Agénor, qui ne savait plus trop où il en était; mais Gaston, s'il n'avait pas perdu la tête, avait complètement oublié les joyeux compagnons qui étaient venus avec lui, et il fut presque surpris d'être abordé par le plus sérieux de la bande, un certain baron de Subligny, baron de très bon aloi et *fêtard* incorrigible, quoiqu'il comptât bien vingt-cinq ans de service dans l'armée des viveurs à outrance.

— Ah! ça, dit en riant ce vétéran de la haute noce, vous aviez donc bien envie de gagner une médaille de sauvetage!

Et comme, d'un geste, Gaston le priait de se taire:

— Oh! vous ne pouvez pas nier... Je vous ai vu de loin et je ne suis pas le seul. Votre histoire sera demain dans tous les journaux, et, tenez!... j'aperçois un sergent de ville qui se dirige de ce côté... il vient vous demander votre nom... Vous n'échapperez pas à la célébrité... et vous ne l'aurez pas volée, mon cher...; je me flatte de n'être pas poltron, mais se jeter en travers d'un chien enragé et l'embrocher comme une mauviette, c'est plus que de la bravoure..., c'est de l'héroïsme.

— A ma place, vous en'auriez fait tout autant. Ce chien allait mordre une jeune fille charmante.

— Ah! il y a une femme dans l'affaire?... J'aurais dû m'en douter.

— Il y en avait même deux.

— Celles qui étaient assises ici tout à l'heure?

— Oui... vous les avez remarquées?

— Certainement... et il m'a semblé reconnaître la plus âgée.

— La comtesse de Vercin.

— Comment dites-vous çà ?... Vercin ?... Pourquoi n'ajoutez-vous pas : gétorix ?... ça ferait la comtesse de Vercingétorix ! ricana Subligny. Quoi ! vraiment elle vous a dit qu'elle s'appelait Mme de Vercin ?.

— Parfaitement..., ou du moins on me l'a dit.

— Et l'autre ?

— L'autre est sa fille.

— C'est drôle... Je m'étais imaginé...

— Quoi donc ?

— Je vous dirai ça un autre jour... Mais venez, mon cher ! Toute notre bande est remontée en voiture. On n'attend plus que vous et on m'envoie vous chercher.

— Merci. Je n'ai plus envie de faire la fête.

— Alors, vous nous lâchez ? Bon ! je devine. Vous allez rejoindre votre comtesse, ou soi-disant telle. Comme il vous plaira, cher ami !... Si je me suis trompé, vous auriez tort de ne pas pousser plus loin l'aventure. Mais croyez-moi... Ne vous lancez pas trop, avant d'être renseigné sur la dame en question, car si, comme je crains, le nom qu'elle vous a donné n'est pas le sien, vous pourriez regretter plus tard de l'avoir sauvée. Et sur ce, bonne chance, Destérel !

Gaston laissa partir sans regret le sceptique baron qui venait de jeter une douche d'eau froide sur son enthousiasme.

Ce Subligny passait pour être une mauvaise langue et il méritait sa réputation, mais il avait beaucoup vécu et il pouvait bien avoir connu sous un autre nom cette comtesse de Vercin, que le naïf Agénor prenait pour une grande dame.

Peu importait à Gaston qu'elle fût ou non de la vieille roche. Il signait Destérel sans apostrophe après le *d*, et il n'avait personnellement aucune prétention à la noblesse.

D'ailleurs, ce n'était pas la mère qui l'intéressait; c'était la fille, cette blonde extraordinaire, dont le teint semblait avoir été doré avec un rayon du soleil.

Celle-là, il comptait bien la revoir, et comme il ne songeait pas à l'épouser, il ne lui aurait pas trop déplu, que la maison de la comtesse fût de celles où on est bien reçu quand on est du monde gai et surtout du monde riche.

Et s'il s'était séparé de la bande joyeuse avec laquelle il était venu, c'est qu'il voulait rester à Passy avec Luminet qui, sans doute, le renseignerait plus amplement sur les dames de la rue Mozart et qui, dans tous les cas, lui montrerait l'hôtel qu'elles habitaient.

Le baron venait de remonter en voiture et les trois landaus roulaient déjà vers Paris.

Gaston emmena Agénor du côté de la Muette à travers les groupes nombreux qui s'étaient formés sur la pelouse du Ranelagh.

Il lui tardait de se dérober à la curiosité des badauds et il tenait à éviter les questions qu'ils n'auraient pas manqué de lui adresser, s'il ne se fût hâté de s'éloigner. Il tenait surtout à ne pas être interrogé par les gardiens de la paix, car Destérel avait opéré si vite que son exploit n'avait eu qu'un très petit nombre de témoins, et de ceux qui l'avaient vu tuer le chien enragé, beaucoup n'étaient plus là.

Il put donc s'esquiver avec son camarade qui, lui aussi, ne demandait qu'à décamper, mais ils n'eurent pas fait trente pas qu'ils tombèrent dans un rassemblement au milieu duquel se débattait une femme serrée de près et soutenue par des gens qui parlaient tous à la fois.

Le chien l'avait culbutée, mais elle s'était relevée toute seule et elle repoussait les secours qu'on lui apportait de tous les côtés, criant à tue-tête qu'elle n'avait besoin de personne pour rentrer chez elle.

A ceux qui voulaient la mener, séance tenante, à l'Institut Pasteur, elle répondait qu'elle n'avait pas été mordue, mais on ne voulait pas la croire et on allait peut-être la traîner de force jusqu'à la station pour l'emballer dans un flacre, quand Luminet dit à demi-voix :

— Mais c'est Marie Bas-de-Laine !

— Qu'est-ce que Marie Bas-de-Laine ? demanda en riant Gaston.

— Une bonne femme de Passy que je connais depuis longtemps. Ces gens-là sont trop bêtes, Aide-moi à la débarrasser d'eux.

Et le bon Agénor, se jetant dans la mêlée, la tira des mains qui la tenaient, pendant que Gaston écartait les plus empressés.

Elle avait reconnu tout de suite le secourable Luminet et elle s'était accrochée à son bras, en lui disant tout bas :

— Ramenez-moi à la maison, je vous en prie.

— Allons, Messieurs, cria-t-il, faites-moi place !

Vous voyez bien que Madame n'a que faire de vous et que vous l'étouffez.

Il ne fallut pas davantage pour qu'on le laissât passer.

Les foules s'affolent vite, mais elles ne s'obstinent pas contre un homme résolu.

Gaston suivit, étonné et amusé de cette nouvelle aventure qui lui montrait Agénor sous un aspect nouveau.

Il ne l'aurait jamais cru capable de faire le Don Quichotte pour venir en aide à une femme qui n'était ni jeune, ni jolie, ni élégante, et il examinait curieusement cette protégée de son ancien copain du lycée Fontanes.

On ne pouvait pas dire qu'elle fût vieille : sa figure n'avait pas d'âge : et il n'était pas impossible qu'elle eût été belle autrefois. Elle avait des traits réguliers et des yeux magnifiques, des yeux qui parlaient. Elle était assez pauvrement vêtue de noir, mais non pas misérablement. Elle portait chapeau et elle avait des gants.

Seulement sa toilette se ressentait de l'accident qu'elle venait d'éprouver. Le chien l'avait renversée, fourragée, piétinée, et sa robe de laine était déchirée en plus d'un endroit. Mais il ne paraissait pas qu'elle eût eu grand'peur, car elle demanda très tranquillement à Luminet s'il connaissait le Monsieur qui les escortait, et Luminet ayant répondu que le jeune homme était son ami, elle dit, sans s'émouvoir :

— Alors, il pourra entrer chez moi avec vous. Mais hâtons-nous, je vous prie. Je ne veux pas qu'on m'interroge.

Elle pensait sans doute aux sergents de ville et elle devait avoir des raisons pour éviter de s'expliquer avec eux; mais ils étaient occupés ailleurs, et elle put quitter la pelouse entre Agénor et Gaston, sans trainer à sa suite un cortège de badauds.

Destérel était décidé à l'accompagner jusqu'à son domicile, pour être agréable à son ami, mais il commençait à se demander où était situé ce domicile, car il lui aurait déplu de prolonger cette promenade à trois. Il était resté pour causer avec Luminet de la belle comtesse et de sa fille, mais il ne tenait pas du tout à faire plus ample connaissance avec Marie Bas-de-Laine.

Il se rassura quand, après avoir passé devant la gare, elle prit la rue Largillière, pour tourner presque aussitôt par la rue Mozart.

Elle marchait d'un tel pas que ses gardes de corps avaient peine à la suivre et elle ne desserrait pas les dents, au grand amusement de Destérel, qui trouvait que l'aventure tournait au comique et qui ne se préoccupait plus trop de savoir comment elle allait finir.

Bientôt, cependant, il s'étonna de la voir descendre à gauche un escalier de pierre qui aboutissait à une ruelle en contre-bas.

Il y a là tout un enchevêtrement de chemins étroits qui sont restés comme ils étaient avant l'annexion, avec d'énormes différences de niveau entre eux et les larges voies récemment percées.

On n'y voit pas une boutique et fort peu de maisons en façade, mais derrière les longs murs qui les bordent, s'étendent d'assez grands jardins.

C'est un coin oublié du Passy d'autrefois.

— Parbleu ! pensa Destérel, c'est bien dans ce trou
que devait demeurer cette mystérieuse personne. Je
suis curieux de voir comment elle est logée.

Luminet sans doute était déjà venu là, car il ne
paraissait pas surpris de cette descente dans les
profondeurs de ce quartier presque souterrain.

La femme les conduisit à une petite porte qu'elle
ouvrit en se servant d'une grosse clé pendue à sa
ceinture avec plusieurs autres, — un vrai trousseau
de geôlier, — et qu'elle eut soin de refermer, après
avoir fait entrer ces Messieurs.

— La Tour de Nesle, quoi ! se dit Destérel, en
comprimant une forte envie de rire.

Marie Bas-de-Laine ne ressemblait pas du tout
à Marguerite de Bourgogne et le lieu où elle
venait d'introduire les deux amis n'avait rien d'effrayant.

C'était un vaste terrain, planté de très grands
arbres, entouré de tous les côtés par de hauts
murs tapissés de lierre et cultivé comme un pota-
ger. On y voyait des carrés de choux alternant avec
des semis de pommes de terre. Pas de fleurs, mais
beaucoup de cloches à melon.

Dans un coin, un hangar où du linge séchait sur
des cordes tendues ; au milieu, un chalet à l'ancienne mode dont toutes les ouvertures étaient hermétiquement closes, et au fond, appuyée à la muraille, une maisonnette basse, qui devait être habitée, car les fenêtres avaient des rideaux.

Pas un être vivant ne se montrait dans cette solitude verdoyante.

— Messieurs, dit l'énigmatique personne qui
venait d'y introduire les deux copains, je vous re-

mercie de m'avoir accompagnée jusqu'ici. Vous m'avez préservée des désagréments que je redoutais. Je n'ai d'autre moyen de vous témoigner ma reconnaissance que de mettre mon clos à votre disposition et de vous inviter à y revenir quand il vous plaira. M. Luminet y entre quelquefois, en voisin, et je le prie, Monsieur, de vous en faire les honneurs pendant que je vais changer de robe... Cet affreux chien m'a mise en loques.

Ce discours s'adressait à Destérel, ébahi de ce qu'il voyait et de ce qu'il entendait.

Elle reprit gaiement :

— Il va vous montrer la belle vue qu'on a du haut de mon marronnier..; c'est ma tour Eiffel... et je n'y laisse monter que mes amis.

Ayant dit, elle courut à la maisonnette et s'y précipita, laissant ces Messieurs face à face.

— Ah ! ça mon cher, s'écria Destérel, m'apprendras-tu chez qui nous sommes ?

— Chez une très brave femme, je t'assure, répondit Agénor.

— Dis donc chez une folle.

— Mais non. Elle est un peu originale, voilà tout. Elle fait tout le bien qu'elle peut, dans Passy... Ce qu'elle a obligé de gens tombés dans le malheur !... moi, entre autres.

— Toi !... comment !... elle t'a prêté de l'argent ?

— Oui, une fois. Si tu veux que je te raconte ça, grimpe avec moi sur cet arbre. Nous serons très bien, là-haut, pour causer, et tu verras peut-être des choses qui t'intéresseront.

La proposition était si singulière que Destérel se demanda tout d'abord si Luminet n'était pas fou, lui aussi ; mais en regardant avec plus d'attention l'arbre qu'il s'agissait d'escalader, il vit que le tronc de ce marronnier était entouré d'un escalier de bois qui s'élevait en spirale jusqu'aux plus hautes branches, où il se perdait dans le feuillage.

Il en avait vu de pareils dans certains restaurants champêtres des environs de Paris, à Robinson, par exemple, où les amateurs peuvent dîner à vingt pieds en l'air, et il fut tenté de croire que Marie Bas-de-Laine tenait une guinguette et qu'elle les y avait amenés pour leur faire goûter de sa cuisine.

— Mon cher, reprit Agénor, l'ascension est un peu rude ; mais en haut, nous pourrons nous asseoir et tu ne regretteras pas tes peines, car je te montrerai l'hôtel de la comtesse.

— Je le verrais tout aussi bien, si tu me le montrais de la rue Mozart, grommela Gaston.

— Non, car tu n'en verrais que la façade, tandis que, de l'observatoire où nous serons perchés tout à l'heure, nous dominerons le jardin où Mme de Vercin et sa fille se promènent souvent..., sa fille surtout.

— Si j'avais su, j'aurais apporté une lorgnette.

— Pas la peine... Cette excellente Marie a fait placer là haut un télescope.

— Elle est donc astrologue ?... Ma foi..., elle en a bien l'air.

— Ni astrologue, ni sorcière ; quand tu la connaîtras mieux, tu excuseras ses bizarreries et tu apprécieras ses qualités... Mais, viens !... Si nous nous attardons au pied de cet arbre, elle va reparaître et je ne pourrai plus te parler d'elle.

— Que le diable t'emporte avec tes idées baroques !... Enfin !... puisque tu y tiens tant, montre-moi le chemin, dit en grognant Destérel.

Au fond il n'était pas fâché de monter. Les discours de Luminet avaient piqué sa curiosité. Il aimait l'imprévu et il lui semblait plus amusant de grimper sur ce marronnier que de dîner avec des donzelles qu'il savait par cœur.

Agénor ne se fit pas prier pour passer le premier et Gaston, qui le suivit, s'aperçut que cette espèce d'échelle tournante était assez commode. Les degrés n'étaient pas trop espacés et il y avait une rampe dont on pouvait s'aider.

A une certaine hauteur, de grosses branches s'étendaient horizontalement, mais le tronc continuait à s'élever, droit comme un pin de la Forêt Noire, jusqu'à une dernière bifurcation, où l'escalier se terminait par une plate-forme, entourée d'une balustrade.

Là, on pouvait se reposer, à vingt mètres au-dessus du sol, car il y avait des sièges rustiques.

Le télescope y était : une belle lunette d'approche sur un pivot mobile.

Destérel n'en revenait pas et il dit en s'asseyant :

— C'est pourtant vrai que cette toquée a installé ici un observatoire !... Je veux bien être pendu si je devine à quoi il peut lui servir.

— Je t'avouerai que je n'en sais trop rien, répondit Luminet en haussant les épaules. Elle prétend qu'elle y montait pendant le siège, pour surveiller les mouvements des Prussiens.

— Quoi ! elle était déjà ici, en 70 ?

— Elle y est née. La propriété lui vient de son

père qui était quelque chose comme entrepreneur de bâtisses..., c'est du moins ce qu'on dit à Passy, car ce n'est pas d'elle que je tiens ce renseignement. Elle ne parle jamais de son passé.

— Et elle demeure là toute seule?

— Depuis plus de vingt ans. On raconte sur elle un tas d'histoires auxquelles je ne crois guère, mais on s'accorde à dire qu'elle a des trésors enfouis dans son jardin ou cachés dans ses paillasses. Ce qu'il y a de certain, c'est qu'elle vit comme une pauvresse, quoiqu'elle ne tienne pas à l'argent, car elle en donne à tous les indigents du pays..., et même à d'autres... Ainsi, moi, je ne suis pas, Dieu merci, inscrit au bureau de bienfaisance... Eh! bien, l'année dernière, ayant appris, je ne sais comment, que j'étais gêné, elle est venue chez moi m'apporter trois cents francs...; elle m'a forcé à les accepter et, quand je les lui ai rendus, il y a deux mois, j'ai eu toutes les peines du monde à obtenir qu'elle voulût bien les prendre.

— Ça part d'un bon naturel, dit ironiquement Gaston; mais avec la réputation qu'elle a de thésauriser, elle se fera assassiner, ta Marie-Bas-de-Laine... A propos, d'où lui vient ce joli surnom?

— De ce qu'on suppose qu'elle serre ses écus dans un bas de laine...; c'est une façon de parler, car ceux qu'elle doit posséder n'y tiendraient pas... Et elle ne s'inquiète pas du danger qu'elle court...; c'est une gaillarde qui n'a peur de rien.

— D'où la connais-tu?

— Mes parents ont habité Passy, dans le temps; elle m'y a vu tout petit; quand j'y suis revenu, plus tard, elle s'est très bien souvenue de moi et elle m'a

pris en amitié. Elle m'a dit plus d'une fois qu'elle
m'aiderait à me marier et à m'établir. J'ai pris ça
en riant et je n'y compte guère.

— Tu as peut-être tort. Pourquoi ne ferait-elle
pas de toi son héritier?

— Ça n'aurait pas le sens commun. Mais te voilà
renseigné sur elle et je n'en sais pas plus long.
Fais-moi maintenant le plaisir de regarder devant
toi. Vois-tu, par-dessus le mur, de l'autre côté de la
rue, ce majestueux hôtel et cet immense jardin?

— Parfaitement... et sans télescope. C'est tout
près d'ici.

— A vol d'oiseau, oui. Mais pour y entrer, il faut
faire un assez long détour par la rue Mozart. C'est
le palais de la comtesse de Vercin.

— Gétorix, ajouta entre ses dents Destérel, qui
n'avait pas oublié la sotte plaisanterie de ce bla-
gueur de Subligny.

— Qu'est-ce que tu dis? demanda Luminet, ahuri.

— Rien. Alors, elle est là chez elle?

— Oui. Elle a acheté ce domaine princier, à la
fin de l'été passé. Il appartenait à un financier qui
a fait faillite avant de l'habiter. Elle n'est pas de
Passy, et Marie ne sait pas d'où elle vient... C'est
moi qui lui ai appris comment s'appelle son opulente voisine.

— Et ta maison, à toi, où est-elle?

— On ne la voit pas d'ici. L'hôtel nous la cache.
Je t'y conduirai tout à l'heure et si mes quatre
étages ne t'effraient pas, je te montrerai mon logement. Tu auras peut-être la chance d'apercevoir
Mlle de Vercin. Elle descend assez souvent au jardin,
le soir.

— Elle y est en ce moment, dit Gaston, en la montrant du doigt.

— C'est ma foi vrai ! Ces dames, en nous quittant, n'ont pas fait une longue promenade en voiture.

— Mais, jusqu'à présent, la mère ne se montre pas.

— Elle doit être en train de s'habiller. Elle change de toilette trois fois par jour. Les deux fenêtres au premier étage, là, en face de nous, sont celles de sa chambre à coucher, et, si elles étaient ouvertes...

— Nous pourrions la contempler en négligé. J'admire comme tu es bien informé.

— Oh ! mes informations s'arrêtent là.

— Il ne tiendra qu'à toi de les compléter, puisqu'elle t'a invité à venir la voir. Dès demain, si tu veux, nous lui ferons notre première visite ensemble.

— Demain, non...; je ne serai libre que dimanche prochain.

— Eh bien ! je t'annoncerai pour ce jour-là et je t'y accompagnerai, car je compte bien revenir chez cette comtesse. Sa fille est une perle. Vois-la marcher dans cette allée... quelle taille !... quelle tournure ! elle a ce que Dumas a appelé « la ligne ».

— Oui..., elle est charmante...

— Mais tu préfères la mère, n'est-ce pas?... Tant mieux !... nous ne serons jamais rivaux...

Destérel s'aperçut tout à coup que son camarade ne l'écoutait plus, et qu'au lieu d'admirer de loin la jeune promeneuse, il se penchait sur la balustrade pour regarder la maison où Marie Bas-de-Laine était entrée.

De la plate-forme où ils étaient perchés, la vue

plongeait dans l'intérieur de cette maisonnette, par
une croisée que la brave femme n'avait pas pris la
peine de fermer, et Agénor se mit à dire, en se
parlant à lui-même :

— Que diable! fabrique-t-elle là?

— Elle fait comme la comtesse, parbleu! répliqua
en riant Gaston; elle change de robe. Le chien a
déchiré celle qu'elle portait; elle en met une autre...
et je n'ai pas la moindre envie de surprendre les
mystères de ce déshabillage.

— Ce n'est pas cela du tout. Elle a retroussé ses
manches jusqu'au coude; elle a allumé un réchaud
et elle fourgonne les charbons avec un tisonnier.

— T'imagines-tu qu'elle va s'asphyxier?

— Non, mais ce manège m'inquiète. Elle est
pâle comme un linge et elle se démène comme un
diable dans un bénitier. Il faut absolument que je
sache ce qui lui arrive.

— A ton aise, cher ami. Dégringole et vole au
secours de ta bienfaitrice. Je te rejoindrai dans
cinq minutes. Je ne tenais pas du tout à me hisser
jusqu'ici et si j'ai pris cette peine, c'est que tu
m'en as prié; mais maintenant, puisque j'y suis, j'y
reste... le temps de me régaler les yeux en obser-
vant les jolis mouvements de Mlle Claire.

Agénor s'empressa d'enfiler l'escalier en colima-
çon et Destérel ne s'amusa point à épier d'en haut
ses faits et gestes. Marie Bas-de-Laine l'intéressait
médiocrement et peu lui importait de découvrir
pourquoi elle mettait les fers au feu. Il aimait bien
mieux prolonger le plaisir qu'il prenait à voir une
ravissante jeune fille marcher le long d'une plate-
bande fleurie.

Il l'examinait en connaisseur, un peu comme il
avait examiné, ce jour-là, les chevaux qu'on promenait dans le *paddock* avant la course ; mais il sentait que son cœur ne tarderait pas à se mettre de la
partie.

Il en était là quand une des deux fenêtres que
Luminet lui avait indiquées s'ouvrit avec fracas, au
premier étage de l'hôtel de la comtesse.

A cette fenêtre, la comtesse apparut, la tête nue,
ses cheveux noirs relevés et tordus en lourdes
tresses autour de son front d'un blanc mat, drapée
dans un long peignoir de soie rouge, sans plis.

Elle avait l'air d'un portrait de quelque grande
dame italienne du XVIᵉ siècle qui serait sortie de son
cadre, et Destérel fut frappé du caractère particulier
de sa beauté, plus imposante que sympathique.

Elle ne fit du reste que se montrer à la croisée,
et quand elle se retira, il put voir qu'elle n'était pas
seule.

Debout, derrière elle, un homme de haute taille
lui parlait avec vivacité, et de la main elle lui montrait la porte.

C'était, à n'en pas douter, la fin d'une querelle,
et la comtesse chassait de chez elle cet homme qui,
au lieu d'obéir, discutait en gesticulant.

Destérel ne distinguait que les gestes, car ce colloque orageux se tenait dans le fond de la chambre ;
il ne distinguait pas les traits du Monsieur ; mais
bientôt il vit la dame ouvrir un secrétaire, y prendre
un objet qui pouvait bien être un portefeuille et le
remettre à ce personnage, lequel, changeant tout à
coup de façons, s'inclina et sortit.

La comtesse, alors, s'affaissa sur un divan et n'en bougea plus.

Destérel venait d'assister, de loin, à une scène à laquelle il ne comprenait rien.

Était-ce un créancier que Mme de Vercin renvoyait en le payant? Était-ce un amant qu'elle congédiait en lui rendant ses lettres? Destérel penchait pour la dernière hypothèse, et il n'était pas fâché d'avoir surpris un fait qui l'éclairait un peu sur la vie intime de l'opulente voisine de Marie Bas-de-Laine. Il savait maintenant que, dans cette vie, il y avait un mystère, et c'était bon à savoir avant de pousser plus loin la connaissance ébauchée sur la pelouse du Ranelagh.

Cantonnée dans un coin où ne pénétrait pas la lumière de cette claire soirée de printemps, la dame était devenue invisible.

En revanche, le soleil illuminait encore, dans le jardin, les cheveux blonds qui faisaient comme un nimbe d'or à la tête charmante de Mlle de Vercin.

Elle marchait lentement et elle ne tarda guère à s'asseoir sur un banc adossé à un massif de verdure.

Elle y resta, la tête penchée en avant et les yeux baissés. Destérel se figura qu'elle pleurait et son imagination fit des siennes. Il entrevoyait déjà un drame de famille : une pauvre enfant tyrannisée par une mère jalouse de sa fille : tout un roman qu'il arrangeait à sa guise et qui manquait absolument de vraisemblance.

En regardant avec attention, il finit par s'apercevoir qu'elle tenait à la main une ombrelle fermée et qu'avec le bout de cette ombrelle elle traçait des dessins sur le sable de l'allée.

Alors, il lui passa par l'esprit qu'elle s'amusait à écrire le nom de son amoureux, et l'idée lui vint aussitôt de se servir du télescope pour connaître le secret de Mlle de Vercin. Il braqua la lunette et, en y appliquant son œil, il déchiffra son petit nom, à lui, Destérel.

Il se demanda par quel miracle elle l'avait deviné, car il ne se souvenait plus de l'avoir dit devant elle, pour répondre à une question de la comtesse, mais il y avait bien « Gaston » en grosses lettres.

Elle pensait à lui ; donc, elle l'aimerait, si elle ne l'aimait déjà.

C'était le langage de l'ombrelle, comme il y a le langage des fleurs.

Destérel bénit Marie Bas-de-Laine, qui avait installé cet instrument d'optique, et se promit de faire son profit d'une découverte beaucoup plus intéressante pour lui que celle d'une nouvelle planète.

Il eut même quelque velléité d'en tirer immédiatement parti en appelant à haute voix la jeune fille, qui aurait peut-être cru à un effet surnaturel de sympathie, mais il se dit tout de suite que ce serait ridicule et il se tint coi.

Bien lui en prit, car il la vit se lever après avoir effacé vivement les caractères qu'elle venait de tracer, et s'éloigner à pas pressés.

Il s'expliqua pourquoi, en apercevant un Monsieur qui sortait de l'hôtel, et qui s'apprêtait à traverser le jardin.

Claire tenait à l'éviter, car elle fila du côté opposé ; elle avait commencé par ouvrir son ombrelle, dont elle se servait maintenant comme d'un bouclier pour cacher son visage, et cette manœuvre avait évidemment pour but de faire comprendre à ce Monsieur qu'elle ne voulait pas qu'il l'abordât.

Il en avait eu l'intention, car il ôtait déjà son chapeau, mais il se contenta de lui adresser de très loin un salut qu'elle ne lui rendit pas, et il passa sans s'arrêter.

Destérel le suivit des yeux jusqu'à ce qu'il eût tourné l'angle de la maison dont la façade principale donnait rue Mozart, et il lui sembla que cet homme était celui que Mme de Vercin venait de mettre assez cavalièrement à la porte de sa chambre, et qui ne devait pas être dans les bonnes grâces de Mademoiselle, puisqu'elle le fuyait.

Elle disparut presque aussssitôt derrière une haie d'arbustes, et Destérel ne vit plus personne.

La toile tombait tout à coup sur les spectacles variés et inattendus que son ascension venait de lui procurer.

Il n'espérait pas en voir davantage; d'ailleurs, il lui répugnait de continuer à espionner deux femmes sans défiance, et à ce scrupule un peu tardif s'ajoutait la crainte d'être rejoint là-haut par Luminet et peut-être par Marie Bas-de-Laine, qui ne manqueraient pas de lui parler de ces dames de la rue Mozart.

Il ne se souciait pas de raconter à leur singulière voisine, ni même à cet excellent Agénor, les scènes intimes auxquelles il venait d'assister de loin.

Quand un galant homme a surpris involontairement un secret, il le garde pour lui et, en dépit de

2.

la vie qu'il menait, Destérel était un galant homme.

Aussi se hâta-t-il de descendre de cet observatoire où il n'aurait bientôt pu observer que la lune et les étoiles, car la nuit venait rapidement.

Arrivé au bas de l'escalier, sans avoir aperçu son camarade, il alla se planter sous les fenêtres de la maisonnette où Luminet était entré, et il l'appela par son nom.

La voix d'Agénor lui répondit du premier étage :

— Monte! tu ne seras pas de trop; on a besoin de toi, ici.

Destérel ne devinait pas quel service on attendait de lui, mais il s'empressa d'entrer et d'enfiler, au fond d'une salle basse, un escalier vermoulu qui aboutissait à la chambre à coucher de Marie Bas-de-Laine.

Il ne faisait pas très clair dans cette chambre, quoique tout fût ouvert, et il entrevit confusément, debout, devant une femme assise qui ne pouvait être que la susdite Marie, Agénor, dans la posture d'un médecin donnant des soins à une malade. Et cette malade récalcitrante avait tout l'air de les repousser, car elle se débattait en criant à tue-tête :

— Laissez-moi en repos!... je vous dis que je n'irai pas rue d'Ulm.

Destérel, en même temps, humait une odeur de chair grillée et de fumée de charbon qui le prenait à la gorge. Il aperçut, posé sur une table, le réchaud que Luminet lui avait signalé du haut de la plate-forme et, près de ce réchaud, un fer à friser rougi au feu. Mais il ne comprenait pas encore et il demanda :

— Qu'est-ce qu'il y a?

— Il y a, répondit Agénor en se retournant, il y a
que Marie vient de se brûler le bras jusqu'à l'os
pour se cautériser.

— Quoi! le chien?

— Le chien l'a mordue, parbleu! et au lieu de
nous le dire là-bas, sur la pelouse, elle s'est fait
ramener ici pour s'opérer toute seule... On n'a pas
idée de ça!... Au lieu de se laisser conduire chez
Pasteur!...

— L'un n'empêche pas l'autre.

— C'est ce que j'ai beau lui dire. Elle ne veut pas
entendre raison.

— Non, interrompit la blessée, il y a vingt ans
que je ne suis allée à Paris... Ce n'est pas à mon
âge que je sortirai de Passy pour me faire vacciner.

— Alors, répliqua Destérel, permettez-moi de vous
envoyer mon médecin.

— Merci, Monsieur, je puis me passer de lui et
je ne veux pas qu'on sache dans le pays que j'ai été
mordue.

Destérel eut bonne envie de lui demander pourquoi, mais le moment eût été mal choisi pour l'interroger, car la pauvre femme était dans un triste
état. Elle se raidissait contre la douleur, mais sa
figure contractée disait assez ce qu'elle souffrait et
la plaie qu'elle s'était faite au bras gauche était terrible à voir. Il lui avait fallu un courage surhumain
pour se carboniser ainsi les chairs, et elle avait dû s'y
reprendre à plusieurs fois, car sa peau était comme
zébrée d'escarres profondes. Un chirurgien endurci
par la pratique des opérations cruelles ne l'aurait
pas plus impitoyablement martyrisée.

Elle avait pourtant conservé tout son sang-froid, et elle reprit :

— Je n'ai besoin que d'être pansée et les hommes n'y entendent rien. M. Luminet va me faire le plaisir de passer chez Brigitte et de lui dire que je l'attends.

— Comme vous voudrez, ma chère Marie, dit Luminet, mais...

— Dépêchez-vous, je vous en prie..., et pas un mot de mon accident à personne! Revenez me voir un de ces jours... avec Monsieur, si le cœur lui en dit.

Destérel comprit qu'il était inutile d'insister et fit un signe à Luminet qui se décida, non sans regret, à partir avec son ami, car il lui en coûtait de laisser là cette malheureuse ; mais il ne pouvait pas la soigner malgré elle, et mieux valait sans doute lui envoyer la femme dont elle réclamait l'assistance.

Destérel, lui, ne demandait qu'à s'en aller, ne fût-ce que pour remettre un peu d'ordre dans ses idées fortement troublées par tous ces incidents, qui se succédaient sans se rattacher les uns aux autres.

Il lui semblait presque qu'il avait rêvé tout ce qu'il venait de voir et il lui tardait d'être hors de ce logis bizarre où le bon Agénor l'avait amené.

C'était peut-être un pressentiment qui le poussait à en sortir, et peut-être aurait-il bien fait de n'y jamais rentrer.

Avant de s'en aller, Destérel, qui n'avait encore fait attention qu'à Marie Bas-de-Laine, put constater d'un coup d'œil que la chambre était à peine meublée : quatre chaises de paille, deux vieux fauteuils en tapisserie usée, une table boiteuse et un lit en bois blanc dans une alcôve sans rideaux.

Tout cela sentait la misère, et si, comme le prétendait Agénor, cette femme était riche, il fallait qu'elle fût encore plus avare.

Il y avait là pourtant un objet d'art : un portrait dans un cadre doré, accroché au mur, en face du lit ; le portrait d'une petite fille de cinq à six ans.

Destérel ne s'arrêta point à l'examiner. Luminet était déjà dans l'escalier. Ils traversèrent rapidement le jardin et ils n'eurent aucune peine à ouvrir la porte, qui n'était pas fermée à clé.

Dès qu'ils se retrouvèrent dans la rue, Destérel éclata :

— Cette femme est folle à lier, s'écria-t-il, et tu m'as fait faire une sotte expédition. Du diable ! si je remets les pieds dans cette boîte à surprises !... Ta Marie tient à mourir enragée !... je n'y puis rien... Mais toi, qui te crois son obligé, tu devrais aller prévenir le commissaire de police... ; ce serait plus sensé que d'aller chercher Brigitte... Qu'est-ce que c'est encore que celle-là ?

— Mon cher, répondit Luminet, un peu piqué, Brigitte est une vieille marchande de gâteaux qui connaît Marie depuis qu'elle est au monde et qui l'aide dans son ménage. Je vais, quoi que tu en dises, me mettre à sa recherche, et je suis à peu près sûr de la rencontrer, promenant son éventaire dans la grande rue de Passy.

— C'est la grâce que je te souhaite !... Mais tu me permettras de ne pas t'accompagner. J'en ai assez, de ton Passy. Viens me voir, rue de Berry, dès que tu pourras ; nous prendrons rendez-vous pour dimanche prochain. D'ici là, j'aurai fait ma première visite à Mme de Vorcin et je serai à même de te mener chez elle.

— Merci !... je n'y tiens pas.., et je te quitte.

— Comme tu voudras..., mais je compte que tu viendras dîner avec moi un de ces jours...

— Oui.... oui..., c'est convenu, dit Agénor.

Et il partit en courant.

Destérel eut comme un remords de ne pas le retenir, mais il éprouvait tellement le besoin d'être seul qu'il s'abstint de le rappeler.

Il se promit de s'excuser à la première rencontre et il se dit qu'après tout les choses n'en iraient que mieux, si ce bon Luminet s'abstenait de profiter de l'invitation collective que la comtesse leur avait adressée à tous les deux, sur la pelouse du Ranelagh.

Destérel, depuis qu'il avait vu Mlle Claire écrire le nom de Gaston sur le sable avec le bout de son ombrelle, préférait avoir ses coudées franches chez ces dames.

Agénor était assurément un brave garçon, et il se félicitait de l'avoir retrouvé; mais Agénor aurait pu le gêner.

Pour le moment, Destérel n'avait rien de mieux à faire, avant de rentrer à Paris, que de pousser une reconnaissance aux abords de l'hôtel qu'il n'avait fait qu'entrevoir, du haut d'un marronnier...

Il commença par étudier la topographie de ce coin où la problématique Marie Bas-de-Laine avait élu domicile.

Les plaques municipales indicatrices lui apprirent

que l'une des voies en contre-bas s'appelait la rue
des Bauches et l'autre la rue Pajou.

Elles se croisaient à angle droit et on entrait chez
Marie par la rue des Bauches.

L'hôtel de la comtesse dominait la rue Pajou,
qui le séparait du jardinet de Marie.

Dès qu'il se fut bien rendu compte de la disposition et des différences de niveau de ces terrains
accidentés, Destérel grimpa vivement l'escalier
public par lequel il était venu et qui le conduisit
rue Mozart.

Pour compléter cette exploration préalable, il
tourna à gauche et il arriva très vite devant l'hôtel
qui l'intéressait.

Ce majestueux immeuble était situé entre cour
et jardin. Une grille monumentale protégeait la
cour. Le jardin, qui s'étendait fort loin, foisonnait
d'arbres aussi vieux que l'unique marronnier de
l'humble enclos de la voisine d'en bas.

Il n'y avait personne aux fenêtres de l'hôtel,
personne dans la cour et, de la rue, on n'apercevait qu'un coin du jardin.

Si la jeune fille y était encore, elle ne se montra
point.

La nuit commençait à tomber, et Destérel avait
vu tout ce qu'il voulait voir. Il avait même remarqué, de l'autre côté de la rue Mozart, une maison
à quatre étages, qui devait être celle où Luminet
logeait sous les toits, et il aurait craint, en stationnant sur le trottoir, d'attirer l'attention des bouti-
quiers d'en face, qui prenaient le frais sur le pas de
leurs portes.

Aussi, se décida-t-il à regagner Paris.

Une victoria vide vint à passer ; il y monta et il se fit conduire aux Champs-Élysées, où il pensait retrouver les, amis qu'il avait lâchés.

Il n'était pas encore assez amoureux pour se priver d'employer gaiement sa soirée et, d'ailleurs, il lui tardait de revoir ce baron de Subligny qui lui avait mis, comme on dit, la puce à l'oreille avec ses plaisanteries sur Mme de Vercin, et surtout avec ses réticences.

Destérel n'avait pas d'abord attaché beaucoup d'importance aux insinuations de ce vieux viveur, qui en savait probablement beaucoup plus long qu'il n'en avait dit, mais depuis qu'il avait la preuve que la fille pensait à lui, il tenait à connaître les antécédents de la mère, avant de se lancer dans une aventure qui pouvait tourner au sérieux.

Les renseignements que lui avait donnés Luminet ne le renseignaient guère, et il ne paraissait pas que Marie Bas-de-Laine fût mieux informée sur ses voisines.

Donc, ce n'était pas à Passy qu'il fallait s'enquérir, et ce qu'il venait d'y voir ne lui avait rien appris de positif.

Le Monsieur qu'il avait aperçu dans la chambre de la comtesse pouvait être aussi bien un homme d'affaires qu'un amant.

Destérel n'était même pas sûr que ce ne fût pas un domestique.

Il ne se proposait pas de raconter à Subligny la scène à laquelle il avait assisté, — de très loin, — mais il était décidé à le mettre au pied du mur pour obtenir qu'il s'expliquât catégoriquement sur la dame de la rue Mozart.

La difficulté, c'était de le rejoindre. La bande qui projetait de dîner au restaurant des Ambassadeurs avait pu changer d'avis. A tout hasard, Destérel alla l'y chercher et il ne la vit ni aux tables où on mange en plein air, ni sur la terrasse couverte, où festoient volontiers en été les joyeux compagnons qui ne redoutent pas le tapage, car il est de règle d'en faire à ce café-concert.

Le dimanche, on s'y dispute les places. Destérel eut beaucoup de peine à s'y caser dans un coin et il dut se résigner à dîner seul.

Ce désagrément ne l'empêcha pas de manger de bon appétit et de boire sec. Les incidents de cette journée mouvementée l'avaient fort altéré et il n'était pas de ceux qui ont le vin triste quand ils ont le cœur pris. Il vida lentement une bouteille de Clicquot, en pensant beaucoup à l'adorable blonde, un peu à l'imposante comtesse et pas du tout à ce bon Agénor, ni à la pauvre Marie Bas-de Laine ; et il se monta si bien la tête qu'il se jura d'aller, dès le lendemain, — renseigné ou non, — faire sa première visite, rue Mozart.

En ce moment, il se sentait capable de passer la nuit à contempler les fenêtres de Mlle Claire et de lui donner une sérénade, s'il eût possédé une guitare.

Ce garçon s'enflammait avec une facilité déplorable. Souvent, ce n'était qu'un feu de paille, mais il s'y brûlait très bien et il lui en avait cuit plus d'une fois.

Il ne songeait cependant pas à retourner à Passy, ce soir-là. Il se demanda ce qu'il ferait après son dîner, et il décida qu'il irait promener ses espérances et ses illusions au Jardin de Paris.

3

Un jour de courses, il devait y avoir foule, comme
jadis à Mabille, et Destérel ne recherchait pas la
solitude, même lorsqu'il avait, par hasard, quelque
gros sujet de préoccupation. Cette fête de nuit le
mènerait jusqu'à des heures tardives, et s'il n'y
rencontrait pas Subligny, il aurait encore la ressource d'aller jouer à son cercle, à seule fin de ne
se coucher qu'au jour et de dormir la grasse
matinée.

Ce plan était fait de main de maître, puisqu'il ne
s'agissait pour lui que de tuer le temps jusqu'à
l'heure où il pourrait décemment se présenter chez
la comtesse. Il supposait qu'elle avait, comme
beaucoup d'autres élégantes, son *five o'clock tea* et
qu'il rencontrerait là quelques-uns des habitués de
son salon. Excellente occasion d'étudier l'entourage de ces dames, dès cette première séance. Après,
quand il saurait sur quel terrain il marchait, il
pourrait aller de l'avant sans craindre de faire
fausse route.

Quand il se leva de table, il voyait l'avenir en
rose, et le très bon cigare qu'il fuma en s'ache-
minant vers le Jardin de Paris acheva de le mettre
en belle humeur.

Comme il l'avait prévu, ce concert-promenade
regorgeait de monde et, quand il y entra, la
fête battait son plein.

Il ne lui restait qu'à mettre la main sur le baron
qu'il cherchait et, en supposant que le baron
s'y trouvât, ce n'était pas facile au milieu de
cette cohue.

On s'écrasait dans les allées, et on y avait déjà
échangé des coups de poing.

Le soir du Grand Prix, c'est de tradition, et les Anglais tirent volontiers les premiers, comme à Fontenoy.

Gaston, qui n'était pas venu là pour boxer, évita les bagarres et, après avoir fait quelques tours, il se cantonna dans un coin d'où il pouvait voir défiler devant lui les promeneurs des deux sexes.

Il reconnut, au passage, quelques demoiselles qu'il n'eut garde d'accoster, car il tenait à conserver la liberté de ses mouvements, et, au bout d'un quart d'heure de faction, il eut la joie d'apercevoir M. de Subligny, qui se dirigeait de son côté.

Mais le baron n'était pas seul.

Le baron était flanqué d'un individu de belle mine et de belle prestance, barbu, moustachu et habillé avec une élégance recherchée. A en juger par ses allures et sa tenue, ce devait être un étranger.

Destérel ne se souvenait pas de l'avoir jamais vu avec M. de Subligny, ni même ailleurs, et cependant ce personnage s'appuyait familièrement sur le bras du vieux viveur, comme s'il eût été son ami intime.

Ces Messieurs avaient tout l'air d'être venus ensemble au Jardin de Paris et ne paraissaient pas disposés à se séparer.

Cela ne faisait pas du tout l'affaire de Destérel, qui comptait tirer du baron des renseignements confidentiels qu'il ne pouvait lui demander qu'en tête-à-tête.

Il aurait laissé passer les deux promeneurs, mais Subligny le vit et vint droit à lui, remorquant son compagnon.

Destérel n'essaya point d'éviter l'abordage et, après lui avoir donné la poignée de mains obligatoire, Subligny passa immédiatement à des présentations dont il aurait pu se dispenser :

— M. le marquis Cavalcano, des princes Boboli, dit-il en désignant le seigneur qu'il amenait.

Et, aussitôt :

— M. Gaston Destérel, un de mes amis.

Gaston se borna à s'incliner, comme il convenait, mais le marquis s'écria :

— Le voilà donc, l'héroïque sauveur !

Et comme Gaston le regardait sans comprendre :

— Ah ! Monsieur, je n'ai pas l'honneur de vous connaître, mais on m'a dit votre nom et je l'ai retenu... C'est vous qui, tantôt, avez exposé votre vie pour défendre la comtesse...

— Mon cher Destérel, ajouta Subligny, M. le marquis a vu cette dame chez elle, après le drame où vous avez joué un si beau rôle, et elle lui a raconté votre haut fait. Il m'en parlait quand je vous ai aperçu, et j'ai saisi l'occasion de vous mettre en relations avec un aimable gentilhomme que vous rencontrerez souvent à notre cercle, car il est des nôtres depuis hier.

— Je serai charmé, balbutia Destérel.

— Et moi, interrompit le marquis, je bénis ce cher baron qui me procure l'honneur de faire votre connaissance plus tôt que la comtesse, qui sera très heureuse de vous recevoir... ; elle compte sur votre très prochaine visite... Vous la lui avez promise pour demain...

— J'ai, en effet, l'intention de...

— Mais, j'espère que vous la verrez, dès ce soir.

— Ce soir? répéta Destérel, stupéfait.

— Oui, cher Monsieur. Elle a formé le projet de venir ici, *incognito*... C'est une partie qu'elle a arrangée avec une de ses amies.., ces dames meurent d'envie de voir le Jardin de Paris et je leur ai assuré que les femmes du meilleur monde peuvent s'y risquer sans danger. Je leur ai même offert de les y escorter, mais elles ont préféré venir seules. Elles doivent être arrivées. Je vais les chercher et, si je les trouve, la comtesse me saura un gré infini de vous conduire près d'elle.

Destérel ne savait que répondre à une proposition qui dérangeait ses plans. Ce n'était pas Mᵐᵉ de Vercin qu'il tenait à voir, c'était Mademoiselle. Or, il ne supposait pas que la mère eût amené sa fille à cette fête où les horizontales étaient en majorité.

Et ce qu'il voulait, avant tout, c'était interroger Subligny sur cette comtesse. L'occasion était bonne, puique Subligny connaissait un Monsieur qui semblait la connaître à fond ; mais Destérel ne pouvait pas lui poser, devant ce personnage, des questions délicates.

Subligny devina peut-être ce qu'il pensait, car il se mit à dire :

— Mon cher marquis, vous avez là une excellente idée, et nous serons ravis, Destérel et moi, d'être présentés à Mᵐᵉ de Vercin. Mais il y a une heure que je tourne en cercle sur cette piste... j'éprouve le besoin de m'asseoir... et voici justement des chaises libres. Je vais m'y installer avec mon jeune ami, pendant que vous chercherez ces dames. Quand vous les aurez découvertes, vous reviendrez nous le dire.

— Parfait! mon cher! s'écria M. Cavalcano, des princes Boboli. Attendez-moi ici, je ne tarderai guère à reparaître, car je sais de quel côté j'ai le plus de chance de les rencontrer. A bientôt!

Et il se perdit dans la foule, pendant que ces Messieurs s'emparaient des chaises vacantes et prenaient position près d'un massif d'arbres verts.

— D'où diable! connaissez-vous ce *rastaquouère?* commença Destérel, qui cherchait une transition pour en arriver à se renseigner sur les habitantes de la rue Mozart.

— D'abord, répondit Subligny, les Italiens ne sont pas des *rastaquouères*...; les Brésiliens, oui..., mais Cavalcano est de Florence. Ensuite, je ne le connais pas tant que ça.

— Vous venez de me dire qu'il a été admis à notre cercle!

— Peut-être parce qu'on ne l'y connaît pas non plus. Vous savez bien, cher ami, que dans les clubs, les étrangers passent comme des lettres à la poste, tandis qu'on y *blackboule* volontiers des Parisiens qui n'ont d'autre tort que celui de ne pas plaire à tout le monde. Ce Florentin n'habite la France que d'une façon intermittente : le reste du temps, il vit dans les capitales italiennes et à Monte-Carlo, où je le vois tous les hivers. Il est, dit-on, marquis de très bon aloi, et il dépense beaucoup d'argent. Ce n'est pas une raison pour qu'il soit vraiment riche, et j'ignore où sont situés ses fiefs et ses châteaux, si tant est qu'il en possède. Ce que je sais, c'est qu'il a des succès auprès des femmes, et cela dans tous les mondes. Voilà tout ce que je puis vous en dire, et comme vous êtes maintenant destiné à le rencontrer, vous en saurez bientôt tout autant que moi sur son compte.

— Oh! sa personne m'intéresse peu..., mais...

— Bon! je vous vois venir! C'est la comtesse qui vous intéresse, et vous ne vous occupez de lui que parce qu'il est lié avec elle.

— J'en conviens. Ce que vous m'avez dit sur la pelouse du Ranelagh m'a mis l'esprit aux champs.

— Quoi! parce que j'ai plaisanté sur ce nom de Vercin!...

— Qui n'est pas le sien, n'est-ce pas?

— Tout ce que je puis affirmer, c'est qu'elle en a porté un autre... que j'ai oublié et qui n'était certainement pas un nom à particule... Je ne l'avais pas revue depuis vingt ans, mais je suis sûr de l'avoir reconnue, tantôt.

— Elle a pu se marier...

— Et devenir comtesse de Vercin, par son mariage?... J'en doute fort.

— Pourquoi en doutez-vous?

— Parce que, dans sa jeunesse, elle ne prenait pas le chemin qui conduit à la mairie et à l'église. Elle jetait son bonnet par-dessus les quartiers de cavalerie, car elle raffolait des militaires.

— Comment donc ose-t-elle se produire à Paris, en se faisant passer pour une grande dame? Elle s'expose à y rencontrer des gens qui se souviennent de la vie qu'elle y a menée autrefois.

— Moins que vous ne pensez. Elle n'a jamais été ce qui s'appelle lancée dans le monde des viveurs riches... le monde des grands clubs... et les officiers dont elle faisait ses délices ont changé de garnison. C'était avant la guerre, et beaucoup de ceux qui

l'ont aimée ont été tués à Gravelotte ou à Sedan. Je
crois bien qu'elle était encore ici pendant le siège.
Après, elle a disparu... Je suppose qu'elle est allée
courir les aventures à l'étranger, et je ne serais pas
surpris qu'elle y eût fait fortune. Elle a été très
belle; elle l'est encore et elle s'entend à ruiner les
hommes... Un capitaine des lanciers de la garde
s'est brûlé la cervelle après avoir dépensé pour
elle jusqu'à son dernier sou.

— Est-ce que le marquis florentin sait tout
cela?

— Je ne crois pas. Il m'a dit qu'il l'avait rencontrée à Vienne, en Autriche, où elle menait grand
train, et il ne paraît pas douter de l'authenticité de
sa noblesse. Je soupçonne, d'ailleurs, qu'il est ou
qu'il a été son amant...

— Moi, j'en suis convaincu..., et ça m'est égal.

— Vraiment?... Je pensais que vous en teniez
pour elle. Comtesse ou non, elle vaut encore la
peine qu'on lui fasse la cour.

— Je ne dis pas le contraire, mais elle ne me
plaît pas.

— Bon! je devine... Vous préférez la jeune personne qui était avec elle quand vous vous êtes précipité pour les défendre... Ma foi! vous n'avez pas
tort... je n'ai fait que l'entrevoir, mais elle m'a
semblé charmante.

— C'est sa fille.

— En êtes-vous bien sûr?

— Un garçon qui est leur voisin, à Passy, me l'a
dit... et le marquis Cavalcano doit le savoir.

— Je n'ai pas encore songé à le lui demander;
mais vous ne tarderez guère à être fixé sur ce point,

puisque vous avez l'intention de les voir chez elles. Il paraît que la comtesse a un hôtel rue Mozart.

— Un hôtel superbe, et si elle est ici ce soir, elle va vous inviter à ses réceptions... A moins que...

— A moins qu'elle ne me reconnaisse, hein?

— Mais, oui... vous lui rappeleriez un passé qu'elle tient sans doute à cacher.

— Je m'en garderais bien. J'ai pour principe qu'en pareil cas un galant homme doit se taire. A vous qui êtes mon ami, j'ai dit ce que je savais. Maintenant, je n'ai plus qu'à vous souhaiter de réussir. Du reste, la dame ne me reconnaîtrait pas, si je lui étais présenté. J'ai beaucoup changé depuis le temps où elle faisait ses farces et, même dans ce temps-là, elle ne s'est jamais occupée de votre serviteur... Je n'étais qu'un pékin et, pour elle, je n'existais pas. Elle a pu entendre parler de moi jadis par des amis que j'avais dans l'armée, mais je parierais bien qu'elle ne se souvient ni de ma personne ni de mon nom...

Et tenez! reprit Subligny après une courte pause, voilà le sien qui me revient, pas son nom de famille.., que je n'ai jamais su, mais son nom de guerre... On l'appelait Juliette Sabretache, parce qu'elle adore les hussards.

Ce singulier sobriquet fit sourire Destérel, mais les renseignements que le baron venait de lui fournir lui avaient donné à réfléchir et il se sentait déjà moins disposé à aller de l'avant.

Cette soi-disant comtesse n'était qu'une intrigante et il y avait des chances pour que sa fille ne valût pas mieux qu'elle.

— Je ne crains pas que la ci-devant Sabretache

3

me reconnaisse, reprit Subligny ; mais je ne tiens pas à lui être présenté, et je vais me dérober à cet honneur. Vous qui n'avez pas les mêmes raisons que moi de vous tenir à l'écart, vous pouvez attendre ici que le marquis vienne vous chercher...

— Quoi ! vous voulez partir ! s'écria Destérel.

— Oui... j'en ai assez d'avaler de la poussière et je m'en vais.

— J'ai bien envie d'en faire autant.

— Comment ?... vous renoncez à plaire à cette blonde merveilleuse que j'ai admirée à Passy... Et pourquoi ?... parce que sa mère a cascadé jadis ?... Vous voilà devenu tout à coup bien scrupuleux !... D'habitude, vous n'y regardez pas de si près. Que vous importe le passé de cette femme?... et qu'avez-vous à redouter en allant chez elle ?

— Je redoute... parbleu ! je redoute de m'amouracher de l'autre et de tomber dans un piège.

— Bon ! j'entends !... vous redoutez le mariage forcé... Vous vous figurez peut-être que le marquis Cavalcano jouerait le même rôle que le seigneur Alcantor dans la comédie de Molière.

— Eh! non... je me moque de ce Monsieur..; c'est de moi-même que j'ai peur... Si j'allais par malheur m'éprendre sérieusement de Mlle de Vercin, je serais peut-être assez fou pour l'épouser.

—Peste !...je ne vous savais pas si sentimental... et entre nous, je crois que vous vous calomniez. Voyons, mon cher Gaston, n'allez pas chercher midi à quatorze heures, et puisque cette belle enfant vous a charmé, poussez votre pointe carrément. Si c'est une farceuse, vous n'aurez rien à vous reprocher ;

si, par hasard, c'est une honnête personne, vous
saurez bien vous retirer à temps et pendant que
vous tâterez le terrain, si vous voulez bien me
consulter, je ne vous refuserai pas un bon conseil.

—Mon cher baron, interrompit en riant Destérel,
vous oubliez que, tantôt, vous m'en avez donné un
tout opposé à celui que vous me donnez maintenant ; là-bas, à Passy, vous me prêchiez la prudence.

— Pardon ! je vous ai dit seulement que vous
regretteriez peut-être plus tard d'avoir sauvé la
comtesse... et je n'ai pas changé d'avis, car, en vérité,
elle ne vaut pas cher ; mais, averti comme vous
l'êtes maintenant, vous ne risquez rien, et à votre
place, je tirerais bon parti de la situation.

Là-dessus, cher ami, je *me la brise*, comme on dit
dans le mauvais monde.

Subligny s'était levé en finissant son discours et
il planta là Destérel, comme il l'avait déjà fait sur
la pelouse du Ranelagh.

Ce baron disparaissait toujours au moment le
plus intéressant.

Après tout, Destérel pouvait se passer de lui désormais, et n'avait garde de lui expliquer le véritable motif de ses hésitations, car il aurait fallu, pour
cela, lui raconter l'histoire du nom de Gaston tracé
sur le sable et lui avouer que cette naïve manifes-
tation d'amour avait touché son cœur de mauvais
sujet.

Destérel posait volontiers pour l'homme fort devant ses amis et surtout devant le baron, qui se serait
sans doute moqué de lui, s'il avait su que son jeune

camarade était en train de s'éprendre pour le bon motif.

Destérel se promit de ne plus jamais parler de Mlle de Vercin à ce viveur endurci et se mit en quête de la comtesse, sans attendre le retour du seigneur italien, qui devait venir le chercher quand il l'aurait trouvée.

Il n'avait pas besoin de cet intermédiaire pour se présenter à la dame, et il espérait arriver à elle avant l'obligeant marquis Cavalcano.

Le hasard le servit à souhait, car dès les premiers pas qu'il fit dans l'allée circulaire, il la rencontra, marchant à côté d'une femme qui avait l'âge et la tournure d'une duègne espagnole.

M. Cavalcano n'accompagnait pas ces dames. Il avait dû faire fausse route, et les chercher du côté où elles n'étaient pas.

En se trouvant tout à coup face à face avec son sauveur, la comtesse changea de visage; ses yeux brillèrent, une rougeur lui monta aux joues, mais elle vint à lui, le sourire aux lèvres.

— Vous, ici, Monsieur! s'écria-t-elle. Je ne m'attendais guère à vous y rencontrer et vous devez être bien étonné de m'y voir.

— Je savais, Madame, que vous deviez y venir, répliqua Destérel.

— Ah! et comment le saviez-vous?

— M. le marquis Cavalcano vient de me le dire.

— Vous le connaissez? demanda Mme de Vercin en fronçant le sourcil.

— Je ne l'avais jamais vu quand je l'ai rencontré tout à l'heure au bras d'un de mes amis, qui est du même cercle que lui et qui m'a présenté. Dès que

M. Cavalcano a su mon nom, il m'a dit que vous
avez bien voulu lui parler de moi.

— Ce cher marquis !... il n'en fait jamais d'autres !... Est-ce qu'il est parti ?

— Non, Madame. Il vous cherche.

— Eh bien ! Il ne me trouvera pas. C'est lui qui
est cause que je me suis fourvoyée dans ce jardin
par trop public. Il m'avait juré que la bonne compagnie s'y donnait rendez-vous. Je viens d'y entrer
et je m'y trouve très déplacée. Pour le punir du
mauvais tour qu'il m'a joué, je vais reprendre immédiatement le chemin de Passy.

— Quoi ! déjà ! Je regretterai de ne pas profiter
plus longtemps d'une rencontre... inespérée. Mais
demain, si vous le permettez, j'aurai l'honneur de...

— Tenez-vous beaucoup à finir votre soirée ici ?

— Oh ! pas du tout.

— Alors, vous ne refuserez pas de me reconduire
chez moi. Nous causerons, chemin faisant, et ma
voiture vous ramènera à Paris. Mon amie que voici
ne nous gênera pas. Elle n'entend pas un mot de
français.

La proposition était inattendue, mais si elle surprit Gaston, elle ne l'effraya pas.

— Je suis à vos ordres, Madame, dit-il en s'incli-
nant.

— Eh bien ! venez !... j'ai hâte de sortir de cette
foule.

Ayant dit, la comtesse rebroussa chemin, avec sa
dame de compagnie. Destérel suivit, assez intrigué
de cette nouvelle aventure et très curieux de voir à
quoi elle allait aboutir.

L'équipage, un grand landau découvert, attendait

assez loin du concert, et la comtesse, qui savait où elle l'avait laissé, s'achemina à pied vers le quai, au lieu de faire appeler son cocher.

Sans doute elle ne voulait pas qu'on vît Gaston monter en voiture avec elle. Il n,y tenait pas non plus, et il se laissa conduire sans dire un seul mot.

Cela ressemblait à un enlèvement, et il trouvait amusant d'être enlevé comme une Anglaise en rupture de ménage.

Les deux femmes occupèrent le fond du landau. Il prit place en face d'elles, et les chevaux partirent au grand trot, dans la direction du Trocadéro.

— Enfin ! commença la comtesse, je puis vous remercier de m'avoir sauvé la vie... ; tantôt, j'étais trop troublée pour vous exprimer, comme je l'aurais voulu, ma reconnaissance... et puis, nous n'étions pas seuls...

— Oserai-je vous demander, Madame, si Mlle de Vercin ne s'est pas ressentie de l'émotion qu'elle a éprouvée ? interrompit beaucoup trop tôt Destérel.

— Claire se porte à merveille. Claire n'a pas de nerfs. Elle s'est promenée jusqu'à la nuit dans notre jardin, absolument comme s'il ne nous était rien arrivé, et je ne suis pas bien sûre qu'elle ait compris le danger que nous avons couru..., ni apprécié l'héroïque service que vous nous avez rendu.

Destérel savait que, tout au moins, Claire pensait à lui, et il n'eut pas de peine à deviner pourquoi la mère lui tenait ce langage.

Évidemment il avait eu le malheur de lui plaire, et elle était jalouse de sa fille.

Cette idée lui était déjà venue, avant de monter

en voiture, mais il ne s'y était pas arrêté ; elle lui revenait maintenant, et il entrevoyait les conséquences de cette rivalité qui se dessinait nettement.

Médiocrement flatté d'avoir fait, sans le vouloir, la conquête d'une comtesse suspecte, et très flatté d'avoir inspiré un tendre sentiment à une jeune personne charmante, il n'était pas tenté de jouer au Don Juan, en faisant la cour à toutes les deux.

Il était encore temps d'en rester là. Il n'avait qu'à ne pas entrer dans cet hôtel de la rue Mozart, qu'elles habitaient ensemble, et à ne jamais y faire la visite attendue et promise.

C'eût été sage, et il allait s'y décider, lorsqu'il envisagea tout à coup la situation sous un nouvel aspect.

S'il ne s'était pas trompé, si Mme de Vercin jalousait Claire, la pauvre enfant devait mener une triste existence sous la domination de cette mère qui venait de la calomnier pour détourner d'elle un brave garçon tout disposé à l'aimer. Fallait-il donc l'abandonner à son sort en s'abstenant de la revoir ? Ne serait-il pas plus généreux de revenir et de tâcher de la défendre, au risque d'avoir à se défendre lui-même contre les ardeurs intempestives de la trop sensible comtesse ? Destérel le crut et se mit aussitôt à manœuvrer en conséquence.

— Madame, dit-il chaleureusement, je suis assez récompensé puisque vous me savez tant de gré d'une action toute naturelle. Je voudrais que vous missiez mon dévouement à d'autres épreuves.

— Si je vous prenais au mot, vous seriez bien attrapé, répliqua la comtesse en le regardant fixement.

— Essayez !

— J'essaierai..., peut-être.

Après cette réponse inquiétante, le silence se fit : un silence qui embarrassa bientôt Gaston Destérel.

Les chevaux montaient la rampe du Trocadéro. L'air était doux et le ciel étoilé. Une nuit faite à souhait pour aimer.

La comtesse se recueillait. Gaston pensait à Claire. La duègne très probablement ne pensait à rien.

Encore quelques minutes et le voyage allait prendre fin.

Gaston n'en était pas fâché, car il craignait de s'être trop avancé et il soupçonnait que Mme de Vercin allait, sans désemparer, lui offrir chez elle une tasse de thé qu'il était bien décidé à refuser.

Après une assez longue pause, elle lui dit sans préambules :

— Vous viendrez demain, n'est-ce pas ?

— En doutez-vous ? demanda-t-il galamment.

— Non, car je vous attendrai toute la journée. Ce soir, mon cocher va vous reconduire chez vous.

Gaston, rassuré, s'empressa de répondre.

— C'est inutile, chère Madame. Il fait un temps superbe et je désire marcher.

— Où demeurez-vous, cher Monsieur ?

— Rue de Berry, 15, au bout des Champs-Élysées.

— Alors, descendez ici. Je me reprocherais de vous entraîner plus loin.

Et, appelant son cocher, elle lui dit d'arrêter.

Destérel ne se fit pas prier. Il sauta lestement du landau, baisa la main que la comtesse lui tendait, et, trop heureux d'en être quitte pour cette politesse accentuée, il la laissa partir, sans ajouter un seul mot, mais non pas sans se demander pourquoi, après l'avoir engagé à l'accompagner rue Mozart, elle venait de l'inviter à descendre aux deux tiers du chemin.

Ce n'était certes pas sans motif qu'elle avait subitement changé d'avis, et cela au moment où l'imprudent Gaston venait de se lancer dans des déclarations qu'il regrettait déjà.

Pendant qu'il suivait des yeux le landau filant vers Passy, il dut se ranger pour faire place à un coupé de maître qui arrivait derrière lui et qui l'effleura en passant.

Il lui sembla entrevoir un Monsieur dans ce coupé, dont les glaces étaient levées, et il se souvint tout à coup que la comtesse, avant de donner à son cocher l'ordre d'arrêter, s'était retournée plusieurs fois pour regarder en arrière.

Connaissait-elle ce Monsieur ; s'était-elle aperçue qu'il la suivait et avait-elle des raisons pour désirer qu'il ne vit pas un homme entrer chez elle à une heure presque indue, ni même la reconduire jusqu'à sa porte ?

Gaston fut tenté de le croire, et comme il n'avait pas la moindre envie d'aller se coucher, il lui passa par la tête de pousser jusqu'à la rue Mozart, à seule fin de vérifier s'il ne retrouverait pas le coupé stationnant devant la grille de l'hôtel.

Tous ces incidents, qui se succédaient depuis quelques heures, avaient surexcité outre mesure sa curiosité ; il ne rêvait plus que de mystères à éclaircir et de secrets à pénétrer.

Il y aurait peut-être mis moins d'ardeur si Mlle Claire n'eût pas été en cause, mais elle lui tenait au cœur et il la voyait partout.

Il enfila donc la grande rue de Passy, pédestrement et sans se presser, car il tenait à ne pas arriver trop tôt.

Les boutiques se fermaient et les passants se faisaient rares. Il y avait encore un peu de mouvement devant la gare de la Muette, mais la rue Mozart était déserte. Il n'y rencontra pas une âme. Seulement, il aperçut de loin deux points lumineux immobiles et brillants comme des étoiles fixes : les lanternes d'une voiture arrêtée à dix pas de l'hôtel de la comtesse.

Était-ce celle qui avait failli l'écraser au Trocadéro? Pour s'en assurer, il s'en approcha tout doucement et il lui sembla la reconnaître.

Le cocher sommeillait sur son siège, en attendant son maître, qui devait être chez Mme de Vercin.

Le landau n'était pas là. Donc, elle était rentrée et elle avait reçu le Monsieur du coupé, qui avait dû arriver presque en même temps qu'elle.

Destérel ne s'en étonna pas plus qu'il ne s'en affligea. Il lui était fort indifférent que cette soi-disant comtesse eût un amant, et il s'attendait à constater le fait, un jour ou l'autre. Cet amant pouvait bien être le marquis florentin qu'il avait rencontré au Jardin de Paris, et si c'était lui, il fallait qu'il ne fût pas jaloux, puisqu'il s'était spontanément offert à présenter Gaston. Mais tout cela importait peu à ce même Gaston, qui ne pensait qu'à la blonde et chaste Claire.

Il en était déjà à la plaindre d'avoir une mère

pareille et à se demander s'il ne ferait pas bien de
se constituer le protecteur de sa vertu : un rôle
qui s'accordait assez mal avec la vie qu'il menait.

C'était aller un peu vite, car il la connaissait à
peine et il se trompait peut-être du tout en tout sur
le caractère et sur la situation de cette demoiselle.

En attendant qu'il fût mieux renseigné sur ce qui
se passait dans cette maison où il n'était pas encore
entré, il se mit à en examiner les dehors, dans le
vague espoir de découvrir où était situé l'appartement de la jeune fille.

Il savait que Mme de Vercin habitait au premier
étage sur le jardin, et de la rue Mozart, on ne
voyait pas ses fenêtres. Sur le devant, au second,
une seule était éclairée, et il lui sembla que cette
fenêtre était entr'ouverte.

Il n'en fallut pas davantage pour qu'il se figurât que
c'était celle de la chambre de Mademoiselle, qui ne
l'avait pas fermée parce qu'il faisait trop chaud.

Après avoir observé un instant cette lumière, qui
brûlait peut-être au chevet de Claire, il remonta la
rue en longeant la grille et, à l'angle du mur extérieur, il s'arrêta sur le trottoir.

Il y avait là une place vide, car l'hôtel de la comtesse, isolé de tous les côtés, ne s'appuyait à aucune
autre habitation.

De ce coin, la vue était bornée en contre-bas par
la muraille du jardin de Marie Bas-de-Laine.

Destérel reconnut le marronnier qui élevait vers
le ciel son dôme de feuillages. Il aperçut même le
faîte de la toiture du chalet, et il fut très étonné de
voir qu'il en sortait une lueur, comme si ce toit eût
été vitré et l'intérieur du chalet illuminé.

Quelle cérémonie pouvait bien y célébrer, à minuit, la pauvre femme qu'il avait laissée en si piteux état? Nouveau problème qu'il n'était pas à même de résoudre et qui l'intéressait moins que le sort présent et futur de Mlle de Vercin.

Il ne s'attarda point à en chercher la solution, et, revenant sur ses pas, il se remit à contempler la fenêtre éclairée.

Rien ne bougeait dans l'hôtel. On eût dit le château de la Belle au bois dormant. Destérel n'en revenait pas, lui qui savait que la comtesse était rentrée depuis moins d'une demi-heure et qu'elle n'était pas seule.

Tout à coup, un cri aigu perça le grand silence de la nuit, un cri de femme, parti d'en haut, et, au même instant, la lumière qui brillait à la fenêtre s'éteignit.

Destérel, très ému, regarda et écouta; il n'entendit plus rien et la lumière ne reparut pas.

Était-ce Mlle Claire qui avait crié, et que s'était-il passé chez elle?

Impossible de le deviner, et Destérel ne pouvait vraiment pas sonner pour s'en informer, car le valet de pied qui serait venu ouvrir, — en admettant qu'on ouvrît, — l'aurait pris pour un farceur et l'aurait sans doute fort mal reçu.

Il attendit en rongeant son frein; il attendit même assez longtemps.

Un bruit de roue fit qu'il tourna la tête. Il vit le coupé partir en emportant le Monsieur qu'il avait amené et disparaître en un clin d'œil, par la rue Largillière.

Comment ce Monsieur avait-il pu y monter sans

que Destérel l'aperçût ? et par où était-il sorti de l'hôtel de la comtesse ?

Pas par la grille, assurément, puisque Destérel se tenait collé contre les barreaux. Il existait donc quelque part une porte dérobée.

Destérel la chercha et la trouva dans l'angle rentrant qu'il avait déjà visité. S'il y était resté, au lieu de revenir monter la garde devant la façade de l'hôtel, le faiseur de visites clandestines l'aurait heurté en passant. Mais l'occasion de le dévisager était manquée et Destérel, agacé, se dit enfin qu'il était bien bon de prendre tant de peine pour surveiller une maison où il ne tenait qu'à lui d'être reçu le lendemain. L'espionnage ne lui réussissait pas. Il manquait décidément de vocation. Et d'ailleurs, il n'était pas en mesure de préserver Mlle de Vercin des dangers qu'elle courait chez sa mère, comme il l'avait préservée sur la pelouse du Ranelagh des morsures d'un chien enragé.

Peut être même était-il déjà trop tard pour tenter ce nouveau sauvetage. Il se passait d'étranges choses sous le toit de la comtesse. L'amoureux Gaston croyait encore entendre ce cri qui l'avait si fort ému ; et si c'était Claire qui l'avait jeté, effrayée par l'apparition d'un homme, cet homme n'était vraisemblablement pas entré dans sa chambre pour la voler, ni pour la tuer.

Le diable seul savait ce qu'il était advenu d'elle, et Gaston, renonçant, pour cette nuit, à éclaircir les doutes qui le tourmentaient, se décida enfin à quitter la place.

S'il avait pu prévoir l'avenir, il n'aurait pas poussé

plus loin cette aventure, mais il était écrit qu'il irait jusqu'au bout.

Il partit en se promettant de revenir en plein jour, d'entrer par la grande porte chez Mme de Vercin et d'avoir avec sa fille une explication décisive. Mais il ne partit pas le cœur léger. Il pressentait déjà que ce dimanche joyeusement commencé allait changer sa vie et que, s'il en avait fini avec les folies de jeunesse, il n'était pas à la fin de ses peines.

Il reprit donc assez mélancoliquement le chemin de Paris et il donna, en passant, un dernier coup d'œil à l'habitation de Marie Bas-de-Laine qui, maintenant, ne tenait plus beaucoup de place dans ses préoccupations.

Les clartés mystérieuses rayonnaient toujours au-dessus du chalet de la solitaire de la rue des Bauches.

Il était immense, le jardin que Gaston Destérel avait entrevu du haut du marronnier : un vrai parc, avec de vieux arbres, des allées ombreuses, des gazons verts, des corbeilles de fleurs, et, au fond, une serre disposée comme un salon d'été.

Tout le contraire du pauvre enclos de Marie Bas-de-Laine, où on ne trouvait que des baraques vermoulues et des carrés de légumes.

L'hôtel était digne du jardin. Avec sa façade majestueuse, son perron monumental et ses deux ailes en retour, il avait l'apparence d'un château.

Le financier qui l'avait vendu à Mme de Vercin avait dû dépenser des sommes folles pour créer de toutes pièces cette résidence princière, et il fallait que la comtesse fût bien riche pour oser l'habiter.

Son train, à vrai dire, n'était pas tout à fait proportionné aux splendeurs de ce palais, quoiqu'elle eût de très beaux chevaux dans ses écuries, des équipages très bien tenus et des domestiques très bien stylés.

Elle y demeurait seule avec sa fille et une dame de compagnie, — la duègne qui l'avait escortée au Jardin de Paris, — duègne dans toute la force du terme, car elle était Espagnole, et elle frisait la soixantaine.

Deux femmes de chambre, deux valets de pied, un cocher et un groom suffisaient largement à servir trois personnes, d'autant que Mme de Vercin ne recevait que des hommes, à certaines heures et pas tous les jours.

Elle ne donnait jamais de dîners ni de bals, et les Messieurs qui fréquentaient chez elle étaient presque tous des étrangers.

Pas un opulent seigneur du Nouveau Monde ou de l'Ancien ne manquait, en débarquant à Paris, de se faire présenter à la châtelaine de la rue Mozart, et il était assuré de rencontrer chez elle, deux fois par semaine, de cinq à sept, des compatriotes aussi millionnaires que lui.

Il y venait bien quelques Français, par exception, mais tous gens d'âge et de poids, sur la discrétion et la solvabilité desquels on pouvait compter absolument.

Cet entourage sérieux n'était pas pour plaire à une jeune fille, et on croira sans peine que Claire de Vercin ne menait pas une vie très gaie.

Le lendemain de ce dimanche où Gaston Destérel lui était apparu dans une circonstance inoubliable, Claire n'avait pas paru à déjeuner, et sa mère n'avait pas jugé nécessaire de monter chez elle pour savoir si elle était souffrante, de sorte que Claire était restée seule toute la matinée.

C'était souvent ainsi, car les rapports entre la mère et la fille manquaient d'intimité et surtout de cordialité.

Elles ne se voyaient guère qu'aux heures des repas, et il leur arrivait assez souvent de ne pas échanger un mot.

De même à la promenade, quand elles allaient ensemble au Bois, où Mme de Vercin se montrait aux heures élégantes, en brillant équipage, et où l'éclatante beauté de Claire attirait tous les regards.

La comtesse semblait tenir à l'exhiber, mais elle lui parlait peu.

La veille même, après le danger qu'elles avaient couru, cette étrange mère, dans la victoria où elles étaient montées, n'avait ouvert la bouche que pour lui reprocher de s'être appuyée un instant sur le bras du jeune homme qui les avait sauvées toutes les deux.

Et Claire devait s'attendre à être reléguée dans sa chambre, par ordre maternel, le jour où il se présenterait rue Mozart. Mais elle s'était juré qu'elle le verrait, malgré la consigne, car il avait fait sur elle une très vive impression. C'était bien son petit nom qu'elle avait écrit sur le sable, ce joli nom de Gaston qui s'était pour toujours gravé dans sa mémoire, et elle ne cessait pas de penser à lui.

Elle pressentait qu'il ne tarderait guère à profiter de l'invitation que Mme de Vercin lui avait adressée sur la pelouse du Ranelagh.

Viendrait-il dès le lendemain? Elle l'espérait et elle supposait qu'il viendrait à l'heure où une femme du monde reçoit, c'est-à-dire vers la fin de l'après-midi.

Elle se promit de guetter son arrivée.

C'était facile. Les fenêtres de l'appartement qu'elle occupait donnaient sur la rue. Quand la voiture qui amènerait M. Destérel s'arrêterait devant la grille, elle n'aurait qu'à se hâter de descendre et elle saurait bien s'arranger de façon à le rencontrer avant

qu'on l'introduisit dans le salon du rez-de-chaussée,
où se tenait la comtesse quand elle attendait des
visites.

Claire se chargerait même de l'y conduire et une
fois qu'elle y serait entrée avec lui, Mme de Vercin
n'oserait pas la renvoyer comme on renvoie une
gamine indiscrète.

Elle ne serait pas seule avec Gaston et elle ne
pourrait pas lui dire que son cœur était déjà tout à
lui ; mais il devinerait peut-être ce qu'elle pensait
et ils se comprendraient sans se parler.

Pour les amoureux, le langage des yeux est aussi
clair que le langage des lèvres.

Elle ne se demandait pas ce qu'il résulterait de
cette entrevue surveillée, ni s'ils en viendraient à
s'aimer ouvertement, avec ou sans la permission
de la comtesse. Il lui suffisait, pour cette fois, de le
voir et de l'entendre.

Rien ne l'empêchait de suivre le plan qu'elle avait
arrêté.

La comtesse n'était pas une mère tendre, mais
elle laissait beaucoup de liberté à sa fille, peut-être
parce qu'elle dédaignait de s'occuper d'elle.

Claire réglait comme il lui plaisait l'emploi de
son temps : ne bougeant pas de sa chambre ou par-
courant le jardin, à sa fantaisie ; sortant même
seule dans Passy, toutes les fois que l'envie lui en
prenait.

Mme de Vercin n'exigeait que sa présence aux thés
de cinq heures, qui réunissaient ses amis deux fois
par semaine et qui se terminaient presque toujours
par une grosse partie de jeu.

Claire était tenue d'y paraître et d'aider sa mère

à en faire les honneurs. Du reste, si chère et si animée qu'elle fût, cette partie ne durait jamais plus de
deux heures, et tout s'y passait convenablement.
La corvée n'en était pas moins pénible pour la jeune
fille, obligée, non pas d'y prendre part, mais de
servir le thé à de nobles étrangers dont les lourdes
galanteries l'ennuyaient, quand elles ne l'irritaient
pas.

Assez rarement, le soir, elle accompagnait sa
mère au théâtre, et elle n'y prenait aucun plaisir.
Le plus souvent, elle restait seule à lire, l'hiver, au
coin du feu, et l'été, sous les arbres du parc, des
romans qui ne la passionnaient pas du tout.

Elle se laissait vivre sans aspirer à une autre
destinée.

Et voilà que dans son cœur endormi un sentiment nouveau venait de naître. La lumière s'était
faite et elle aurait pu s'écrier, comme Pauline dans
le Polyeucte de Corneille : « Je vois, je sais, je
crois. »

Elle avait compris tout à coup qu'elle était née
pour aimer.

Le passé ne lui apparaissait déjà plus que comme
un de ces rêves qui ne laissent qu'un souvenir vague,
et pour elle l'avenir se dorait des rayons de l'espé-
rance.

C'était bien le coup de foudre qui ne frappe que
les âmes jeunes et naïves. Elle en était encore à se
réjouir d'avoir été foudroyée, et elle se demandait
déjà ce qu'elle ferait si Gaston ne venait pas.

Elle eût été capable d'aller le chercher, si elle
avait su son adresse.

Mais elle ne savait que son nom, qui lui semblait

doux comme une musique et qu'elle murmurait souvent.

Elle s'était levée et habillée dès l'aurore, afin d'être prête à saisir l'occasion qu'elle attendait.

La matinée lui sembla longue, mais elle ne bougea pas du poste d'observation qu'elle avait pris derrière les rideaux de sa fenêtre.

Vers deux heures, elle vit le landau déboucher du fond du jardin où se trouvaient les remises, s'arrêter au bas du perron et Mme de Vercin y monter avec sa fidèle Espagnole. Un valet de pied ouvrit à deux battants la grande porte de la grille, et le landau partit, emportant ces dames.

Où allaient-elles ? Claire n'y songea pas plus qu'elle ne se demanda quand elles rentreraient. Elle ne pensa qu'à faire des vœux pour que M. Destérel se présentât avant leur retour, et elle se décida promptement à descendre au jardin, d'où elle pourrait revenir de temps à autre donner un coup d'œil du côté de la rue Mozart. Si Destérel se montrait, elle ne manquerait pas de l'apercevoir et elle ne se gênerait pas pour aller à lui, sans se soucier de ce qu'en penseraient les gens de la comtesse, et la comtesse elle-même, au cas où, en rentrant à l'hôtel, la comtesse trouverait son sauveur en tête-à-tête avec sa fille.

Claire remarqua, en traversant la cour, que la grille était restée ouverte, et ne rencontra pas un seul domestique.

Les choses s'arrangeaient au gré de ses désirs, car, pour peu que le jeune homme ne tardât pas, elle serait seule à le recevoir.

Mais il n'était pas l'heure, et M. Destérel avait

trop l'usage du monde pour se présenter trop tôt.

Donc, pour le moment, Mlle de Vercin n'avait rien de mieux à faire que de promener ses rêveries par les allées du parc.

Il y en avait une qu'elle affectionnait, parce qu'elle croyait y être à l'abri des regards indiscrets. En quoi elle se trompait, car elle ne s'était pas aperçue, quand elle s'y était assise, la veille, à la chute du jour, que Destérel l'épiait de loin... et de haut.

Cette allée aboutissait à une balustrade en pierre qui dominait la rue Pajou, creusée comme un fossé entre le domaine de Mme de Vercin et celui de Marie Bas-de-Laine. La balustrade était à hauteur d'appui et Claire venait quelquefois s'y accouder pour voir les gamins de Passy jouer aux billes dans cette rue où il passe fort peu de piétons et presque jamais de voitures.

Ce jour-là, il n'y avait même pas de gamins et Claire allait revenir sur ses pas, lorsqu'elle vit une femme tourner le coin de la rue des Bauches.

Elle était vieille et piètrement vêtue, cette femme qui portait, suspendue à son cou, une boîte en forme d'éventaire où s'étalaient des sucres d'orge desséchés et des gâteaux poussiéreux.

Mlle de Vercin n'aurait pas fait attention à elle, si elle ne l'avait pas vue s'avancer dans la rue Pajou en lui souriant.

Elle ne se souvenait pas de l'avoir jamais rencontrée, mais elle crut qu'elle venait lui demander l'aumône, et elle attendit qu'elle s'expliquât.

Arrivée sous la balustrade, la vieille leva les yeux et se mit à la regarder fixement. Elle ne souriait plus et elle ne disait mot, quoiqu'elle fût à

4.

portée de se faire entendre, car le mur n'était pas très haut.

Claire tira sa bourse pour y prendre une pièce de monnaie, mais la vieille lui fit signe qu'elle ne demandait rien et continua de la contempler.

— Que me voulez-vous donc, ma brave femme? demanda Claire.

— Je voulais vous vendre des gâteaux, mais ils ne sont pas assez frais pour une demoiselle comme vous, répondit la vieille. Je ne vous avais pas reconnue.

— Vous me connaissez donc?

— Je vous vois souvent passer dans la belle voiture de votre maman, mais c'est la première fois que je vous approche..., et si je me permets de vous dévisager, c'est que vous ressemblez à une enfant que j'aimais bien.

—.Une fille que vous avez perdue, peut-être?...

— Oh! non, Mademoiselle; les miennes se portent bien, Dieu merci!... J'en ai deux, et il m'a fallu travailler dur pour les établir. Celle qui vous ressemblait n'était pas à moi, et il y a beau temps qu'elle est morte...; mais faut pas m'en vouloir si je vous ai dérangée... je n'ai pas très bonne vue et, de là-bas, je vous prenais pour la fille de votre jardinier... Alors, comme elle m'achète quelquefois des gâteaux, je venais lui offrir ma marchandise...

— Je ne vous en veux pas du tout, et si je puis vous être utile... Comment vous appelez-vous?...

— Brigitte, ma bonne demoiselle. J'ai une petite boutique dans la rue de la Pompe... Oh! vous pouvez vous informer de moi... à Passy, on me connaît.. Dame! voilà soixante ans que j'y suis née et que j'y reste... mais je m'amuse à causer, et pendant ce temps-là, mon commerce ne va pas... C'est vrai que hier, c'était dimanche, et que j'ai fait une bonne journée... Ah! elle n'a pas été bonne pour tout le monde. Vous avez su le malheur qui est arrivé au concert du Ranelagh ?

— Oui..., un chien enragé...

— Six personnes mordues, Mademoiselle!... et il en aurait mordu bien d'autres, s'il ne s'était pas trouvé là un brave jeune homme qui l'a tué.

— Je sais... j'y étais...

— Eh! *ben* vrai! Vous avez eu de la chance d'en revenir sans accroc... ; plus de chance qu'une voisine à vous, dit Brigitte en montrant du doigt le mur du jardin de Marie Bas-de-Laine.

Mlle de Vercin n'écoutait plus. Elle venait d'apercevoir, planté sur la plus haute marche de l'escalier qui conduit de la rue Mozart à la rue des Bauches, un Monsieur qui la regardait avec persistance et qu'elle croyait bien reconnaître.

Brigitte était bavarde, mais elle n'était ni entêtée, ni indiscrète, et elle détala par le bas de la rue Pajou sans se retourner une seule fois.

Claire ne se trompait pas : ce Monsieur, c'était Gaston Destérel. Il était venu tôt parce qu'il voulait prendre des nouvelles de la blessée de la veille et causer longuement avec elle, avant de se présenter chez Mme de Vercin ; mais il s'arrêta court en voyant Mademoiselle sur la terrasse ; il la salua délibérément et, au lieu de descendre l'escalier pour aller rue des Bauches, il rebroussa chemin vers la rue Mozart.

Claire comprit tout de suite qu'il se décidait à

avancer l'heure de sa visite. Elle lui sut gré de cette bonne inspiration et elle prit ses mesures pour en profiter.

Une autre jeune fille aurait hésité, une de ces expérimentées précoces qui savent le monde et se gouvernent en conséquence. Celles-là ont appris à se réserver, afin de se faire désirer. On leur a enseigné l'art de flirter sans risque avec les Messieurs, et de ne se compromettre qu'à bon escient.

Claire ignorait ces calculs, quoiqu'elle eût été à bonne école chez la comtesse qui ne s'était pas privée de lui donner des leçons de coquetterie et qui avait fini par y renoncer, parce qu'elle s'était aperçue qu'elles ne servaient à rien.

Claire n'écoutait que son cœur, et si elle ne s'était encore jetée à la tête de personne, c'est que son cœur n'avait pas encore parlé.

Elle alla, sans fausse honte, à la rencontre de Destérel et même sans se demander ce qu'il penserait d'une démarche que les demoiselles bien élevées ne se permettent jamais.

Elle traversa vivement le jardin pendant qu'il faisait le tour par la rue Mozart et elle arriva dans la cour au moment où il arrivait devant la grille, qui était ouverte.

Il ne serait pas entré sans se faire annoncer et il cherchait la sonnette, en saluant de loin Mlle de Vercin. Mais la maison de la comtesse était de celles où les domestiques en prennent à leur aise quand les maîtres sont dehors. Pas un ne se montra, et Destérel ne put pas moins faire que d'avancer, car la jeune fille l'y invitait du regard et du geste.

Ils s'abordèrent en plein soleil, à la vue des passants de la rue. C'était assurément plus innocent que de s'aboucher en cachette, derrière une porte dérobée, mais l'accueil de Claire ne laissa pas que d'étonner Gaston, qui ne s'étonnait pas facilement.

Elle lui tendit les deux mains et elle lui dit de but en blanc :

— Que je suis contente de vous voir !... et comme vous avez bien fait de venir de bonne heure !... Maman est sortie, mais nous pourrons causer dans le jardin en attendant qu'elle rentre.

Gaston n'avait garde de refuser, quoique cette réception trop engageante le désillusionnât déjà.

Il avait rêvé une jeune fille sentimentale, et cette liberté d'allures le déconcertait. Mais, après tout, il n'était pas venu pour demander la main de Mlle de Vercin et il ne répugnait pas du tout à lui faire la cour pour l'*autre* motif. Il n'était même pas fâché de trouver l'occasion de lui dire qu'il ne venait que pour elle, et qu'il ne tenait pas du tout à voir sa mère.

Il se laissa conduire et elle le mena tout droit au banc qu'elle préférait, à l'ombre d'un immense tilleul qui leur faisait un dais de verdure et, dès qu'ils y eurent pris place :

— Je vous attendais, dit-elle le plus simplement du monde ; depuis hier, je n'ai fait que penser à vous et parler de vous ; j'en ai tant parlé que maman m'a grondée.

Destérel fut si étonné de ce début qu'il ne trouva rien à répondre. Était-ce de l'effronterie ou de la naïveté ? En se posant cette question, il devait faire une assez sotte figure.

— J'ai tort de vous le dire, reprit Claire, mais je ne sais pas cacher ce que je ressens... et puis, j'ai bien le droit de vous aimer, puisque vous m'avez sauvé la vie.

Cette fois, c'était trop fort, et Destérel la regarda fixement pour tâcher de lire sa pensée sur son visage.

Elle ne rougit pas, elle ne baissa pas ses grands yeux, où rayonnait la passion sincère, et Destérel, qui s'y connaissait, comprit qu'elle ne jouait ni la comédie de l'amour, ni la comédie de l'innocence.

Il fallait bien qu'il parlât enfin, et, du premier coup, il alla très loin, car il répondit assez étourdiment :

— Moi aussi, je vous aime...

— Vrai?... bien vrai?... s'écria la jeune fille en battant des mains comme une enfant. Et maman qui prétendait que vous n'aviez pas fait attention à moi!... Alors, si vous m'aimez, nous pourrons nous marier... Êtes-vous riche?

— Non, Mademoiselle; je l'ai été; je ne le suis plus, répondit Destérel, abasourdi. Pourquoi me demandez-vous cela?

— Parce que maman veut que j'épouse un homme très riche ou un prince...

— Je ne suis pas prince non plus.

— Mais j'épouserai le mari qui me plaira.

— Pas sans la permission de Mᵐᵉ de Vercin..., du moins, tant que vous ne serez pas majeure.

— Majeure? répéta Claire, sans comprendre.

— C'est-à-dire tant que vous n'aurez pas vingt et un ans. Quel âge avez-vous?

— Je n'en sais rien.

— Comment?...

— Mais non. Au couvent, on ne me l'a jamais dit.

— Au couvent?...

— Oui, au couvent des Ursulines de Trieste, où j'étais encore, il y a dix-huit mois, et depuis que j'en suis sortie, maman ne me l'a jamais dit non plus... Il est vrai que je n'ai pas pensé à le lui demander.

— Et... votre père?

— Je ne me souviens pas de lui. Il est mort quand j'étais toute petite. Je sais seulement qu'il était Français... Maman aussi est Française, mais depuis la guerre, elle a toujours habité l'Italie et l'Autriche... et je la voyais très rarement...; l'année dernière, elle est venue me chercher pour m'amener à Paris avec elle... et depuis que j'y suis, ajouta en soupirant Mlle de Vercin, j'ai souvent regretté Trieste.

— Quoi! vous regrettez ce couvent, où vous n'étiez pas libre !

— Je ne suis pas beaucoup plus libre chez maman. Les Ursulines étaient très bonnes pour moi...; j'avais des compagnes que j'aimais beaucoup... Ici, je ne vois que des Messieurs qui me déplaisent horriblement. Ils ont beau avoir des millions et être plus nobles que le roi, comme dit maman, je ne puis les souffrir.

— Des étrangers, sans doute?

— Presque tous. On attend ces jours-ci un prince de Russie. Il sera peut-être plus poli que les autres, auxquels maman me reproche sans cesse de ne pas faire bonne mine... Ce n'est pas ma faute .. : j'essaie et je ne peux pas prendre sur moi d'être gracieuse avec eux. Il y en a un surtout que je déteste. Il n'est pas Russe, celui-là, il est de Florence.

— Le marquis Cavalcano.

— Oui... Comment savez-vous ?...

— Alors, j'ai deviné. C'est lui que vous détestez ?

— Je le déteste et j'ai peur de lui, dit Claire en baissant la voix.

— Peur de lui ? Et pourquoi ?

— Il a une façon de me regarder qui me donne le frisson, murmura la jeune fille.

— Est-ce qu'il a le *mauvais œil ?* demanda en riant Destérel.

— Non, ce n'est pas cela... Je ne crois pas à ce qu'ils appellent en Italie la *jettatura*..., mais le rouge me monte au visage. Maman s'en est aperçue plus d'une fois et elle lui a parlé très durement. Maintenant, il n'ose plus me regarder, quand elle est là.

— Mais... quand vous êtes seule avec lui ?

— Oh ! j'évite tant que je peux de le rencontrer...; je le fuis... et malgré toutes les précautions que je prends, je ne me sens pas rassurée... Si je vous disais que je le vois en rêve...

— En rêve ?

— Oui. Ça m'est encore arrivé cette nuit. J'étais seule dans ma chambre, assise près de la fenêtre, sur un fauteuil où je m'étais endormie. Je me suis réveillée en sursaut et, dans une glace, il m'a semblé le voir qui entr'ouvrait la porte derrière moi. J'ai jeté un cri..., je me suis levée et, en me levant, j'ai renversé la bougie qui m'éclairait... Alors, j'ai cru

entendre fermer doucement la porte... je me suis
précipitée et j'ai mis le verrou... j'étais plus morte
que vive... mais j'ai écouté et je n'ai plus rien entendu...; j'ai compris que j'avais eu le cauchemar et
j'ai presque ri de ma poltronnerie. Je me suis couchée... sans lumière, mais le sommeil n'est pas
venu et j'ai passé une très mauvaise nuit.

Destérel savait à quoi s'en tenir sur ce prétendu
cauchemar. L'homme qu'il avait vu sortir de l'hôtel
par une porte dérobée, c'était le marquis, et cet
homme, qui était sans doute l'amant de la mère,
avait essayé de s'introduire dans la chambre de la
fille.

— Avez-vous raconté cela à Mme de Vercin? demanda-t-il.

— Je ne l'ai pas vue ce matin, répondit Claire,
et si je l'avais vue, je ne lui aurais rien dit, car elle
se serait moquée de mes frayeurs ridicules. Je
vous prie même de ne pas lui parler de ce sot rêve.

— Je m'en garderai bien, Mademoiselle; mais...
si ce n'était pas un rêve?... Si réellement ce misérable avait osé?... et s'il recommençait?...

— Ne me dites pas cela ! je ne coucherais pas ici
ce soir.

— Et où iriez-vous?

— Je n'en sais rien... J'irais me jeter dans la
Seine plutôt que de m'exposer aux entreprises de
cet homme...; mais je ne les crains plus, puisque
vous m'aimez. Vous m'avez sauvée hier d'une mort
affreuse; vous saurez bien me protéger contre un
danger que je redoute plus que la mort.

Et comme Destérel ne se pressait pas de répondre :

— Vous vous taisez! dit-elle tristement. Est-ce donc que vous ne m'aimez pas assez pour prendre ma défense?

Elle avait pâli et les larmes lui venaient aux yeux.

Quoiqu'il eût beaucoup vécu, Destérel n'avait jamais été mis à pareille épreuve. Il s'était engagé imprudemment et il hésitait à s'engager davantage. Ses hésitations, assez naturelles, ne tinrent pas devant cette douleur sincère. Il prit les mains de la jeune fille dans les siennes et il lui dit :

— Oui, je vous défendrai..., quoique je n'en aie pas le droit, car je ne suis ni votre frère, ni même votre parent.

— Vous serez mon mari.

— Je le voudrais, mais... vous ne savez rien de la vie, Mademoiselle...

— Vous me l'avez déjà dit...; je ne peux pas me marier sans le consentement de ma mère... Eh ! bien, je l'aurai... ce consentement. Pourquoi me le refuserait-elle? et si elle me le refusait...

— Que feriez-vous? Allez-vous me répondre que vous vous en passeriez et que vous n'en avez pas besoin pour être ma maîtresse?

La question était brutale, mais si Destérel la posait crûment, c'était avec intention. Il voulait savoir ce qu'il y avait au fond de l'âme de cette jeune fille qui se jetait à sa tête. Était-elle inconsciente de la portée de ses paroles, ou bien faisait-elle bon marché des règles de morale que toutes les femmes respectent ou feignent de respecter?

La singulière éducation qu'elle paraissait avoir reçue autorisait les deux suppositions.

La réponse ne se fit pas attendre. Sans se troubler, sans rougir, Claire murmura :

— Votre maîtresse ?... Je ne comprends pas très bien la signification de ce mot... Je voudrais ne jamais vous quitter, voilà tout !... jamais, quoi qu'il arrive !

— Et si j'étais déjà marié, moi ? demanda Destérel, en souriant à demi.

— Vous, marié !... non, ce n'est pas possible... Si vous étiez marié, vous ne m'auriez pas dit que vous m'aimiez.

Pour le coup, Destérel ne douta plus de la simplicité de Mlle de Vercin. Il comprit qu'elle était restée naïve et chaste dans cette maison suspecte où elle vivait depuis plus d'un an. Ce lis poussé sur un fumier ne s'était pas encore flétri et ce serait faire œuvre pie que de le préserver des contacts impurs. Mais comment l'y soustraire ? Enlever une jeune fille à sa mère, — même quand la mère est indigne, — c'est grave, car le code pénal ne badine pas avec les détournements de mineure. L'épouser, c'eût été encore plus grave, et Destérel était excusable de demander à réfléchir.

— Je vous remercie, Mademoiselle, de la bonne opinion que vous avez de moi, dit-il doucement ; je suis libre, en effet, et je vous aime trop pour songer à faire de vous autre chose que ma femme légitime ; mais... vous me connaissez à peine.

— C'est vrai que je vous ai vu hier pour la première fois, et, pourtant, il me semble que je vous connais depuis que j'existe. Je viens de vous raconter ma vie, mais je ne vous demande pas de me raconter la vôtre.

— La mienne a été fort agitée et, jusqu'à présent,
je n'ai guère fait que des sottises. J'avais de la fortune, je l'ai jetée à tous les vents du plaisir. Il en
résulte que je suis aux trois quarts ruiné et que, si
je demandais votre main à votre mère, elle aurait
parfaitement raison de ne pas me l'accorder.

La démarche, dans tous les cas, serait préma-
turée.

— Oh ! je n'espère pas que vous la ferez aujourd'hui
s'écria gaiement la jeune fille. Aujourd'hui, quand
maman va rentrer, elle vous accueillera très bien
et elle vous invitera à revenir demain, à son thé,
de quatre à sept... Le mardi, c'est son jour...; vous y
verrez ses amis.., vous m'y verrez aussi, car je suis
obligée d'y paraître... et cette fois, je n'y paraîtrai
pas à contre-cœur, puisque vous serez là. Vous me
ferez la cour..., maman s'en apercevra, et je suis
bien sûre que le soir, quand nous serons seules,
elle m'interrogera. Alors, je lui dirai tout simplement que je vous aime et que je me suis engagée
avec vous. Elle se fâchera peut-être, mais que pour-
rait-elle me faire ?

— Elle pourrait me prier poliment de ne plus
remettre les pieds chez elle.

— Vous qui nous avez sauvées !... Non, elle n'o-
sera pas... et d'ailleurs, vous lui plaisez, je le sais.
Hier, à dîner, elle n'a parlé que de vous, et elle
tient absolument à vous présenter aux nobles étrangers qu'elle reçoit. Elle vous a même annoncé au
marquis Cavalcano. Il était ici, quand nous sommes
rentrées, après le concert du Ranelagh, et elle s'est
empressée de lui raconter la scène de la pelouse...
Elle la lui a racontée devant moi, dans la cour; où

nous l'avons trouvé en arrivant... Je les ai laissés
ensemble et il est resté assez longtemps chez maman; je ne l'ai pas vu sortir, mais quand je suis
descendue pour diner, il n'était plus là.

Ces détails frappèrent Destérel et il se demanda
si ce n'était pas ce même Cavalcano que, du haut
de l'observatoire de Marie Bas-de-Laine, il avait
entrevu dans la chambre de la comtesse.

— Mais, j'y pense! reprit Claire, vous avez deviné
tout à l'heure que je parlais de lui... J'ai oublié de
vous demander comment vous le connaissez.

— Il est membre d'un cercle dont je fais partie,
répondit évasivement Destérel, qui ne se souciait
pas de raconter la rencontre au Jardin de Paris et
les suites qu'elle avait eues.

— Tant mieux!... il sait qui vous êtes et il pourrait attester que vous vivez dans le monde des gentlemen.

— Je crois que je ferai bien de ne pas compter
sur lui pour vanter mes mérites à Mᵐᵉ de Vercin.

— Vous pensez donc qu'il est votre ennemi?

— Je sais qu'il m'est antipathique et je suppose
que c'est réciproque. Mais parlons de vous, Mademoiselle. Vous m'avez permis de vous dire que je
vous aime; laissez-moi vous le dire encore et vous
jurer que, si je vous ai montré les obstacles, ce n'est
pas que je renonce à les vaincre; je ferai tout, je
supporterai tout pour y parvenir et je ne vous demande que d'avoir en moi une confiance absolue.
Me la refuserez-vous?

— Non. Tout ce que vous ferez sera bien fait.

— Quoi que je fasse?

— Quoi que vous fassiez, je vous le promets.

— Merci, Mademoiselle. A dater de cet instant, je vous appartiens. Comptez sur moi, dit fermement Destérel.

Pour sceller ces fiançailles improvisées, il allait porter à ses lèvres les mains de Claire, mais elle les retira vivement et, en levant les yeux, il vit Mme de Vercin qui venait à eux.

Elle était descendue de sa voiture en dehors de la grille et, en traversant la cour, elle les avait aperçus.

Ils ne songèrent point à se dérober et ils firent bonne contenance.

— Souvenez-vous de votre promesse, dit tout bas Destérel.

Et il alla à la rencontre de la comtesse qu'il salua de loin avec l'aisance polie que donne l'habitude du monde.

Elle avait l'air, non pas fâché, mais surpris, et tout en souriant au visiteur, elle regardait du coin de l'œil la jeune fille qui était restée en arrière.

— Merci d'être venu, cher Monsieur, dit-elle gracieusement, et merci aussi d'être resté. Je ne prévoyais pas que vous arriveriez si tôt et je ne me serais pas consolée de manquer votre visite.

Claire a été bien inspirée en vous priant de m'attendre et en vous tenant compagnie.

Ce fut dit d'un certain ton et il y avait une interrogation dans cette phrase qui, en apparence, n'était que polie et qui signifiait évidemment : « Comment se fait-il que je vous trouve assis dans mon jardin à côté de ma fille? »

Destérel comprit et s'empressa de répondre :

— Mademoiselle se promenait ici, lorsque je me

suis permis d'y entrer, je l'ai suppliée de rester et elle a bien voulu y consentir. C'est donc à moi, Madame, de vous prier de me pardonner mon indiscrétion.

— Ne vous excusez pas, cher Monsieur, interrompit Mme de Vercin; je suis trop heureuse de vous voir... et puisque vous voilà, je vous garde.

Claire, ma chère enfant, fais-moi le plaisir d'aller dire à cette bonne Dolorès que je la prie de m'attendre au salon et, pour lui faire prendre patience, reste avec elle, pendant que je vais montrer à Monsieur la merveille de notre jardin..., la serre.

De mère à fille, l'invitation équivalait à un ordre et Mlle de Vercin ne pouvait qu'obéir; mais elle ne le fit pas sans avoir échangé à la dérobée avec son amoureux un regard qui n'échappa point à l'œil exercé de la comtesse, et Destérel ne se priva pas de dire tout haut qu'il espérait la revoir avant de prendre congé.

Du reste, il n'était pas fâché de rester quelques instants seul avec la dame et il comptait bien profiter de ce tête-à-tête passager pour élucider une situation dans laquelle il ne voyait pas encore très clair.

Le voyage écourté qu'il avait fait la veille avec la comtesse ne lui avait rien appris de nouveau et il lui tardait de savoir sur quel terrain il allait marcher dans cette maison où on l'accueillait si gracieusement.

Mme de Vercin, dès que sa fille fut partie, prit le chemin de la fameuse serre, et Destérel mit beaucoup d'empressement à l'accompagner.

— Vous ne m'en voulez donc pas de vous avoir

quitté si brusquement, hier soir? lui demanda-t-elle
pour commencer. Vous aviez pris la peine de me reconduire; j'aurais dû vous prier d'accepter une tasse
de thé chez moi; je n'ai pas eu le courage..., j'étais
agacée..., énervée..., je devais être insupportable...
et je vous sais un gré infini de ne pas m'avoir gardé
rancune de la mauvaise soirée que je vous ai fait
passer. Vous souvenez-vous que vous m'avez in-
vitée à mettre votre dévouement à l'épreuve? Eh
bien! vous me le prouverez, votre dévouement, en
ne me tenant pas rigueur après cette histoire. Rien
ne serait arrivé si ce grand fou de marquis Cavalcano ne m'avait pas mis en tête d'entreprendre cette
malencontreuse excursion au Jardin de Paris... A
propos, l'avez-vous revu?

— Le marquis?... non, Madame, répondit Destérel, et je le connais si peu que je n'aurai sans
doute pas souvent l'occasion de me retrouver avec
lui.

— Oh! vous le rencontrerez ici, mais je pense
que vous ne serez pas tenté de le connaître plus inti-
mement. Je suis obligée de le recevoir, parce que
je le recevais à Florence...; il est lié avec tous mes
amis de l'étranger... qui sont nombreux, car depuis
mon veuvage jusqu'à l'année dernière, j'ai toujours
habité l'Italie ou l'Autriche... Florence ou Vienne.
Aussi verrez-vous chez moi peu de Français.

— Il me suffira de vous y voir.

— Rien que moi?

— Vous et Mademoiselle votre fille.

— Vous la verrez aussi. J'exige qu'elle paraisse à
toutes mes réceptions. Il faut bien que je songe à
la marier.

— Il me semble qu'il n'y a pas de temps perdu. Elle est si jeune !

— Moins jeune qu'elle n'en a l'air.

— Le fait est qu'on vous prendrait pour les deux sœurs.

— Vous me flattez..., mais si je vous disais que, par moments, j'ai toutes les peines du monde à me figurer que je suis sa mère, vous vous moqueriez de moi et vous auriez raison. La vérité est que j'ai trente-six ans et que Claire en a vingt.

Mais voici ma serre ; c'est moi qui l'ai créée, j'en suis très fière et je prétends vous la faire visiter.

Elle était à deux fins, cette serre merveilleuse : jardin d'hiver, pendant la mauvaise saison, palais d'été pendant les beaux jours. L'hiver, les plantes des tropiques y prospéraient, abritées par des vitrages mobiles ; l'été, les vitrages disparaissaient pour faire place à une tente si bien agencée qu'il y faisait toujours frais, même aux heures les plus chaudes de la journée. On y marchait sur le sable le plus fin ; on pouvait s'y asseoir sur des bancs de mousse et aussi sur de bons fauteuils. Au milieu des verdures, un jet d'eau jaillissait d'une vasque de marbre blanc ; un ruisseau limpide murmurait en courant à travers les fleurs. Et sous l'immense dais de toile, on pouvait s'isoler comme dans une forêt en errant par des allées touffues.

On pouvait même y tailler des banques, comme à Monaco, car dans le coin le plus verdoyant de cet Eden artificiel, il y avait, toute dressée, une longue table recouverte d'un tapis vert.

— Je ne suis pas joueuse, dit M\ :sup de Vercin en la montrant à Destérel, mais tous mes amis aiment

5.

le jeu..., le très gros jeu..., et je tolère qu'ils jouent chez moi... Oh! pas tous les jours et jamais le soir... Deux heures avant dîner, pas plus.

Êtes-vous joueur?

— Je ne le suis plus, répondit en souriant Destérel.

— Bon! je devine. Le jeu vous a coûté cher et vous y avez renoncé. Je vous en félicite. A votre âge, on a mieux à faire.

— Aimer, n'est-ce pas?

— Vous l'avez dit.

— Vous avouerai-je que, jusqu'à présent, l'amour ne m'a pas mieux réussi?

— J'espère que vous n'y avez pas renoncé comme vous avez renoncé au jeu.

— Non..., mais je rêve d'aimer... et surtout d'être aimé autrement. Je ne veux plus souffrir..., j'ai été trop malheureux.

— Vous ne méritiez pas de l'être. Contez-moi vos peines.

— A quoi bon? Elles sont passées et elles ne vous intéresseraient pas.

— Tout ce qui vous touche m'intéresse. Voyons!... Comment voudriez-vous être aimé?

— Comme je ne l'ai jamais été.

— Parce que vous vous êtes adressé à des femmes sans cœur. Vous êtes tous les mêmes, vous, les jeunes! ... vous ne savez pas deviner celles qui ne demanderaient qu'à vivre pour vous. En courant après le plaisir, vous passez à côté du bonheur.

— C'est vrai..., mais qu'y faire?... Il y a bien le mariage..., c'est le port après la tempête..., seulement c'est aussi une loterie, et si on ne tombe pas sur un bon numéro, on se repent toute sa vie...

— A qui le dites-vous! soupira la comtesse.

— J'y pense pourtant et je ne répugnerais pas à courir cette grosse chance, si je rencontrais la femme que je rêve; mais celle-là ne voudrait pas de moi.

— Qu'en savez-vous?

— Oh! je n'ai rien de ce qu'il faut pour prétendre à un beau parti et je n'épouserais pas la première venue. Je suis très difficile et je ne devrais pas l'être.

— Pourquoi? Parce que vous avez ébréché votre fortune? Raison de plus pour chercher à la refaire par un mariage.

— Non, Madame, ce n'est pas cela. Il me reste de quoi vivre; je n'aurais pas assez pour deux, mais j'ai assez pour moi.

— Alors, vous auriez grand tort de vous marier. La gêne en ménage n'est pas supportable. J'ai là-dessus des principes très arrêtés, et de mon consentement, Claire n'épousera qu'un homme très riche. Son père n'a rien laissé. Elle héritera de moi, mais je lui ferai attendre mon héritage le plus longtemps que je pourrai..., et avec les goûts que je lui connais, elle serait très malheureuse, s'il lui fallait se passer du luxe qui l'entoure ici. Je cherche pour elle un archi-millionnaire, et je ne désespère pas de le trouver. Elle est si jolie que sa beauté remplacera la dot que je ne suis pas en mesure de lui donner maintenant, car j'ai engagé mes biens personnels pour payer les dettes de mon mari, et tant qu'ils ne seront pas libérés, je ne pourrai dis-

poser que d'une partie de mon revenu, sans toucher
au capital.

Destérel ne perdait pas un mot de ce discours
dont les contradictions et les invraisemblances lui
sautaient aux yeux, et il commençait à deviner le
jeu de Mme de Vercin.

Elle soupçonnait le sauveur de s'être amouraché
de Claire et, comme elle voulait le garder pour elle-
même, elle cherchait à le dégoûter de sa fille. Mais
la dame avait affaire à aussi fin qu'elle.

Destérel, pour la forcer à se démasquer tout à
fait, feignit d'entrer dans ses idées.

— Mlle de Vercin est faite pour épouser un prince
régnant, dit-il gravement, et je vous prie de croire,
Madame, que, tout à l'heure, quand j'exprimais le
regret d'avoir manqué ma vie, je ne pensais pas à
vous demander sa main.

— Oh! s'écria la comtesse, je savais bien que
vous ne songiez pas sérieusement à vous marier.
Vous avez trop vécu pour ne pas comprendre qu'on
peut être heureux sans s'enchaîner par des serments écrits. J'ai fait la triste expérience de ce
qu'ils valent, ces serments-là : la mort de mon
mari m'en a déliée et j'ai juré de rester libre.

— Mais vous n'avez pas juré de ne plus aimer.

Une flamme passa dans les yeux de la dame.

— Non, répliqua-t-elle, car vivre sans aimer, ce
n'est pas vivre... ; mais à mon tour de dire comme
vous : qui pourrais-je aimer? L'homme que je rêve
ne voudrait pas de moi... car moi aussi, je suis difficile... et j'ai un idéal... Peu m'importerait qu'il
fût pauvre... pourvu qu'il fût jeune, brave, ardent...
peu m'importerait même qu'il ne fût pas beau...

J'ai horreur des bellâtres, comme ce marquis Cavalcano qui a une tête de modèle d'atelier... il me suffirait qu'il eût une figure intelligente et passionnée... A celui-là, si je le rencontrais et si j'étais
assez heureuse pour lui plaire, je ne demanderais
pas de m'épouser.

C'était le portrait de Destérel peint par la comtesse, et, si modeste qu'il fût, Destérel ne pouvait
pas ne pas se reconnaître.

La situation s'éclaircissait, mais elle se tendait
furieusement.

C'était l'équivalent d'une déclaration que la comtesse venait de lancer et elle était seule avec l'original du portrait qu'elle esquissait, seule au fond
d'une serre embaumée par l'odeur capiteuse des
fleurs.

Son teint s'était animé, ses yeux brillaient. Elle
était superbe ainsi.

Destérel avait vingt-cinq ans et du sang dans les
veines. S'il s'était trouvé, la veille, à pareille fête,
il se serait vite mis au diapason de la dame et le
diable sait comment la scène aurait fini. Mais Destérel avait encore devant les yeux la douce image
de Claire, et il ne songea qu'à se tirer adroitement
de ce mauvais pas.

Ce n'était pas commode, car il lui fallait répondre du *tac au tac*, comme on dit dans les salles d'armes,
et répondre sans blesser cette mère trop passionnée,
qui n'aurait pas manqué de se venger sur sa fille
des dédains de Destérel, s'il n'eût pas pris la précaution de les déguiser.

Pendant qu'il cherchait une phrase qui ne venait

pas, Mme de Vercin compléta hardiment sa profession de foi.

— Je ne lui demanderais que de m'aimer, reprit-elle avec feu. Je lui dirais : je ne dépends de personne, car j'ai dès à présent une fortune indépendante, et quand j'aurai marié Claire, je pourrai aller vivre où il *nous* plaira... oui, *nous*... car je n'aurai pas d'autre volonté que la sienne... En attendant que j'aie casé cette petite, nous nous verrions chaque jour, chez moi ou chez lui..., à son choix. Et s'il exigeait que je cessasse de recevoir mes amis, je lui ferais ce sacrifice... Claire y perdrait, car c'est parmi eux que j'espère lui trouver un mari, mais je chercherais ailleurs.

Ce programme acheva d'édifier Destérel sur le rôle que la comtesse lui réservait dans sa maison, et il prit la chose en riant.

— Ce serait vraiment trop exiger, dit-il gaiement; si j'étais cet heureux mortel, il me semble que je m'accommoderais très bien de rencontrer chez vous des étrangers du meilleur monde.

— Vous les verrez demain, ici. Je vous présenterai à un prince russe qui viendra, je crois, pour les beaux yeux de Claire, et qui serait pour elle un superbe parti. Vous me direz comment vous le trouvez.

Cette fois, c'était trop fort, et Destérel eut bien de de la peine à ne pas dire ce qu'il pensait de cette façon de chercher à marier une jeune fille entre une tasse de thé et une partie de cartes.

L'inviter, lui, à apprécier les mérites d'un homme qui avait jeté son dévolu sur Mademoiselle, c'était le traiter comme s'il eût été déjà l'amant et le complice de Madame.

Il s'en tira par une plaisanterie où perçait l'irritation que lui causait cette malséante ouverture :

— Je me récuse, dit-il. Je ne me connais pas en princes russes... et d'ailleurs, je ne serais pas impartial pour le juger.

— Pourquoi donc? demanda vivement la comtesse.

— Mais... parce que Mlle de Vercin me paraît valoir mieux que tous les princes du monde. Elle est charmante.

— Oui, elle est jolie, et si elle était plus intelligente, il ne lui manquerait rien... Malheureusement, elle est restée enfant.

— Comme toutes les jeunes filles qui n'ont pas encore vécu dans le monde. Ne vient-elle pas de sortir du couvent?

— Ah !... elle vous a dit cela? mais, au fait, je ne vous ai pas demandé de quoi elle vous parlait quand je vous ai trouvés tous les deux assis sur ce banc... Apprenez-moi donc ce qu'elle vous racontait.

— Qu'elle avait été élevée chez les Ursulines de Trieste.

— Elle a dû vous ennuyer avec l'histoire de son enfance.

— Pas du tout. Elle est simple et naturelle..: deux qualités que je prise fort.

— Alors, elle vous plaît?

— Beaucoup.

— Eh bien! épousez-la, dit sèchement la comtesse.

— Madame, répliqua Destérel, sans trop se déconcerter, vous savez bien que je ne veux pas me marier.

— Vous venez de me le dire... ; je serais curieuse de savoir si vous lui avez tenu le même langage, à elle... Mais laissons cela, Monsieur..., vous n'êtes pas obligé de me répondre, et nous nous reverrons demain... C'est mon jour de réception, et je compte absolument sur vous... Nous causerons.

Le ton, l'air, la figure de la dame avaient changé subitement. Destérel devinait pourquoi et il ne regrettait pas de l'avoir amenée à se montrer telle qu'elle était. Destérel était fixé maintenant sur les sentiments maternels de Mme de Vercin, et ce qu'il venait d'entendre le révoltait à ce point qu'il se demandait si Claire était vraiment la fille de cette femme.

Il dissimula, car il tenait à ne pas rompre, afin de conserver ses entrées dans cette maison où Claire, s'il s'était retiré, serait restée sans défenseur.

— Vous viendrez, n'est-ce pas ? insista la comtesse.

— Je n'aurai garde d'y manquer, dit-il courtoisement.

— Alors, je ne vous retiens plus. Je vais rejoindre au salon ma vieille amie Dolorès, qui ne doit pas s'amuser, toute seule avec Claire... Vous ne tenez pas, je suppose, à prendre congé de cette petite... Au revoir, Monsieur !

Destérel salua et partit, très heureux d'en être quitte pour la peur qu'il avait eue des ardeurs de Mme de Vercin, mais très peu rassuré sur le sort présent et à venir de Mademoiselle.

Il n'avait pu mieux faire, ce jour-là, mais il ne renonçait pas à la défendre, et il espérait trouver, le lendemain, au thé de cinq heures, l'occasion de lui dire encore qu'il était tout à elle.

Il laissait la comtesse très agitée et médiocrement satisfaite du résultat de ce premier tête-à-tête avec son sauveur.

Destérel ne l'avait pas blessée par un refus formel de correspondre à sa flamme si promptement allumée, mais Destérel lui avait laissé voir qu'il trouvait Claire fort à son goût et elle le soupçonnait d'avoir échangé avec Claire autre chose que des banalités polies.

Elle ne perdit pas un instant pour vérifier si ce soupçon était fondé. Il ne s'agissait pour cela que de confesser une enfant qui n'avait pas encore appris à mentir et qui l'attendait au rez-de-chaussée de l'hôtel, dans le grand salon. Elle y courut.

Elle n'eut qu'à la regarder pour lire dans ses yeux le désappointement de ne pas voir Destérel entrer avec sa mère.

La duègne brodait dans un coin. Mme de Vercin lui jeta quelques mots, en espagnol, et Dolorès s'empressa de sortir.

— Vous êtes seule, chère maman? demanda Claire, qui s'était levée.

— Oui, petite, répondit négligemment la comtesse. M. Destérel vient de s'en aller ; il était attendu et je n'ai pas insisté pour le retenir. Il reviendra demain à cinq heures.

— Certainement.., il me l'a promis.

— Tu l'as donc invité?

— Non, maman, je lui ai dit seulement que vous receviez le mardi.

— Je le lui ai répété et je l'ai engagé. Il a accepté de très bonne grâce.

— Ah! je serai bien contente de le revoir.

Ce fut dit avec un élan qui aurait suffi à éclairer Mme de Vercin sur l'état du cœur de sa fille, mais elle tenait surtout à savoir où Destérel en était avec Claire et, pour en venir à ses fins, elle n'imagina rien de mieux que de lui tendre un piège.

Elle connaissait son caractère et elle savait que, pour obtenir d'elle un aveu, il fallait la prendre par la douceur.

— Il est vraiment très bien, ce jeune homme, commença-t-elle en s'asseyant à la place que la duègne venait de quitter. N'est-ce pas ton avis?

— Je voudrais qu'il pensât de moi tout le bien que je pense de lui.

— Tu le lui as dit, ce que tu penses de lui?

— Oh! non... mais je ne sais pas cacher ce que je ressens et il s'est bien aperçu que j'étais contente de le revoir.

— Et lui..... que t'a-t-il dit?

— Toutes sortes de choses aimables... qu'il vous était très reconnaissant d'avoir bien voulu l'engager à se présenter chez vous et qu'il serait très heureux si vous l'invitiez à y revenir.

— C'est tout?

— Il m'a fait aussi des compliments, et j'avoue que je les ai écoutés avec plaisir.

— Naturellement, dit Mme de Vercin en pinçant les lèvres.

Elle se contenait encore, parce qu'elle tenait à obtenir une confession complète.

— Ai-je eu tort? demanda la jeune fille.

— Non. Je l'ai bien écouté, moi, et il m'a parlé de toi tout le temps.

— Vrai?... bien vrai?

— Mais, oui... et j'en ai conclu que tu lui plaisais beaucoup. Il m'a même paru qu'il avait sur toi des vues sérieuses.

Oui... j'ai vu le moment où il allait me demander ta main, ajouta la comtesse en riant d'un rire forcé. C'eût été un peu prématuré, et il n'a pas osé. Mais, si le cas se présentait, qu'en penserais-tu, petite ?

— Le cas se présentera, dit vivement la jeune fille, car je ne me marierai pas sans votre permission, et M. Destérel m'a juré de m'épouser.

— Ah!... il t'a juré... que lui as-tu répondu?

— Que je n'aurais jamais d'autre mari que lui.

— Alors, tu t'es engagée... comme cela, sans me consulter?

— Je l'aime.

— Et il t'aime, n'est-ce pas?... Il te l'a dit?

— Oui, et je suis sûre qu'il ne ment pas; il m'a dit aussi qu'il ferait tout pour obtenir votre consentement à notre mariage, et moi, ma chère maman, je sais bien que vous ne nous le refuserez pas.

— Tu crois, demanda la comtesse, pâle de colère, tu crois que je vais te jeter à la tête de cet homme qui se moque de toi?

— Lui! s'écria Claire, oh! non... Il est trop loyal pour mentir.

— Tu te figures qu'il veut t'épouser pour tes beaux yeux?... tu n'es qu'une sotte. Il supposait que tu étais riche; je lui ai déclaré que je ne te donnerais pas un sou de dot; ça l'a calmé, et si tu comptes qu'il te demandera en mariage, tu te trompes. Je n'aurai pas la peine de le refuser; il ne se mettra plus sur les rangs... et il fera bien, car il n'est pas plus riche que toi.

— Je le sais. Il me l'a dit. Mais nous nous aimons. Qu'importe le reste?

— Assez!... je te défends de parler désormais à ce garçon. S'il revient, je le recevrai, puisque je l'ai invité, mais si je m'aperçois que tu songes encore à lui, je t'interdirai de te montrer pendant qu'il sera chez moi. Je lui fermerais ma porte plutôt que de souffrir que tu le rencontres.

Tu as entendu; as-tu compris?

Claire ne comprenait que trop, mais elle n'était pas disposée à se soumettre.

— Vous nous empêcherez de nous voir, murmura-t-elle; vous ne nous empêcherez pas de nous aimer.

— Encore! s'écria Mme de Vercin, exaspérée. Petite malheureuse! tu oublies que tu es dans ma main et que si je te chassais de ma maison, tu serais sur le pavé.

— Vous ne pouvez pas me chasser... je suis votre fille.

— Donc, tu dois m'obéir. Ne me fais pas repentir de t'avoir tirée de ce couvent où j'aurais dû te cloîtrer pour toujours... et prends garde que je ne t'y renvoie.

— Il ne me laisserait pas partir.

— Ah! tu le prends sur ce ton!... tu oses me dire en face que tu te ferais enlever par ce joli Monsieur dont les doux propos t'ont troublé la cervelle! Tu mériterais que je te misse hors d'ici, à l'instant. Nous verrions ce qu'il ferait de toi, ton amoureux...

Mais puisque j'ai le malheur de t'avoir pour fille, je
me dois à moi-même de te contraindre à marcher
droit. Je t'ordonne de monter dans ta chambre, et
je te défends d'en sortir. J'y veillerai, du reste, et
s'il le faut, je t'y enfermerai. Et ne t'imagine pas
que M. Destérel viendra te délivrer. Je le recevrai
demain et je lui parlerai de telle sorte qu'il se tiendra coi, je t'en réponds... Mais avant de lever la
punition que je t'inflige, j'attendrai que je t'aie trouvé
un mari de mon choix. Ce ne sera pas long. J'en ai
un tout prêt... et si tu t'avisais de le refuser, il t'en
coûterait cher.

— Quand il devrait m'en coûter la vie, je n'é-
pouserai jamais que M. Gaston Destérel.

— C'est ce que nous verrons. Sors de ma présence et va te mettre aux arrêts. Ce soir, tu auras
de mes nouvelles.

A ce mot « aux arrêts », Subligny, s'il eût été là,
aurait reconnu l'ancienne amie des hussards. Sabretache reparaissait sous la comtesse.

Mais la pauvre Claire n'avait qu'à se résigner et
elle allait sortir, lorsque la porte du salon, qui s'ouvrit sans bruit, livra passage au marquis Cavalcano, des princes Boboli.

Il s'avança, le chapeau à la main, le sourire aux
lèvres, et tout en saluant cérémonieusement Mᵐᵉ de
Vercin, il trouva moyen de décocher une œillade à
Mademoiselle, qui s'empressa de lui tourner le dos
et de disparaître.

— Que venez-vous faire chez moi? demanda la
comtesse en fronçant le sourcil.

— Vous voir, chère amie, répondit doucement le
seigneur florentin.

— Je vous avais défendu de venir aujourd'hui.

— C'est vrai, mais je n'ai pas pu y tenir, et puis j'ai à vous parler de choses sérieuses.

— Pourquoi vous êtes-vous permis de m'espionner, hier soir? Ne niez pas!... J'ai reconnu votre coupé.

— Espionner est dur, comtesse. Est-ce pour me dépister que vous avez fait descendre au Trocadéro ce garçon que vous rameniez en voiture?

— Je n'ai pas de comptes à vous rendre.

— Oh! je ne vous en demande pas et vous conviendrez que je ne suis pas gênant. Il vous a plu de m'éviter au Jardin de Paris, où vous m'aviez donné rendez-vous. Je ne vous en veux pas d'avoir préféré la compagnie de M. Destérel, et il a dû vous dire que je lui ai parlé un instant avant qu'il vous rencontrât. Un Monsieur du cercle où je viens d'être reçu me l'a présenté..., et je l'ai complimenté de vous avoir sauvée au Ranelagh.

— Je sais cela, mais puisque vous m'avez suivie en voiture jusqu'à la rue Mozart, pourquoi n'êtes-vous pas entré?

— Parce que j'ai pensé que vous alliez me faire une scène. C'est bien assez de celle que vous m'avez faite, hier..., là haut, dans votre chambre.

— Rassurez-vous. Je ne vous en ferai plus.

— Ainsi soit-il!... mais...

— Je ne vous en ferai plus, parce que... c'est fini, notre liaison.

— Vous me permettrez, ma chère Antonia, de n'en rien croire. Vous avez mes secrets; j'ai les vôtres... Nous perdrions trop à nous brouiller.

— Eh! qui vous parle de nous brouiller? Nous

ne serons plus qu'une paire d'amis, voilà tout.

— L'amitié, c'est encore quelque chose, dit ironiquement le marquis, mais pourquoi ne resterions-nous pas comme nous sommes ?

— Parce que j'en ai assez.

— Voilà ce qui s'appelle un aveu dépouillé d'artifice. Et d'où vient ce changement subit ?

— Je n'en sais rien. C'est comme si vous me demandiez pourquoi j'aimais le bezigue, autrefois, et pourquoi je ne l'aime plus. On se lasse de tout.

— Excepté d'être heureux en affaires, et les nôtres ne continueront pas à prospérer, si nous nous séparons. Vous ne pouvez pas plus vous passer de moi que je ne puis me passer de vous.

— Je vous répète mon cher, que nous ne nous fâcherons pas et que nous aurons toujours des intérêts communs... Mais, c'est décidé... Je vous rends votre liberté et je reprends la mienne.

— Cela signifie, je suppose, que vous m'avez déjà remplacé ?

— Croyez-en ce qu'il vous plaira. Je ne vous empêche pas de faire comme moi.

— Alors, c'est ce grand brun... le sauveur, comme je l'ai surnommé. Prenez garde, chère amie ! ce caprice pourra vous mener loin.

— Mêlez-vous de ce qui vous regarde. Je ne vous demande pas de conseils.

— Je vous en ai donné quelques-uns que vous avez bien fait de suivre.

— Et quelques-uns que j'ai regretté d'avoir suivis... entre autres, celui de retirer Claire du couvent où elle était si bien.

— Je ne vois pas que, jusqu'à présent, vous ayez

eu à regretter de l'avoir prise avec vous. Claire est très décorative, et, parmi nos gros joueurs, j'en connais plus d'un qui viendrait moins souvent ici, si elle n'y était pas pour lui offrir de ses blanches mains une tasse de thé... Elles sont merveilleuses, ses mains, comme tout le reste de sa personne, car c'est une perfection, que cette chère enfant..., un vrai morceau de roi, comme on disait jadis... Les rois sont rares au temps où nous vivons, mais il y a encore des princes, qui épousent... morganatiquement... et qui, au lieu de demander une dot à la mère, lui assurent un douaire d'un million.

C'est le prix que donnerait Golymine et je venais précisément vous annoncer qu'il est arrivé à Paris, aujourd'hui, cet excellent Golymine.

J'espère vous l'amener demain, et je suis sûr que Claire fera sa conquête.

— Claire?... je croyais que vous vouliez la garder pour vous, dit la comtesse en regardant Cavalcano dans le blanc des yeux.

— Moi!... je n'ai jamais songé à elle..., et du reste, elle m'a en horreur. Elle m'aurait très mal reçu, si je m'étais avisé de lui faire la cour.

— Vous ne vous en êtes pas privé, cependant.

— Oh ! ma chère, vous avez bien mauvaise opinion de ma fidélité !... Vous oubliez que je vous appartenais.

— Vous ne m'appartenez plus et ce que je n'aurais pas toléré quand j'étais votre maîtresse me serait maintenant tout à fait indifférent.

— Voyons, Antonia !.. tu ne parles pas sérieusement... à moins que... Bon! j'y suis! c'était une épreuve..., tu voulais savoir si j'ai du goût pour cette petite... Eh bien! non, je ne profiterai pas de la permission que tu m'accordes... Faisons la paix et laisse-moi te présenter demain Golymine.

Le marquis jetait le masque. Il se montrait tel qu'il était : un gentilhomme avili, associé à une intrigante.

Ce tutoiement subit surexcita, comme un coup de fouet, cette comtesse de contrebande.

Elle aussi cessa de se contraindre, et ce fut avec une violence inouïe qu'elle répondit :

— Je t'ai déjà dit que c'était fini entre nous. Tu ne seras plus jamais mon amant, mais tu seras toujours mon complice, et cette fille m'est odieuse.

— Que t'a-t-elle donc fait?

— Tu n'as pas besoin de le savoir. Débarrasse-moi d'elle.

— La tuer!... ah! non, par exemple.

— Il ne s'agit pas de la tuer. J'ai trouvé mieux.

— Je n'y suis plus du tout.

— Elle te plaît..., ne me dis pas le contraire... ; je le sais. Eh! bien, prends-là. Je te la donne. Comprends-tu, maintenant?

Cavalcano comprit, et un sourire méchant passa sur ses lèvres.

— Et Golymine? demanda-t-il cyniquement.

— Prends-la toujours. S'il veut l'acheter, je ne t'empêcherai pas de la lui vendre.

A ce moment la duègne entra et le dialogue en resta là.

Le plafond ne s'était pas écroulé sur la tête de ces infâmes. Le ciel était bleu, les oiseaux chantaient. Et la pauvre Claire pleurait dans sa chambre, en pensant à Gaston, qui ne se doutait guère du danger qu'elle courait.

6.

III

A Paris, les rez-de-chaussée, les entresols et les mansardes sont faits pour être habités par les célibataires, et lorsque, sur un écriteau pendu à la porte d'une maison, on lit : « Joli appartement de garçon, à louer, » on peut hardiment parier que cet appartement n'est pas situé à un des étages respectables où s'installent les ménages bourgeois.

Seulement, il y a célibataires et célibataires, comme il y a fagots et fagots.

Ceux qui ne roulent pas sur l'or se logent volontiers près du toit. Ils ont de bonnes jambes pour monter d'interminables escaliers, et les petites amies qu'ils reçoivent se passent très bien d'ascenseurs.

Les autres, ceux qui ont de la fortune et des relations mondaines, préfèrent les logements d'un accès facile; les logements où une élégante visiteuse peut se glisser sans trop s'exposer à rencontrer des locataires curieux et surtout sans passer sous les yeux inquisiteurs d'un concierge.

Ceux-là s'accommodent parfaitement d'un entresol, mais ils aiment encore mieux un rez-de-chaussée.

Gaston Destérel appartenait à cette dernière catégorie, — celle qu'on pourrait appeler l'état-major des garçons, — et il avait trouvé, rue de Berry, à deux pas des Champs-Élysées, le rez-de-chaussée de ses rêves.

Il y demeurait depuis qu'il était entré en possession de son patrimoine et il y avait mené si joyeuse vie qu'il entrevoyait le moment où il lui faudrait déménager pour en prendre un moins cher.

Orphelin de père et de mère à quinze ans, Gaston Destérel était le fils unique d'un architecte de talent, mort très jeune, qui lui avait laissé un demi-million, très rapidement gagné, et des goûts dispendieux.

Gaston avait eu pour tuteur un vieil ami de son père, qui était bien le plus singulier original qu'on pût imaginer.

Ce brave homme, paysagiste de l'école du plein air, passait tout son temps à peindre des coins de banlieue, et n'avait jamais donné un conseil à son pupille. Il s'était contenté, après l'avoir fait émanciper dès l'âge de dix-huit ans, de lui remettre intact, et même un peu augmenté par des placements avantageux, l'héritage paternel.

Gaston était en train de le croquer à belles dents, et cet excellent Sylvain n'y trouvait point à redire, — il s'appelait Sylvain : un nom prédestiné pour un élève de la nature, comme il s'intitulait lui-même ; au contraire, il approuvait Gaston de manger son bien, parce qu'il était convaincu que Gaston, une fois ruiné, suivrait sa vraie vocation, qui était de faire de la peinture.

En attendant, Gaston ne songeait qu'à découvrir de jolis modèles de femmes et riait des visées du père Sylvain, qu'il ne voyait pas souvent, car le bonhomme ne descendait guère des hauteurs de

Montmartre, où il demeurait depuis trente ans, que pour aller prendre, dans les parages de Saint-Ouen, des vues naturalistes des bords de la Seine.

Destérel, à vrai dire, était un fourvoyé. Destérel, né sentimental, avec une forte tendance au romanesque, n'avait jamais vécu autrement que les désœuvrés qui s'amusent par *chic ;* à force de fréquenter des sots et des demoiselles lancées, il était devenu un parfait *gommeux.* Il se faisait habiller par un tailleur anglais, il envoyait blanchir son linge à Londres et il aurait cru déchoir en aimant à la bonne franquette ou pour le bon motif.

Il commençait pourtant à se lasser de cette existence creuse, quand le hasard d'une rencontre lui avait ouvert les yeux. Il s'était aperçu tout à coup qu'il avait un cœur et qu'un homme de vingt-cinq ans a mieux à faire en ce monde que de cartonner au cercle et de courir après les horizontales à la mode.

Il avait trouvé son chemin de Damas sur la pelouse du Ranelagh, et les incidents qui s'étaient succédé depuis cette première étape ne l'avaient pas arrêté dans la bonne voie.

Les scènes du lendemain, dans le jardin de la comtesse, l'avaient à peu près éclairé sur la situation de la mère et de la fille ; elles n'avaient pas refroidi son ardeur.

Il ne demandait qu'à partir en guerre, c'est-à-dire à défendre envers et contre tous cette adorable Claire, qui s'était mise si ingénument sous sa protection.

Et il ne se préoccupait plus des suites de la campagne scabreuse qu'il allait ouvrir. Elle commençait à peine ; il avait bien le temps d'y penser.

Il n'était pas jusqu'à son ancien camarade Luminet qui n'eût, sans le vouloir et sans le savoir, con-
tribué à sa conversion.

Destérel avait fait un retour sur lui-même en
comparant sa vie d'inutile à celle de ce brave garçon, qui travaillait pour gagner la sienne, et qui
n'aurait pas mieux demandé que d'épouser une honnête fille sans dot.

Il ne l'avait pas revu, quoique Luminet lui eût
promis une visite, mais il l'attendait et il le désirait,
car il prévoyait qu'il aurait besoin de lui. Il pensait
même à aller le chercher dans son grenier de la rue
Mozart pour lui parler de ses voisines.

Le lundi, après l'orageuse entrevue avec Mme de
Vercin, Destérel était parti, très agité et assez perplexe ; bien résolu pourtant à revenir le lendemain,
à l'heure où la comtesse devait le présenter à ses
invités.

Le prince russe lui trottait par la cervelle ; ce
prince russe qui viendrait, disait-elle, pour les beaux
yeux de sa fille.

Il l'exécrait, sans le connaître, mais il tenait
beaucoup à le voir, et il prévoyait que la séance ne
se passerait pas sans amener une explication décisive.

Il s'y préparait et il en acceptait, par anticipation,
toutes les conséquences ; mais il n'aurait pas été
fâché de se renseigner encore sur la dame et sur
son entourage, et il ne pouvait s'adresser pour cela
qu'à M. de Subligny.

Ce baron bien informé n'avait peut-être pas dit
tout ce qu'il savait, et Destérel espérait le faire
parler, sans lui confier ses projets.

6.

Il s'était mis à sa recherche, le soir même, et il n'avait pas réussi à le rencontrer. Subligny n'avait pas paru au cercle où Destérel avait dîné en assez ennuyeuse compagnie et joué au whist jusqu'à des heures indues.

L'amoureux Gaston avait mal dormi ; il s'était levé très tard et le déjeuner, cuisiné par son groom, l'avait mené jusqu'à deux heures, quoiqu'il eût fort peu mangé. Il s'était mis ensuite à sa toilette, qui lui avait, comme toujours, pris beaucoup de temps ; car s'il s'était converti à la sagesse, il n'avait pas renoncé à soigner sa personne, et il s'habilla, ce jour-là, avec une recherche toute particulière.

Il tenait à paraître à son avantage, moins pour plaire à Mlle de Vercin, qui l'aurait trouvé charmant, même en négligé, que pour faire bonne figure devant l'ennemi, c'est-à-dire devant le seigneur moscovite que la comtesse allait lui opposer.

Quand il fut sous les armes, il alluma un cigare et il attendit avant de monter en voiture. Il ne voulait pas arriver trop tôt, parce qu'il tenait à éviter un nouveau tête-à-tête avec la mère.

Il se promettait aussi de ne pas jouer, d'abord parce que le jeu ne lui réussissait pas et aussi parce qu'il espérait trouver, pendant la partie, l'occasion d'échanger quelques mots avec Claire, qui pouvait bien avoir des choses intéressantes à lui apprendre, confidentiellement.

Il comptait du reste se tenir sur la réserve, parler fort peu, écouter beaucoup et surtout observer.

Il allait là comme on va en reconnaissance avant de livrer bataille.

Ce plan était sagement conçu. La difficulté consistait à l'exécuter, et Destérel aurait dû se demander si tous ses beaux projets ne s'en iraient pas en fumée, quand il se retrouverait entre la mère et la fille.

Mais Destérel ne doutait de rien.

Sa victoria l'attendait à la porte, une jolie victoria bien attelée qu'il louait au mois pendant la belle saison, car au point où il en était de son patrimoine, il ne pouvait plus se donner le luxe d'avoir un équipage à lui, et de son train d'autrefois, il n'avait conservé qu'un cheval de selle qui était en pension au Tattersall et qu'il montait encore assez souvent, le matin, au Bois, dans la fameuse allée des Poteaux, à seule fin de ne pas se retirer tout à fait de la vie élégante.

L'heure s'avançait et il venait de se décider à sortir pour aller rue Mozart, lorsque son groom lui annonça M. de Subligny, qu'il avait tant cherché la veille.

C'était une chance inespérée, car entre viveurs du même monde, qui se rencontrent presque tous les jours au même cercle, on ne se dérange guère pour le simple plaisir de se voir à domicile, et Destérel, pressentant que la visite du baron devait avoir un but, s'empressa de le recevoir.

Il ne se trompait pas, car Subligny lui dit de but en blanc :

— Il paraît, mon cher, que vous m'avez demandé hier, à tous les échos du club?

— C'est vrai, murmura Destérel.

— Parions que j'ai deviné pourquoi. Vous vouliez reprendre la conversation que nous avons eue, dimanche soir, au Jardin de Paris.

— J'avoue qu'elle m'intéressait beaucoup et que...

— Eh bien ! je viens tout exprès pour vous parler des gens qui vous intriguent. J'ai été aux renseignements ; j'en ai recueilli et je vous les apporte tout frais.

Mais, reprit le baron, vous alliez sortir, je crois ?

— Oh ! dit vivement Destérel, j'ai le temps de causer avec vous..., et il faut d'abord que je vous remercie d'avoir pris la peine de vous déranger.

— Ne m'en sachez pas trop de gré, si vous en tenez toujours pour cette charmante blonde, car ce que je vais vous apprendre va vous contrarier, j'en ai peur. Avant-hier, je vous ai dit tout ce que je savais alors sur la mère... et c'était fort peu de chose. Hier, j'ai dîné chez un de mes anciens amis, un diplomate qui l'a connue à l'étranger et qui m'a complètement édifié sur la vie qu'elle y menait. Il ignorait du reste qu'elle eût débuté dans la galanterie parisienne, sous le pseudonyme de Sabretache. Il l'a rencontrée pour la première fois à Berlin, où elle passait pour avoir rendu de grands services à l'armée prussienne pendant le siège de Paris. On l'y tolérait parce qu'elle pouvait en rendre d'autres.

— Que me dites-vous là !... Quoi !... c'était une espionne !...

— On l'affirmait. Ce qu'il y a de certain, c'est qu'elle était arrivée à Berlin immédiatement après la guerre, avec un Français qu'elle présentait comme son mari, qui ne tarda pas à disparaître et dont il n'a jamais été question depuis. Elle devint la maîtresse attitrée d'un riche banquier juif qu'elle mit sur la paille en cinq ou six ans, ce qui est un

assez joli tour de force. Après, elle alla s'établir à
Vienne, où elle a eu de nombreux amants, puis à
Florence, puis de rechef à Vienne, où elle s'intitulait déjà comtesse de Vercin et où elle donnait à
jouer chez elle. On s'y ruinait si bien qu'à la suite
du suicide d'un très grand seigneur hongrois, qui
y avait tout perdu, même l'honneur, le gouvernement
autrichien l'a expulsée.

C'est alors qu'elle s'est réfugiée en France, où on
l'avait oubliée et où elle est débarquée avec beaucoup d'argent.

— Rien de tout cela ne m'étonne, mais... sa fille ?

— Elle n'en a jamais eu... L'ami qui m'a renseigné
et qui la connaît depuis quinze ans n'a jamais entendu parler de cette prétendue fille, et personne ne
l'a vue, tant que la soi-disant comtesse a habité
l'Allemagne ou l'Italie.

— Parce que la mère l'avait mise au couvent...
Elle ne l'en a retirée que l'année dernière.

— De qui tenez-vous cela ?

— De Mlle de Vercin elle-même.

— Vous l'avez donc vue depuis notre rencontre
au Jardin de Paris ?

— Oui... hier, chez sa mère, j'ai pu causer un instant, seul avec elle.

— Et vous avez cru à l'histoire qu'elle vous a racontée ?

— J'y crois encore.

— Je savais bien que j'allais être amené à vous
faire de la peine... ; mais tant pis !... Mon devoir
d'ami est de vous dire que mon diplomate bien informé croit tout autre chose.

— Est-ce qu'il connaît Mlle de Vercin ?

— Pas du tout, mais il sait parfaitement que, rue Mozart, la comtesse donne à jouer comme à Vienne. Elle reçoit les richissimes étrangers qui n'ont pas oublié les très grosses parties qu'ils faisaient là-bas chez elle, et je n'ai pas besoin d'ajouter qu'elle y trouve son compte ; seulement, elle n'est plus jeune et, quoiqu'elle soit encore belle, elle n'a plus assez d'éclat pour attirer les millionnaires qui, jadis, venaient pour elle autant que pour le jeu. Elle a donc éprouvé le besoin de s'adjoindre l'adorable blonde dont les yeux vous ont séduit.

— Où l'aurait-elle prise?

— Qui sait?... Peut-être bien dans ce couvent où on l'élevait par charité, comme on élève les orphelines ou les petites trouvées. La communauté aura été enchantée de se débarrasser d'elle et on n'aura pas demandé à la belle dame qui s'en chargeait ce qu'elle en voulait faire.

— Ce serait une infamie, dit chaleureusement Destérel, mais la pauvre enfant n'aurait rien à se reprocher.

— Assurément, non, si les choses se sont passées ainsi, mais j'en doute fort. Mon ami est convaincu que la jeune personne sait très bien ce que Mme de Vercin attend d'elle.

— Et moi, je suis convaincu du contraire.

— Mon cher, on croit toujours ce qu'on désire, mais si vous voulez bien raisonner un peu, vous conviendrez que c'est inadmissible. Voyons !... elle est là, depuis plus d'un an; elle a assisté à toutes les réceptions de la comtesse... c'est Cavalcano qui me l'a dit... Si naïve que vous la supposiez, elle n'a pas pu ne pas s'apercevoir que les invités la chauffaient... ; elle n'a pas pu ne pas entendre des propositions plus ou moins directes... et que diable! si cette existence lui déplaisait, elle aurait déjà planté là son apocryphe maman...

— Rien ne prouve qu'elle n'y songe pas, interrompit avec vivacité Destérel.

— Rien ne prouve non plus qu'elle y songe, dit froidement le baron.

Maintenant, mon cher ami, vous voilà suffisamment renseigné et je me garderai bien d'insister. Vous me pardonnerez, j'espère, de vous avoir chagriné en vous parlant comme je viens de le faire. C'était pour votre bien. J'ai été dur..., et salutaire, comme le davier d'un dentiste.

Du reste, je suis sûr que vous vous tirerez très bien de cette aventure. A bon entendeur, salut!

— J'entends que vous me conseillez de ne pas remettre les pieds chez la fausse comtesse.

— A Dieu ne plaise que je vous conseille quoi que ce soit, mon cher Destérel. L'expérience m'a appris ce que valent les conseils. Je vous ai dit ce que je pensais de ces dames. Il se peut que je me trompe..., ou qu'on m'ait trompé. Rien ne vous empêche de vérifier, et je ne vois pas ce que vous risquerez en fréquentant ce monde où l'on s'amuse.

J'irais parfaitement, moi, si j'avais votre âge.

— Voulez-vous que je vous y présente?... J'y vais à présent et je puis vous y mener.

— Merci..., je vous gênerais... Et puis si, par impossible, la ci-devant Sabretache se souvenait de m'avoir vu autrefois, ça compliquerait la situation. Allez-y sans moi, mon cher, ce sera mieux. Ce soir, au cercle, vous pourrez, si vous voulez, me raconter ce qui se sera passé là-bas.

— Je n'y manquerai pas, murmura Destérel, qui se réservait de limiter ses confidences, car il savait mauvais gré au baron d'accuser sans preuves la pauvre Claire.

Il se promettait même de ne plus jamais lui demander de renseignements, et s'il s'était laissé aller à lui offrir de le voiturer rue Mozart, c'est qu'il prévoyait bien que le baron refuserait.

Il avait fait le brave, par dépit, et il aurait été attrapé, si sa proposition eût été acceptée.

Mais le vieux viveur n'avait nulle envie de fourrer, comme on dit, son doigt entre l'arbre et l'écorce. Égoïste, comme tous ses pareils, Subligny évitait soigneusement de se mêler des affaires de ses amis, de peur de troubler sa quiétude et de déranger ses plaisirs.

Il avait averti Destérel, et, persuadé d'en avoir assez fait pour justifier sa réputation de galant homme, il tenait beaucoup à ne pas aller plus loin.

— C'est vrai! reprit-il d'un air dégagé, le mardi est un des jours de la comtesse... Cavalcano me l'a dit hier.... et voici l'heure du thé que sert si gracieusement la blondinette aux yeux noirs. Je me reprocherais de vous le faire manquer et je vous laisse.. Ah! j'oubliais une recommandation... Si, comme je n'en doute pas, vous le trouvez là-bas, ce cher Cavalcano, ne lui répétez pas ce que je viens de vous raconter sur les antécédents de la dame... Je me figure qu'il la prend au sérieux, et il me paraît inutile de lui arracher ses illusions.

— Je n'aurai garde, répondit Destérel, qui ne croyait pas du tout à la naïveté du marquis florentin.

— Ce serait de la cruauté, appuya en riant le baron.

Il venait de remettre son chapeau et il allait sortir, lorsqu'on frappa rudement aux carreaux de la fenêtre.

— Tiens ! s'écria-t-il gaiement, une visite qui vous arrive !...

C'est très commode, les rez-de-chaussée... ; les amies qui viennent vous voir n'ont pas besoin de sonner pour s'annoncer.

Il avait prononcé *amies* au féminin.

— Je n'attends personne, balbutia Destérel, très étonné de ce signal venu du dehors.

— Bon !... Je ne vous demande pas vos secrets, et si c'est une jolie main qui a heurté à vos vitres, ça ne me regarde pas. Je file, et je m'engage à ne pas me retourner quand je serai dans la rue.

— Je vous répète que je n'attends personne et, surtout, pas de femme.

— Ce n'est pas une raison pour qu'il n'en vienne pas une sur laquelle vous ne comptez pas. Mais je me sauve. A ce soir, cher ami.

Et pendant que Destérel le reconduisait jusqu'à la porte de son appartement, le baron, toujours gouailleur, ajouta, en baissant la voix :

— Dites donc !... si c'était la comtesse qui vient vous surprendre ? Elle en est bien capable.

— La comtesse ne sait pas mon adresse, répondit Destérel avec humeur.

Et il mit M. de Subligny dehors. Il l'y mit poliment, mais peu s'en fallut qu'il ne l'y poussât par les épaules, car les plaisanteries de ce sceptique incorrigible commençaient à l'agacer.

Dès qu'il fut délivré de sa présence, il revint vivement au fumoir où il l'avait reçu, impatient de voir qui s'était permis de frapper ainsi, et moins assuré qu'il n'avait dit que le baron n'avait pas deviné.

La comtesse la savait, son adresse, et elle était en effet très capable de venir le relancer chez lui. Quand il rentra, on cognait de nouveau à la fenêtre. Il y courut.

Il ouvrit violemment, comme on ouvre quand on est de mauvaise humeur. Cette façon familière de s'annoncer en frappant au carreau l'irritait autant qu'elle l'intriguait. Il n'était pas bien sûr que ce ne fût pas la comtesse, et si ce n'était qu'un farceur, il lui tardait d'apostropher le passant facétieux qui se permettait cette plaisanterie de mauvais goût.

Il ne vit rien tout d'abord. La fenêtre était assez élevée, et du dehors on ne pouvait guère y atteindre avec la main, à moins d'être un géant ou, à tout le moins, un tambour-major.

Destérel, qui n'avait pas pensé à cela, comprit tout de suite qu'il n'allait pas avoir affaire à une femme.

La rue de Berry n'est pas très fréquentée et, pour le moment, il n'y passait personne. Mais la victoria stationnait devant la porte, à quelques pas de là, et le cocher, du haut de son siège, souriait à quelqu'un qui se tenait collé contre le soubassement de la maison.

Destérel allait se pencher pour le découvrir, lorsqu'il vit poindre le bout d'une canne haussée à bout de bras par ce loustic du pavé qui cherchait à recommencer son tapage.

Empoigner le bout du bâton, ce fut tôt fait, mais en s'avançant jusqu'à mi-corps pour regarder en contre-bas, Destérel reconnut l'individu qui lui faisait cette fumisterie.

— Coucou !... le voilà ! cria joyeusement une voix un peu éraillée.

Une vraie charge d'atelier, dont l'auteur était le peintre Sylvain, l'élève de la nature, le père Sylvain, comme l'appelait volontiers son ci-devant pupille et filleul, car le vieil artiste avait tenu jadis sur les fonts baptismaux le marmot qui, en grandissant, était devenu l'élégant Gaston, viveur à tous crins.

Contre celui-là, Destérel ne pouvait pas se fâcher, mais il ne put pas non plus lui faire bon visage et il lui dit d'un ton assez bourru :

— Quelle mouche vous pique ?... Pourquoi cogner à ma fenêtre, quand il y a une sonnette à ma porte ?

— Histoire de rire, mon garçon, répondit en s'esclaffant le paysagiste de l'école du plein air. Parions que tu as cru que c'était une femme.

— J'ai cru que c'était un polisson du quartier, et j'allais sauter dans la rue pour lui tirer les oreilles. Enfin !... je suis bien aise de vous voir. Entrez, parrain !

— Jamais de la vie ! je passais par ici et l'idée m'est venue du te dire bonjour en passant, mais je ne veux pas te déranger. Tu vas sortir, puisque ton carrosse t'attend.

— Eh bien ! il m'attendra pendant que nous causerons un brin... Il y a un siècle que je ne vous ai vu.

— C'est vrai, mais aujourd'hui, je n'ai pas le temps. Je suis très pressé... De quel côté vas-tu ?

— A Passy.

— Tiens ! moi aussi... Comme ça se trouve !... Veux-tu m'y conduire, à Passy ? Nous causerons en route.

— Très volontiers, parrain. Laissez-moi seulement prendre mon chapeau et je suis à vous.

— Bon ! alors, je grimpe dans ta guimbarde. Ton cocher me connaît.

Gaston se serait bien passé d'avoir un compagnon de voyage pour se transporter chez la comtesse, mais il n'osa pas refuser ce brave homme, et faisant contre fortune bon cœur, il s'empressa de sortir, après avoir dit à son groom qu'il ne rentrerait pas de la journée.

Il trouva Sylvain déjà installé dans la victoria, où il faisait une singulière figure avec son paletot sac, son feutre à larges bords et ses longs cheveux grisonnants qui lui tombaient sur les épaules, à la mode des rapins d'autrefois.

Il avait largement dépassé la cinquantaine, ce parrain du fringant Destérel. Il était grand, un peu voûté et barbu comme un bison.

Une vraie tête d'artiste, plutôt laide, mais sympathique.

Il n'était pas encore revenu de l'accès de gaieté qui l'avait pris et il se frottait les mains, en riant de sa bonne farce.

— Est-ce que vous allez à Passy pour y prendre

des vues ? lui demanda Destérel avant de monter.

— Eh ! non, répondit Sylvain en haussant les épaules ; tu vois bien que je n'ai pas mon attirail.

— Alors, dites-moi où vous voulez que je vous mette. C'est grand, Passy, et...

— De quel côté vas-tu, toi ?

— Rue Mozart.

— Bon ! ça fait mon affaire. En chemin, je te montrerai où je veux descendre et je te prierai d'arrêter.

Gaston donna au cocher l'adresse de la comtesse et la victoria fila vers l'Étoile, par l'avenue des Champs-Élysées.

— Rue Mozart ! répéta Sylvain, ça ne te rappelle rien, à toi... C'est pourtant là que ton père a construit son chef-d'œuvre..., un magnifique hôtel pour un financier qui y a dépensé des mille et des cent... Mais ça se passait il y a vingt ans..., tu étais tout petit et tu ne peux pas t'en souvenir. Il y a gagné beaucoup d'argent, ton père, et de la réputation, par-dessus le marché... c'est de la bonne et belle architecture... Il est vrai que le terrain y prêtait... L'hôtel domine une rue creusée comme un fossé..., la rue Pajou... Ça fait un effet superbe... Regarde-moi ça, quand tu passeras devant.

Destérel était fixé. Il s'agissait sans aucun doute de l'hôtel récemment acheté par Mme de Vercin, et la coïncidence était bizarre. Mais Destérel se dispensa de la signaler à son parrain qu'il ne se souciait pas de mettre dans la confidence de ses amours.

— Oui, mon petit, reprit Sylvain, une bonne part de la fortune de ton père a été laborieusement et honnêtement gagnée à bâtir ce palais, qui n'a pas porté bonheur à son propriétaire, car il paraît qu'il a été obligé de le vendre... Mais, à propos de ta fortune, tu la mènes toujours grand train, j'espère ?... Voilà une petite carriole qui doit te coûter bon !

— Oh ! je la loue au mois.

— Et puis, il y a le chapitre des cocottes..., le jeu..., tout l'équipage du diable... Tu ne tarderas guère à te trouver au bout de ton rouleau.

— On jurerait, parrain, que ça vous fait plaisir, dit en riant Destérel.

— Plaisir ?... non, pas précisément ; mais avec la vie que tu mènes, c'est fatal, et puisque ça doit arriver, j'aime autant que ça arrive le plus tôt possible. Si tu attendais encore trois ou quatre ans avant de te mettre à travailler, tu ne serais plus bon à rien, tandis que, maintenant, tu pourrais encore devenir un artiste. Je sais bien que tu n'as jamais étudié, mais c'est dans le sang. Ton père l'était, tu le seras, quand tu voudras.

— Merci de la bonne opinion que vous avez de moi, mais je n'essaierai pas. Quand je n'aurai plus le sou, je m'engagerai dans un régiment de chasseurs d'Afrique... Comme ça, je pourrai encore monter à cheval.

— Beau pays pour un coloriste, l'Algérie !... et puis, ça vaudrait toujours mieux que de te marier.

— Je n'y songe pas, et, du reste, quand je serai complètement ruiné, quelle est la femme qui voudrait de moi ?

— Tu dis ça, comme si tu regrettais de ne pas trouver à te mettre la corde au cou !

— Oh ! non.

— A la bonne heure !... car, je te connais... tu n'es pas plus né pour être bon père et bon époux que moi pour être pape. Je suis resté garçon et je m'en suis bien trouvé ; fais comme moi. Vois-tu, mon petit, le mariage ne réussit pas aux jeunes gens qui ont le cœur chaud et la tête idem... ; il a du bon, comme retraite, quand on a des rhumatismes, mais tu verrais où il peut mener, si je te contais l'histoire d'un de mes amis d'autrefois.

— Contez-la-moi, parrain !... je ne demande qu'à m'instruire, dit en souriant Destérel, qui n'était pas fâché d'occuper Sylvain pendant le trajet, à seule fin de l'empêcher de lui poser des questions auxquelles il ne se sentait pas disposé à répondre.

La victoria roulait maintenant dans l'avenue Victor-Hugo, et la rue Mozart n'était plus bien loin.

— Cet ami, reprit le vieux paysagiste, était un des hommes les mieux doués que j'aie jamais connus, et en plus de tous ses avantages, il avait ou la chance inouïe d'épouser une jeune fille qu'il adorait et qui était une perfection..., une perle.

— Eh ! bien, mais.... voilà qui ne vient pas à l'appui de votre thèse. De quoi se plaignait-il? De ce que la mariée était trop belle? demanda ironiquement Gaston.

— Attends la suite. Ce phénix des épouses mourut en couches après lui avoir donné un an de bonheur sans nuages. Au bout de quinze mois de veuvage, mon ami s'affola d'une autre, qui ne ressemblait pas du tout à la première... ; il épousa une infernale coquine pour laquelle il commença par se ruiner et par se déshonorer.

— Votre histoire, mon cher parrain, prouve seulement qu'il aurait dû s'en tenir à son premier essai conjugal .. Il a été heureux, une fois sur deux.

— Heureux un an et malheureux toute sa vie. Et ça devait arriver. Il n'y a que les mauvaises femmes qui durent.

— Ah ! vous êtes un joli pessimiste, vous ! Et qu'est-il devenu, votre ami infortuné ?.. S'est-il fait sauter le caisson ?

— Pis que ça. Il était officier dans la mobile, il a déserté pendant la guerre de 70... et c'est cette gueuse qui l'a poussé à cette infamie.

— Et, finalement, il est mort ?

— Je n'ai plus jamais entendu parler de lui, mais je vais voir tout à l'heure une personne qui pourrait bien avoir reçu de ses nouvelles, et qui m'a écrit hier pour me prier de venir la voir, aujourd'hui, sans faute. Je suppose qu'elle a quelque chose à me dire d'important et d'urgent... Or, elle est la sœur de ce malheureux qui fut mon ami...

— Elle habite donc Passy ? demanda distraitement Destérel, que ces détails n'intéressaient pas beaucoup.

— Oui... et elle vaut mieux que son frère, car c'est une brave femme qui a fait tout ce qu'elle a pu pour l'arrêter sur la pente où il glissait. Elle y a perdu ses peines, et, quand il a passé à l'ennemi, elle a pleuré toutes les larmes de son corps, mais elle est persuadée qu'il est vivant et elle espère toujours le revoir... Elle le défend même encore...; elle soutient qu'il n'a pas déserté..., qu'il a été fait prisonnier à l'affaire de Châtillon, dès le commence-

ment du siège, et qu'il est enfermé dans quelque
forteresse prussienne.

Je ne partage pas ses illusions, mais je ne cherche point à les lui enlever, et tu vois que j'accours
à son appel.

— Et le frère?... est-ce à Passy que vous l'avez
connu, lui aussi?

— Non. Je l'ai connu à Paris, dans mon quartier.
Il habitait place Pigalle. C'est là qu'il a perdu sa
première femme et qu'il a, pour son malheur, fait la
connaissance de la seconde... Mais je ne sais pas
pourquoi je te dis tout ça, car tu t'en soucies comme
d'une guigne et tu as bien raison.

Où sommes-nous, ici?

— Nous entrons dans la rue de la Pompe. C'est le
plus court chemin pour aller rue Mozart...; mais si
vous voulez que je vous dépose à la porte de la dame
en question, vous n'avez qu'à m'indiquer où elle
demeure.

— Non..., c'est inutile... Tu dis que nous sommes
rue de la Pompe?

— Parfaitement, et ce grand bâtiment, à notre
gauche, c'est le lycée Janson.

— Bon ! je me rappelle... Eh bien! commande à
ton cocher de mettre son cheval au pas. Nous allons,
si je ne me trompe, passer devant une boutique où je
trouverai à qui parler... et je n'aurai peut-être pas
besoin d'aller plus loin, car cette boutique est tenue
par une bonne vieille qui connait beaucoup Marie
Cassan et qui m'apprendra peut-être ce qu'elle me
veut.

— Marie Cassan? répéta, avec un point d'interrogation, Destérel.

— Oui, la sœur de Charles Cassan, le disparu dont je viens de te citer l'exemple pour te détourner du mariage... Eh, parbleu ! j'aperçois ma vieille marchande sur le pas de sa porte, tenant tête à une demi-douzaine d'écoliers qui lui achètent des gâteaux. Il y avait longtemps que je ne l'avais vue, mais je l'aurais reconnue, rien qu'au madras qui lui sert de coiffure. Laisse-moi ici, mon garçon. Je vais m'expliquer avec elle, et ça m'évitera peut-être la peine de pousser jusque chez Marie Cassan.

— Voulez-vous que je vous attende?

— Non pas. Va à tes affaires et viens me voir un de ces jours à mon atelier. Je te montrerai mes dernières études et, pour peu que tu y tiennes, je te raconterai ce que j'aurai appris chez mes deux amies de Passy.

Sur un ordre crié par Destérel, le cocher s'arrêta et Sylvain descendit, après avoir serré la main de son filleul qui n'insista pas pour l'attendre.

Cette vieille que Sylvain n'avait pas nommée l'intéressait encore moins que cette Marie Cassan, dont le nom ne lui apprenait rien du tout, et il craignait d'arriver en retard chez Mᵐᵉ de Vercin.

Il ne lui revint pas à l'esprit que l'avant-veille, en sortant du chalet de la rue des Bauches, Agénor Luminet l'avait quitté pour se mettre à la recherche d'une marchande de gâteaux que Marie Bas-de-Laine voulait voir immédiatement, et alors même qu'il se serait souvenu de ce détail, il n'y aurait sans doute attaché aucune importance.

Destérel était sous l'impression de l'entretien qu'il venait d'avoir avec le baron de Subligny et, quoiqu'il se raidît contre les appréciations pessimistes de ce dénigreur, il commençait à douter un peu de l'innocence absolue de la pauvre Claire.

Il n'était pas jusqu'aux violentes et comiques sorties de Sylvain contre le mariage qui ne lui donnassent à réfléchir.

Enfin, il pouvait espérer que la journée serait décisive, car il allait avoir beau jeu pour étudier la jeune fille qui lui tenait au cœur, puisqu'il la verrait manœuvrer, sous les yeux de la comtesse, parmi les riches seigneurs que Subligny l'accusait de chercher à séduire par ses airs d'Agnès autant que par ses beaux yeux.

Il lui en coûtait de croire à tant d'hypocrisie, et il se promettait de la mettre à l'épreuve en lui faisant ostensiblement la cour, au risque de provoquer un éclat dont les conséquences seraient moins graves si, comme le prétendait ce sceptique baron, Mme de Vercin n'était pas la mère de Mademoiselle.

Dans ce cas-là, Destérel n'hésiterait pas à prendre parti pour l'orpheline et à se déclarer carrément son protecteur, si elle l'y autorisait.

Après s'être séparé de Sylvain, pendant que sa victoria filait par la rue de la Pompe, il s'était retourné deux fois, et il avait vu de loin son parrain s'aboucher avec la marchande, puis entrer avec elle dans la boutique.

Il ne pensait plus du tout à eux, quand son cheval se mit à descendre au grand trot la pente assez rapide de la rue Mozart.

Il n'arrivait pas le premier.

Cinq ou six voitures de maîtres stationnaient à la file devant la grille de l'hôtel de la comtesse et, en descendant de la sienne, il put constater d'un coup d'œil que toutes portaient des armoiries.

Destérel n'était pas fort en blason, mais il savait reconnaître une couronne de prince, et il en avisa une qui s'étalait sur les panneaux d'un superbe phaéton.

Celle-là devait appartenir au seigneur russe annoncé par Mme de Vercin. Destérel allait donc se trouver face à face avec lui et voir, aurait dit familièrement Sylvain, ce que ce personnage avait dans le ventre.

Il se sentait disposé à le prendre de très haut avec lui, et même à lui chercher querelle, s'il en trouvait l'occasion.

Cette antipathie n'était qu'instinctive, puisqu'il ne le connaissait pas, mais la comtesse en avait assez dit pour le mettre en garde contre cet amateur des charmes de sa fille, et il était bien résolu à ne pas lui céder la place.

Destérel, la veille, était entré comme on entre dans un jardin public, mais, cette fois, les gens de Mme de Vercin étaient à leur poste. Il fut reçu, à la grille, par le grand valet de pied qu'il avait déjà vu sur la pelouse du Ranelagh et qui, sans lui demander son nom, s'empressa de lui indiquer la serre.

Évidemment, on l'attendait.

Et les invités de la comtesse devaient être déjà rassemblés, car il était plus de quatre heures.

Il allait donc tomber au milieu d'une réunion où il n'était connu que de Madame et de Mademoiselle.

Il y aurait sans doute aussi le marquis Cavalcano, qu'il avait rencontré, le dimanche soir, au Jardin de

Paris, et qui ne manquerait pas de lui faire bon accueil. Mais les autres ne l'avaient jamais vu, et il prévoyait que ceux-là ne se priveraient pas de le tuiler, comme on dit dans les loges maçonniques, en d'autres termes de le toiser, en sa qualité de nouveau venu.

Peu lui importait. La timidité n'était pas au nombre de ses défauts, et il se croyait de force à tenir tête à toutes les puissances étrangères, si elles se coalisaient contre la France, représentée par l'unique Gaston Destérel, fils d'un architecte parisien.

Pourvu qu'il pût se ménager des apartés avec Mlle de Vercin, il se moquait de même de perdre tout à fait les bonnes grâces de la comtesse.

Il s'agissait, cependant, de ne pas manquer son entrée, c'est-à-dire de se présenter sans trop attirer l'attention.

Il n'y a pas deux manières d'entrer dans un salon où un domestique vous annonce à haute voix ; il devait y en avoir plus d'une de se glisser presque incognito dans ce palais de verdure, dont il avait, la veille, examiné les aménagements intérieurs et les abords.

Il arrivait, seul, par des allées sinueuses bordées de massifs d'arbustes qui masquaient ses mouvements et il put, sans se montrer, s'approcher jusqu'à toucher les stores de Chine tendus devant les ouvertures du *hall* vitré.

La brise qui soufflait les soulevait par instants, et il n'eut qu'à regarder pour apercevoir, groupés autour de la comtesse, plusieurs Messieurs d'aspect exotique.

Il y en avait de bronzés, qui devaient venir en

droite ligne de l'Amérique du Sud, et de blafards,
qui pouvaient bien être des Anglais ou des Allemands : mais la race slave était représentée par un
colosse blond que Destérel prit, sans hésiter, pour
le prince Golymine, tant il avait l'air Russe, de la
tête aux pieds, avec sa stature de chevalier-garde,
ses gros favoris rejoignant les moustaches, ses
yeux bleus et son élégance recherchée.

Les autres, à côté de lui, semblaient être des
comparses, et c'était à lui que s'adressait Mme de
Vercin, qui ne lui ménageait pas ses sourires. Il
répondait avec cette nonchalance gracieuse qui
donne aux compliments moscovites un charme particulier, et Destérel ne put s'empêcher de constater que ce seigneur avait tout ce qu'il faut pour
plaire aux femmes, sans compter ses millions. Il
chercha des yeux le marquis florentin et il eut quelque peine à le découvrir, tout au fond de la serre,
très affairé à préparer les accessoires de la partie
qui allait s'engager sur une longue table, recouverte
d'un tapis vert. Mais il eut beau chercher, il ne découvrit pas Claire.

Où pouvait-elle être ? Destérel se posa cette
question et ne trouva pas de réponse qui le satisfît.

Il s'expliquait d'autant moins l'absence de Mlle de
Vercin, que, la veille, dans le jardin, elle lui avait
fait promettre de ne pas manquer la réception du
lendemain et que, d'un autre côté, sa mère devait
tenir beaucoup à la montrer au prince.

Destérel finit par croire qu'elle n'allait pas
tarder à paraître, et il se décida à entrer.

Le Russe lui faisait face, mais la comtesse, qui lui
tournait le dos, ne le voyait pas venir, et il arriva

tout près du groupe, juste à point pour l'entendre qui disait :

— Oui, mon prince, elle a une abominable migraine, et j'aurai le regret de ne pas vous la présenter aujourd'hui.

Destérel n'eut pas de peine à deviner de qui elle parlait, et ce langage acheva de l'éclairer sur les intentions de Mme de Vercin.

Le baron de Subligny l'avait bien jugée et il ne se trompait pas en supposant qu'elle cherchait à tirer parti de la beauté de sa fille pour attirer chez elle des étrangers riches.

C'était infâme, mais Destérel, sachant à quoi s'en tenir, n'avait plus à se gêner avec cette intrigante.

Il ne renonçait pas à défendre la pauvre enfant qu'elle voulait exploiter, mais il ne se ferait plus scrupule de s'entendre avec cette touchante victime, sans revoir la comtesse qui le dégoûtait.

Il fit ces réflexions en moins de temps qu'il n'en faut pour les écrire, et il aborda hardiment la dame.

Elle rougit un peu en le voyant tout à coup si près d'elle, mais ce ne fut qu'un nuage très passager, et elle le reçut en maîtresse de maison accoutumée à faire les honneurs de chez elle à des invités des quatre parties du monde.

Elle le nomma successivement à chacun des Messieurs qui l'entouraient, y compris le prince Golymine, et si les autres restèrent assez froids, le prince tendit la main à Destérel en lui disant :

— Je suis très heureux de vous connaître, Monsieur. J'aime les Français, et, avant votre arrivée, nous n'étions ici que des étrangers. Vous me manquiez.

Destérel répondit de son mieux à ce compliment très inattendu, et fut tout étonné de s'apercevoir que ce boyard lui était sympathique.

La comtesse ne tenait pas sans doute à les laisser faire plus ample connaissance, car elle s'empressa d'intervenir.

— Mon prince, dit-elle en minaudant, j'espère que vous allez vous joindre à ces Messieurs qui brûlent de commencer une partie sérieuse. Ils savent que vous aimez le gros jeu.

— Je ne le hais pas, dit nonchalamment Golymine, mais j'y ai trop de chance. Je gagne toujours.

— Et vous vous en plaignez!

— Mais, oui... C'est ennuyeux de gagner toujours. Perdre, à la bonne heure! on se sent vivre. La perte m'excite.

— Je connais beaucoup de gens qui se chargeraient volontiers de vous procurer ce genre d'excitation.

— Amenez-les-moi, Comtesse. Si je vous disais que je regrette encore une maîtresse que j'avais, il y a trois ans, à Pétersbourg, et qui me portait malheur au jeu. L'hiver que j'ai passé avec elle m'a coûté six cent mille roubles... Je n'ai jamais été si content.

Vous ne me croyez pas, je le vois bien, mais je suis sûr que Monsieur me comprend, ajouta le prince en s'adressant au nouveau venu, avec ce caressant accent russe qui chante comme une musique.

— Monsieur n'est pas joueur, dit la Vercin, sans laisser à l'interpellé le temps de répondre. Il ne l'est pas et je m'en félicite, car il voudra bien ne pas me quitter pendant que vous jouerez tous.

Cette affirmation fut appuyée par un coup d'œil lancé obliquement à Destérel, qui comprit.

Évidemment, la dame tenait à le confisquer, pendant la séance, qui promettait d'être longue, mais Destérel n'avait pas envie de se laisser accaparer. Il savait maintenant que Claire ne paraîtrait pas ; il n'était venu que pour elle et un tête-à-tête avec Mme de Vercin ne le tentait pas du tout, car il pressentait que la dame allait le mettre en demeure de choisir entre elle et sa fille.

S'il repoussait encore une fois ses avances, elle lui fermerait sa porte et il courrait grand risque de ne plus revoir Claire qu'elle avait probablement séquestrée, car il ne croyait pas beaucoup à cette migraine subite d'une jeune fille qui se portait très bien la veille.

Mieux valait donc éviter l'aparté. Mais comment refuser sans se brouiller avec la comtesse, qui ne lui pardonnerait pas cet affront et qui ne le recevrait plus ? L'amoureux Gaston était très perplexe.

Le marquis Cavalcano, des princes Boboli, vint à son secours, fort à propos. Il avait fini de préparer la partie, cet obligeant marquis, et il venait chercher les joueurs. Quand il aperçut Destérel, il leva les bras au ciel, en signe de joie, et peu s'en fallut qu'il ne lui sautât au cou, avec cette fougue de politesse particulière aux Italiens, qui sont les gens les plus démonstratifs de l'Europe.

Il se contenta de lui serrer les mains en s'écriant :

— Cher Monsieur, vous arrivez au bon moment.
La partie va commencer, et elle sera superbe, puisque Son Excellence veut bien nous tenir une banque
illimitée. Il nous l'a promis.

— Je ne m'en dédis pas, murmura Golymine d'un
air indifférent.

— Vous entendez, cher Monsieur, et vous qui
êtes le plus beau joueur du cercle où notre ami, le
baron de Subligny, m'a fait recevoir, vous devez
être impatient de l'attaquer, cette banque comme
on n'en voit guère, même dans les grands clubs.

Et comme Destérel secouait la tête :

— Oh ! ne vous en défendez pas, reprit Cavalcano ; je sais par le baron que, depuis un mois,
vous avez cessé de jouer. C'est un très bon moyen
de couper la déveine, mais vous ne trouverez jamais une meilleure occasion de vous y remettre,
et si par hasard vous aviez juré de ne jamais toucher une carte, vous pouvez, sans manquer à votre
serment, vous attabler avec nous, car nous ne jouons
qu'aux dés.

— Ah ! vous m'en direz tant ! balbutia Destérel
qui entrevoyait un moyen d'échapper aux empres-
sements de Mme de Vercin.

Elle se taisait, mais elle lançait des regards cour-
roucés à Cavalcano, lequel faisait semblant de ne
pas s'en apercevoir.

Il avait son plan, ce bon Cavalcano, et ce plan ne
concordait pas du tout avec celui de la comtesse.

Il avait accepté, la veille, la rupture qu'elle lui
signifiait et l'odieuse mission dont elle le chargeait,
mais il espérait bien qu'elle le reprendrait, un jour
ou l'autre, et il n'entendait pas qu'elle le remplaçât

par Destérel. Aussi n'avait-il garde de la laisser
s'isoler avec ce beau brun pendant que lui, l'amant
congédié, ferait marcher la partie pour le compte
de son associée, qui ne voulait plus être sa maîtresse.

— Jouez donc, Monsieur, dit le prince de sa voix
douce et traînante ; je suis sûr que vous gagnerez,
et je serai particulièrement charmé de perdre contre
vous.

Destérel lui plaisait et il le lui témoignait à sa
façon.

Cette invitation décida la Vercin à intervenir, en
disant sèchement :

— Mon prince, je me reprocherais d'empêcher
Monsieur de vous faire ce plaisir et, puisqu'il ne s'y
refuse pas, je jouerai aussi... Une fois n'est pas coutume... Dolorès servira le thé.

La duègne était là, dans un coin, surveillant le
samovar qui chauffait, et rangeant les tasses sur un
guéridon en laque.

Golymine eut un sourire qui signifiait : « J'aurais
préféré que ce fût votre fille, » mais il était résigné
à se passer, ce jour-là, de voir la merveille qu'on
lui avait annoncée, et il comptait bien qu'elle paraîtrait à la prochaine réunion.

Destérel n'était pas fâché de la tournure que
prenaient les choses. La partie l'effrayait un peu,
car, au point où il en était de son patrimoine, une
grosse perte l'aurait achevé ; mais il aimait encore
le jeu, quoiqu'il y eût renoncé tout récemment, et,
d'ailleurs, il se promettait d'être prudent, c'est-à-
dire de ne pas risquer plus qu'il ne pourrait payer
séance tenante.

Il pouvait, sans trop se gêner, faire le sacrifice de quelques centaines de francs qu'il avait sur lui et il se disait que la veine, après tout, lui viendrait peut-être.

— Allons, Messieurs, reprit Cavalcano, l'autel est préparé.

— Qui m'aime me suive, appuya Mme de Vercin, en se dirigeant vers la table.

Elle voyait que Destérel lui échappait pour cette fois, et elle en prenait son parti, mais elle voulait lui faire payer cher cette reculade et elle savait bien qu'il allait perdre.

Cavalcano, très habile correcteur de la fortune, ne le laisserait pas gagner, car, en dépit de ses protestations d'amitié, Cavalcano détestait ce nouveau venu, qui pouvait le supplanter près de la comtesse.

Les invités suivirent, le prince en tête.

Au milieu du tapis vert, se dressaient de petits cônes renversés, qui étaient des cornets de trictrac. Cavalcano en souleva un qui cachait deux dés, et dit en riant à Destérel :

— Vous voyez, cher Monsieur, que vous allez pouvoir jouer sans toucher une carte. Vous tournerez la difficulté comme cet évêque batailleur du moyen âge, qui avait juré de ne pas verser le sang et qui, à la guerre, assommait les gens avec une massue.

— Je n'ai aucune idée de ce jeu, murmura Destérel, interloqué.

— Vous allez l'apprendre, dit Cavalcano, et vous allez voir comme il est amusant. Fi de ces morceaux de carton peint qu'on étale silencieusement !... Les

cartes c'est bon pour les somnambules qui disent la
bonne aventure... Les dés, cher Monsieur, c'est le
mouvement, c'est la vie!... Le bruit sec de l'ivoire
agité dans le cornet, les bonds irréguliers de ces
petits cubes blancs sur le tapis vert, la rapidité des
coups, tout cela donne un autre caractère à la bataille.

C'est le *creps*..., un peu démodé en France, quoiqu'il y ait fait fureur, il y a une trentaine d'années...;
c'est le jeu que préfère le prince, et, ici, nous n'en
jouons pas d'autre... Quand vous en aurez tâté, je
suis sûr que vous m'aiderez à le faire connaître et
à l'acclimater au cercle dont nous faisons partie
tous les deux.

— Il n'a qu'un inconvénient, dit en souriant Golymine, c'est qu'on ne peut le jouer qu'avec des gens
dont on est sûr... Il est si facile d'introduire des
dés pipés...; mais je l'aime..., à condition de tenir la
banque...; le banquier n'a qu'à recevoir ou à payer,
et il ne touche les dés que pour les remettre dans
le cornet après chaque coup...; c'est déjà bien
assez fatigant !...

— Vous n'aurez même pas cette peine, mon
prince, car, si vous le voulez bien, je serai votre
croupier.

— Je ne demande pas mieux, mon cher marquis;
j'ai horreur de me donner du mouvement..., mais
votre obligeance va vous priver du plaisir de ponter
contre moi.

— Oh ! répondit Cavalcano, vous avez tant de
chance que je gagnerai à m'abstenir.

Prenez place, Messieurs !... Vous, mon prince, au
milieu, bien entendu, et moi, à votre droite. Mᵐᵉ de

Vercin nous fera vis-à-vis. M. Destérel à côté de moi, afin que je puisse lui expliquer le *creps* qu'il ignore. Ces Messieurs, comme il leur plaira.

Ainsi fut fait, avant que Destérel eût le temps de demander à se renseigner davantage.

Le prince tira de sa poche un carnet de chèques et le posa sur la table en disant :

— Messieurs, je vous préviens que je quitterai à six heures précises, que je tiendrai tout ce qu'on me fera, et que, immédiatement après la partie, je paierai en chèques sur le Crédit lyonnais.

— Parfaitement, mon cher prince. Ici, nous ne jouons jamais argent comptant. Voici une corbeille pleine de jetons de cinq louis et de plaques de cinquante louis. Il y en a pour cinq cent mille francs. Nous sommes huit, sans me compter. Je vais distribuer à chaque ponte pour vingt-cinq mille francs de jetons. Vous répondrez du reste de la somme. A six heures, quand vous lèverez la banque, on fera le compte de chacun, et les perdants règleront dans les vingt-quatre heures, à moins qu'ils ne préfèrent régler séance tenante.

— C'est d'une simplicité admirable, dit Golymine.

C'était, en effet, très simple, mais l'annonce du chiffre des enjeux jeta Destérel dans une grande perplexité. Il n'avait pas du tout envie d'exposer vingt-cinq mille francs, et, de plus, il savait bien que si, par malheur, il les perdait, il serait tenté de chercher à les rattraper. A ce jeu-là, tout ce qui lui restait de sa fortune aurait pu y passer.

Cavalcano, comme s'il eût deviné sa pensée, continua ainsi :

— J'oubliais d'ajouter, Messieurs, que chacun ne

jouera que sur sa main, c'est-à-dire quand il tiendra le cornet. Ici, c'est la règle, et cette règle a pour but d'empêcher que le banquier soit décavé en quelques coups. Nous jouons pour nous amuser, et le plaisir ne durerait pas assez longtemps. Il est entendu aussi que tout joueur qui aura perdu sa masse de vingt-cinq mille francs devra s'en tenir là. De cette façon, il n'y aura pas de désastres, puisque chacun sait d'avance combien il peut perdre au maximum. C'est une précaution que nous prenons contre les entraînements de la partie.

— Tout cela me paraît très sage, approuva le prince. Il me semble que nous pouvons commencer.

Destérel, un peu rassuré, se disait : Comme ça, je ne me ruinerai pas. En jouant petit jeu, j'en serai quitte, au pis aller, pour une centaine de louis.

— La main est à droite, et comme je ne ponte pas, c'est à vous de la prendre, cher Monsieur, reprit le marquis en s'adressant à son voisin, et en lui présentant gracieusement un cornet.

— Très volontiers, répondit Destérel, seulement je ne me doute pas de ce que c'est que le *creps*.

— Je vais vous donner une leçon... pratique. Prenez ces deux dés et mettez-les dans le cornet que vous tenez. Là !... très bien !... avancez votre mise sur le tapis.

Destérel jeta un jeton de cent francs.

— Bon !... maintenant, écoutez-moi bien.

La recommandation était superflue, car Destérel prêtait à la démonstration de son professeur une attention qui prouvait que sa passion pour le jeu de hasard venait de se réveiller.

— Avec deux dés, reprit doctoralement Cavalcano,

le point de *sept* est de tous le plus facile à faire;
c'est donc celui-là qu'il faut appeler. Si, en jetant
les dés, vous l'amenez du premier coup, vous aurez gagné. Si vous amenez *onze*, vous aurez gagné encore,
mais si vous amenez..., toujours du premier coup...,
deux, *trois* ou *douze*, vous aurez perdu.

— Et les autres points? demanda Destérel, avec
la rapidité de compréhension que donne l'habitude
du jeu.

— Je vous expliquerai cela au fur et à mesure;
appelez et tirez.

— J'appelle *sept*; dit le néophyte en lançant les
dés.

— Oh! oh! vous avez amené *neuf*, ce n'est pas
beau.

— Alors, j'ai perdu?

— Pas encore, mais vos chances sont mauvaises.
Maintenant, vous avez pour vous le point de *neuf*, et
le point de *sept*, que vous aviez demandé, est devenu
le point de votre adversaire. Vous allez jeter les dés
jusqu'à ce que vous rameniez un de ces deux points...
Celui qui reviendra le premier gagnera... Vous voyez
comme c'est simple.

Destérel avait parfaitement saisi, et Cavalcano
n'avait pas fini de parler que les cubes d'ivoire roulaient déjà sur le tapis.

— *Neuf!* s'écria le marquis, c'est merveilleux...
Vous avez gagné du premier coup de cornet. Si vous
continuez avec le même bonheur, la banque de notre
cher prince n'aura pas une longue vie..., surtout si
vous corsez un peu vos mises.

— Ma foi! dit Destérel, aux innocents les mains
pleines; c'est mon cas, car je croyais naïvement

qu'aux dés, c'était toujours le plus gros point qui gagnait.

— Cela ne se passe ainsi qu'au théâtre. Maintenant, cher Monsieur, vous en savez autant que moi et vous pouvez marcher tout seul.

Voici votre jeton de cinq louis.

— *Paroli*, dit l'élève, qui venait de faire de si rapides progrès.

Il agita de nouveau le cornet, gagna trois fois le *paroli* plein, et joua moitié à la masse, au quatrième coup, qu'il perdit.

Il restait en bénéfice de quinze louis et il avait joué avec une désinvolture qui lui valut des compliments de son professeur.

— Vous lisez le point aussi vite que si vous aviez pratiqué le *creps* dès votre plus tendre enfance, dit le marquis.

Golymine sourit aussi au premier succès du débutant, mais on lisait sur sa figure ennuyée que cette mesquine attaque à cinq louis ne l'intéressait guère.

Destérel passa le cornet à son voisin de droite, un Anglais, qui entama par une plaque de cinquante louis, et qui enleva quelques milliers de francs.

La partie continua ainsi, en s'animant progressivement, et Destérel eut bientôt fait d'en comprendre le mécanisme.

Chacun prenait le cornet à son tour, et les coups se succédaient avec une rapidité incroyable.

Cavalcano s'acquittait à merveille de ses fonctions de croupier volontaire. Il payait les gagnants avec les jetons entassés devant le prince, ratissait les mises perdues, et, de sa main aristocratique, remet-

tait dans le cornet les dés auxquels personne que
lui, représentant du banquier, n'avait le droit de
toucher.

On eût dit que de sa vie il n'avait fait autre
chose.

Destérel remarqua aussi que la chance se décla-
rait pour Golymine. Après les premiers tours, les
pontes étaient en perte, Mme de Vercin comme les
autres.

C'était bien la preuve que la partie était loyale,
car on ne pouvait vraiment pas supposer que le
Prince était un compère qui avait mis la comtesse
et le marquis de moitié dans les gains qu'il encais-
sait.

Un seul, parmi les joueurs, avait une veine in-
solente, un gros Allemand, d'aspect assez vulgaire,
qui venait d'enlever à la banque une soixantaine
de mille francs.

Destérel s'était vite excité, et ses résolutions de
sagesse s'envolaient à tire-d'aile. Il luttait avec
des fortunes diverses, lorsqu'il trouva enfin ce que,
dans l'argot des joueurs, on appelle une main, et
quand il eut devant lui à peu près six cent louis, le
prince lui demanda, en étouffant un bâillement :

— Moitié, n'est-ce pas ?

Ce fut dit d'un ton dédaigneux qui piqua au vif
Destérel. Il eut l'intuition que ces façons dédaigneu-
ses allaient porter malheur à Golymine, et il répondit en poussant sur le tapis toute sa réserve :

— Pardon ! je laisse tout et je fais masse en avant.

— A la bonne heure ! murmura Golymine ; voilà
un coup sérieux.

— Il est de trente-six mille quatre cents francs.

dit Calvacano qui avait, pour évaluer les mises, une sûreté de coup d'œil incomparable.

— J'espère bien le perdre, reprit gracieusement le prince.

— Et moi, riposta le marquis, je souhaite que vous le perdiez, car si M. Destérel le perdait, il ne pourrait plus continuer la partie, puisqu'il est interdit de se recaver, et nous serions privés d'un beau joueur.

— Les dés, je vous prie, demanda Destérel en présentant le cornet qu'il tenait à la main.

Dans l'état de surexcitation nerveuse où il était, ces compliments l'agaçaient et il lui tardait d'y couper court. Peut-être aussi voulait-il s'enlever le temps de réfléchir, avant de risquer ce coup, dont le résultat pouvait le plonger dans de terribles embarras.

C'était le plus gros qu'on eût encore joué depuis que la partie était commencée, et les autres pontes ne manquèrent pas de s'y intéresser, comme on s'intéresse à un bel assaut d'armes.

Tous les yeux se fixèrent sur Destérel. Le prince lui souriait comme pour l'encourager. Mme de Vercin le regardait, sans perdre de vue Cavalcano, et il était malaisé de deviner pour qui elle faisait des vœux.

Le marquis-croupier ramassa lentement les deux dés et les déposa dans le cornet en disant :

— Agitez-les bien, cher Monsieur, et lancez-les très fort !... c'est le moyen d'amener le point qu'on appelle.

Destérel suivit ce conseil. Il les secoua énergiquement et, après avoir appelé *sept*, d'une voix qui ne

tremblait pas, il les lança si fort que l'un des deux
sauta hors du tapis vert et alla tomber sur les genoux de la comtesse.

L'autre, resté sur la table, marquait *six*.

— Allons ! dit entre ses dents Destérel, voilà un
coup nul !

Il maudissait sa maladresse, car il était fort ému,
quoiqu'il s'efforçât de n'en laisser rien paraître, et
cet incident prolongeait ses angoisses.

— A demi nul, rectifia le marquis. La règle, en
pareil cas, veut que le dé resté sur le tapis compte
et que, pour compléter le point, on ramasse et on
jette à nouveau le dé tombé.

— Alors, c'est à recommencer ?

— Oui, mais maintenant, vos chances sont superbes. Avec ce *six* qui vous est acquis, vous n'avez
plus à craindre les *creps* perdants *deux* ou *trois*, et
le second dé peut vous donner *sept*, si vous amenez
un *as*..., ou *onze*, *creps* gagnant, si vous amenez un
cinq.

Comtesse, veuillez me passez ce dé qui s'est arrêté sur votre robe.

— Prenez-le vous-même, marquis, répondit
Mme de Vercin. Je n'aurais qu'à porter malheur à
M. Destérel ; je ne m'en consolerais pas.

— C'est juste, dit gaiement Calvacano, et d'ailleurs, d'après la règle, moi seul ai le droit d'y toucher.

Il se leva, cueillit du bout des doigts, sur les genoux de la dame, le petit cube d'ivoire et le plaça
dans le cornet que Destérel n'avait pas lâché.

— Partez maintenant, cher Monsieur, et tâchez

de ne pas amener un autre *six*, qui vous ferait *douze*, le creps perdant...

Cavalcano n'avait pas achevé d'exprimer ce vœu bienveillant que Destérel joua le coup..., tout doucement, cette fois.

Son émotion était si forte qu'il joua en fermant les yeux.

Quand il les rouvrit, il vit que les deux dés marquaient douze.

— Voilà ce qui s'appelle la grande guigne! s'écria Cavalcano. Vous n'aviez qu'un seul point à craindre, et c'est celui-là qui sort !

Ce compliment de condoléance ne consola point Destérel, et n'empêcha pas le noble croupier de ratisser la masse du perdant.

Les trente-six mille quatre cents francs allèrent grossir le tas de jetons accumulés devant Golymine, qui eut le bon goût de ne pas plaindre tout haut son adversaire malheureux.

C'était fini. Destérel restait débiteur de vingt-cinq mille francs qu'il n'avait, ni sur lui, ni chez lui.

Tant qu'il avait agité le fatal cornet, il n'avait pas envisagé sérieusement les conséquences possibles de cette folie. Il les apercevait maintenant et il se demandait avec inquiétude comment il allait faire pour s'acquitter avant que les vingt-quatre heures réglementaires fussent expirées.

Il fit cependant bonne contenance par amour-propre, et quoiqu'il eût bien envie de partir, il resta. Il eut même le courage de faire semblant de s'intéresser à la suite de la partie.

Elle continuait et même elle grossissait, car l'entraînement est contagieux et les pontes, surexcités

8.

par l'exemple de Destérel, augmentaient leurs mises, mais ils perdaient tous, y compris Mme de Vercin, qui d'ailleurs jouait petit jeu.

Impossible de la soupçonner de s'entendre avec Cavalcano, pour dépouiller le prince, puisque le prince gagnait.

Un Brésilien y était déjà de quinze mille francs et ne se privait pas de jurer entre ses dents.

Le moins malheureux était l'Allemand, assis à côté de la comtesse. Il trouvait assez souvent le coup de trois, et dès qu'il l'avait gagné, il passait la main.

Ce joueur prudent ne payait pas de mine. Avec son nez crochu et sa face carrée, il avait l'air d'un juif berlinois. Il faisait tache parmi les autres étrangers, qui étaient des gens comme il faut, et le prince le regardait du haut en bas, quand il daignait le regarder.

Destérel, réduit à l'inaction, ne s'amusait guère, et il serait certainement parti, s'il n'eût été obligé d'attendre qu'on fît les comptes, afin de savoir à qui il aurait à envoyer les vingt-cinq mille francs qu'il devait.

La séance se termina plus tôt qu'il ne l'espérait, et elle finit d'une façon très inattendue.

Au quatrième tour, l'Allemand, quand le cornet lui revint, changea tout à coup sa manière de *ponter*. Il risqua trois fois le *paroli* plein et il le gagna, puis, au lieu de passer la main, il y alla de tout son bénéfice, qui était très gros, car il avait attaqué par cinq cents louis. Il gagna encore. Les dés, mis dans le cornet par le marquis, amenèrent *sept* du premier coup.

Pendant que Cavalcano payait en jetons, avec sa grâce accoutumée, Golymine ne sourcillait pas, mais Destérel lut sur sa figure dédaigneuse qu'il était vexé d'enrichir un adversaire qu'il méprisait.

Ce seigneur semblait se dire : Perdre contre des gentlemen, je m'en consolerais, mais il me déplaît de perdre contre ce pleutre. Et il lui demanda ironiquement :

— Faites-vous le reste à la banque?

Il était formidable, ce reste. L'Allemand gagnait une centaine de mille francs, mais le prince en avait encore devant lui plus de deux cent mille.

— Ce serait contraire aux conventions de notre partie, fit observer Cavalcano; M. Kunersdorf ne peut jouer que la somme qu'il a sur la table, puisque, d'après notre règle, aucun ponte ne peut s'exposer à perdre plus que les vingt-cinq mille francs de jetons dont il répond.

— A moins que le banquier n'autorise une exception à la règle, interrompit Golymine, mais Monsieur ne me paraît pas disposé à profiter de l'autorisation... que je lui accorde bien volontiers.

— Très disposé, au contraire, répondit l'Allemand, et, puisque vous le permettez, je fais le reste. Si je perds, je réglerai immédiatement. J'ai sur moi de quoi payer la différence.

— C'est tenu. Allez, Monsieur!

Il y eut comme un murmure suivi d'un silence profond : ce que les comptes rendus des débats législatifs qualifient de « mouvement d'attention ».

Le marquis lui-même prit un air grave en s'acquittant de sa fonction, qui consistait à placer les dés dans le cornet. Il les y laissa tomber un à un et il se leva comme s'il eût prévu que cet énorme coup allait clore la séance.

Le Teuton qu'il venait d'appeler M. Kunersdorf ne fit pas languir la galerie. Sans agiter le cornet, il versa doucement les dés, au lieu de les lancer, et il amena, par un *six* et un *as*, — le point de *sept* qu'il avait demandé.

Cette fois, Golymine, en provoquant son adversaire, avait été mal inspiré, car sa banque sautait. Destérel, qu'il avait décavé, était vengé, et il resta stupéfait de l'heureuse audace de ce déplaisant personnage qui venait d'enlever une fortune d'un seul coup de cornet.

— Très bien, dit froidement le prince. Je me tiens pour satisfait, et il ne me reste qu'à signer un chèque à l'ordre de Monsieur... Trois cent mille, n'est-ce pas, marquis?

— Hélas! oui, soupira Cavalcano, tout en poussant au vainqueur la masse des jetons que le banquier venait de perdre si galamment.

Et il ajouta :

— M. Kunersdorf gagne même quelque chose de plus.

— D'abord, les vingt-cinq mille francs que je dois, dit Destérel. Où vous les ferai-je remettre, Monsieur? demanda-t-il en s'adressant à l'Allemand qui répondit :

— Je loge au Grand-Hôtel.

— Très bien, vous les recevrez demain...

Peu s'en fallut qu'il n'ajoutât : « avant midi; » mais il se retint en pensant qu'il n'aurait pas trop de toute la journée du lendemain pour se procurer la somme.

— Messieurs, reprit Cavalcano, veuillez me présenter les jetons qui vous restent, afin que j'établisse le compte de chacun. Tout le monde perd, si je ne me trompe, excepté M. Kunersdorf. C'est donc à lui que devront être payées les différences.

Quelques figures s'allongèrent, mais il n'y eut pas de récalcitrants. Ces Messieurs étaient des habitués de la partie de la rue Mozart et ils connaissaient la règle, qui interdisait de se recaver. Tous avaient en portefeuille des billets de la Banque de France et ils réglèrent, séance tenante ; tous, excepté le Brésilien, qui devait quinze mille francs et qui réclama le délai réglementaire de vingt-quatre heures.

Le grand vainqueur berlinois le lui accorda, visiblement heureux d'empocher le reste de ses énormes gains, et surtout le chèque de trois cent mille que le prince venait de signer avec une plume apportée par Dolorès, sur un ordre de la comtesse.

Elle ne ménagea pas les condoléances à Golymine, cette excellente comtesse, et elle s'attira cette jolie réponse :

— Je ne regretterais pas du tout mon argent, si j'avais seulement aperçu Mademoiselle votre fille.

— Vous la verrez vendredi, mon prince, si vous me faites l'honneur d'assister à notre prochaine réunion, répondit obséquieusement Mme de Vercin. Vous offrirai-je une tasse de thé, en attendant ?... le thé de la consolation ?

C'en était trop pour Destérel, encore plus écœuré par ces platitudes que par la grosse perte.

Pendant que Golymine suivait la comtesse et

pendant que Cavalcano s'évertuait à réconforter les vaincus, Destérel fila, comme on dit, à l'anglaise. En d'autres termes, il s'esquiva sans prendre congé de personne et il eut, faute de mieux, la chance de retrouver, tout de suite, son chapeau qu'il avait laissé sur une chaise avant de s'asseoir à la partie.

Il s'en alla si vite que son départ ressembla beaucoup à une fuite, mais la comtesse était trop affairée pour le remarquer, et il sortit de la serre sans qu'on essayât de le retenir.

Il avait complètement oublié Claire et il ne songeait plus qu'à trouver les vingt-cinq mille francs qu'il devait à M. Kunersdorf.

Il venait de traverser le jardin, et il traversait la cour, lorsqu'un bruit d'en haut fit qu'il leva la tête; un bruit sec de vitres heurtées avec les doigts.

Il aperçut, derrière une fenêtre du deuxième étage de l'hôtel, Mlle de Vercin, les bras tendus, les mains jointes et les yeux tournés vers le ciel.

Elle n'était pas malade, puisqu'elle était debout, et cette attitude suppliante signifiait évidemment : « Venez à mon secours. »

Peu s'en fallut qu'il n'y courût, mais le grand valet de pied qu'il avait déjà vu sur la pelouse du Ranelagh montait la garde en dedans de la grille.

Destérel dut se borner à esquisser à l'adresse de la jeune fille un geste qui voulait dire : « Comptez sur moi, » et il passa devant l'espion en livrée qui ne remarqua pas cet échange de signaux.

Il ne s'agissait plus que de remonter en voiture et de se faire ramener chez lui, où il comptait bien ne pas s'attarder, car il n'avait pas de temps à perdre pour se mettre en mesure de s'acquitter le lendemain.

A vrai dire, même, il ne savait pas encore comment il allait s'y prendre pour se procurer à si bref délai les vingt-cinq mille francs qu'il venait de perdre si sottement.

La fortune que son père lui avait laissée consistait surtout en immeubles : deux maisons de rapport dans le dix-huitième arrondissement. Il avait bien hérité aussi de quelques valeurs mobilières, mais celles-là étaient parties les premières, et comme son revenu ne lui suffisait plus pour continuer le même train de vie, il empruntait, chaque année, sur hypothèques, si bien que ses maisons étaient déjà engagées pour un tiers de leur valeur.

Dans de pareilles conditions, on ne réalise pas du jour au lendemain le montant d'un nouvel emprunt, à moins qu'on ne trouve un ami assez confiant pour avancer la somme, en attendant que les formalités hypothécaires soient remplies.

Des amis véritables, Destérel n'en avait pas. Il n'avait que des compagnons de plaisir et à ceux-là il ne voulait pas s'adresser, pour diverses raisons : les uns n'étaient pas en situation de lui rendre ce service ; d'autres, qui étaient riches, le lui auraient refusé ; tous se seraient réjouis de le savoir dans l'embarras.

Le cœur humain est ainsi fait, surtout le cœur des jolis Messieurs qui *font la fête.*

A quelle porte frapper ? Destérel ne voyait que les usuriers qui pussent lui venir en aide, et il savait par expérience ce qu'il en coûte de recourir à ces marchands d'argent. Il en connaissait un qui

ferait peut-être l'affaire à trente pour cent et il craignait fort d'être obligé d'en passer par là.

Absorbé dans les réflexions que lui suggérait la
perspective de ce fâcheux pis aller, il cheminait la
tête basse, sur le large trottoir de la rue Mozart,
pour regagner sa victoria qui l'attendait, lorsqu'il heurta un homme qui venait en sens inverse et
qui le reçut dans ses bras, en lui disant :

— Quelle chance de te rencontrer ici !... Je viens
de chez toi... J'avais quitté mon bureau une heure
plus tôt, tout exprès pour aller te faire ma première
visite, et j'ai trouvé visage de bois...Tu sors de chez
la comtesse, hein ?... Heureux mortel !

— Oui, parlons-en, de mon bonheur ! répliqua
d'un ton bourru Destérel, sans songer à serrer la
main que lui tendait ce brave Agénor. Je viens
de m'enfiler au jeu, chez ta comtesse... J'aurais
aussi bien fait de la laisser mordre par le chien
enragé.

— Veux-tu bien te taire !... c'est Mlle de Vercin
qu'il aurait mordue.

Le souvenir de Claire, évoqué par Luminet, fit
rentrer en lui-même Destérel, qui se radoucit pour
répondre :

— Tu sais bien que je ne pense pas un mot de ce
que je viens de te dire... Que veux-tu !... quand on
est de mauvaise humeur..., et j'ai sujet de l'être,
car je perds vingt-cinq mille fran...

— Comment ! on joue chez la comtesse ?

— On ne fait que ça. Son hôtel est tout bonnement un tripot.

— Ah ! mon Dieu !...

— Oui, mon cher..., et il s'y passe des choses

étranges...Tu parles de cette jeune fille... eh! bien,
au moment où je sortais, elle m'a appelé en frappant aux vitres de sa fenêtre et je suppose qu'elle
est enfermée dans sa chambre, par ordre de sa respectable mère.

— C'est en effet très étrange. Et moi qui me figu-
rais qu'elles s'aimaient tendrement!... Alors, tous
ces beaux Messieurs qui se réunissent, deux fois par
semaine, chez Mme de Vercin.., ces brillants équipages qui les attendent à la porte ?...

— Des joueurs, mon ami; des étrangers très riches,
qui trouvent là une partie très chère et qui y laissent des sommes que tu n'imagines pas. Je viens
d'en voir un perdre trois cent mille francs.

— Pas possible !

— C'est invraisemblable, mais c'est vrai..., et ce
qu'il y a de pis, c'est que je ne suis pas sûr qu'on
ne triche pas, dans cette noble société.

— Et tu penses que cette charmante demoiselle ?..
Non, je ne croirai jamais cela.

— Je ne dis pas qu'elle s'en mêle..., ni qu'elle le
sache. J'ai même des raisons de croire qu'elle est
très malheureuse chez sa mère, et, s'il ne tenait qu'à
moi, elle n'y resterait pas longtemps. Je la délivre-
rais. Mais je ne puis prendre d'assaut la chambre
où on l'a reléguée.

— Que me dis-tu là ? Quoi ! elle serait prisonnière dans l'hôtel de la comtesse ?

— Ça m'en a tout l'air. Elle n'assistait pas à la
partie et, en sortant, je viens de le te dire, je l'ai
aperçue derrière sa fenêtre.

— La première à gauche, au second étage de la
façade...

9

— Justement. Je vois que tu connais les aménagements intérieurs de la maison.

— Je n'y suis jamais entré, mais je l'ai comtemplée si souvent, du haut de ma mansarde...

— Que tu sais où loge cette pauvre enfant. Eh bien ! mon cher, je te la recommande. Veille sur elle.

— Tu plaisantes !... Comment veux-tu que, de mon cinquième ?...

— Bah ! tu trouveras bien moyen de lui faire comprendre par signes que tu te tiens prêt à la secourir, si elle t'appelle. Je le ferais, moi, si je m'appartenais, et s'il le fallait, je passerais la nuit à l'attendre... Malheureusement, j'ai vingt-cinq mille francs à payer demain..., vingt-cinq mille francs dont je n'ai pas le premier sou, et il faut que je coure les usuriers pour les emprunter à n'importe quel taux.

— Les usuriers !... mais c'est la ruine ?

— Je le sais parbleu bien !... et si je connaissais un honnête homme qui voulût m'avancer la somme à un prix raisonnable, je m'adresserais à lui, mais je n'en connais pas. Aurais-tu dans ta manche un capitaliste disposé à me tirer d'embarras ?

— Un capitaliste ? répéta Luminet. Il y a... oui... il y a Marie Bas-de-Laine.

— Marie Bas-de-Laine ! s'écria Destérel; tu te figures que cette vieille toquée me prêterait vingt-cinq mille francs ?

— Je n'en doute pas, répondit Luminet.

— Il faudrait d'abord qu'elle les eût.

— Elle les a, je t'en réponds.., et même bien davantage.

— Possible, mais elle me connaît à peine..., elle m'a vu une fois.

— Dans une circonstance qu'elle n'oubliera jamais...; elle me le disait hier, en me faisant ton éloge.

— Elle a bien de la bonté. Je ne lui ai pas sauvé la vie, à celle-là.

— Tu m'as aidé à la tirer des mains des gens qui la tenaient et elle t'en sait gré.

— Il faut qu'elle ait la bosse de la reconnaissance très développée. Ce n'est pas une raison pour que j'aille lui emprunter de l'argent. Elle croirait que je veux me faire payer le mince service que je lui ai rendu.

— Pas du tout..., et d'ailleurs, celui que tu lui demanderas n'est pas bien gros. Tu lui rembourserais la somme...

— Dans trois mois..., le temps de réaliser un emprunt hypothécaire..., et elle fixerait elle-même le taux de l'intérêt; mais, je te le répète, je ne suis pas disposé à faire cette démarche.

— Je puis la faire pour toi.

— Ce serait encore pis, elle me prendrait pour un emprunteur honteux. Si je me décidais, j'opérerais moi-même, carrément.

— Qui t'en empêche? Tu n'as pas, je suppose, juré de ne jamais la revoir.

— Non, certes..., et la preuve c'est que, hier, j'étais venu à Passy avec l'intention de prendre de ses nouvelles; un incident m'a détourné en chemin.

— Eh bien! entre chez elle aujourd'hui, avec moi. Tu lui feras un plaisir énorme et tu lui dois une visite après son accident. L'occasion est bonne pour t'acquitter de ce devoir.

— Au fait! murmura Destérel, je puis bien lui consacrer une demi-heure avant d'ouvrir la chasse aux écus. Allons-y!

— A la bonne heure! et ce ne sera pas long; nous n'avons qu'à descendre l'escalier qui mène à la rue des Bauches.

— Oui, je sais...; on n'y arrive qu'à pied, dans cette rue-là... Je vais dire à mon cocher de m'attendre ici.

— C'est donc à toi, cette belle voiture?

— En location... au mois..., et je ne tarderai guère à la lâcher, pour peu que ma déveine continue.

Agénor ne dit mot. Il n'en revenait pas de l'insouciance de son ancien camarade, mais ce n'était pas le moment de lui prêcher la sagesse.

Destérel, en passant, donna ses ordres, et ils prirent ensemble le chemin de l'habitation de Marie Bas-de-Laine.

La porte de la rue n'était pas fermée à clé et Luminet entra sans sonner. Il connaissait les habitudes de la solitaire de la rue des Bauches, et il savait que jusqu'à la tombée de la nuit, son domaine était accessible à tous les pauvres de Passy. Elle passait ses après-midi dans son jardin tout exprès pour les recevoir.

Au moment où les deux jeunes gens s'y montrèrent, elle sortait du chalet qui en occupait le centre et, dès qu'elle aperçut Destérel, la brave femme accourut.

— Merci d'être venu, Monsieur, dit-elle avec effusion. Je savais bien que vous ne m'en vouliez pas de l'ennui que je vous ai causé dimanche.

Et avant que Destérel eût le temps de protester contre cette supposition, elle reprit en souriant :

— Vous voyez que je ne suis pas trop endommagée. Ce maudit chien m'a un peu entamé la peau, et je me suis cautérisée un peu trop fort, mais je suis sûre maintenant que je n'enragerai pas, et Brigitte m'a si bien pansée que je ne souffre plus du tout.

Maintenant, parlons de vous, Monsieur. Vous êtes l'ami de mon cher voisin Luminet que j'ai vu tout petit et qui a la bonté d'entrer assez souvent chez moi. J'espère que vous ferez comme lui quelquefois et je serais trop heureuse de trouver l'occasion de vous être agréable.

Luminet prit la balle au bond.

— Ma chère Marie, dit-il gaiement, je vais vous la signaler, l'occasion, au risque de me fâcher avec mon camarade Destérel, qui commence déjà à me faire les gros yeux. Sachez donc qu'il vient de perdre au jeu une grosse somme, sur parole, qu'il lui faut payer demain et qu'il a besoin d'un peu de temps pour se la procurer...

— Combien ? interrompit Marie.

— Vingt-cinq mille francs.

— Je vais les chercher, répondit-elle le plus simplement du monde.

Et elle rentra dans le chalet, laissant Agénor très satisfait et Destérel très mécontent.

Il ne tarda guère à exprimer son mécontentement.

— Mon cher, dit-il sèchement, je ne t'ai pas autorisé à parler pour moi et je te préviens que je vais refuser l'argent de cette folle. Je ne demande pas l'aumône, entends-tu ?

— J'entends fort bien, et je t'affirme que Marie n'a pas l'intention de te faire cadeau de cette jolie somme. Tu lui signeras un billet comme tu en aurais signé un à l'usurier auquel tu voulais t'adresser. Ça te coûtera moins cher, voilà tout.

— Je ne veux être l'obligé de personne.

— Mais c'est elle qui sera ton obligée, puisque tu lui paieras des intérêts. Son argent, depuis des années, ne lui a pas rapporté un centime.

— Elle l'enfouit donc dans sa cave ?

— Je l'en soupçonne et je trouve qu'elle a grand tort ; tout se sait, et on lui tordra le cou, une belle nuit, pour voler son magot...; mais sa méthode a du bon, puisqu'elle lui permet de te tirer d'embarras, instantanément.

— J'aime mieux y rester que de m'exposer à être accusé de faire payer mes dettes de jeu par une femme.

— Mais, encore une fois, il n'y a rien de mal à emprunter, quand on est certain de pouvoir rendre à jour fixe.

Cette discussion menaçait de s'éterniser. Marie y coupa court en reparaissant, les mains pleines de billets de mille : pas des billets bleus, nouveau modèle ; des vieux billets comme on n'en voit plus guère circuler et comme on en trouve encore dans les inventaires après décès,— quand le défunt était avare.

Décidément, le chalet recélait des trésors, comme les sous-sols de la Banque de France ; mais, pour faire des avances, Marie n'exigeait pas trois signatures, car elle ne demanda pas même un reçu à Destérel, en lui présentant la liasse qu'elle tenait à la main.

Il refusa d'un geste, et s'il avait pu se voir, il aurait souri, car il avait pris, bien involontairement, l'attitude classique d'Hippocrate repoussant les présents d'Artaxercès, — une gravure qui orne encore les cabinets des médecins de province.

Et il expliqua son refus.

— Madame, dit-il d'un ton bref, mon ami Luminet ne m'a pas consulté avant de vous exposer mon cas. S'il m'avait consulté, je l'aurais prié de se taire. Je cherche à emprunter vingt-cinq mille francs, c'est vrai, mais il s'agit d'une affaire à traiter et non pas d'un service à demander.

— Qu'à cela ne tienne, Monsieur! répondit la solitaire de la rue des Bauches. Vous me ferez une reconnaissance de la somme et vous m'en servirez l'intérêt à cinq pour cent, jusqu'à ce que vous soyez en mesure de vous acquitter...

Et elle ajouta :

— Ne vous étonnez pas des facilités que je vous propose... Je sais qui vous êtes; mon voisin m'a dit votre nom et je me suis souvenue de votre père, qui était architecte et qui a construit plusieurs maisons à Passy. Ne me privez pas, je vous prie, du plaisir de vous être utile.

— Quoi! s'écria Destérel, vous connaissiez mon père?

— De vue seulement. Je le rencontrais souvent quand il venait surveiller la construction de ce bel hôtel qui est dans la rue Mozart. Bien des gens à

Passy se souviennent de lui, et je sais que c'était un très honnête homme. Je puis bien obliger son fils.

Cette délicate façon de présenter les choses leva les scrupules de Destérel.

— Madame, dit-il, je suis très touché de l'offre que vous me faites et je l'accepte, mais il faut que ce prêt soit régularisé par un acte..., que nous ne pouvons pas signer séance tenante.

— Un acte, cher Monsieur? C'est tout à fait inutile entre nous. Je n'ai pas de notaire et n'en veux pas avoir. Prenez ce paquet et apportez-moi demain un reçu que vous rédigerez comme vous l'entendrez... sur papier timbré, si vous y tenez, mais je me contenterai très bien de votre parole.

Tout en parlant, Marie mit les billets de banque dans la main de Destérel qui se décida à les prendre, et elle ajouta gaiement :

— Maintenant, Messieurs, je ne vous retiens plus, car j'attends une visite. Et, d'ailleurs, puisqu'il s'agit d'une dette de jeu, vous devez avoir hâte de la payer; au revoir donc! Demain, je serai ici toute la journée.

Destérel, abasourdi, balbutia un remerciement et se laissa entraîner par Luminet qui riait sous cape.

Quand les deux amis se trouvèrent seuls dans la rue des Bauches, déserte comme toujours, et qu'ils purent échanger leurs impressions, Agénor commença :

— Eh bien! qu'est-ce que je te disais? Te voilà tiré d'affaire.

— Cette femme doit fabriquer de la fausse monnaie, dit entre ses dents Destérel, qui ne pouvait pas se décider à croire à ce qui lui arrivait.

— Pas des faux billets de banque, dit en riant Luminet; ceux qu'elle t'a remis sont excellents et ils ne sont pas d'hier... ça se voit à leur couleur... Ils sont jaunes comme de vieux parchemins...; elle a dû les tirer d'une armoire où ils moisissaient depuis vingt ans.

— C'est probable, grommela Destérel, mais d'où lui viennent-ils?

— De son père, je suppose. Il était entrepreneur, je te l'ai déjà dit..., il a dû laisser une grosse fortune et Marie ne dépense pas trois mille francs par an pour vivre... Ajoute, si tu veux, trois mille francs pour ses pauvres et ne t'étonne plus qu'elle ait amassé un sac énorme. Elle a horreur des placements et elle garde son argent chez elle. C'est dangereux, mais ce n'est pas beaucoup plus bête que de le convertir en actions de Panama ou du Comptoir d'escompte.

— Et tu crois que le trésor est caché dans ce chalet délabré?

— Je le crois.

— Alors, je m'explique ce que j'ai vu, dimanche soir, du haut du terre-plein qui domine la rue Pajou.

— Qu'as-tu donc vu?

— Une clarté qui rayonnait au-dessus du chalet. Le toit doit être vitré.

— Il l'est. J'ai pu le constater toutes les fois que je suis monté à l'observatoire du marronnier.

— Et tu n'as jamais demandé pourquoi ce vitrage?

— Ma foi, non. Ça ne m'intéressait pas..., et puis cette brave Marie n'aime pas qu'on la questionne.

— Enfin, elle y entre la nuit, dans son chalet, et

9.

elle l'illumine *a giorno*, comme un théâtre. Tu conviendras que c'est au moins bizarre.

— Oui, car je ne suppose pas que ce soit pour compter ses valeurs. Une lanterne lui suffirait.

— Alors, à quoi bon cet éclairage nocturne?

— Qui sait?... elle a peut-être logé là des portraits de famille et elle s'enferme pour les contempler; elle y va comme on va en pèlerinage...; un vœu qu'elle aura fait..., c'est une exaltée. Je ne connais pas l'histoire de sa jeunesse, mais je ne serais pas surpris qu'elle ait eu de gros chagrins et que, maintenant, elle passât sa vie à pleurer des êtres qu'elle a aimés.

— Où le sentiment va-t-il se nicher !... Elle n'a pas du tout l'air d'une amoureuse en retraite.

— Pas précisément, mais elle peut bien avoir le culte des morts. Ce qu'il y a de sûr, c'est qu'elle a mis à t'obliger une bonne grâce qui double le prix du service qu'elle t'a rendu.

— Tu as raison, et je ne devrais pas m'occuper de ce qu'elle fait, dit Destérel, un peu honteux de s'être exprimé légèrement sur le compte d'une personne qui venait de le tirer d'un terrible embarras. Demain, en lui apportant le reçu des vingt-cinq mille francs, je la remercierai comme il convient...; et, en attendant, je te remercie, toi, mon cher Agénor, de m'avoir mené chez elle. Grâce à vous deux, je vais pouvoir payer ma dette avant midi.

— Paie-la et ne recommence pas.

— Ne crains rien...,je ne remettrai plus les pieds chez la comtesse.

— Oh! et sa fille?

— Je trouverai un moyen de correspondre avec elle.

— Diable !... une intrigue avec une demoiselle, ça peut te mener loin.

— Pas si loin que tu penses. La mère n'est qu'une farceuse... je le sais, et je te le dis pour ta gouverne.

— D'où es-tu si bien renseigné ?

— Un Monsieur de mon cercle..., ce Monsieur qui m'a parlé dimanche sur la pelouse du Ranelagh..., l'a reconnue pour l'avoir vue jadis mener une vie de bâtons de chaises..., et depuis cette partie où je viens d'être si bien plumé, je suis fixé sur le métier qu'elle fait. Ne t'y frotte jamais.

— Il n'y a pas de danger.

— Du reste, elle a un amant qui ne vaut pas mieux qu'elle.

— Bon ! mais sa fille ?... J'en reviens toujours à elle.

— Je la plains de tout mon cœur et je ne serai content que quand je l'aurai tirée des griffes de cette créature.

— Je t'y aiderai volontiers et, s'il y a urgence, je veillerai cette nuit avec toi. Te voilà libre, puisque tu n'as plus besoin de courir pour chercher de l'argent.

— C'est vrai ; mais si je rôdais, ce soir, autour de l'hôtel de la rue Mozart, je ne ferais que compromettre celle que je voudrais secourir. Les domestiques me connaissent. Ils me remarqueraient, ils avertiraient la comtesse, et Claire serait gardée encore plus étroitement.

— Tu supposes donc qu'elle songe à s'échapper ?

— Je n'en sais rien encore, mais je le saurai.

Provisoirement, je compte sur toi, comme je te le disais avant d'entrer chez Marie Bas-de-Laine.

— Je m'en souviens, mais je n'ai pas très bien compris ce que tu attends de moi.

— C'est cependant bien simple. Rentre chez toi, ouvre ta fenêtre et montre-toi à Mlle de Vercin. Si, comme je le crains, elle est prisonnière, et, à plus forte raison, si elle court un danger, elle saura te l'apprendre par une mimique expressive, comme elle vient de le faire quand elle m'a vu passer.

— Ce n'est pas du tout la même chose; elle a confiance en toi, tandis qu'elle me connaît à peine.

— Est-ce là ce qui t'embarrasse ?... Tu n'as qu'à écrire sur une pancarte mon nom en très gros caractères et à le lui montrer. Tu pourras même écrire au-dessus que tu agis pour moi. Elle te répondra de la même façon, et cette télégraphie aérienne t'indiquera ce qu'il faut faire pour lui venir en aide. Vous pourrez correspondre ainsi tant que durera le jour. Quand la nuit interrompra les communications, tu sauteras dans une voiture, tu viendras me faire ton rapport, et nous nous entendrons pour agir, s'il y a lieu.

— Bon !... où te trouverai-je ?

— Je t'attendrai chez moi, rue de Berry, à neuf heures.

— Soit !... mais pourquoi ne montes-tu pas mes cinq étages ? tu opérerais toi-même... ce serait plus sûr.

— Parce que, je te le répète, je serais signalé immédiatement.

C'est déjà trop que j'aie laissé ma voiture dans la rue Mozart. Je parierais qu'on l'a déjà remarquée

et je ne me soucie pas d'y monter si près de l'hôtel de
la Vercin. Ses invités doivent commencer à partir
et je pourrais les rencontrer. Je vais te quitter ici;
je remonterai par la rue Pajou et je te prie de dire,
en passant, à mon cocher que je l'attends devant
la gare de la Muette.

— Comme tu voudras, mon cher Destérel, mais je
persiste à croire qu'il vaudrait mieux ne pas nous
séparer. Tu me charges d'une mission que je ne rem-
plirai peut-être pas à ton gré. J'ai peur de faire des
maladresses.

— J'en ferais bien davantage, et je compte
absolument sur toi... Ah! j'ai eu de la chance
de te rencontrer aujourd'hui! tu viens de me tirer
d'un très mauvais pas en me conduisant malgré moi
chez cette providentielle Marie Bas-de-Laine, et si
Mlle de Vercin a besoin d'aide, tu vas me donner un
fameux coup d'épaule. Entre nous, maintenant, mon
vieux, c'est à la vie, à la mort. Mais laisse-moi
partir. Merci encore, et à ce soir.

— Serre donc tes billets de banque, au moins, dit
Luminet en s'apercevant que son étourneau d'ami
les tenait encore à la main.

Destérel les fourra précipitamment dans sa poche
et fila au pas accéléré.

Agénor n'était content qu'à demi. Il se réjouis-
sait d'avoir rendu service à son camarade, mais il
trouvait que Gaston en prenait un peu trop à son
aise, en se déchargeant sur lui du soin de veiller à
la sûreté de Mlle Claire.

Il s'attristait aussi d'avoir perdu ses illusions sur
la comtesse, qui lui plaisait fort, mais il était trop
sage et trop droit pour se laisser prendre aux char-

mes d'une intrigante, et il se promettait bien de ne jamais profiter de l'invitation un peu en l'air dont elle l'avait gratifié, le dimanche, sur la pelouse du Ranelagh.

Il prenait carrément le parti de la jeune fille qu'elle persécutait, s'il fallait en croire Destérel, et il le prenait sans arrière-pensée, car il n'était pas amoureux d'elle.

Il grimpa vivement l'escalier public au pied duquel son ami venait de le quitter.

La victoria attendait toujours et le cocher fila dès que Luminet lui eut transmis les ordres de son maître.

En traversant la rue Mozart pour rentrer chez lui, le fidèle Agénor put voir d'autres équipages alignés devant la grille.

Il n'était pas tard, et les invités de la comtesse n'avaient pas encore pris congé.

Luminet avait tout le temps d'échanger avant la nuit des communications avec la prisonnière, si tant était que Mlle de Vercin fût séquestrée, comme l'affirmait Destérel qui n'en avait pas la preuve.

Luminet n'y croyait qu'à moitié et il ne comptait pas beaucoup sur le système de correspondance que son ami venait de lui recommander. Il pensait :

— Avec mes pantomimes et mes pancartes, elle va me prendre pour un farceur..., ou, ce qui serait bien pis, elle va s'imaginer que je cherche à supplanter Gaston... Enfin !... j'ai promis d'essayer... si l'essai ne réussit pas ou si l'aventure tourne mal, c'est lui qui l'aura voulu.

IV

Depuis vingt-quatre heures, la pauvre Claire passait par de terribles angoisses.

La scène avec sa mère l'avait bouleversée et, tout en pleurs, elle s'était réfugiée dans sa chambre, où Mme de Vercin venait de la consigner jusqu'à nouvel ordre, comme on met aux arrêts un sous-lieutenant qui a manqué à son service.

Mais elle n'avait pas faibli quand Mme de Vercin lui avait signifié qu'elle ne lui permettrait jamais d'épouser Gaston Destérel, et la menace d'être jetée sur le pavé ne l'avait pas empêchée de répondre qu'elle aimerait Gaston, quand même.

Seulement, pour la première fois depuis sa sortie du couvent, elle s'était aperçue qu'elle n'aimait pas cette comtesse qu'elle prenait pour sa mère. L'idée de la quitter ne l'effrayait pas du tout. Et la naïve enfant en était encore à se reprocher de n'avoir pas pour elle les sentiments d'une fille.

Elle aurait voulu du moins continuer à la respecter, mais elle commençait à démêler les causes de l'algarade qu'elle venait de subir. Elle devinait presque la vérité, quoiqu'elle n'osât pas s'arrêter à la pensée que Mme de Vercin voulait lui prendre Gaston.

Et de toutes les duretés qu'elle venait do supporter, elle avait retenu surtout ces mots cruels lancés par l'indigne comtesse : « Il t'a fait la cour, parce qu'il te croyait riche ; il se moque de toi, maintenant qu'il sait que tu n'as pas le sou. »

Elle ne voulait pas croire à cette accusation, mais le doute se glissait dans son cœur et elle aspirait à entendre son amoureux la démentir.

Quand le verrait-elle ? Gaston était parti sans se douter de ce qui allait se passer après son départ, et il ne pouvait pas deviner qu'elle était consignée.

Mais il avait promis de revenir le lendemain. Elle se jurait déjà de descendre et d'assister au thé de cinq heures, malgré l'ordre formel de sa mère. Là, elle trouverait bien le moyen de lui parler et de le mettre au courant de la situation.

Cet espoir la réconforta un peu et l'aida à passer moins tristement sa première soirée de réclusion.

Elle ne songeait guère à dîner, mais Mme de Vercin ne poussa pas la sévérité jusqu'à la mettre au pain sec.

A sept heures, Dolorès se présenta, suivie d'un valet de pied qui portait des plats sur un plateau et qui mit le couvert sur un guéridon.

La duègne n'entendait pas le français, et, d'ailleurs, Claire, qui la détestait, n'avait aucune envie de lui adresser la parole. Le service se fit donc silencieusement.

Claire ne toucha guère à ce repas d'écolière en pénitence. Elle alluma sa lampe quand le jour lui manqua et elle s'absorba dans ses réflexions, qui n'étaient pas gaies.

L'appartement où sa mère l'avait reléguée se composait de trois pièces : un petit salon, une cham-

bre à coucher et un cabinet de toilette, qui s'ou-
vraient toutes les trois sur le large palier d'un escalier monumental.

Claire venait de dîner dans le petit salon, très
élégamment meublé, et elle y était restée, car elle
n'avait aucune envie de dormir.

La fenêtre était ouverte et il faisait bon respirer
l'air de cette douce soirée de printemps.

Elle s'y était attardée, la veille, et elle y avait eu
grand'peur; elle se souvint de ce qui s'était passé
et elle alla mettre le verrou à toutes les portes.

Maintenant, personne n'entrerait sans sa permission et elle pouvait rêver en paix.

Bientôt, son imagination l'emporta loin de cet
hôtel qui, pour elle, venait de se changer en prison.
Elle revit, par la pensée, ce couvent des Ursulines
où s'étaient écoulées son enfance tranquille et sa
jeunesse insouciante, la vieille église bâtie au sommet d'une colline qui domine Trieste et le grand
jardin d'où l'on découvrait l'Adriatique, la mer
bleue ponctuée de voiles blanches.

Elle était heureuse alors, comme on l'est quand
on ignore la vie, et, depuis un an, elle avait plus
d'une fois regretté ce bonheur négatif. Mais la vision
du passé s'effaça vite pour faire place à l'image de
Gaston Destérel. Où était-il en ce moment? Que faisait-il? Elle ne savait rien de lui, sinon qu'il était
brave et qu'il lui avait dit qu'il l'aimait. Elle ne voulait pas croire qu'il eût menti et elle savait bien
qu'il reviendrait, quoi qu'en dît Mᵐᵉ de Vercin.

Ce n'était plus qu'une nuit et une matinée à passer dans l'incertitude. Le lendemain, à pareille
heure, elle l'aurait revu et il aurait tenu sa pro-

messe de déclarer ses intentions à la comtesse, qui lui refuserait probablement la main de sa fille mineure. Dans ce cas, les amoureux en seraient quittes pour attendre.

Elle ne comprenait pas très bien pourquoi, car elle venait d'entendre pour la première fois parler des dispositions du code qui leur interdit de se marier sans la permission de leurs parents : les filles jusqu'à vingt et un ans et les garçons jusqu'à vingt-cinq.

Elle ne savait même pas au juste quel âge elle avait.

Mais elle savait que son cœur ne changerait jamais et, pour le reste, elle comptait s'en rapporter à Gaston qui ferait de son mieux pour aplanir les difficultés et pour abréger les délais.

Elle avait la foi et elle ne se doutait guère que son sauveur ne l'avait pas, quoiqu'il n'aspirât qu'à la défendre.

La question de fortune ne la préoccupait pas davantage. Elle n'avait qu'une idée très vague de la valeur de l'argent, n'en ayant jamais eu à sa disposition ; au couvent de Trieste, elle était défrayée de tout et, depuis qu'elle en était sortie, sa mère pourvoyait à son entretien, y compris la toilette et les menues dépenses.

Elle voyait bien qu'il y avait en ce monde des pauvres et des riches, mais elle ne s'était jamais demandé si elle était riche ou pauvre.

Mme de Vercin venait de lui signifier brutalement que, son père n'ayant rien laissé, elle ne possédait rien. Que lui importait ?

Elle n'ignorait pas qu'on peut gagner sa vie en

travaillant. Elle travaillerait, à moins que Gaston n'eût de la fortune, et c'était là une question qu'elle ne songeait pas à se poser. Elle le lui avait bien demandé, la veille, en causant avec lui sur le banc du jardin, et il lui avait répondu qu'après en avoir eu, il n'en avait plus. Mais il pouvait lui en rester assez pour vivre à deux, et il lui semblait tout naturel qu'il partageât avec elle, comme elle aurait partagé avec lui, si les situations eussent été interverties, car elle croyait qu'il suffît de s'aimer pour que tout soit commun entre ceux qui s'aiment.

On l'aurait fort étonnée en lui expliquant le régime dotal.

Ces chimères enfantines l'occupèrent toute la soirée. La nuit vint, sans qu'elle pensât à quitter le fauteuil où elle s'était assise, près de la fenêtre. Elle y resta deux heures à écouter un rossignol qui chantait. Il y a encore des rossignols à Passy, et celui-là était peut-être perché sur les hautes branches du marronnier de Marie Bas-de-Laine, mais le silence était si profond que Claire ne perdit pas une note de cette musique nocturne.

Rien ne remuait dans l'hôtel, quoique les domestiques ne fussent pas encore couchés. La grille de la cour était fermée. Mᵐᵉ de Vercin n'était pas sortie, mais sans doute elle n'attendait pas de visites.

Claire avait grand besoin de repos, brisée qu'elle était par les émotions de cette journée. Après avoir savouré longtemps la sérénade que lui donnait le chanteur ailé, elle sentit que le sommeil la gagnait et elle pensa enfin à se mettre au lit.

Elle alluma une bougie et elle passa dans sa chambre.

Un vrai nid blanc, cette chambrette tendue de soie de Chine, avec une couchette de pensionnaire et des meubles en bois de rose choisis par la comtesse, qui avait du goût. Claire s'y plaisait, et elle ne s'en remettait à personne du soin d'y entretenir des fleurs.

Il y en avait partout, et des plus rares, mais comme leurs parfums pénétrants auraient pu l'incommoder pendant qu'elle dormait, elle les transportait dans le salon, tous les soirs, avant de se coucher. Elle procéda, comme de coutume, à ce déplacement de vases et de jardinières ; puis, quand ce fut fait, elle revint dans sa chambre, ferma la porte de communication et commença les apprêts de sa toilette de nuit.

Elle avait posé sur une table le flambeau dont l'unique bougie l'éclairait, et elle allait se déshabiller debout, tournant le dos à son lit, lorsqu'un bruit très léger la fit tressaillir.

Elle avait cru entendre craquer la boiserie recouverte d'une tenture qui la séparait du palier de l'escalier.

Elle s'arrêta aussitôt et elle prêta l'oreille, mais le bruit ne se reproduisit pas et elle crut s'être trompée.

Sans doute, ses nerfs surexcités lui avaient joué ce tour. Ce n'était qu'une illusion d'acoustique, comme elle avait eu la veille une illusion d'optique, lorsqu'elle s'était figuré voir Cavalcano entrer chez elle.

Elle ne bougea plus, mais elle regarda, comme si ses yeux eussent pu voir à travers la cloison ce qui se passait au delà.

La lumière éclairait en plein la tenture qui était de soie blanche brodée de fleurs fantastiques, de ces larges fleurs qu'invente l'imagination des ouvriers de l'Extrême-Orient.

Tout à coup, au centre de l'une d'elles, Claire vit scintiller, comme un diamant noir enchâssé dans une monture d'ivoire, un œil braqué sur elle.

Elle crut d'abord qu'elle se trompait, qu'elle était abusée par un effet de lumière sur la tenture de soie que la clarté de la bougie faisait miroiter.

Elle ferma les yeux, pour les rouvrir presque aussitôt, et elle regarda avec plus d'attention : l'œil était toujours là, fixé sur elle.

Elle aurait voulu fuir. Elle ne put pas faire un mouvement. Elle resta clouée à la même place, comme un oiseau surpris par un serpent. L'œil la fascinait.

Qui donc l'épiait ainsi ? Était-ce Mme de Vercin, ou bien l'affreuse duègne, ou le marquis Cavalcano ?

Pendant qu'elle se posait ces questions et d'autres encore, l'œil disparut tout à coup.

Dès qu'elle ne sentit plus peser sur elle ce regard inquiétant, elle reprit un peu de sang-froid et elle eut le courage de s'approcher de la tenture pour l'examiner de près. En la touchant, elle reconnut qu'elle était percée d'un trou rond qui se confondait, à distance, avec le fond sombre de la fleur brodée, et qui traversait la cloison de part en part.

Claire y colla sa joue et elle sentit le vent qui passait au travers.

Evidemment, l'étoffe avait été coupée avec des ciseaux courbes et le bois foré avec une tarière.

Pour qu'elle n'eût jamais remarqué cette solution de continuité, il fallait que le travail eût été fait tout récemment. Par qui et dans quel but? Pour l'espionner, ce n'était pas douteux, et l'espionnage venait de commencer.

On la surveillait, comme, à Mazas, on surveille les détenus dans leurs cellules.

Était-ce seulement pour l'empêcher de s'échapper de sa prison? C'eût été une précaution superflue, car, pour être libre, il ne lui aurait pas suffi de sortir de son appartement. Il lui resterait encore à sortir de l'hôtel gardé par les domestiques de la comtesse : des geôliers en livrée, qui fermaient la grille, à la tombée de la nuit.

Une autre explication vint à l'esprit de la pauvre Claire, et il est probable qu'elle ne se trompa pas en conjecturant que l'odieux Cavalcano la guettait comme un tigre guette sa proie, et qu'il avait imaginé d'assister clandestinement à la toilette intime de Mlle de Vercin, en attendant qu'il pût se jeter sur elle.

Heureusement, il venait de trahir ses abominables projets et il ne s'agissait plus que de le mettre dans l'impossibilité de les exécuter.

Claire, remise de sa première émotion, ne perdit pas de temps pour parer aux dangers qui la menaçaient.

Elle s'assura d'abord, en les examinant et en les touchant, que les verrous tirés à chacune des trois portes de son appartement étaient solides, et qu'elle n'avait rien à craindre d'une surprise nocturne.

Tranquillisée de ce côté, elle s'occupa de se mettre à l'abri des regards de ce lâche *voyeur*.

Ce n'était pas commode. Le trou de la boiserie était percé trop haut pour qu'elle pût le masquer en déplaçant un meuble. Le boucher, comme on aveugle une voie d'eau dans la cale d'un navire, c'était presque impraticable, et ç'eût été inutile, puisque du dehors le voyeur aurait pu crever la clôture que Claire y aurait appliquée en dedans.

Elle avait bien un moyen sûr de se rendre invisible, et ce moyen c'était d'éteindre la bougie.

L'obscurité l'aurait protégée contre un infâme espionnage, mais elle aurait eu encore plus peur dans les ténèbres : une peur instinctive, comme en ont les enfants qui redoutent de se coucher sans lumière.

Après d'assez longues réflexions, elle se décida enfin à s'étendre toute habillée sur son lit, après avoir allumé, par surcroît de précaution, une lampe qui brûlerait jusqu'au jour.

Au mois de juin, les nuits sont courtes et l'aube ne tarderait pas à poindre : l'aube qui dissipe les fantômes et qui chasse les bandits.

Claire se coucha donc, mais elle ne dormit pas, quoiqu'elle ne vît et n'entendît rien d'inquiétant.

L'œil ne reparut pas ; la cloison ne craqua plus, et quand le soleil se leva, elle put croire que tout danger était passé pour cette fois.

Elle n'en pouvait plus ; elle n'essaya pas de résister au sommeil, et pour qu'elle se réveillât, il fallut qu'on vînt frapper à la porte de sa chambre. Elle courut ouvrir, et elle vit l'inévitable duègne, précédant un valet de pied qui apportait le déjeuner.

C'était la répétition exacte du cérémonial de la veille, et Claire, qui ne voulait pas questionner un domestique, ne dit pas un mot pendant qu'on dressait le couvert dans le petit salon où on avait, la veille, servi le diner.

C'était évidemment un parti pris de la mettre en quarantaine, et rien n'annonçait que cette quarantaine dût prendre fin bientôt.

Mᵐᵉ de Vercin se réservait sans doute de lever les arrêts lorsque Claire aurait fait sa soumission, c'est-à-dire lorsqu'elle aurait demandé grâce en promettant de renoncer à Gaston et de se soumettre à toutes les volontés de sa mère.

De son côté, Claire était résolue à mourir plutôt que de céder. Il était impossible de prévoir comment se dénouerait cette étrange situation.

Claire, d'ailleurs, voulait en finir à tout prix et par un éclat.

La journée qui commençait était un mardi et la comtesse, comme de coutume, allait recevoir ses invités dans la serre. Destérel serait de la fête et elle avait défendu à sa fille d'y paraître. Claire jura de s'y montrer, en dépit de la défense, et d'y afficher si bien ses préférences pour Gaston, qu'il s'ensuivrait une scène publique après laquelle Mᵐᵉ de Vercin serait forcée de changer d'attitude. Il faudrait qu'elle s'expliquât, et pour peu que Destérel soutint la révoltée en déclarant qu'il était prêt à l'épouser, Mᵐᵉ de Vercin n'oserait pas refuser un consentement dont les amoureux pourraient bientôt se passer, puisque Claire, quel que fût son âge exact, ne tarderait pas beaucoup à être majeure.

Il était enfantin, ce plan éclos dans la tête d'une jeune fille exaltée, mais elle le trouvait admirable, et, dès que le valet de pied eut desservi, toujours sous la surveillance de Dolorès, elle s'enferma derechef pour s'habiller comme elle s'habillait deux fois par semaine, avant de descendre à l'heure du thé.

Elle voulut se faire belle et elle y réussit, car jamais elle n'avait été si charmante.

La toilette simple et fraîche qu'elle choisit lui allait à ravir, et son doux visage resplendissait de jeunesse et de passion.

Ainsi préparée pour la bataille décisive qu'elle allait livrer, elle n'avait plus qu'à attendre le moment opportun et elle était parfaitement placée pour le saisir, car toutes ses fenêtres dominaient la cour de l'hôtel.

Il lui suffisait de regarder pour voir arriver les invités.

Elle les connaissait tous, excepté le prince Russe, annoncé depuis longtemps par Cavalcano ; elle les laisserait se présenter à la comtesse, mais dès que Destérel serait là, elle quitterait son poste d'observation, descendrait l'escalier, traverserait le jardin et ferait son entrée dans la serre.

Un peu avant quatre heures, elle prit position derrière les rideaux entr'ouverts de la fenêtre du petit salon.

Le premier qu'elle vit passer, ce fut le marquis florentin qu'elle avait tant de raisons de haïr et de mépriser. Les autres défilèrent successivement sous ses yeux, y compris Golymine, qu'elle n'avait jamais vu, mais qu'elle devina en se rappelant le portrait que Mme de Vercin lui en avait fait.

Destérel n'arrivait pas. D'où venait ce retard ? Avait-il oublié sa promesse ou reculé au moment de la tenir ? C'était à craindre, et il n'en fallait pas davantage pour inquiéter cruellement la pauvre Claire. Que deviendrait-elle si son amoureux l'abandonnait ? Elle n'espérait qu'en lui, et si son cœur avait déjà changé, il lui semblait qu'elle n'aurait plus qu'à mourir.

Elle ne savait pas que Destérel, pendant qu'elle se désolait, roulait vers la rue Mozart, en compagnie de ce brave Sylvain, qui allait le lâcher en route, et que le baron de Subligny l'avait retenu plus que de raison en lui racontant sur la comtesse des histoires étranges.

Enfin, au bout d'une demie-heure, qui lui parut bien longue, Claire le vit entrer dans la cour et se diriger sans hésiter vers le jardin, où il prit le chemin sablé qui conduisait à la serre.

Elle le suivit des yeux jusqu'à ce qu'il eût disparu derrière un massif, et, alors, elle alla à la porte pour sortir, mais la porte résista, et Claire s'aperçut qu'on l'avait fermée à clé, en dehors.

Dans l'appartement, il y en avait deux autres par lesquelles on pouvait passer pour gagner l'escalier.

Elle y courut. Elles étaient fermées aussi, et en examinant de près celle de la chambre à coucher, la malheureuse enfant fit une découverte beaucoup plus inquiétante.

Le verrou n'y était plus. Il avait été descellé et enlevé pendant que Claire regardait à travers les vitres de la fenêtre du petit salon, et il fallait

qu'on eût opéré avec une habileté et une pres-
tesse extraordinaires, car elle n'avait rien entendu.

Le but de cette opération n'apparaissait que
trop clairement. On voulait que Claire fût à la merci
de ce misérable qui, la veille, n'avait pu que l'épier
par un trou percé dans la cloison, et on l'enfermait
pour l'empêcher de fuir. Tant qu'il ferait jour, cet
homme n'oserait pas entrer chez elle, mais il reviendrait la nuit prochaine et rien ne la protégerait
plus contre ses attaques.

Il ferait d'elle ce qu'il lui plairait.

Cavalcano devait avoir des complices dans la
maison, car ce n'était pas lui qui venait de prendre de ses propres mains ces abominables précautions. Claire l'avait vu arriver par la rue
Mozart et aller tout droit à la serre. Il y était
encore et il y resterait jusqu'à la fin de la partie,
qui n'aurait pas marché sans lui, Claire le savait
pour l'avoir vu à l'œuvre. Donc, quelqu'un s'était
chargé de faire disparaître le verrou intérieur et
de donner un tour de clé aux serrures. Qui?... un
valet, sans doute, un valet payé pour cela, pensait Claire qui n'osait pas encore accuser Mme de
Vercin.

La prisonnière n'avait de secours à attendre de
personne, à moins qu'elle ne réussît à attirer l'attention de Destérel quand il passerait sous ses fenêtres. Et encore!... Destérel comprendrait-il l'appel
désespéré qu'elle pourrait lui adresser ? Elle en
doutait.

Et, en attendant qu'il reparût, elle ne pouvait
rien pour se garantir de l'odieuse tentative qu'elle

redoutait. Plus tard, après le dîner, quand elle n'aurait plus à craindre le retour de la duègne, il serait temps de pousser et d'entasser des meubles contre la porte de sa chambre afin d'opposer une barricade à quiconque essaierait d'entrer.

Si cet obstacle ne suffisait pas à la protéger, il lui resterait encore la suprême ressource du suicide. Elle était résolue à se briser le crâne sur le pavé de la cour plutôt que de souffrir un outrage.

Mais elle voulait d'abord tenter sa dernière chance de salut et elle revint à la fenêtre guetter le retour de Destérel.

Quand reparaîtrait-il? Impossible de le prévoir. Claire espérait qu'il ne jouerait pas, mais elle prévoyait que la comtesse ne le laisserait pas partir vite et cette prévision ne la décourageait pas.

Sa patience fut mise à une assez longue épreuve, quoique, dans la serre, les choses eussent tourné tout autrement.

Enfin, Destérel se montra, et, bonheur inespéré, il était seul. Les autres invités n'avaient pas encore levé la séance et il avait tout l'air de s'en aller comme un homme qui s'esquive.

C'était de bon augure, en ce sens qu'il devait avoir résisté aux instances de la comtesse, qui avait certainement cherché à le retenir, mais il se pouvait aussi qu'il se fût brouillé avec elle et alors il ne reviendrait plus.

Quoi qu'il en pût être, Claire s'empressa de profiter de l'occasion. Elle frappa aux carreaux et Gaston leva la tête. Elle n'osa pas ouvrir la fenêtre et encore moins l'interpeller. Le valet de pied qui gardait la grille aurait entendu les paroles qu'ils auraient échangées à distance.

La jeune fille eut recours au seul moyen qu'elle pût employer; elle tâcha d'exprimer par une attitude suppliante la demande de secours qu'elle adressait à Destérel.

Il lui sembla que, d'un geste expressif, Destérel lui répondait : « Comptez sur moi, » mais il ne fit que passer et elle le perdit de vue.

C'en était fait; le sort de Claire était désormais entre les mains de son amoureux.

Essaierait-il de la délivrer? Sans lui, elle ne pouvait plus rien. Elle le savait et elle se résignait à subir sa destinée. Elle ne se demandait même pas comment il s'y prendrait pour arriver jusqu'à elle. Il lui suffisait qu'il eût compris qu'elle avait besoin de lui. S'il n'agissait pas, ce serait qu'il ne l'aimait pas comme elle l'aimait, et alors elle ne regretterait pas la vie, si elle en était réduite à se tuer pour échapper à Cavalcano. Maintenant, elle n'avait plus qu'à attendre passivement les événements.

Elle étouffait de chaleur autant que d'émotion dans ce petit appartement. Elle ouvrit toutes les fenêtres, qu'elle n'avait plus de raisons pour tenir fermées, et elle se jeta dans le fauteuil où elle avait passé une partie de la soirée à écouter les vocalises du rossignol.

Assise, elle ne voyait plus la cour. Elle ne tenait pas à assister au départ des invités de la comtesse. Elle préférait même ne pas se montrer à eux quand ils sortiraient. Elle ne voyait que le ciel et les étages supérieurs de la maison qui faisait vis-à-vis à l'hôtel de Vercin, de l'autre côté de la rue Mozart.

Perdue dans de tristes rêveries, elle regardait vaguement le vol capricieux des hirondelles et elle allait peut-être s'endormir de fatigue, quand il lui sembla entendre qu'on marchait sur le palier.

Ce bruit léger fut suivi d'un autre plus distinct : le bruit d'une clé grinçant doucement dans la serrure.

La porte avait été fermée en dehors; on la rouvrait maintenant et on en retirait la clé.

Les pas s'éloignèrent.

Claire attendit quelques minutes, puis, n'entendant plus rien, elle se leva et elle put s'assurer qu'elle n'était plus emprisonnée.

Elle n'eut qu'à tourner le bouton intérieur pour ouvrir.

La clôture n'avait pas duré deux heures.

Pourquoi avait-on pris cette précaution et pourquoi y renonçait-on si vite? Claire eut tout de suite l'idée que la comtesse, ayant deviné son projet, avait donné des ordres pour qu'on la mît dans l'impossibilité de venir troubler la partie de *creps* par une apparition inattendue, et surtout de s'aboucher avec Gaston Destérel.

Gaston étant parti, la comtesse faisait lever l'écrou.

Claire se reprit à espérer. Elle pourrait sortir par l'escalier de ce logement, trop haut perché pour qu'elle pût en sortir par la fenêtre.

Ce n'était pas la clé des champs, car il fallait encore sortir de l'hôtel. Mais Claire, par hasard, avait lu récemment l'histoire des merveilleuses évasions du célèbre Latude, et elle avait appris que l'amour de la liberté fait faire des prodiges aux prisonniers.

L'hôtel de Mme de Vercin n'était assurément pas aussi bien gardé que l'était autrefois la Bastille. Il n'était pas flanqué de tours massives et entouré de fossés profonds. Claire n'aurait pas d'épaisses murailles à percer avec un clou ni de cordes à tresser avec les draps de son lit et c'était fort heureux, car le temps lui aurait manqué.

Pour échapper au péril qui la menaçait, elle n'avait pas une soirée à perdre. Il lui fallait pourtant attendre la nuit qui vient tard au commencement de juin, mais l'homme qu'elle redoutait attendrait certainement, pour renouveler sa tentative, que sa victime fût endormie ou tout au moins couchée.

Il s'agissait donc de saisir l'instant propice pour descendre dans le jardin qui était vaste comme un parc et où il lui serait facile de se cacher.

Une fois là, elle chercherait une issue du côté de la rue Pajou, par exemple, et elle la trouverait peut-être.

Cet instant devait se présenter après qu'on aurait desservi le dîner et avant l'heure où, habituellement, Claire se mettait au lit.

Il fallait encore qu'on ne revînt pas l'enfermer; mais on ne l'avait pas enfermée, la veille, et, d'ailleurs, elle se promettait de mettre la serrure hors d'état de fonctionner, en la dévissant à l'avance.

Claire était fort adroite de ses mains, et elle possédait dans son secrétaire un assortiment de menus outils dont elle savait se servir.

Où irait-elle se réfugier, si elle parvenait à s'enfuir? Elle n'y avait pas encore pensé.

Chez Destérel, sans hésiter, si elle avait su où il

demeurait, mais Destérel, en lui déclarant ses sentiments, avait négligé de lui donner son adresse.

Ce problème se présenta tout à coup à l'esprit de la pauvre Claire, qui n'était pas à même de le résoudre, car elle connaissait fort peu Paris et elle n'avait pas d'argent. Quelques louis, économisés sur le peu que lui donnait sa mère, constituaient toute sa fortune présente. Que deviendrait-elle avec ce court viatique?

Elle se rappela subitement le jeune homme qu'elle avait vu le dimanche, au concert du Ranelagh, en compagnie de Destérel. Celui-là devait savoir où habitait son ami et, pensant à lui, elle leva les yeux vers la fenêtre où elle l'avait aperçu plus d'une fois, au cinquième étage de la maison d'en face.

Elle fut très surprise de l'y revoir et plus surprise encore lorsqu'il s'empressa de la saluer.

Ce fut bien autre chose quand il éleva au-dessus de sa tête une pancarte où il y avait écrits des mots qu'elle ne distinguait pas très nettement.

Elle n'avait pas à sa disposition le télescope de Marie Bas-de-Laine, mais la comtesse lui avait fait cadeau pour ses dernières étrennes, d'une très bonne lorgnette de théâtre.

Après avoir adressé à Luminet un signe d'encouragement, elle courut la prendre sur une étagère.

Quand elle revint, munie de son instrument, elle retrouva ce brave garçon dans la même posture, et en le braquant sur lui, elle lut, sans trop de peine:

« Je me mets à vos ordres, de la part de Gaston. »

La réponse de Claire ne se fit pas attendre.

Un signe de tête affirmatif et un mouvement de la main répété plusieurs fois exprimèrent qu'elle acceptait les offres de service de son voisin et qu'elle lui en était reconnaissante.

Luminet s'inclina aussitôt, pour faire comprendre qu'il était prêt à exécuter les ordres de Mlle de Vercin.

Comment allait-elle les lui donner ? Par le procédé qu'il venait d'employer, c'eût été très bien, et Claire y pensa tout de suite ; mais, presqu'en même temps, elle se rappela qu'elle ne possédait rien de ce qu'il faut pour écrire, et cela, pour une bonne raison, c'est qu'elle n'en aurait su que faire.

Elle n'avait pas de comptes à tenir, puisque la comtesse se chargeait de toutes les dépenses ; elle n'était pas de ces jeunes filles qui consignent, chaque jour, sur un album, leurs impressions intimes, et elle n'entretenait de correspondance avec personne.

A qui aurait-elle adressé des lettres ? à ses anciennes camarades ou aux religieuses du couvent de Trieste ? Elle n'aurait pas mieux demandé, mais, sans s'y opposer formellement, Mme de Vercin lui avait conseillé de s'en abstenir, et Claire y avait renoncé.

Elle n'avait d'ailleurs, quoiqu'elle ne fût ni ignorante ni sotte, aucun penchant à noircir du papier, et c'était la première fois qu'il lui arrivait de regretter de n'en pas avoir à sa disposition.

Le contretemps n'en était pas moins désastreux, d'autant plus que Luminet, à son tour, lui montrait une lorgnette qu'il tenait à la main.

C'était comme s'il eût dit : « Répondez-moi de la

même façon ; grâce à ce petit instrument, je déchif-
frerai votre réponse. »

Et Claire se trouvait réduite aux ressources
très restreintes de la pantomime, qui ne peut guère
traduire que des idées simples : accepter ou refuser,
par exemple ; indiquer du doigt un objet ou un
chemin à suivre, ou bien encore, la colère, la
frayeur, l'amour.

Ainsi, tout à l'heure, Claire avait pu, en joignant
les mains, faire appel à la pitié et à la tendresse de
Gaston.

Mais maintenant, il s'agissait d'apprendre à l'ami
de Gaston qu'elle était prisonnière dans son appartement, qu'elle avait résolu de s'échapper, le soir
même, et qu'elle le suppliait de l'y aider.

Une bonne danseuse mime du corps de ballet de
l'Opéra y eût réussi sans trop de peine, mais Claire
n'avait jamais eu l'occasion de s'exercer en ce genre
et elle était fort embarrassée.

Elle essaya pourtant.

Elle commença par faire le geste d'écrire, en accompagnant ce geste d'un signe de dénégation pour
expliquer à Luminet qu'elle ne pouvait pas recourir
au moyen qu'il lui recommandait.

Ensuite, elle imita le mouvement d'une personne
qui donne un tour de clé. Cela voulait dire : « Je
suis enfermée ici. » Puis, en étendant les deux bras
et en agitant les deux mains, elle tâcha d'exprimer
qu'elle voulait fuir. Enfin, elle termina par le geste
que tous les peuples de l'univers emploient pour
appeler.

Luminet comprit tout cela. Pour montrer qu'il
avait compris, il s'éloigna de la fenêtre, après

avoir d'un signe rassuré la jeune fille, et il reparut au bout d'un instant pour exhiber une autre pancarte, sur laquelle il venait d'écrire, en caractères plus que majuscules, ces quatre mots : *Je viendrai. — Quand ? — Où ?*

En même temps, il braquait sa lorgnette, pour mieux voir les gestes qu'il attendait en guise de réponse.

Claire n'hésita pas une seconde. Elle était décidée à se sauver par le jardin, du côté opposé à la rue Mozart, et elle avait calculé que neuf heures serait le moment le plus favorable.

Elle leva ses deux mains en l'air, en montrant, écartés, les cinq doigts de sa main droite et seulement quatre doigts de sa main gauche. Puis, ramenant à plusieurs reprises sa droite par-dessus son épaule, elle indiqua ainsi qu'elle voulait fuir par les derrières de l'hôtel.

Ce fut encore compris.

Luminet disparut de nouveau et revint presque aussitôt, porteur d'un troisième écriteau, où Claire put lire facilement : « Ce soir, à neuf heures, du côté de la rue Pajou. »

« C'est convenu, merci, » répondit d'un geste la jeune fille.

Luminet salua, mit la main sur son cœur et ferma sa fenêtre.

Cette précipitation surprit Mlle de Vercin. Elle ignorait que Luminet avait pris rendez-vous précisément à neuf heures avec Destérel et qu'il se hâtait de courir rue de Berry pour l'inviter à venir attendre avec lui, rue Pajou, la prisonnière de la comtesse.

Claire ne soupçonna pas Luminet de s'être moqué d'elle. Claire ne le connaissait que de vue, mais elle savait qu'il était l'ami de Destérel, et cela suffisait pour qu'elle ne doutât point de ses bonnes intentions.

Elle se demanda cependant pourquoi Destérel l'avait chargé de la secourir, au lieu de venir lui-même se mettre à sa disposition ; mais, en y réfléchissant, elle jugea qu'il avait bien fait de ne pas se montrer aux abords de l'hôtel.

Les gens de Mme de Vercin l'auraient reconnu et signalé à leur maîtresse, tandis qu'ils n'avaient pas pris garde à un pauvre diable logé sous les toits d'une maison voisine.

Elle se disait, d'ailleurs, que Gaston, averti par son camarade, ne manquerait pas de l'accompagner à Passy, et qu'elle aurait ainsi deux défenseurs au lieu d'un seul.

La nuit, tous les chats sont gris, et si les domestiques s'avisaient de faire des rondes, Gaston échapperait facilement à leur surveillance.

Il ne restait plus à Claire qu'à attendre le moment et à saisir l'occasion.

Le temps avait marché. Les joueurs de *creps* commençaient à partir, les uns après les autres. Claire en avait déjà vu passer trois ou quatre sous sa fenêtre, qu'elle avait refermée, et parmi ceux-là le marquis Cavalcano.

Mme de Vercin ne l'avait pas retenu à dîner, mais rien ne prouvait qu'il ne reviendrait pas pendant la soirée.

Le prince s'en alla le dernier.

N'ayant plus personne chez elle, la comtesse allait peut-être monter chez Claire, qui s'étonnait un peu de ne pas l'avoir encore reçue dans le logement où elle était consignée, mais qui ne désirait pas sa visite.

La comtesse ne se montra point et, à sept heures, Dolorès se présenta, suivie de l'inévitable valet portant un plateau.

Tout se passa silencieusement comme la veille et comme au déjeuner, avec cette différence que la duègne, pour laisser le domestique mettre le couvert, passa un instant dans la chambre à coucher dont la porte était ouverte.

Claire n'avait garde de l'y suivre. Cette femme lui était odieuse. Claire s'empressa même de lui tourner le dos et, se plaçant devant une glace, elle fit semblant de lisser ses cheveux, ses magnifiques cheveux blonds que les gesticulations avaient un peu dérangés.

Bientôt, cette glace refléta l'image de Dolorès, qui marchait tout doucement à reculons, en se rapprochant peu à peu du lit de la jeune fille.

Cette singulière manœuvre avait certainement un but que Claire ne devinait pas encore.

Mais, quand la duègne se trouva tout près de la table de nuit sur laquelle était placé un verre plein d'eau à l'orange, elle étendit le bras, sans se retourner, et elle versa dans le verre quelques gouttes du contenu d'un petit flacon qu'elle tenait caché dans sa main.

Claire eut assez d'empire sur elle-même pour ne pas bouger. L'Espagnole, qui ne la perdait pas de vue, n'avait pas pensé au jeu de la glace, et aussitôt qu'elle eut fait le coup, elle revint lentement au

11

salon, de son pas de fantôme qui glissait sans bruit sur le parquet ciré.

Claire ne daigna pas la regarder quand elle passa.

Le dîner était servi. Le domestique sortit et Dolorès en fit autant, après avoir salué d'une révérence la fille de la comtesse qui lui payait ses gages.

Était-ce du poison que Dolorès venait de jeter dans ce verre d'orangeade que M\ue de Vercin vait l'habitude de vider tous les soirs avant de s'endormir ?

Claire ne pouvait pas se décider à le croire, car la duègne n'avait aucun intérêt à la faire mourir, et Claire ne se demanda même pas si cette créature avait agi par ordre de sa maîtresse.

Une telle horreur lui paraissait impossible.

Et cependant Claire n'avait pas rêvé ce qu'elle venait de voir.

Elle entra dans la chambre, elle prit le verre et elle l'examina de près. L'eau dont il était plein n'avait pas changé de couleur, mais elle ne sentait plus l'orange ; elle exhalait une odeur particulière qui est celle de l'opium et de tous ses composés, et qui se volatilise assez vite.

Claire comprit qu'on lui avait versé un narcotique, dont l'effet l'aurait plongée dans un profond sommeil qui l'aurait livrée sans défense aux entreprises de l'affreux Cavalcano.

Le coup était manqué, puisqu'il ne tenait qu'à elle de ne pas boire, et elle avait maintenant la certitude que ce misérable, pour s'introduire chez elle, attendrait qu'elle fût endormie. Il devait compter que ce serait vers minuit, et jusqu'à cette heure il se tiendrait coi. Elle avait donc tout le temps d'exécuter le plan d'évasion qu'elle avait conçu.

Claire pouvait aussi espérer qu'on ne la surveillerait pas pendant cette soirée et qu'on ne prendrait pas de nouvelles précautions pour la garder. Ceux qui avaient machiné toutes ces infernales combinaisons croyaient bien la tenir. Le piège était tendu; ils ne se doutaient pas qu'elle l'avait éventé et ils comptaient qu'elle y tomberait.

Probablement même, ils ne soupçonnaient pas qu'elle songeait à s'échapper. Ils savaient qu'elle ne connaissait personne à Paris. Où serait-elle allée, si elle s'était sauvée?

Ils l'avaient enfermée pendant la partie de *creps*, mais c'était pour l'empêcher de s'y présenter et non pas pour l'empêcher de sortir de l'hôtel, puisqu'on était venu sans bruit lever l'écrou, aussitôt après le départ de Destérel.

La duègne, en se retirant, avait emporté la clé. Elle n'en avait plus besoin pour entrer, puisque les verrous avaient été enlevés.

Claire fit semblant de dîner et le jour baissait quand elle eut fini. La nuit allait venir vers huit heures. Claire commença tout doucement ses préparatifs. Elle alluma sa lampe, comme elle le faisait tous les soirs, et elle eut soin de la placer près de la fenêtre, afin que la lumière fût visible du dehors.

Ceux qui l'épiaient croiraient qu'elle veillait en lisant et qu'elle veillerait jusqu'à minuit, comme elle en avait l'habitude.

Elle s'était habillée pour paraître au thé de sa mère et la toilette qu'elle portait n'était pas bien choisie pour courir les aventures, mais elle ne songea point à en changer. Elle ne songeait qu'à fuir, et, quand vint le moment, elle sortit de son apparment, sans manteau et même sans chapeau.

L'escalier était éclairé et, si on l'y avait surprise, on n'aurait certes pas imaginé qu'elle s'évadait, la tête nue et les épaules découvertes, mais elle n'y rencontra personne et elle arriva sans incident sur le perron de la façade.

De là, elle descendit à pas de loup dans la cour, et elle se glissa dans le jardin.

C'était très bien pour commencer, mais le plus fort n'était pas fait. Il fallait encore en sortir par un chemin difficile, c'est-à-dire par-dessus le mur qui dominait la rue Pajou, et Claire n'y aurait pas réussi sans aide.

Luminet lui avait promis de venir. Était-il à son poste ? Elle l'espérait, quoique, dans son impatience, elle eût devancé l'heure ; mais en arrivant à l'endroit où elle avait, la veille, échangé quelques mots avec Brigitte, elle eut le chagrin de ne pas le voir.

Éclairée par un bec de gaz unique, la rue était déserte.

Claire crut que son voisin lui manquait de parole, et son cœur se serra. Allait-elle donc être réduite à regagner sa chambre et à attendre, victime résignée, la visite qu'elle redoutait ? Plutôt mourir dix fois et sauter par-dessus la balustrade, au risque de se tuer sur le coup ou de se casser les jambes.

Cette dure extrémité lui fut épargnée.

Au moment où neuf heures sonnèrent à l'église de Passy, elle vit déboucher de la rue des Bauches un homme qu'elle reconnut de loin à sa taille et à sa tournure.

Luminet, employé modèle, était l'exactitude en personne. Il n'arrivait jamais trop tard ni trop tôt. Il arrivait à l'heure juste, et il avait attendu qu'elle sonnât, tapi contre le mur de Marie Bas-de-Laine.

Et Claire put bientôt constater qu'il était armé de toutes pièces, c'est-à-dire muni d'un engin faute duquel l'évasion eût été, sinon impossible, du moins très difficile et assez périlleuse.

Tous les dimanches, Luminet faisait de la gymnastique en chambre, et quelquefois en plein air. Il était fourni de divers ustensiles destinés à pratiquer ce *sport*, et il avait apporté une échelle de cordes qu'il montra à la jeune fille, dès qu'il eut pris position au pied du mur.

La pantomime s'imposait encore, car, pour s'entendre, ils auraient été obligés d'élever la voix, et les arbres du jardin pouvaient avoir des oreilles.

Claire comprit tout de suite la situation et fit signe à Luminet de lui jeter l'échelle.

Le brave garçon avait choisi avec intelligence cet engin de sauvetage ; une corde à nœuds aurait écorché les mains délicates de Mlle de Vercin, et l'échelle était garnie à un de ses bouts d'un fort bâton transversal, destiné à la fixer solidement.

Claire la reçut au vol et n'eut qu'à l'accrocher en la passant entre deux piliers de la balustrade qui, heureusement, n'était pas haute.

Claire put l'enjamber, trouver, avant de la

lâcher, un point d'appui sur le premier échelon, et descendre avec une adresse qui aurait fait honneur à un gymnaste de profession.

La jeunesse et l'amour enfantent des miracles.

Et pourtant, l'amoureux n'était pas là.

Luminet, qui avait tenu l'échelle, aida Mlle de Vercin à prendre pied sur le pavé et ne s'arrêta point à écouter les remerciements qu'elle commençait à lui adresser.

La place n'était pas propice aux explications, et il entraîna Claire vers le haut de la rue.

Elle le suivit d'autant plus volontiers qu'elle était convaincue que Gaston, n'ayant pas osé se montrer si près de l'hôtel, l'attendait non loin de là, dans quelque rue écartée.

Claire ne pouvait pas deviner que, en ce moment même, Gaston comptait les minutes dans son rez-de-chaussée de la rue de Berry, et s'impatientait de ne pas voir arriver son ami.

Ce n'était pas la faute d'Agénor. Ne possédant pas le don d'ubiquité, il ne pouvait pas se trouver à la même heure rue de Berry et rue Pajou. Entre les deux rendez-vous, il avait dû choisir. Naturellement, il avait opté pour celui que venait de lui donner la prisonnière, mais il avait couru aussitôt chez Destérel pour le prévenir.

Destérel était sorti ; Destérel dînait dehors, et Luminet, qui ne savait pas où, avait dû se résigner à laisser sa carte sur laquelle il avait écrit au crayon : « Je reviendrai. » Puis, il s'était replié sur Passy, où il n'avait pas perdu son temps, puisqu'il avait tout préparé pour l'évasion.

Seulement, le soir, — tout comme la nuit, — porte

conseil, et, en chemin, il lui était venu des scrupules qui ne l'avaient pas empêché d'agir, mais qui
persistaient et que Mlle de Vercin ne prévoyait
guère.

Sans se préoccuper de l'échelle, qu'il laissait accrochée à la balustrade du jardin de la comtesse,
il conduisit rapidement la jeune fille jusqu'au bout
de la rue des Bauches, en passant devant la porte
close du domaine de Marie Bas-de-Laine, et il s'arrêta dans un coin solitaire, où il ne craignait pas
qu'on vînt les déranger.

Claire n'avait pas encore dit un mot. Quand elle
ouvrit la bouche, ce fut pour demander:

— Où est votre ami?

Cette question, — très prévue, — obligea Luminet
à aborder immédiatement le chapitre des scrupules,
un peu tardifs, qui le tourmentaient, et il répondit:

— Je suppose qu'il est chez lui, Mademoiselle.

— Comment! vous supposez!... vous ne l'avez
donc pas vu?

— Je l'ai vu, tantôt, avant de correspondre avec
vous de ma fenêtre à la vôtre.

— Pourquoi n'est-il pas venu ce soir?

— Parce qu'il craignait d'être reconnu par les
domestiques de Mme de Vercin.

— C'est ce que je pensais... Je ne sais pas où il
demeure, mais vous allez m'y mener.

Le moment était venu pour Luminet de déclarer
nettement ce qu'il pensait de la situation.

— Mademoiselle, commença-t-il, je vous prie de
m'écouter sans vous fâcher...

— Qu'avez-vous donc à me dire? interrompit Claire, étonnée et un peu effrayée de ce début.

— Des choses très sérieuses. Je viens de vous prouver, je crois, que je vous suis tout dévoué. Quand Destérel m'a assuré qu'on vous retenait de force et qu'il était décidé à vous délivrer, je n'ai pas hésité à lui promettre de l'aider. Je ne savais pas encore que vous vouliez vous échapper ce soir. Vos signaux me l'ont appris. J'étais engagé avec Destérel et je n'avais plus le temps de le consulter. Je suis venu à l'heure que vous m'indiquiez et vous voilà tirée de peine. J'ai tenu ma promesse... mais je n'ai rien promis de plus.

— Quoi! vous me laisseriez ici après m'avoir sauvée!

— Non pas !... je veux au contraire vous sauver encore une fois..., vous sauver de vous-même.

— De moi-même? Je ne comprends pas.

— Des entraînements de votre cœur. Savez-vous à quoi vous vous exposeriez en allant vous réfugier chez Destérel?

— J'irai sans crainte. Il m'aime ; il m'épousera.

— Vous croyez? Hélas! vous seriez cruellement déçue... et en vous jetant ainsi à sa tête, vous le forceriez à faire de vous... sa maîtresse.

— Encore ce mot !... cet affreux mot !... Que faut-il donc que je fasse pour que votre ami ne me méprise pas? S'il était ici, si je pouvais lui dire à quel danger je viens d'échapper, je vous jure qu'il ne me conseillerait pas de retourner chez ma mère.

— Je ne vous le conseille pas non plus, Mademoiselle.

— Que me conseillez-vous donc, demanda vivement la jeune fille. Excepté M. Destérel et vous, je ne connais à Paris que des gens qui me font horreur. Que voulez-vous que je devienne, si vous m'abandonnez tous les deux?

— Mademoiselle, dit gravement Luminet, je connais une brave femme qui vous recevrait chez elle, si vous vouliez bien vous contenter de la pauvre hospitalité qu'elle peut vous donner.

— Pourrai-je voir Gaston? interrompit Claire.

— Le voir, oui, sans doute, mais...

— Alors, j'accep...

— Laissez-moi d'abord vous expliquer ce que je vous propose. La personne dont je vous parle travaille pour vivre. Aurez-vous le courage de faire comme elle?

— Oui... pourvu que j'en sois capable.

— Oh! ce travail-là n'excéderait pas vos forces. Il consisterait à tenir une boutique... Mais vous êtes accoutumée à un bien-être qui vous manquerait absolument. Je ne sais si vous vous habitueriez à une existence toute nouvelle pour vous .. et assez pénible, je ne vous le cache pas. Il faudrait vous lever avec le soleil, vous servir vous-même, passer toute la journée assise derrière un comptoir, et, le soir, écrire sur des registres...

— Je puis faire tout cela. Est-ce de la part de M. Destérel que vous me conseillez de prendre ce parti?

— Non, Mademoiselle. C'est une idée qui m'est venue, mais je suis certain qu'il l'approuvera. Et je n'aperçois pas d'autre moyen de vous assurer une situation indépendante, tout en restant digne de lui. Quand il saura que vous vous êtes bravement mise à l'ouvrage pour gagner honnêtement votre

vie, il ne vous aimera pas moins... et il vous esti-
mera davantage.

— Vous croyez donc qu'il me méprise?

— Je ne dis pas cela, Mademoiselle... Mais si
vous travaillez, il vous respectera... et il ne vous res-
pecterait pas si vous vous mettiez à sa discrétion,
en lui demandant de vous recevoir chez lui.

— Je vous comprends, Monsieur, et je suis prête
à suivre votre conseil.

— Moi, je suis prêt à vous mener chez cette femme... Mais je vous prie de réfléchir encore avant
de me suivre. Êtes-vous sûre que vous ne vous las-
serez pas bientôt de vivre de privations?... Si le
courage de les supporter longtemps devait vous
manquer, mieux vaudrait aller tout de suite chez
Destérel.

Les yeux de Claire brillèrent; elle aurait préféré
cet arrangement. Luminet s'en aperçut et se hâta
d'ajouter :

— Ce serait vous perdre... Mais en allant ailleurs, vous vous perdriez tout de même, car, je vous
le répète, il n'y a que le travail qui puisse vous
sauver. Si vous persistiez à vouloir vous réfugier
chez mon ami, il me répugnerait de vous y conduire,
mais plutôt que de vous laisser errer par les rues,
je consentirais à vous apprendre où il demeure.

Il y avait de quoi tenter une affolée d'amour, et
Claire hésita.

Luminet avait dit tout ce qu'il pensait. S'il en était
venu à offrir ce compromis, c'était par pitié pour
cette enfant qu'il essayait de remettre dans le droit
chemin. Que serait-elle devenue seule, la nuit, vêtue
comme elle l'était? Son roman aurait fini au poste

de police, à moins qu'elle ne tombât entre les mains
de quelque chercheur de bonnes fortunes en plein
vent, ce qui eût été bien pis.

Il fallait qu'il fût pétri d'un autre limon que les
autres hommes, cet excellent Agénor, car, à vingt-
cinq ans qu'il avait, il était plus sage que bien des
vieillards.

Et sa sagesse était faite de bonté et d'abnégation.
Il était né pour se dévouer. Il pensait à ses amis
avant de penser à lui-même.

Gaston Destérel avait le physique et le moral d'un
héros de roman ; Gaston Destérel plaisait à toutes
les femmes. Au fond, Luminet valait mieux que
lui.

Le colloque avec Mᴵˡᵉ de Vercin s'était engagé
au bout de la rue des Bauches, au coin d'une borne,
dans l'ombre projetée d'un grand mur, mais, d'un
instant à l'autre, il pouvait être interrompu par un
passant qui se serait certainement mépris sur le
but de ce tête-à-tête nocturne. Il était temps d'y
mettre fin, et ce fut la jeune fille qui s'en chargea. Le
langage ferme et franc de Luminet l'avait décidée.

— Vous avez raison, Monsieur, dit-elle. Je n'ai
rien de mieux à faire que de servir pour garder ma
liberté. J'accepte ce que vous me proposez. Allons
chez cette femme.

— Allons, Mademoiselle ! répéta Luminet.
Nous n'avons pas beaucoup de chemin à faire...,
heureusement, reprit-il tout bas en regardant, du
coin de l'œil, la toilette de Mᴵˡᵉ de Vercin. Veuillez
me donner le bras.

Claire, sans dire un mot, se laissa emmener par
la rue de Boulainvilliers. Son protecteur improvisé

lui fit traverser la grande rue de Passy et enfiler la rue de la Pompe.

On les regardait bien un peu, mais, à Passy, on admet qu'une demoiselle sorte en cheveux avec son prétendu, et on les prenait très probablement pour des fiancés qui se promènent dans le quartier, avec la permission de leurs parents.

A eux deux, ils formaient un couple très bien assorti, car Agénor n'était pas mal de sa personne, quoiqu'il n'eût pas la tournure dégagée de son ami Gaston. Agénor manquait de *chic*, auraient déclaré les horizontales qui s'arrachaient Destérel; mais il rachetait ce léger défaut par des avantages plus sérieux.

— La personne qui va me recevoir nous attend, n'est-ce pas? demanda Claire, après un assez long silence.

— Non, Mademoiselle, répondit Luminet, je n'ai pas eu le temps de la prévenir.

— Et vous croyez qu'elle consentira?..

— J'en suis sûr. Elle cherche, en ce moment, quelqu'un pour l'aider dans son petit commerce. Elle va me remercier de vous amener, et c'est elle qui sera notre obligée.

— Mais vous lui direz qui je suis, je suppose?

— Il le faut... Et je vous réponds de sa discrétion. C'est une honnête femme dans toute la force du terme. Elle ne vous prendrait pas chez elle, si vous n'étiez pas ce que vous êtes..., une jeune fille persécutée injustement. Ma vieille amie est comme moi... toujours du parti des victimes.

— Ah! elle est vieille?

— Elle est grand'mère, mais elle est restée jeune de cœur, et je vous assure que vous l'aimerez.

— J'y suis toute disposée, dit Claire, déjà remise du trouble où l'avaient jetée les premières déclarations de Luminet.

Et elle demanda timidement :

— M. Destérel la connaît-il ?

— Pas encore, mais il sait que je la connais ; j'ai eu l'occasion de lui parler d'elle, avant-hier, après la scène de la pelouse du Ranelagh... Quand il la connaîtra, il me félicitera d'avoir eu recours à elle.

— Alors, vous allez lui apprendre où je suis ?

— Oh ! dès ce soir, si je puis mettre la main sur lui. Il m'attendait à neuf heures, mais j'espère que j'arriverai avant qu'il se soit lassé de m'attendre. Et si je le manque, je le verrai demain matin.

— Dépêchons-nous, murmura la jeune fille en hâtant le pas.

— Nous approchons, Mademoiselle, répondit en souriant Luminet, qui devinait pourquoi elle était si pressée.

Ils continuaient à suivre, bras dessus, bras dessous, la rue de la Pompe, et ils venaient de dépasser l'avenue Henri Martin, qui la coupe à angle droit.

— Voyez-vous, là-bas, à droite, ce long bâtiment ? reprit Agénor ; c'est le lycée Janson... Ma vieille amie habite juste en face... Et elle est rentrée, car j'aperçois de la lumière dans sa boutique.

Claire ne dit mot, mais elle se serra contre son protecteur, un peu émue en pensant à la présentation qui était imminente.

— Elle ne paie pas de mine, sa boutique, continua Luminet, mais elle y fait d'assez bonnes affaires; et elle dispose au rez-de-chaussée d'un logement composé de trois pièces. Elle en occupe une et elle sera enchantée de vous céder les deux autres. Elle les a meublées pour recevoir une de ses filles, qui est mariée et qui vient de temps en temps la voir à Paris. Vous n'y serez pas aussi bien que dans l'hôtel de Mme de Vercin…

— J'y serai en sûreté, interrompit la jeune fille.

Elle n'avait pas encore raconté à Luminet les tentatives criminelles dont elle venait d'être l'objet, et il eut quelque velléité de l'interroger sur ce point scabreux, mais ce n'était pas le moment, et d'ailleurs il préférait laisser à Destérel le soin de s'enquérir des dangers qu'elle avait courus chez la comtesse.

Il lui en aurait coûté d'être amené à dire lui-même à cette enfant que Mme de Vercin n'était pas sa mère. Destérel s'en chargerait.

Agénor avait toutes les délicatesses.

La porte de la boutique était ouverte et, à la clarté d'une lampe, posée sur le comptoir, on voyait, de la rue, une vieille femme penchée sur une grande feuille couverte de chiffres, qui absorbait toute son attention.

Les volets n'étaient pas encore mis à la devanture et derrière les vitres s'étalait un assortiment de gâteaux et de sucreries variés.

Luminet fit entrer Claire et entra après elle, sans que la marchande se dérangeât.

—Bonsoir, ma chère Brigitte, dit-il doucement ; je vous amène de la compagnie.

Brigitte leva la tête et ne vit pas tout d'abord Mlle de Vercin, qui se tenait un peu en arrière, mais elle s'écria :

— Comment, c'est vous, Monsieur Luminet ! en voilà une chance !... Si j'attendais quelqu'un, ce soir, ce n'était pas vous, *pour sûr*... ; mais je suis toujours contente quand je vous vois.

Qu'est-ce qu'il y a pour votre service?

Et, quittant son comptoir, elle vint à la rencontre d'Agénor, après avoir remonté l'abat-jour de la lampe.

La lumière éclaira en plein le visage de la jeune fille, et deux exclamations partirent en même temps.

Brigitte avait reconnu Mlle de Vercin, et Mlle de Vercin avait reconnu la vieille marchande de gâteaux qui, la veille, rue Pajou, s'était arrêtée pour lui parler, sous la terrasse du jardin de la comtesse.

Luminet, qui ne savait pas qu'elles s'étaient déjà rencontrées, fut bien étonné d'entendre Brigitte dire à Claire :

— Ah! Mademoiselle, c'est bien de l'honneur que vous me faites d'entrer dans ma boutique... et je ne m'attendais pas que Monsieur vous y amènerait. Par quel hasard ?...

— Ma chère Brigitte, interrompit Agénor, je me flatte que vous avez confiance en moi.

— Ah! je crois bien !... J'aime Marie Bas-de-Laine comme si elle était ma sœur, et Marie Bas-de-Laine vous aime comme si vous étiez son fils.

C'est vous dire que je me mettrais en quatre

pour vous servir, si jamais vous aviez besoin de moi.

— Eh bien ! ma bonne Brigitte, il dépend de vous de me faire un grand plaisir.

— Tant mieux !... apprenez-moi de quoi il retourne et demandez-moi ce que vous voudrez. Toute ma boutique est à votre disposition et moi aussi.

— Voici ce que c'est... : Je n'ai pas à vous nommer Mlle de Vercin, puisque vous la connaissez...

— Pour la voir passer en voiture depuis qu'elle demeure à Passy avec sa maman..., et pour avoir causé, un instant, avec elle, hier.

— Bon !... et Mlle de Vercin sait qui vous êtes. Je viens vous demander de la recevoir chez vous, ce soir.

— Ah ! mon Dieu !... est-ce que le feu aurait pris à l'hôtel de la rue Mozart ?

— Non..., ce n'est pas cela... ; mais Mademoiselle y court des dangers... qu'elle vous expliquera..., et elle ne veut plus y rester... Elle ne le peut plus, je le sais, je l'affirme..., et je viens de l'aider à en sortir... par-dessus le mur du jardin.

— Un enlèvement !

— Pas un enlèvement, ma chère Brigitte, une fuite. Vous ne me croyez pas capable d'enlever une jeune fille à sa mère, n'est-ce pas ?

— Non, Monsieur Luminet..., mais enfin...

— Je réponds de tout... et s'il vous arrivait des ennuis, à propos de Mademoiselle, je serais là pour dire pourquoi Mademoiselle s'est sauvée... ; mais je vous garantis que vous n'en aurez pas.

— Oh ! je ne crains personne, Dieu merci... et le

commissaire peut bien m'interroger quand il voudra. J'ai la conscience nette et j'ai le droit de loger
chez moi qui je veux..., surtout une personne comme
Mademoiselle. Il n'y a dans tout ça qu'une chose
qui me chiffonne...

— Quoi donc ?

— C'est que..., s'il y a une amourette sous jeu...,
excusez-moi de vous dire ça devant Mademoiselle...,
je ne voudrais pas m'en mêler, parce que, voyez-
vous, Monsieur Luminet, je ne suis pas plus sévère
qu'une autre, mais j'ai deux filles mariées.

Agénor sentit que le moment était venu d'expliquer nettement la situation à cette brave femme.

— Ma chère Brigitte, dit-il, je vous comprends, je
vous approuve et je vais vous dire toute la vérité.
Il se passe dans la maison de la rue Mozart des
choses qui ont forcé Mademoiselle à en sortir. Elle
était résolue à mourir plutôt que d'y rester. Je n'ai
pas hésité à l'aider à fuir et elle n'y rentrera jamais. Elle ne sait où aller. J'ai pensé à vous. Ne
m'avez-vous pas dit que vous cherchiez une personne pour vous aider dans votre commerce ?

— Oui..., mais Mademoiselle n'est pas faite pour
servir les pratiques.

— Je suis décidée à travailler pour vivre, dit doucement Claire.

— Travailler ! vous qui avez été élevée dans le
luxe !... Vous n'y pensez pas, ma bonne demoiselle !

— J'y pense si bien que je vous supplie, Madame,
de me prendre chez vous et, pour vous prouver que
ma résolution est sérieuse, j'ajoute que je l'ai prise

parce que je veux rester digne d'un jeune homme
que j'aime et que j'espère épouser.

Brigitte regarda Luminet d'un air qui voulait dire
clairement:

— Aye! nous y voilà!... J'en étais sûre.

— Ce jeune homme est l'ami de M. Luminet, continua Claire.

— C'est vrai, dit Agénor, et Marie Bas-de-Laine
le connaît. Il était avec moi quand je l'ai ramenée
chez elle, dimanche, après l'accident.

— Quoi! s'écria Brigitte, celui qu'elle a revu aujourd'hui?

— Précisément. Je l'y ai conduit, et cette brave
Marie l'a tiré d'un grand embarras; il venait de
perdre au jeu.

— Je sais..., elle me l'a dit...; je suis arrivée chez
elle une heure après vous. Il s'appelle Destérel,
votre ami. Je ne l'ai jamais vu, mais j'ai connu son
père, dans le temps, quand il bâtissait des maisons
à Passy...; il était architecte... Marie aussi l'a connu,
et nous connaissons encore un brave homme qui
était son meilleur ami, un peintre..., et voyez comme
ça se trouve! il est entré ici tantôt, le père Sylvain,
Marie lui avait écrit de venir la voir et, en passant
rue de la Pompe, il s'est arrêté un instant chez moi,
avant d'aller rue des Bauches.

— Eh bien! ma chère Marie, c'est à la prière de
Destérel, mon ancien camarade de collège, que j'ai
aidé Mlle de Vercin à se sauver. Il ne sait pas encore qu'elle y a réussi, mais je vais le lui apprendre,
dès ce soir; je suis certain qu'il m'approuvera
d'avoir pensé à vous la confier et qu'il viendra vous
remercier.

Laissez-moi ajouter que si Destérel pensait à faire de Mademoiselle autre chose que sa femme légitime, il n'agirait pas ainsi.

— Oh! je vous crois, maintenant, Monsieur Luminet, et je ferai tout ce que vous voudrez. Seulement, Mademoiselle sera bien mal dans mon pauvre logement...; je ne demande pas mieux que de l'y installer... en attendant..., mais si elle voulait, Marie Bas-de-Laine serait bien contente de la prendre chez elle.

— C'est une excellente idée, dit Luminet, qui regrettait presque de ne pas l'avoir eue avant Brigitte. Marie est si bonne !...

— Elle a déjà obligé votre ami; elle en obligera bien d'autres... et quand elle aura vu Mademoiselle, je suis sûre qu'elle demandera à se charger d'elle...; mais nous parlerons de ça demain. Vous devez avoir besoin de vous reposer, Mademoiselle. Votre chambre est prête. Je vais vous la montrer. C'est celle de ma fille aînée qui est mariée à Montereau et que j'attends la semaine prochaine. Quand elle arrivera, si vous n'êtes pas encore installée chez Marie, je vous céderai la mienne.

Ayant dit, Brigitte s'empara de la lampe et conduisit la jeune fille dans une arrière-boutique, divisée par des cloisons en trois compartiments.

C'était la même disposition que l'appartement de Claire chez Mme de Vercin, avec cette différence que l'une des trois pièces servait de cuisine.

Luminet avait suivi.

— Dame! grommela Brigitte, vous ne serez pas si bien que rue Mozart.

— Je serai beaucoup mieux, Madame, dit la jeune
fille, et je vous remercie de tout mon cœur.

— Il n'y a pas de quoi. Je vous laisse la lampe et
je vais mettre les volets à la boutique. Si vous aviez
besoin de moi, cette nuit, vous n'auriez qu'à cogner
à la cloison. Je couche à côté.

Claire tendit une de ses mains à la bonne femme,
un peu surprise de cette politesse à l'anglaise, et
l'autre à Luminet, qui la serra en disant:

— A demain, Mademoiselle. Je ne pourrai venir
qu'après mon bureau, mais Destérel viendra avant
moi.

Brigitte le poussa dans la boutique, et après avoir
fermé la porte :

— Je ne vous en veux pas de me l'avoir amenée...,
au contraire; mais comment ça finira-t-il, cette his-
toire-là?

— Elle finira très bien, ma chère Brigitte. Destérel n'a que de bonnes intentions, je vous le répète...

— Hum ! on dit que l'enfer en est pavé de bonnes
intentions, et votre camarade ne me fait pas l'effet
de penser sérieusement à se marier. Enfin !... nous
verrons bien... et puis Marie Bas-de-Laine est là ;
mais tout de même, j'ai peur que nous ne nous
soyons mis dans un mauvais cas... Elle ne doit pas
être majeure, cette jeunesse, et si sa mère la faisait
chercher par la police, on n'aurait pas de peine à
la retrouver.

— Sa mère s'en gardera bien.

— Vous n'en savez rien. Elle doit avoir le bras
long, cette comtesse. Elle est millionnaire et elle
ne reçoit que des gens à équipages.

— Qui ne se mêleront pas de ses affaires, je vous le garantis.

— Pourquoi ?

— Parce qu'ils savent ce qu'elle vaut. Et d'ailleurs, pour réclamer cette enfant, il faudrait qu'elle eût des droits sur elle et Mlle Claire n'est pas sa fille.

— Pas sa fille ! répéta la marchande. Qu'est-ce que vous me dites-là ?

— La vérité, ma chère Brigitte, répondit Luminet. Destérel le sait, de source certaine... et d'ailleurs, si Mme de Vercin était la mère de Mlle Claire, elle ne chercherait pas à exploiter la beauté de cette malheureuse enfant... ce serait trop infâme.

— Exploiter !...comment !... quelle abomination ! je ne croirai jamais ça...

— Interrogez demain la jeune fille. Elle vous dira ce que cette femme voulait faire d'elle. Mme de Vercin n'est pas plus comtesse que vous et elle tient chez elle une maison de jeu.

— Ah ! la gueuse ! Et où a-t-elle pris l'argent pour acheter le plus bel hôtel de Passy ?

— Elle l'a gagné et elle en gagne encore à dépouiller les étrangers qu'elle attire dans son tripot.

— Et la police la laisse faire !

— La police ne se doute de rien. La police ne surveille pas les riches. Et puis, la Vercin ne reçoit pas de Français. Destérel est peut-être le premier... et vous savez comment elle l'a connu et pourquoi elle l'a invité.

— Oui...., le chien enragé qui allait se jeter sur elle et qu'il a tué. Il aurait mieux fait de le tuer un peu plus tôt. Ma pauvre Marie n'aurait pas été mordue...

— Ce n'est pas la faute de Destérel.

— Eh! je le sais bien!... mais revenons à la comtesse... L'année dernière, elle est tombée ici comme une bombe... On disait dans Passy qu'elle arrivait de chez les Prussiens.

— C'est très possible. Destérel, là-dessus, vous renseignera mieux que moi.

— Et la petite qu'elle a amenée avec elle, où l'a-t-elle prise?

— En Allemagne, je crois.

— C'est drôle... Quel âge a-t-elle, cette enfant?

— Je crois qu'elle n'en sait rien elle-même.

Brigitte se tut. Elle réfléchissait, et Luminet la laissait réfléchir.

— Il faudra que je raconte tout ça à Marie Bas-de-Laine, murmura-t-elle, après un assez long silence. Quand viendra votre ami?

— Destérel?... J'espère que vous le verrez demain. Je cours chez lui.

— Bon! je l'attendrai. Je peux bien, pour une fois, me passer de faire ma tournée dans Passy, et je ne peux pas laisser la demoiselle toute seule à la boutique..., d'autant qu'elle n'est pas habillée du tout comme une marchande de gâteaux.

— Elle s'est sauvée comme elle était.

— J'entends bien, mais il ne faut pas qu'elle reste comme ça. A-t-elle de quoi s'acheter d'autres effets?

— Je ne crois pas, mais j'y pourvoirai, quoique je ne roule pas sur l'or.

— Votre ami Destérel doit avoir de l'argent.

— Beaucoup plus que moi, certainement... Mais il vaut mieux que ce ne soit pas lui qui subvienne aux dépenses de cette jeune fille, car...

— Vous avez raison. Il aurait l'air de l'entretenir. Moi, je me charge de la loger et la nourrir. Pour le reste, je m'adresserai à Marie Bas-de-Laine. Ainsi, ne vous tourmentez pas, Monsieur Luminet, et revenez demain soir. Excusez-moi d'avoir commencé par faire des difficultés. Je ne savais pas ce que je sais maintenant ; je vous remercie de m'avoir amené la demoiselle, et peut-être que Marie vous devra de la reconnaissance, quand elle la connaîtra.

Filez au galop, et tâchez que votre ami vienne le plus tôt possible.

— Soyez tranquille, il ne perdra pas de temps. Bonsoir, ma bonne Brigitte.

Agénor sortit précipitamment. Il lui tardait de s'aboucher avec Destérel et il craignait que Destérel ne se fût lassé de l'attendre. La rue de Berry n'était pas à l'autre bout de Paris et Agénor avait de bonnes jambes, mais le cas était assez pressant pour qu'il dérogeât à ses habitudes d'économie. Il arrêta au passage une voiture de place et il se fit mener chez son ami.

En débarquant devant le numéro 15, il l'aperçut accoudé à la fenêtre du rez-de-chaussée et il devina sans peine que Destérel s'y était mis, parce qu'il s'impatientait de ne pas le voir arriver.

Destérel le reconnut, se retira vivement et vint ouvrir lui-même.

—Enfin !... c'est heureux, ma foi ! s'écria-t-il. Voilà une heure que tu me fais poser. Et puis, qu'est-ce que c'est que cette carte que tu m'as laissée pour m'avertir que tu reviendrais? Pourquoi ne m'as-tu pas attendu ?

— Parce que si j'étais resté à me promener dans la rue, devant ta porte, c'est M¹ᶻ de Vercin que j'aurais fait poser.

— Et maintenant, comment se sauvera-t-elle ?

— C'est fait. Elle m'avait donné rendez-vous à neuf heures, rue Pajou. Je m'y suis trouvé. J'avais apporté une échelle de cordes. Elle est descendue sans accident.

— Et tu me l'amènes ?

— Non pas. Elle voulait se réfugier chez toi. Je l'en ai détournée.

— C'est trop fort!... Ah ! tu t'acquittes bien des missions qu'on te confie, toi !

— J'ai fait ce que je devais faire et tu m'en sauras gré plus tard.

— Enfin, où est-elle ?

— Chez une brave femme qui est l'amie de Marie Bas-de-Laine et qui tient une boutique rue de la Pompe.

— Joli domicile pour une jeune fille... Tu dis : rue de la Pompe ?

— Oui..., en face du lycée Janson.

— Bon ! je la connais, la boutique. J'y ai laissé tantôt, en allant rue Mozart, quelqu'un qui m'avait prié de le voiturer à Passy.

— M. Sylvain..., un ami de ton père.

— Comment sais-tu cela ?

— C'est Brigitte qui me l'a dit. Elle connaît depuis longtemps ce Monsieur et elle a connu ton père.

— Brigitte ?... Cette marchande de sucres d'orge que tu es allé chercher dimanche pour soigner Marie Bas-de-Laine ?

— Parfaitement. Mlle de Vercin sera très bien chez elle, mais elle sera encore mieux rue des Bauches.

— Si cette Marie Bas-de-Laine veut bien la recevoir...

— Brigitte n'en doute pas. Elle a même lâché quelques mots qui m'ont fait fait supposer que Marie a des raisons pour s'intéresser à la prétendue fille de la prétendue comtesse.

— C'est singulier, murmura Destérel.

— Dans tous les cas, si Marie consent à se charger d'elle, c'est ce qui peut arriver de plus heureux à toi et à cette jeune fille. Brigitte t'attendra demain pour la présenter à Marie. Tu pourras leur expliquer tes intentions et je t'engage à les leur expliquer nettement, car je ne te cacherai pas que ni Marie ni Brigitte ne souffriront que tu recherches Mlle Claire pour le mauvais motif.

— Je sais ce que j'ai à faire, dit Destérel avec humeur.

— Oh! ne te fâche pas. Je te parle en ami et d'après ma conscience. J'en ai bien le droit, puisque je viens de tirer cette enfant des griffes de la Vercin. Maintenant, ma tâche est remplie et je ne me mêlerai plus de rien.

— Bon !... mais... que pense Claire ?

— Elle pense à toi avant tout. Elle t'aime follement et elle se serait jetée dans tes bras, si je ne l'en avais pas empêchée, — et je m'en vante; elle ignore le mal, mais elle se soumettra à tout,

12

pourvu qu'on ne lui défende pas de te revoir. La suite dépend de toi et je n'ai plus de conseils à te donner.

— Je ne t'en demande pas. Mon parti est pris.

— Pourrais-je savoir auquel tu t'es arrêté ?

— J'accompagnerai, demain, Claire, rue des Bauches ; je l'y accompagnerai d'autant plus volontiers que j'ai un reçu à remettre à cette brave Marie ; je le lui remettrai ; je lui raconterai tout ce que je sais sur la Vercin et, après, je lui demanderai la permission de revenir tous les jours.

— Elle te l'accordera, j'en suis sûr, et tu pourras faire ta cour à la demoiselle.

— Je pourrai aussi l'étudier et savoir ce qu'elle vaut, car, en somme, elle me plaît beaucoup, mais je la connais fort peu.

— Voilà qui est sagement parlé et je commence à espérer que le drame finira comme une comédie du Gymnase... par un mariage. C'est la grâce que je te souhaite, et je m'en retourne à Passy.

— Tu es bien pressé !

— J'ai un ver rongeur à la porte, dit en riant Luminet.

— Veux-tu que j'envoie payer le cocher ?

— Non, merci. Il faut que je rentre. C'est la fin du mois. J'ai emporté chez moi des comptes à vérifier. Et, demain, toute ma journée sera prise. Mais, demain soir, je passerai chez Brigitte, qui me donnera des nouvelles.

Tu ne m'en veux plus de t'avoir fait de la morale ?

— Je t'en suis reconnaissant et je vais tâcher de profiter de tes leçons. Je te prie seulement de ne pas m'abandonner, car j'aurai souvent besoin de tes bons avis. Arrange-toi pour ne pas rester longtemps sans venir me voir.

— Je te le promets.

— Si tu ne venais pas, j'irais te relancer chez toi, je t'en préviens.

— Tu me ferais plaisir. A bientôt, mon vieux Gaston !

Destérel reconduisit Agénor jusqu'à la porte et revint se plonger dans des réflexions qui n'avaient pas toutes pour objet M{ll}{e} Claire, quoiqu'elle y tint la première place. Il se voyait sur le chemin de la ruine et passionnément amoureux d'une jeune fille qu'il ne songeait plus à séduire, au pied levé. Il fit son examen de conscience ; il se demanda s'il pousserait plus loin une aventure qui l'attirait et l'effrayait tout à la fois.

La conclusion fut qu'il se laisserait aller à sa destinée, quoi qu'il pût arriver.

Il n'était pas au bout de ses peines.

V

Pendant cette première nuit passée hors de l'hôtel de la rue Mozart, Claire aurait dû fort mal dormir, surexcitée comme elle l'était en arrivant chez Brigitte, mais à l'âge qu'elle avait le sommeil ne perd jamais ses droits, et Claire, couchée à dix heures du soir, ne rouvrit les yeux, le lendemain, qu'à dix heures du matin.

Elle avait fait, comme on dit, le tour du cadran.

Encore fallut-il que la marchande la réveillât.

C'était mal commencer l'existence laborieuse qu'elle venait d'accepter, car les demoiselles de magasin doivent se lever avec l'aurore; mais Brigitte s'était bien gardée de l'appeler.

Debout avant le jour, la bonne femme avait ouvert sa boutique, afin de ne pas manquer la vente aux externes du lycée Janson, qui arrivaient à huit heures pour la classe du matin et qui étaient ses meilleures pratiques.

Après ce coup de feu, n'ayant plus à s'occuper que de son petit ménage, la bonne femme avait préparé à la dormeuse un premier déjeuner de café au lait.

Elle était déjà aux petits soins pour cette enfant qui lui tombait des nues et elle n'aurait pas mieux demandé que de la garder chez elle, mais elle sentait bien que ce serait difficile, et même dangereux, à plus d'un point de vue.

En supposant que la comtesse ne réclamât pas sa prétendue fille, et que Destérel se conduisit sagement, comme le promettait Agénor, la beauté de Claire attirerait les galants autour de la boutique de la rue de la Pompe, comme la lumière attire les papillons.

C'est pourquoi Brigitte, après réflexion, avait résolu de s'adresser à Marie Bas-de-Laine, et elle avait des raisons de croire que Marie ne refuserait pas de loger, au moins provisoirement, la fugitive.

Le chalet était un asile où nul ne s'aviserait de venir chercher Mlle de Vercin. Claire y serait en sûreté et elle pourrait, sans inconvénient, y recevoir Destérel, sous les yeux de Marie Bas-de-Laine, qui le connaissait et qui avait pour lui beaucoup de sympathie.

Brigitte doutait si peu du bon accueil que la solitaire ferait à la jeune fille, qu'elle avait d'abord pensé à conduire Claire rue des Bauches, sans en demander préalablement la permission à Marie, mais elle réfléchit qu'il valait mieux commencer par la consulter, ne fût-ce que pour éviter de la surprendre.

Ce ne serait pas long, puisque la rue des Bauches était tout près et que Claire pouvait bien rester seule à garder la boutique, pendant la courte absence de Brigitte. Elle en serait quitte pour servir les acheteurs, s'il s'en présentait, en dehors des heures de l'entrée et de la sortie des écoliers.

Claire, reposée et calmée, se leva pleine d'espoir

12.

et presque gaie. Elle remercia avec effusion Brigitte, qui déjà n'était pas tout à fait une étrangère pour elle. Leur causerie dans la rue Pajou avait, l'avant-veille, ébauché la connaissance, et la brave marchande l'avait reçue si cordialement qu'elle se sentait à l'aise chez elle.

A tous ses autres mérites, Brigitte joignait celui d'avoir du tact.

En déjeunant, elle ne fit pas une seule question à Claire, qui lui sut gré de sa discrétion, car il lui en aurait coûté de raconter les faits qui l'avaient décidée à fuir l'hôtel de la rue Mozart et d'accuser la comtesse, dont elle croyait encore être la fille.

Il ne fut pas question non plus de Destérel.

Brigitte savait qu'il viendrait dans la journée et il serait temps alors de l'interroger sur ses intentions. Claire, qui comptait sur sa visite, ne tenait pas à parler de lui avant qu'il arrivât.

Pas un mot ne fut dit non plus sur Marie Bas-de-Laine.

Claire, qui ne la connaissait pas, même de vue, n'avait pas fait d'objections au projet mis en avant par Brigitte et approuvé par Luminet. Si Destérel l'adoptait, Claire ne ferait pas de difficultés pour accepter l'hospitalité dans cet enclos de la rue des Bauches, où le rossignol chantait si bien.

Brigitte, avant de sortir, eut soin d'expliquer à la demoiselle ce qu'elle aurait à faire pour contenter les pratiques; elle lui indiqua le prix des brioches, des chaussons aux pommes et des menus bonbons qui composaient le modeste étalage.

Et Claire prit un plaisir enfantin à cet apprentis-

sage d'un métier qui n'était ni répugnant, ni pénible.

Il lui semblait qu'elle le ferait très bien et que ce
début dans l'emploi de demoiselle de boutique l'aiderait à patienter jusqu'à l'arrivée de Gaston.

Brigitte la quitta sans lui dire où elle allait et en
lui promettant de revenir bientôt.

La jeune fille, restée seule au comptoir, aurait eu
immédiatement maille à partir avec la curiosité des
voisins et surtout des voisines, si la rue eût été ce
qu'on appelle une rue commerçante, mais la boutique se trouvait comme encastrée entre deux petits
hôtels, comme on en voit beaucoup à Passy; —
deux maisonnettes basses, habitées par des familles
bourgeoises, qui ne s'occupaient pas de la marchande d'à côté.

Brigitte, d'ailleurs, ne se tenait pas en perma-
nence dans son magasin. L'été, surtout, elle passait
une bonne partie de ses journées à circuler pour
vendre ses gâteaux, et tous les dimanches elle
fermait son établissement à midi.

Claire n'avait donc à craindre que d'être remarquée par les passants, et dans ces parages les passants sont assez rares.

Mme de Vercin ne sortait jamais à pied et ses invités, qui n'allaient qu'en carrosse, ne venaient à
Passy que deux fois par semaine, pour la partie de
cresp.

Il y avait bien Cavalcano, qui rôdait volontiers
autour de l'hôtel de la rue Mozart, et qui ne man-
quérait pas de chercher la victime qui venait de lui
échapper, mais ce marquis à tout faire ne pouvait
pas se douter qu'elle s'était réfugiée dans une bou-

tique borgne. Il irait plutôt flâner du côté de la rue
de Berry, car il devait soupçonner Destérel de l'a-
voir aidée à se sauver.

Et le sage Luminet avait été bien inspiré, à tous
les points de vue, de ne pas conduire sa protégée
chez son ami.

Claire ne fit pas tous ces raisonnements. Elle ne
pensait qu'à Gaston et à la joie d'être libre.

Libre ! C'était la première fois, depuis qu'elle existait, car ses plus lointains souvenirs ne lui rappe-
laient que le couvent, et l'apparente liberté dont elle
jouissait chez la comtesse était tout à fait illusoire.

On lui permettait de sortir seule, par la même
raison qu'à la Nouvelle-Calédonie, on affranchit
certains condamnés de la surveillance des gardes-
chiourme.

Si les malheureux essayaient de fuir dans la
brousse, ils seraient mangés par les Canaques, et
s'ils essayaient de gagner à la nage une embarca-
tion, ils seraient mangés par les requins.

De même, si Claire, qui ne connaissait personne
à Paris, s'était avisée de ne pas rentrer à l'hôtel de
Vercin, elle serait infailliblement tombée en de
mauvaises mains, et elle aurait mal fini.

Aussi n'y avait-elle jamais songé. Pour qu'elle se
décidât à fuir, il avait fallu qu'on l'y forçât et il
avait fallu des miracles pour qu'elle y réussît.

Elle sentait que son aventure n'était pas finie et
que d'autres dangers la menaçaient, mais elle n'a-
vait pas peur, et elle ne regrettait pas ce qu'elle
avait fait.

Il lui semblait qu'on la laissant à la merci de l'affreux Cavalcano, sa mère avait perdu le droit de la contraindre à revenir.

Bientôt, il lui sembla aussi que Brigitte se faisait un peu trop attendre et elle se risqua à s'avancer jusqu'à la porte pour voir si elle ne l'apercevrait pas au bout de la rue, ou si, par fortune, Gaston Destérel ne paraîtrait pas du côté de Paris.

Comme sœur Anne du conte de Barbe-bleue, elle vit, non pas l'herbe, mais le macadam qui poudroyait sous le soleil, et des groupes de lycéens commencèrent à se montrer.

L'heure de la classe de l'après-midi approchait et ils arrivaient, sans se presser, suivant l'antique coutume des écoliers de tous les temps et de tous les pays, quand il s'agit de reprendre les leçons.

Ils connaissaient la boutique de la mère Brigitte et ils ne manquaient guère d'y faire une station avant de franchir le seuil redouté du collège.

Les premiers qui découvrirent une jeune et jolie fille à la place de la vieille marchande la signalèrent aux camarades, et ce fut à qui entrerait pour la voir de plus près ; les grands surtout.

Les petits n'y entendaient pas malice, mais ils entraient tout de même, et bientôt Claire ne sut auquel répondre.

Elle se tira fort bien de ce cas tout nouveau pour elle, recevant les sous des gamins, qui se payaient des sucres d'orge, et répondant, sans se fâcher, aux compliments des rhétoriciens émancipés qui se donnaient des airs en marchandant des tablettes de chocolat.

Elle riait en pensant que Brigitte serait contente de la recette ; mais elle ne perdait point la tête en servant ses clients imberbes, et elle voyait fort bien ce qui se passait hors de la boutique.

Cette scène amusante avait un témoin, un homme qui s'était arrêté au milieu de la rue et qui regardait la jeune fille avec une persistance singulière.

Cet homme assurément ne restait pas planté là pour les beaux yeux de la marchande, car il n'avait pas du tout la mine d'un galant.

Peut-être regardait il les gâteaux qui garnissaient l'étalage. Il était si blême et si pauvrement vêtu qu'il pouvait bien avoir faim, et Claire pensa tout de suite à lui faire l'aumône.

Encore aurait-il fallu qu'il la demandât, et il se tenait à dix pas de la boutique, l'air honteux comme un chien abandonné qui n'ose pas s'approcher, parce qu'il a peur d'être battu, et qui attend qu'on lui jette un os.

Claire, affairée à servir ses jeunes pratiques, ne pouvait pas aller à lui, mais elle ne le perdait pas de vue, et, en l'examinant de loin, elle reconnut que ce n'était pas un mendiant de profession.

Il semblait appartenir a cette catégorie de malheureux que Balzac, dans un de ses romans, a appelés : l'ordre équestre de la misère.

Ses habits, usés jusqu'à la corde, n'avaient pas de trous et sa figure amaigrie ne manquait pas de distinction.

Il portait une longue barbe blanche, mais il devait être moins vieux qu'il ne paraissait, car il se tenait encore très droit, quoiqu'il s'appuyât sur un bâton de voyage.

Claire ne l'avait pas vu arriver. D'où venait-il ? De Paris, sans doute. Mais pourquoi s'était-il ar-

rêté devant le magasin, au lieu de continuer à che-
miner vers la grande rue de Passy ? Claire avait
bonne envie de le lui demander , mais elle n'osait
pas et elle continuait à vendre des friandises aux
lycéens qui vidaient leurs poches pour étrenner la
jolie remplaçante de Brigitte.

Plus d'un de ces précoces admirateurs de sa beauté
y laissa tout l'argent de sa semaine; mais l'heure de
la classe qui sonna mit fin à leurs prodigalités et ils
partirent tous à la fois, comme une volée de moi-
neaux.

Ils n'avaient que la rue à traverser et ils eurent
tôt fait de disparaître sous la voûte de la grande
porte du lycée.

L'homme n'avait pas bougé, mais il dut se ranger pour laisser passer une voiture et, en se rangeant, il se rapprocha de la boutique.

C'était le moment ou jamais de le questionner, afin
de savoir ce qu'il voulait, mais Claire venait de
changer d'idée. La persistance que cet étrange personnage mettait à la dévisager l'inquiétait maintenant, et elle n'était pas éloignée de le prendre pour
un espion chargé de la surveiller.

Chargé par qui ?... Peut-être par Cavalcano.

Et au lieu d'attendre, sur le seuil, qu'il lui parlât,
Claire s'empressa de reprendre place derrière le
comptoir, tout au fond du magasin.

De là, elle vit l'homme s'avancer lentement jusqu'à toucher le soubassement du vitrage qui servait
de devanture à la boutique, et coller son front contre les carreaux pour mieux voir dans l'intérieur.

Ce n'était pas à Claire qu'il en avait, car il n'aurait tenu qu'à lui d'entrer et de l'aborder.

On eût dit qu'il cherchait quelqu'un qui n'était pas là.

Agacée par ce manège, Claire, changeant d'idée une fois de plus, prit son courage à deux mains, revint sur le pas de la porte et regarda fixement ce passant trop curieux.

C'était le meilleur moyen de le contraindre à s'expliquer ou à déguerpir.

Elle put alors l'examiner de près. Il avait des traits réguliers, une physionomie sympathique et des yeux superbes qu'il leva sur la jeune fille, sans battre en retraite et sans se presser de parler.

Il prenait évidemment plaisir à la contempler.

— Pardon, Madame, dit-il enfin d'une voix aussi douce que son regard, voulez-vous me permettre de vous prier de me dire si c'est vous qui êtes la marchande...

— Vous le voyez bien, murmura la jeune fille, étonnée d'une pareille question.

— Et si vous occupez cette boutique depuis longtemps ?

— Non, Monsieur... Mais... que vous importe ? demanda Claire, reprise de ses soupçons.

— Pardonnez-moi, Madame, d'insister... ce magasin était tenu autrefois par une personne que je connaissais et j'espérais presque l'y retrouver, quoique j'aie quitté Passy depuis bien des années. Si vous lui avez succédé, vous pourrez peut-être me donner de ses nouvelles..; je voudrais savoir ce qu'elle est devenue.

Claire eut sur les lèvres le nom de Brigitte, mais les dangers qu'elle venait de courir l'avaient rendue prudente. Elle pensa tout de suite que cet inconnu ne l'interrogeait peut-être pas à bonne intention et elle lui fit cette réponse évasive :

— Je ne suis pas la patronne et il n'y a qu'elle qui pourrait vous renseigner. Je la remplace aujourd'hui à la boutique, mais elle ne sera pas toujours absente.

— Je vous remercie, Madame, je reviendrai.

— Comme vous voudrez..., et si vous me disiez votre nom, je pourrais...

— C'est inutile, interrompit l'homme ; si votre patronne n'est pas la personne que je cherche, mon nom ne lui apprendrait rien, et si c'est elle, je suis sûr qu'elle me reconnaîtra quand elle me verra.

— Alors, Monsieur, je lui répéterai ce que vous venez de me dire et je lui annoncerai votre visite.

— Je ne la lui ferai pas attendre, car je repasserai demain matin. Merci encore, Madame... Excusez-moi de vous avoir dérangée, dit l'homme en soulevant son chapeau : un vieux feutre à larges bords qui avait reçu beaucoup d'averses.

Et il s'éloigna en remontant vers l'avenue Victor-Hugo.

Claire le suivit des yeux jusqu'à ce qu'il fût hors de vue. Il avait fait sur elle une impression qu'elle ne parvenait pas à s'expliquer et il lui tardait de raconter à Brigitte ce court et bizarre incident.

Elle ne l'attendit pas longtemps. Si l'homme, en s'en allant, avait pris du côté opposé, il l'aurait rencontrée, car pendant qu'il s'acheminait vers Paris, elle arrivait du fond de Passy, et Claire la vit poindre au tournant de la rue de la Pompe.

13

Peu s'en fallut qu'elle ne courût au devant d'elle, mais elle contint son impatience et elle l'attendit dans la boutique.

— Me voilà ! dit Brigitte en entrant tout essouf-flée. Ce n'est pas ma faute si je ne suis pas revenue plus tôt. Il y a eu du tirage.

— Du... tirage ? répéta Claire, qui ne connais-sait pas cette expression familière.

— Oui... Marie n'a pas compris du premier coup ce que je lui demandais. J'ai eu tort de vous lais-ser ici ; tout serait déjà arrangé si je vous avais emmenée avec moi, mais ça va s'arranger. Elle ne vous connaît pas, et elle veut vous connaître avant de se charger de vous... elle voudrait aussi causer avec votre amoureux... Vous ne l'avez pas vu ?

— Non, Madame.

— Alors il n'est venu personne pendant que j'étais rue des Bauches ?

— Pardonnez-moi... Dix ou douze élèves du col-lège...

— C'est vrai... c'était l'heure de la classe... Vous avez dû être bien embarrassée.

— Mais non... ils ont acheté beaucoup de choses, et ils ont payé. L'argent est là dans le tiroir.

— C'est superbe, dit en riant Brigitte. Si vous restiez chez moi, je ferais de fameuses recettes !

— J'ai vu aussi un homme très singulier. Il n'est pas entré, mais il s'est arrêté devant le magasin et il m'a parlé... il m'a dit qu'il avait connu autre-fois la marchande et il m'a demandé si c'était tou-jours la même.

— Ça ne peut être que moi qu'il a connue, vu

qu'il y a vingt-deux ans que je tiens boutique ici.

— Je lui ai répondu que je l'ignorais et je ne lui ai pas dit votre nom. Il est parti un instant avant votre arrivée, en me disant qu'il repasserait demain.

— Il ne vous a pas dit le sien... de nom ?

— Non... ; il n'a pas voulu.

— C'est drôle... Il faut qu'il revienne de loin pour ne pas savoir ce que tout le monde sait à Passy. Comment est-il fait, ce bonhomme-là ?

— C'est presque un vieillard et il a l'air très malheureux.

— Un mendiant, pardi !

— Il ne m'a pas demandé l'aumône.

— Parce qu'il a deviné que vous n'étiez pas la patronne. Enfin !... nous verrons bien, puisqu'il se montrera demain... ; mais je voudrais que M. Destérel arrivât, car je viens vous chercher. Marie nous attend chez elle.

— M. Destérel ne peut pas tarder beaucoup.

— A moins que Luminet ne l'ait pas trouvé chez lui, hier soir..., et ça se pourrait bien, car j'ai dans l'idée qu'il ne rentre pas de bonne heure..., quand il rentre.

— M. Luminet serait venu, ce matin, nous avertir qu'il ne l'avait pas vu.

— Luminet est à son bureau et il ne sera libre que ce soir. D'ici à ce qu'il arrive, comme il nous l'a promis, nous avons tout le temps d'aller rue des Bauches. J'ai promis, moi, à Marie de vous ramener... mais ne vous inquiétez pas au sujet de votre amoureux, ma chère demoiselle. Je vais prier la petite du serrurier, qui a son atelier au fond de la cour, de garder la boutique et de dire aux personnes qui demanderont après moi que je suis chez Marie Bas-de-Laine. M. Destérel sait où c'est, et il poussera bien jusque-là.

Claire n'osa pas refuser, quoique ce nouvel arrangement ne lui plût qu'à demi. Claire n'était pas en situation d'imposer sa volonté à Brigitte, qui lui avait donné asile, et elle comptait que Gaston l'approuverait d'accepter l'hospitalité moins précaire de cette Marie Bas-de-Laine, qui l'avait si généreusement obligé.

Brigitte, avant de sortir, n'avait pas consulté Claire. Elle ne lui avait même pas dit qu'elle allait chez Marie Bas-de-Laine; mais la démarche était faite et il n'y avait plus moyen de reculer.

— Il n'y a qu'une chose qui me chiffonne, dit la bonne femme, c'est que tout le monde va nous regarder, si vous vous montrez dehors, en plein jour, habillée comme vous voilà. Ça vous chagrinerait-il de mettre un manteau sur votre dos et un chapeau sur votre tête?

— Je ferai ce que vous voudrez, répondit Claire, résignée à tout.

Brigitte décrocha un vieux chapeau de grosse paille, à bords immenses, dont elle se coiffait pour colporter ses gâteaux par les rues, quand il faisait trop de soleil, et une espèce de limousine de roulier dont elle s'affublait, l'hiver, pour se garantir du froid et de la pluie.

— Ça n'est pas élégant, dit-elle en riant, mais ça ne vous empêchera pas d'être jolie.

C'était vrai. Claire, ainsi accoutrée, n'en était pas moins belle, mais elle eut soin de rabattre les ailes de ce couvre-chef sur son visage de façon à le cacher à moitié.

Brigitte alla, comme elle l'avait dit, chercher la fille du serrurier pour garder la boutique, et, dès qu'elle l'y eut établie, elle sortit avec sa protégée.

Le trajet n'était pas long et par ce temps chaud, les promeneurs ne couraient pas les rues. Personne ne les remarqua et elles arrivèrent sans encombre rue des Bauches, par le chemin que Claire avait suivi, la veille, au soir, guidée par le secourable Agénor.

En entrant par la rue de Boulainvilliers, l'habitation de Marie Bas-de-Laine était la dernière à gauche, au coin de la rue Pajou, et, de ce coin, on voyait très bien l'hôtel de la comtesse.

Claire n'avait pas prévu qu'il était question de la loger si près de la maison maudite où elle venait de courir de terribles dangers, et sa figure exprima quelque étonnement lorsque Brigitte lui dit, en lui montrant la porte :

— C'est là !

Mais Brigitte ajouta :

— N'ayez pas peur. Les murs sont hauts et la preuve c'est que, de votre jardin de la rue Mozart, vous n'avez jamais vu Marie dans le sien.

— Jamais, répondit la jeune fille.

La réciproque n'était pas vraie, puisque Destérel, perché sur le fameux marronnier, avait vu Claire tracer, avec le bout de son ombrelle, le nom de Gaston sur le sable d'une allée ; mais Brigitte, qui n'en savait rien, ne songeait guère en ce moment à l'observatoire installé dans le jardin par Marie Bas-de-Laine et elle reprit :

— Du reste, si on court après vous, ce n'est pas chez Marie qu'on viendra vous chercher, car la comtesse ne se doute seulement pas qu'elle a une voisine de ce côté-ci.

Sur ce point, Brigitte ne se trompait pas. Ni la comtesse, ni ses gens, ni même Cavalcano ne s'étaient jamais occupés de Marie Bas-de-Laine. Ils ignoraient jusqu'à son existence, comme l'ignorait Claire, avant d'avoir entendu Luminet parler d'elle à Brigitte.

Mais Claire savait maintenant que Marie avait rendu un grand service à Gaston Destérel. C'était assez pour qu'elle eût confiance.

Brigitte n'eut pas besoin de sonner. On l'attendait et la porte n'était pas fermée à clé.

Elle fit entrer Claire, elle entra après elle, et Marie vint à sa rencontre du fond de son jardin, où elle se promenait.

Claire, qui ne la connaissait pas, éprouva quelque embarras à l'aborder, mais elle se remit bientôt et elle lui dit en très bons termes qu'elle venait se placer sous sa protection.

En même temps, elle enlevait le ridicule chapeau qui la défigurait, et elle ne l'eut pas plutôt enlevé qu'elle fut très étonnée de voir Marie pâlir en la regardant et d'entendre Brigitte s'écrier :

— N'est-ce pas qu'elle lui ressemble ?... Si elle avait trois ou quatre ans de plus je croirais que l'autre est ressucitée.

Marie se taisait. Les larmes lui venaient aux yeux.

Elle se remit assez vite et elle dit à Claire, en lui prenant les mains :

— Pardonnez-moi d'être émue. Vos traits m'ont

rappelé une enfant que j'aimais comme si elle eût été ma fille et qui est morte, il y a bien des années... Mais, parlons de vous, Mademoiselle. Brigitte m'a appris tout ce qu'elle savait de votre histoire, et maintenant que je vous ai vue, je n'hésite plus à vous prier d'accepter un asile chez moi. Vous n'y serez pas beaucoup mieux que chez elle, mais vous n'y aurez rien à craindre.

Claire regardait le chalet isolé au milieu du jardin.

Il lui semblait qu'elle s'y plairait et elle se figurait presque l'avoir déjà vu.., en rêve, sans doute, puisqu'elle n'avait jamais mis les pieds dans l'enclos de la rue des Bauches.

— C'est là que vous logerez, reprit Marie, en le lui désignant, et si vous voulez me suivre, je vais vous montrer l'appartement que vous y occuperez. Il y a très longtemps qu'il est vacant, mais il est encore habitable.

Reste ici, ma bonne Brigitte, et ne laisse entrer personne.

Brigitte, pour mieux exécuter cette consigne, se rapprocha de la porte du jardin, et Claire suivit Marie Bas-de-Laine, qui la conduisit au chalet.

Il avait deux entrées, dont l'une faisait vis-à-vis à la maisonnette où Marie s'était si héroïquement cautérisée, sous les yeux de Luminet. L'autre était du côté opposé, et ce fut par celle-là que Marie introduisit la jeune fille.

Elles passèrent, au rez-de-chaussée, devant une porte massive et garnie de ferrures comme une porte de prison, puis elles prirent un escalier assez

étroit et assez mal éclairé, qui aboutissait au premier et unique étage de ce pavillon de bois.

Là, Marie, avec une clé qu'elle prit au trousseau
pendu à sa ceinture, ouvrit une porte moins rébar-
bative d'aspect, mais tout aussi solide, et fit entrer
Claire dans une pièce très élevée de plafond, — s'il
est permis d'appeler plafond la calotte de verre qui
remplaçait le toit.

Le jour venait d'en haut. Pas une fenêtre dans ce
local lambrissé qui ressemblait à une boîte de sapin avec un couvercle transparent.

Si Destérel eût été là, il se serait expliqué comment le chalet rayonnait, la nuit, comme une lampe
sous un globe.

Claire, préoccupée de choses plus sérieuses, ne
s'étonna pas trop de cette singulière disposition
architecturale. Elle remarqua seulement que la
pièce ne s'étendait pas jusqu'à l'autre bout du chalet. Une cloison la séparait d'une autre pièce, qui
devait être à peu près de la même dimension, et
cette cloison n'atteignait pas le vitrage. Il s'en fallait d'un mètre. Elle n'était percée que d'une porte.
Peut-être était-elle mobile, afin qu'on pût l'enlever
pour réunir les deux compartiments en un seul;
— pour en faire, par exemple, une salle de bal.

Quoi qu'il en fût, il y avait longtemps qu'on n'y
avait dansé, car elle sentait le renfermé et elle était
meublée comme une chambre à coucher.

Assurément, d'ailleurs, elle n'avait jamais été
habitée par une femme, car on n'y voyait qu'un lit
de fer, sans rideaux, de mauvais fauteuils de paille,
des tables de bois blanc et, accrochées aux lambris,
des armes rouillées : un fusil de chasse, des revol-

vers de divers calibres, deux sabres d'infanterie,
dont un sans fourreau, et des poignards qui devaient
avoir été achetés chez quelque marchand de bric-à-
brac.

Un vrai logement d'officier.

— Ne vous effrayez pas, Mademoiselle, dit doucement Marie Bas-de-Laine. D'ici à ce soir, cette
chambre sera mise en état de vous recevoir. C'est
convenu avec Brigitte, qui s'en charge et qui vous
servira comme elle vous aurait servie chez elle. Ici,
du moins, vous pourrez disposer d'un jardin.

Claire pensait, sans le dire, que le jardin était
un peu sombre et que ce pavillon sans ouvertures ne
devait pas être agréable à habiter.

La boutique de Brigitte était plus gaie, avec les
fréquentes invasions des écoliers du lycée Janson.

— Et aujourd'hui, reprit Marie, nous aurons certainement la visite de M. Destérel qui vous a sauvée,
dimanche. Je l'attends.

— Moi aussi, je l'attendais, et il n'est pas venu,
murmura tristement la jeune fille.

— Il viendra ; j'y compte, car je dois m'entendre
avec lui. Brigitte m'a raconté tout ce qui s'est passé
et je suis, comme elle, décidée à vous défendre ;
mais il faut que je sache ce qu'il fera pour m'y
aider.

— Il m'a juré de m'épouser.

— Il tiendra son serment, je n'en doute pas, et
je l'estime assez pour croire qu'il agira au grand
jour. Vous ne pouvez pas vous marier avant d'avoir
éclairci votre situation vis-à-vis de Mme de Vercin.

— Je ne veux plus la revoir.

13.

— Mais lui la reverra et il faudra bien qu'elle lui dise la vérité, conclut Marie, après avoir cherché ce mot final, qui la dispensait d'entrer dans des explications pénibles.

Claire baissa la tête. Elle ne comprenait qu'à demi. Il lui semblait encore qu'il suffisait de s'aimer pour s'unir et que la raison du cœur était toujours la meilleure.

Marie eut pitié d'elle et s'en tint là, en se réservant de confesser Destérel.

— Venez, ma chère enfant, dit-elle affectueusement. Nous recevrons notre ami dans le jardin.

Claire ne pouvait pas se plaindre de l'accueil de Marie Bas-de-Laine, ni regretter d'avoir changé de refuge. Elle serait certainement mieux et plus en sûreté rue des Bauches, quoique ce séjour manquât de gaîté. Marie lui était sympathique et bien supérieure par l'éducation à Brigitte; Marie pouvait causer de tout avec sa protégée; Marie la comprenait; Marie ne la blâmait pas d'avoir fui l'hôtel de la comtesse.

Tout allait donc à souhait et l'horizon semblait s'éclaircir. Il n'y avait qu'un point noir : l'absence prolongée de Gaston.

S'il devait venir, il ne se pressait guère; et s'il ne venait pas, Claire n'avait plus qu'à désespérer.

Elle avait beau se dire que Luminet l'avait peut-être manqué la veille; elle ne parvenait pas à se rassurer.

La journée s'écoula sans qu'il parût.

Claire la passa dans le jardin, répondant à peine aux prévenances de Marie Bas-de-Laine qui s'éver-

tuait à la distraire et qui devinait bien pourquoi elle
n'y réussissait pas.

Brigitte ne fit qu'aller et venir, rapportant chaque
fois de ses courses dans Passy des objets destinés à
préparer pour la jeune fille une installation confor-
table, et elle trouva encore le temps de cuisiner un
joli dîner que Marie et Claire mangèrent en plein
air, à l'ombre du grand marronnier.

Marie ne proposa pas à Claire d'y monter et pour
cause.

Elle ne voulait pas l'exposer à apercevoir de là-
haut la comtesse, qui devait avoir de bons yeux et
qui pourrait l'y découvrir.

Elle lui avait fait visiter tout le reste, y compris
l'intérieur de la maisonnette qu'elle habitait, mais
excepté le rez-de-chaussée du chalet.

Claire avait vu le portrait d'enfant qui lui ressemblait vaguement, et Claire ne s'était pas reconnue.

Enfin, un peu avant huit heures, Luminet arriva,
ponctuel comme toujours, et parut très surpris de
ne pas trouver son ami Destérel.

Aux questions qu'on lui fit, il répondit hardiment
qu'un accident avait dû empêcher Destérel de venir,
car il s'y était engagé, la veille; il avait même annoncé qu'il passerait d'abord chez Brigitte et qu'il
accompagnerait Claire rue des Bauches, pour la présenter, en remettant à Marie une reconnaissance
des vingt-cinq mille francs qu'elle lui avait prêtés.

Qu'était-il arrivé, depuis? Luminet n'admettait
pas qu'il eût changé d'avis; Luminet affirmait qu'il
avait dû être retenu par un cas de force majeure, et
il conclut en offrant d'aller le soir même ou le
lendemain matin, à la première heure, s'enquérir

de son ami et lui annoncer, en même temps, que
Claire était déjà installée chez Marie Bas-de-
Laine.

L'offre fut acceptée avec empressement par Marie,
mais Claire ne dit mot, et Luminet vit bien qu'elle
se croyait abandonnée.

Au fond, en dépit de l'assurance qu'il montrait,
il doutait un peu que Destérel eût persévéré dans la
louable résolution de défendre envers et contre tous
la pauvre enfant qui l'aimait et que son amour avait
jetée dans une grosse aventure ; mais il ne pouvait
pas le condamner sans l'entendre, et il se promettait bien de se mettre immédiatement à sa recherche et de ne pas se reposer jusqu'à ce qu'il l'eût
trouvé, dût-il passer la nuit à l'attendre à sa porte.

Il se promettait même de se dévouer à sa place,
s'il le fallait, pour aider Marie à préserver Claire
de tout mal.

Pendant qu'il cherchait à s'expliquer le manque
de parole du versatile Destérel, il lui passa par la
tête que ce joueur incorrigible avait fait quelque
nouvelle sottise, à son cercle ou ailleurs, et que, se
voyant, cette fois, complètement ruiné, il n'osait
plus reparaître.

Qu'il ne voulût plus se marier sans argent, cela
pouvait se concevoir ; mais ce n'était pas une raison pour oublier d'apporter un reçu à Marie Bas-de-
Laine, qui avait mis tant de bonne grâce à l'obliger, après son premier désastre.

Marie eut peut-être la même pensée, mais elle
n'en laissa rien paraître. Elle se contenta de prier
Luminet de ne pas perdre de temps pour aller

prendre des nouvelles de l'absent et Luminet abrégea la visite.

Il se sentait mal à l'aise en présence de la douleur muette de Claire et il commençait à se reprocher d'avoir prêté les mains à une escapade qui menaçait de mal finir.

On ne le retint pas. Marie était soucieuse et Brigitte, en le reconduisant jusqu'à la porte, lui dit à l'oreille:

— Votre ami est un farceur. Heureusement, la petite, à présent, peut se passer de lui. Marie est là.

Après le départ de ce brave garçon, la conversation languit et cessa bientôt tout à fait.

Claire avait trop de chagrin et Marie était trop préoccupée pour causer de choses indifférentes. Elle aurait pu interroger sa protégée sur les dangers qu'elle avait courus dans l'hôtel de la rue Mozart et sur son passé, mais elle ne voulait pas lui rappeler de pénibles souvenirs.

D'ailleurs, elle n'était pas curieuse de se renseigner sur cette comtesse de Vercin qui ne l'intéressait pas du tout et qu'elle n'avait jamais vue, car elle ne montait jamais à l'observatoire dont elle avait permis l'accès à Luminet et même, une fois, à Destérel, sans se douter des conséquences que devait avoir cette unique ascension.

Par Brigitte, qui le tenait de Luminet, qui le tenait de Destérel, Marie savait que sa voisine était une intrigante. Elle ne tenait pas à en savoir davantage. Il lui suffisait de savoir que cette femme n'avait aucune autorité sur Claire, qui n'était pas sa fille, et de faire une bonne action en recueillant une pauvre enfant, persécutée et abandonnée.

Mais la conduite de Destérel l'affligeait, et elle craignait que Claire, affolée par la trahison de son amoureux, ne fit un coup de tête dont les suites auraient pu être irréparables.

Claire était capable de s'enfuir encore une fois pour aller le retrouver, et Marie n'avait ni le droit ni la volonté de l'enfermer pour la retenir.

Enfin, le lendemain, on saurait à quoi s'en tenir sur les intentions de ce garçon, puisque son ami Luminet venait de prendre l'engagement de le sommer d'expliquer son inexplicable absence.

Et on pouvait compter que Luminet tiendrait sa promesse.

Une nuit est bientôt passée et la nuit commençait, assez fraîche pour empêcher des femmes d'achever la soirée dans le jardin.

Claire fut la première à exprimer le désir de rentrer. Marie Bas-de-Laine, qui ne demandait pas mieux, chargea Brigitte d'enlever le couvert et de fermer en partant la porte de la rue, dont elle emporterait la clef afin de pouvoir revenir de grand matin, sans réveiller personne. Puis, Marie conduisit Claire dans la chambre qu'elle lui cédait et qui était maintenant tout à fait en état de recevoir une jeune fille.

Brigitte l'avait garnie des objets qui y manquaient.

Il y avait des flambeaux, armés de leurs bougies, des draps au lit, des couvertures et des oreillers.

Il y avait même une table de toilette avec tous ses accessoires.

Brigitte s'était avisée aussi d'aérer le local, — pas en ouvrant les fenêtres, puisqu'il n'y en avait pas. Comment s'y était-elle prise? Claire ne songea point à s'en informer, mais elle s'aperçut du changement. On respirait à l'aise dans cette chambre close.

L'air y avait été renouvelé, mais les panoplies rouillées y étaient toujours, et cet étalage d'armes meurtrières effrayait un peu Claire, qui n'en avait jamais tant vu.

Marie s'aperçut qu'elle les regardait d'un œil intimidé, et elle lui dit en souriant tristement :

— Je les ai laissées là, parce qu'elles ont appartenu à un frère que j'ai perdu, il y a bien longtemps. Je ne prévoyais pas qu'une jeune fille occuperait cette chambre, qu'il a habitée quand il avait votre âge.

— Hélas! Madame, murmura Claire, je vois bien que vous vous gênez pour moi, et si je pouvais...

— Vous ne me gênez pas du tout, ma chère enfant, et si l'isolement vous effraie, je tâcherai de vous caser dans la maisonnette où je couche; mais je vous jure que vous n'avez rien à craindre ici. Ce pavillon abrite ce que j'ai de plus précieux et personne d'autre que moi n'y entre jamais. C'est vous dire que vous y êtes en sûreté.

— Oh! je ne suis pas peureuse et je m'y trouve très bien.

— Vous y resterez tant qu'il vous plaira, et puisque vous voilà tranquillisée, je n'ai plus qu'à vous souhaiter une bonne nuit, conclut Marie Bas-de-Laine, en tendant la main à Claire qui, au lieu de la serrer, la baisa comme elle baisait naguère, à la mode italienne, la main de la vénérable supérieure des Ursulines de Trieste.

Marie, surprise et touchée, l'embrassa tendrement sur les deux joues et s'en alla, après avoir allumé les bougies d'un candélabre. Ce n'était pas trop pour éclairer la vaste chambre.

Claire, quoi qu'elle en eût dit, ne se sentait pas trop rassurée, et elle fit, un flambeau à la main, le tour de ce local lambrissé comme une cabine de navire. Précaution superflue, car elle n'était plus chez la comtesse, et Cavalcano n'avait pas ses entrées chez Marie Bas-de-Laine ; mais Claire était payée pour se défier des cloisons.

Elle ne découvrit pas la moindre fente suspecte, et la solution de continuité entre la boiserie et le vitrage était trop haut placée pour qu'un homme pût y atteindre sans une échelle.

Claire, après cette inspection, reconnut qu'elle n'avait rien à craindre, et pourtant elle ne se sentait pas tout à fait aussi rassurée que dans l'arrière-boutique de la rue de la Pompe.

Là-bas, Brigitte couchait dans la chambre à côté et, en cas de danger, Claire n'aurait eu qu'à l'appeler pour qu'elle vînt à son secours.

Ici, Claire était seule dans un pavillon isolé au milieu d'un jardin facilement accessible du dehors et étrangement aménagé à l'intérieur.

Qu'y avait-il derrière la boiserie qui partageait en deux moitiés le premier étage de cette construction bizarre ? Claire n'avait pas osé le demander à Marie Bas-de-Laine, et Marie s'était bornée à lui dire qu'un frère à elle, mort depuis longtemps, habitait autrefois ce logement cloisonné.

Personne, on le voyait bien, ne l'avait occupé depuis que ce frère n'était plus de ce monde, et à moins qu'il ne sortît de sa tombe pour s'y promener, la nuit, le repos de Claire n'y serait pas troublé.

Élevée par des nonnes, superstitieuses comme on l'est sur les confins de l'Italie et de l'Autriche, elle croyait vaguement aux revenants, mais depuis qu'elle était en France, elle ne s'en préoccupait guère.

A Paris, les fantômes ne se montrent pas. On y fait trop de bruit et les rues y sont trop bien éclairées.

Claire, pourtant, éprouvait un certain malaise en regardant ces armes qui avaient appartenu au défunt et une certaine répugnance à occuper ce lit où il avait peut-être dormi ; mais elle surmonta cette impression nerveuse et elle fit ses préparatifs de nuit.

Elle fit même sa prière, car il lui était resté, de son séjour chez les Ursulines de Trieste, un fonds de piété que Mme de Vercin s'abstenait de cultiver. Mme de Vercin ne pratiquait pas, et Claire se passait d'aller à l'église, mais elle persistait à prier Dieu et, depuis que Gaston Destérel lui avait sauvé la vie, elle priait surtout pour son sauveur.

Elle n'y manqua pas ce soir-là et, quoiqu'elle commençât à douter de lui, sa prière fut plus fervente que jamais. Elle y comprit même Luminet, Marie Bas-de-Laine et Brigitte : tous ceux qui la défendaient ; et elle n'y mêla pas de malédictions contre ses ennemis.

Elle pardonnait à ceux qui l'avaient offensée.

Il ne lui restait plus qu'à demander au sommeil le calme et l'oubli.

Elle redoutait les ténèbres et elle se coucha sans éteindre les bougies; mais le sommeil fut lent à venir.

Dans cette maison de bois, le moindre craquement la faisait tressaillir et il lui semblait parfois qu'on marchait derrière la séparation.

Elle finit cependant par s'endormir profondément et des heures s'écoulèrent avant qu'elle se réveillât.

Quand elle rouvrit les yeux, il ne faisait pas encore jour, car le plafond vitré restait sombre; mais quoique les bougies eussent achevé de brûler, une lueur éclairait la chambre.

Claire crut d'abord rêver, mais elle s'aperçut bientôt que cette lueur n'était qu'un reflet. La clarté passait par-dessus la cloison qui ne montait pas jusqu'au vitrage. Elle venait donc de la pièce à côté.

Elle était si vive, que cette pièce devait être illuminée comme un théâtre, le soir d'une représentation de gala, ou comme une église pour la messe de minuit.

Quelle cérémonie célébrait-on là, à pareille heure?

Destérel, le dimanche soir, en regardant le chalet, du haut du terre-plein de la rue Mozart, s'était posé cette question et n'y avait pas trouvé de réponse satisfaisante.

Claire n'en trouva pas non plus, quoiqu'elle fût mieux placée pour découvrir la cause de ce phénomène.

Elle ne voyait rien à travers la cloison, mais elle écouta, et en écoutant elle crut distinguer un bruit très faible, qui ressemblait à un soupir.

Elle frissonna et elle retint son souffle. Le bruit s'accentua. C'était un gémissement, puis ce furent des sanglots étouffés.

Que se passait-il ? Égorgeait-on quelqu'un à deux pas du lit où Claire tremblait de frayeur ? Non, car on ne criait pas comme crie une victime qui se débat sous les coups d'un assassin. On se lamentait comme on se lamente au chevet d'un mourant, et la personne qui se lamentait s'efforçait de ne pas se plaindre trop haut.

Elle savait sans doute qu'elle n'était pas seule dans le chalet et, en s'abandonnant à sa douleur, elle n'oubliait pas qu'on pouvait l'entendre. Or, il n'y avait que Marie Bas-de-Laine qui sût que Claire était là. C'était donc Marie qui pleurait.

Si troublée qu'elle fût, Claire était encore en état de raisonner et elle tira très vite cette conclusion.

Elle se demanda même si elle ne ferait pas bien d'appeler Marie pour l'avertir qu'elle ne dormait pas et qu'elle l'entendait gémir. Il lui semblait qu'elle n'avait pas le droit de surprendre les secrets de sa bienfaitrice. Mais ne valait-il pas mieux lui laisser croire qu'elle ne s'était pas réveillée ?

Claire hésita, et avant qu'elle se décidât les plaintes cessèrent.

Un instant après, la clarté s'éteignit subitement, comme un bec de gaz qu'on ferme, et presque aussitôt Claire perçut le grincement lointain d'une clé dans une serrure.

La pleureuse était partie.

Qui pleurait-elle et pourquoi venait-elle pleurer là ?

Si c'était Marie Bas-de-Laine, il fallait que ce pèlerinage nocturne lui tînt fort au cœur pour qu'elle l'entreprît pendant que le chalet était habité. Et Claire se figura qu'elle accomplissait un vœu. Le frère qui avait demeuré dans ce pavillon y était peut-être mort tragiquement, et Marie y entrait toutes les nuits pour s'agenouiller à la place où il était tombé.

Claire, emportée par son imagination, en arriva bientôt à se demander si ce n'était pas le remords qui l'y amenait pour y dire des prières expiatoires.

Elle chassa cette mauvaise pensée et elle s'égara dans le vaste champ des conjectures, sans parvenir à se rassurer complètement.

Il y avait un mystère dans cette paisible retraite de la rue des Bauches, et ce mystère lui faisait peur.

Il lui tardait qu'il fît jour et elle n'essaya point de se rendormir. Aux premières lueurs de l'aube, elle se leva, s'habilla et, avant de descendre au jardin, elle voulut visiter encore ce local qu'elle n'avait vu que la nuit.

Elle en refit le tour et, en examinant de près la boiserie de séparation, elle y découvrit, non pas une fente, mais une entaille, pareille, toutes proportions gardées, à celles qu'on voit dans le couvercle des boîtes à dominos et pouvant servir au même usage, c'est-à-dire à faire glisser horizontalement une planche dans des rainures.

Claire, qui ne l'avait pas remarquée, la veille, ne douta pas qu'à cet endroit la cloison fût mobile et elle en eut aussitôt la preuve, car en tâtant avec ses doigts, elle sentit, à un mètre de l'entaille, une saillie perpendiculaire qui s'étendait sur une hau-

teur de deux mètres, marquée par une fissure hori-
zontale très habilement dissimulée dans la boiserie.

Évidemment, il y avait là une porte à coulisses :
deux panneaux pouvant rentrer l'un dans l'autre.

De serrure, elle ne vit pas trace. Il semblait
donc qu'il n'y eût qu'à tirer pour ouvrir, à moins
pourtant qu'on n'eût placé un cadenas de l'autre
côté, et il était assez probable que Marie Bas-de-
Laine n'avait pas négligé de prendre cette précaution.

Quoi qu'il en fût, Claire pouvait essayer et elle
essaya.

Au premier effort qu'elle fit, le panneau glissa
très facilement, ce qui indiquait que Marie le faisait
jouer quelquefois pour passer d'un compartiment
dans l'autre.

Claire n'avait qu'à continuer, mais, prise d'un
scrupule, elle s'arrêta.

C'était presque un abus de confiance qu'elle
allait commettre. Marie, en l'installant au chalet,
avait compté qu'elle ne chercherait pas à pénétrer
des mystères qu'elle tenait à cacher, puisqu'elle
ne lui avait pas dit un mot des visites nocturnes
qu'elle y faisait.

Il est vrai qu'elle ne lui avait rien défendu,
mais il va de soi qu'un hôte de passage ne doit
pas ouvrir des portes secrètes, pas plus qu'il ne
doit fouiller dans les armoires du logis où on a
bien voulu le recevoir.

Et ce n'était pas tout. Claire avait lu les contes
de Perrault et elle se rappelait très bien qu'il faillit
en coûter cher à Madame Barbe-Bleue pour être

entrée dans un certain cabinet dont son terrible mari lui avait, sous peine de mort, interdit l'accès.

Qu'allait-elle voir, si elle franchissait cette porte mobile qu'il lui était si facile d'ouvrir ?

Pas des femmes égorées, assurément ; mais peut-être quelque spectacle terrible.

C'était l'inconnu qu'elle allait braver; l'inconnu toujours plus effrayant que le danger réel et visible.

Elle aurait pu dire, comme Charles-Quint devant le tombeau de Charlemagne, dans le fameux monologue d'*Hernani* :

« Si j'allais en sortir avec des cheveux blancs? »

Mais Claire n'était qu'une jeune fille exaltée. Elle pensa à celui qu'elle aimait et elle ouvrit.

Le soleil n'était pas encore levé et le vitrage du plafond tamisait la lumière grise de l'aube naissante, de sorte que Claire ne distingua d'abord qu'une espèce d'estrade dressée au milieu d'une chambre vide.

Elle eut le courage de se glisser par l'ouverture, mais, après l'avoir passée, elle resta adossée à la cloison.

La chambre était entièrement tendue de noir et l'estrade était un catafalque, comme ceux qu'on expose dans la nef d'une église où on dit la messe pour un mort.

Tout s'y trouvait : le drap noir parsemé de larmes d'argent; les couronnes d'immortelles, et même des fleurs fraîches.

Il n'y manquait que des cierges.

Et à côté s'élevait un autre catafalque très bas

celui-là, et tendu de blanc, qui pouvait bien recouvrir un cercueil d'enfant.

Claire, les yeux hagards, regardait cet appareil funèbre et n'osait pas avancer.

Une idée venait de surgir dans son cerveau troublé : un double crime avait dû être commis autrefois dans ce chalet, où Marie Bas-de-Laine venait pleurer la nuit.

Marie avait-elle tué ceux qu'elle pleurait? Claire ne pouvait pas le croire, mais elle frissonnait d'horreur en pensant qu'elle avait peut-être dormi à côté de deux cadavres, et elle se jurait de ne plus coucher dans ce pavillon maudit.

Elle rentra précipitamment, repoussa le panneau mobile et se laissa tomber sur une chaise, en se demandant ce qu'elle allait faire pour se soustraire au supplice de ce lugubre voisinage. Fuir encore une fois? quitter cet enclos de la rue des Bauches où elle avait trouvé un asile sûr, généreusement offert? C'eût été bien mal reconnaître l'hospitalité de Marie Bas-de-Laine. Il était plus honnête et plus simple de confesser l'indiscrétion commise et de supplier Marie de loger autre part sa protégée.

Claire s'y décida, mais ne put pas prendre sur elle de rester une minute de plus si près de la chambre mortuaire.

Celle où on l'avait installée n'était pas fermée à clé et rien ne l'empêchait d'en sortir : elle se hâta de descendre au jardin.

Elle n'y trouva personne et elle s'y attendait bien. Marie venait à peine de rentrer dans la maisonnette qu'elle habitait et, après avoir passé une partie de la nuit à se lamenter et à prier, elle devait dormir.

Il était même probable qu'elle dormirait tard et que la fidèle Brigitte, qui connaissait ses habitudes, ne viendrait pas la réveiller de bonne heure.

Claire avait donc tout le temps de réfléchir à sa situation, qui n'avait fait que se compliquer, depuis la veille.

L'absence inexpliquée de Destérel désespérait la pauvre enfant. Rien n'annonçait qu'il dût venir et, s'il venait, ce ne serait pas aux heures matinales où les honnêtes gens sont encore au lit, ceux que l'aurore ne surprend pas dans un cercle, autour d'un tapis vert.

Les volets du logement de Marie Bas-de-Laine étaient clos. Donc, elle reposait, et Claire n'avait garde de troubler son repos en l'appelant.

Claire se promena dans le jardin, heureuse de respirer l'air frais du commencement d'une belle journée de printemps et, en se promenant, elle remarqua l'escalier collé au tronc du marronnier.

L'envie lui prit d'y monter.

Elle était déjà lasse de tourner dans ce jardinet, entouré de murs, où elle ne voyait que le ciel, et il lui semblait qu'elle serait mieux là-haut pour attendre le lever de Marie Bas-de-Laine.

L'escalade n'était rien pour une jeune fille alerte, et elle arriva sur la plate-forme en moins de temps que Destérel et Luminet n'en avaient mis pour y grimper, trois jours auparavant.

Elle fut tout étonnée de voir se dresser devant elle, à courte distance, l'hôtel de la rue Mozart.

Elle savait bien qu'il n'était séparé que par une rue du domaine de Marie, mais elle n'avait pas songé que, de cet observatoire, invisible d'en bas, elle dominerait le jardin de la comtesse, ce jardin où elle aimait à promener ses rêveries avant les événements qui l'en avaient chassée.

Tout dormait dans le palais de Mme de Vercin, et même dans la maison de Luminet, que Claire apercevait très bien. La fenêtre du cinquième étage était fermée. Claire fut satisfaite de constater que, chez Marie, elle n'était pas beaucoup plus loin de son zélé défenseur qu'au moment où elle avait engagé avec lui une conversation mimée.

Un incident vint la distraire des réflexions que lui suggérait la vue du tableau qu'elle avait sous les yeux.

Sur le terre-plein qui s'étendait au Nord, entre la rue Mozart et la rue Pajou, apparut tout à coup le marquis Cavalcano.

Il avait l'air de sortir du mur de l'hôtel. Claire n'avait jamais remarqué qu'il y eût là une porte. Par où était-il passé? Et comment se glissait-il, au point du jour, hors de la maison habitée par la comtesse? Claire ne chercha pas à se l'expliquer, mais elle comprit mieux que jamais qu'elle avait été à la merci de cet odieux personnage qui pouvait entrer et sortir clandestinement par un passage secret.

Peu importait à Claire, maintenant qu'elle était hors de ce château périlleux, mais elle fit de nouveau le serment de ne jamais y revenir, quoi qu'il arrivât.

Elle aurait préféré mendier par les rues.

Le marquis venait de disparaître lorsqu'un bruit monta jusqu'à elle. La porte de la rue des Bauches

14

s'ouvrait et Brigitte entrait, suivie d'un homme qui n'était pas Destérel.

Cet homme, Claire l'avait vu, la veille ; elle lui avait même parlé et elle le reconnut tout de suite. C'était le pauvre diable qui l'avait abordée sur le seuil de la boutique de la rue de la Pompe, et qui s'était informé de Brigitte. Il la cherchait, avait-il dit à la jeune fille ; il l'avait trouvée et il fallait qu'il fût bien pressé de la joindre pour être allé la prendre au saut du lit.

Brigitte, avertie de sa visite, n'avait pas douté que ce fût un mendiant. Peut-être l'amenait-elle rue des Bauches pour que Marie Bas-de-Laine lui fît la charité. Elle referma la porte, y donna un tour de clef et s'achemina avec lui vers la maisonnette au fond du jardin.

Qu'allait-elle y faire ? Si elle était venue seule, elle aurait pu, sans que Claire s'en étonnât, entrer chez Marie, la nuit aussi bien que le jour, mais la réveiller à cinq heures du matin, pour lui présenter un malheureux qui avait besoin d'un secours, c'était bizarre.

Claire la vit pourtant introduire l'homme dans la maison et y disparaître avec lui.

Tout cela s'était fait très vite. Brigitte et son protégé n'avaient pas échangé un mot en traversant le jardin. Donc, la démarche était arrêtée d'avance entre eux et ils devaient avoir la certitude que Marie ne la prendrait pas en mauvaise part. Marie connaissait sans doute ce solliciteur. Peut-être même attendait-elle sa visite. Dans tous les cas, Claire n'avait rien à y voir et elle pensa qu'elle ferait aussi bien de ne pas se montrer.

Claire avait déjà une grosse indiscrétion à se reprocher ; elle ne voulait pas en commettre une autre
en s'exposant à rencontrer l'homme dans le jardin
quand il s'en irait.

Elle resta donc sur cette plate-forme, d'où on
voyait tant de choses, et elle se contenta de regarder.

Les volets de la chambre de Marie Bas-de-Laine
furent ouverts par Brigitte, qui apparut un instant
à la fenêtre et qui la referma vivement.

Puis, plus rien.

Sans aucun doute, une conférence à trois se tenait
dans l'intérieur de la maison.

Et cette conférence se prolongea tant que Claire
en vint à se demander si elle avait rêvé ce qu'elle
venait de voir.

Elle était cependant bien sûre d'avoir reconnu la
barbe blanche de l'individu qui s'était, la veille, informé de la marchande de gâteaux, et qui était
parti en annonçant qu'il reviendrait le lendemain
matin.

Il était revenu avant le jour, à moins qu'il n'eût
couché à la porte de la boutique de la rue de la
Pompe, afin de ne pas manquer le lever de Brigitte.

Enfin, au bout de trois quarts d'heure, Brigitte
sortit de la maisonnette. Elle en sortit seule et elle
alla droit au chalet, où elle entra délibérément.

Elle savait que Claire y avait passé la nuit ; c'é-
tait donc Claire qu'elle cherchait et Claire se hâta
de descendre pour savoir ce que lui voulait la bonne
femme.

Elle l'attendit dans le jardin et elle ne l'attendit

pas longtemps. Brigitte reparut presque aussitôt et vint à elle en disant :

— Déjà debout, Mademoiselle !

— Oui, murmura la jeune fille, je me suis levée parce que je ne pouvais plus dormir.

— C'est donc ça que j'ai trouvé votre chambre vide... J'étais déjà inquiète... mais vous voilà, et ça tombe joliment bien.

— Pourquoi ?

— Parce que je viens vous chercher.

— Me chercher ? répéta Claire, très étonnée.

— Mon Dieu, oui, Mademoiselle, dit Brigitte d'un air contrit ; il y a du nouveau ici. Marie ne peut plus vous garder.

— Alors, elle m'abandonne ? demanda douloureusement la jeune fille.

— Pas du tout. Seulement, elle m'a chargée de vous prier de venir avec moi. Je vais vous conduire dans un endroit où vous ne serez peut-être pas aussi bien que chez elle, mais où vous serez beaucoup mieux que dans mon arrière-boutique.

— Je comprends... ; elle a besoin du chalet pour y installer cet homme que vous venez d'amener.

— Vous l'avez vu ?

— Oui, de loin..., et je l'ai reconnu pour lui avoir parlé, hier, à la porte de votre magasin...

— Vous ne vous êtes pas trompée, Mademoiselle ; c'est bien le même. Il revient d'un long voyage et il ne sait où aller... Marie ne peut pas se dispenser de le loger... ; c'est un de ses proches parents. Je les ai laissés ensemble... ils ont tant de choses à se dire... ; mais nous nous sommes entendues, Marie et moi, pour vous placer ailleurs.

— Pourquoi pas chez-vous, Madame? demanda
Claire qui, au fond, n'était pas fâchée de quitter ce
pavillon où il se passait, la nuit, de si étranges
choses.

— Parce que la rue de la Pompe est encore trop
près de la rue Mozart. D'ici à deux jours, tout le
quartier saurait que vous m'aidez à tenir ma boutique. Nous avons réfléchi depuis hier : nous
sommes d'avis que vous ne pouvez pas rester à
Passy, et nous vous avons trouvé ce qu'il vous faut... :
un homme sûr qui sera très heureux de vous recevoir.

— M. Luminet ?

— Oh! non, par exemple, répondit Brigitte, en
riant. Celui-là est un brave garçon, mais il est trop
jeune pour partager son domicile avec une demoiselle... et d'ailleurs, il habite juste en face de
l'hôtel de votre maman ; ce serait encore pis que
chez moi. Mais nous connaissons un homme d'âge
qui demeure à l'autre bout de Paris, tout seul,
dans une grande maison où il pourrait loger dix
personnes.

— Vous le connaissez, Madame, mais je ne le
connais pas, moi.

— C'est tout comme... Et quand je vous aurai dit
qui c'est, vous trouverez que nous avons eu raison
de penser à lui pour vous héberger, en attendant
que vos affaires s'arrangent.

— Mes... affaires ?

— Eh! oui, vos affaires avec votre amoureux.
Luminet va le mettre au pied du mur, et nous sau-
rons aujourd'hui s'il est prêt à vous épouser.

14.

— Et vous croyez que M. Destérel trouverait bon
que j'accepte un logement chez ce Monsieur?

— Oui, Mademoiselle, car ce Monsieur est son
parrain. Il était l'ami du père et il est resté l'ami
du fils. Marie et moi, nous le connaissons depuis
trente ans. La preuve de tout ce que je vous dis,
c'est que, mardi... vous n'étiez pas encore chez
moi... il est venu nous voir, et c'est Destérel qui
l'a voituré à Passy et qui, en passant rue de la
Pompe, l'a déposé devant ma porte. Il allait justement rue Mozart, où il s'est fait si bien plumer, ce
pauvre Destérel... et s'il vous avait revue, depuis ce
jour-là, il vous aurait peut-être parlé du père Sylvain... Il s'appelle Sylvain, notre vieil ami, et il est
peintre de son état..., pas peintre en bâtiments...;
il fera votre portrait si vous voulez... et vous ne
vous ennuierez pas chez lui, je vous en réponds. Il
a beau être vieux, il est gai comme un pinson et
avec ça bon comme le bon pain. Ah! ce n'est pas
lui qui vous empêchera de nous voir.. ni de voir
votre amoureux.

— Quoi! M. Destérel pourrait venir...

— Chez son parrain? Ah! je crois bien, et personne n'y trouverait à redire. Du reste, je sais ce
qu'il pense de la vie que mène son filleul. Il voudrait qu'il achevât de manger tout son bien pour
qu'il fût forcé de se mettre à travailler, mais il
serait encore plus content s'il le voyait se ranger.
Sylvain n'a jamais voulu se marier, mais il adore
les enfants... Je suis sûre que vous lui plairez tout
de suite... et vous ne pouvez pas mieux tomber,
car je vais lui annoncer une fameuse nouvelle...
le retour de... du proche parent de Marie Bas-de-

Laine. Ils étaient très liés autrefois et ils se verront souvent. Ça fera que vous ne vous apercevrez presque pas que vous avez quitté la rue des Bauches.

Ce programme n'était pas pour rebuter Claire, qui tenait par-dessus tout à retrouver Destérel, car l'arrangement que lui proposait Brigite allait lui permettre de le voir plus facilement qu'elle n'aurait pu le voir ailleurs.

L'idée d'aller s'établir chez un vieil artiste qu'elle ne connaissait pas l'effarouchait bien un peu, mais elle n'était plus en situation de choisir un refuge, maintenant que ceux qu'elle avait trouvés venaient de lui manquer l'un après l'autre.

Que serait-elle devenue, si elle avait refusé celui que Brigitte lui offrait ?

— Je ferai ce que vous voudrèz, Madame, dit-elle, pourvu que vous me promettiez d'avertir aujourd'hui M. Destérel.

— Sylvain s'en chargera, Mademoiselle. Votre amoureux saura, dès ce matin, que vous êtes à Montmartre, et s'il venait ici avant d'avoir été prévenu, Marie l'y enverrait. Je vais lui dire que vous acceptez et que je vous emmène.

Et Brigitte, qui lisait dans les yeux de la jeune fille, ajouta :

— Vous voudriez lui dire adieu avant de partir?... C'est inutile. Vous la dérangeriez et nous n'avons pas de temps à perdre. D'ailleurs, vous la reverrez bientôt. Habillez-vous et revenez m'attendre ici. Je n'en ai pas pour cinq minutes.

S'habiller, ce n'était ni long, ni difficile, puisqu'il ne s'agissait, comme la veille, que de mettre un manteau et un chapeau, mais il fallait pour cela remonter au premier étage du pavillon, pendant que Brigitte montait chez Marie Bas-de-Laine, et Claire aurait bien voulu se dispenser de rentrer dans cette chambre où elle avait eu si grand'peur.

Elle s'y décida pourtant, mais elle ne s'y arrêta guère et elle eut soin de ne pas s'approcher de la cloison qui masquait les catafalques.

Dès qu'elle eut fait, elle descendit précipitamment, courut se placer près de la porte de la rue et ne bougea plus.

Elle pensait à Gaston. Que faisait-il pendant qu'elle se préparait à fuir encore et à courir de nouvelles aventures?

Le retour de Brigitte mit fin, non pas à ses inquiétudes, mais à ses méditations.

Elle l'interrogea des yeux et la bonne vieille lui dit :

— Marie vous remercie d'accepter, et elle vous prie de l'excuser de vous laisser partir sans vous embrasser. Il ne faut pas lui en vouloir, Mademoiselle... Si vous saviez ce qui lui arrive !...

— Rien de malheureux, j'espère? demanda vivement la jeune fille.

— Au contraire... un bonheur qu'elle n'espérait plus. Elle vous l'apprendra elle-même, quand vous la verrez... et ce sera bientôt, car elle vous aime bien.. Mais dépêchons-nous. Il y a loin d'ici à Montmartre, et à l'heure qu'il est, nous serons peut-être obligées de marcher un bout de temps avant de trouver un flacre pour nous mener là-bas... sans compter que si nous traînions en route, le père Sylvain pourrait bien être déjà sorti, quand nous arriverons. Il est enragé pour aller, dès le patron minet, tirer des vues dans la campagne. Et s'il était dehors, nous pourrions courir après lui toute la matinée sans le rattraper.

Résignée à tout, Claire suivit, sans mot dire, Brigitte, qui enfila au pas accéléré la rue des Bauches. Claire l'aurait suivie au bout du monde, maintenant qu'elle espérait revoir Gaston avant la fin de la journée qui commençait. Elle ne pensait déjà plus à l'étrange incident qui l'obligeait à quitter en toute hâte la maison de Marie Bas-de-Laine. Elle ne pensait qu'à lui.

On n'est pas matinal, à Passy. Sur le chemin qu'elles avaient pris, les boutiques n'étaient pas encore ouvertes et, jusqu'à la grande rue, elles ne rencontrèrent que des balayeurs allant à leur ouvrage.

De fiacres, pas un seul. Les prévisions de Brigitte se vérifiaient, et il fallut continuer à pied vers la place de l'Étoile, où elles trouveraient peut-être une voiture à la station.

La providence leur en envoya une qui remontait au pas la rue de la Pompe, et le cocher, hêlé par Brigitte, voulut bien s'arrêter ; mais quand il entendit parler de les conduire à Montmartre, il fit des difficultés.

Ce n'était pas encore l'année de l'Exposition, mais ces Messieurs n'acceptaient déjà que les courses qui leur convenaient et ils ne marchaient pas volontiers au prix du tarif.

Brigitte dut parlementer. Le cocher demandait cent sous et la bonne femme n'était pas disposée à les lâcher. Claire n'avait pas voix au chapitre. La discussion se prolongea.

Quelqu'un y assistait qu'elles n'avaient pas remarqué : un Monsieur qui s'était cantonné dans l'embrasure d'une porte pour allumer son cigare, à l'abri du vent, et qui tournait le dos à la rue. Il fit volte-face, juste au moment où Brigitte, décidée à donner les cinq francs exigés, disait au cocher récalcitrant : Rue des Saules, 9, tout en haut de la butte.

Ce fumeur, c'était l'odieux Cavalcano, et comme il n'était ni aveugle, ni sourd, il savait maintenant où allait se réfugier la pauvre Claire.

VI

Gaston Destérel, qui n'avait pas paru à Passy, où on l'attendait, n'était pas resté invisible pour tout le monde.

Le mercredi soir, après la visite d'Agénor, il était sorti à pied, afin de se rafraîchir les idées et, après une promenade, poussée jusqu'au boulevard des Italiens, il était revenu se coucher à minuit, ce qui ne lui arrivait pas souvent.

Il avait fort mal dormi, préoccupé qu'il était de ses affaires de cœur et de ses embarras d'argent.

Il espérait s'en tirer ; mais, avant de revoir Claire, il lui fallait aviser à boucher la nouvelle brèche qu'il venait de faire à sa fortune et aussi s'acquitter de sa dette de jeu ; conférer avec son notaire et payer son créancier. La matinée y passerait, mais l'après-midi lui resterait pour se transporter rue des Bauches, en évitant la rue Mozart, car il avait, comme on dit, fait un croix sur les thés, par trop dispendieux, de la comtesse.

Le lendemain donc, à onze heures, il entra dans le cabinet de maître Cambry, qui avait eu autrefois toute la confiance de feu Destérel père, et qui déplorait, sans pouvoir y mettre ordre, les sottises financières de Destérel fils.

Ce brave homme tressauta sur son fauteuil de

cuir, lorsqu'il apprit que Gaston cherchait à emprunter vingt-cinq mille francs en hypothéquant ses immeubles déjà fortement engagés, et il n'épargna pas à son jeune client le sermon qu'il ne manquait jamais de lui faire en pareil cas.

Gaston reçut la semonce sans broncher et, dès qu'il eut arraché une promesse, il s'achemina vers le Grand-Hôtel, où logeait l'heureux joueur qui, la veille, chez Mme de Vercin, avait si brillamment décavé le prince Golymine.

Le notaire demeurait rue Royale et l'audience avait été longue, si bien qu'il était plus de midi quand Gaston, lesté des vingt-cinq billets de mille de Marie Bas-de-Laine, entra dans la cour du Grand-Hôtel.

C'est véritablement l'auberge du monde que cette cour vitrée, surtout à l'époque du Grand-Prix de Paris, et ceux qui aiment à entendre parler les langues étrangères n'ont qu'à s'y asseoir à certaines heures de la journée : ils seront servis à souhait, car il ne tiendra qu'à eux de se croire au centre de la tour de Babel.

Tous les idiomes connus ou inconnus bourdonnent à leurs oreilles, et ils ont de plus l'agrément de voir défiler des escouades d'Anglaises aux grands pieds et voltiger des essaims d'Américaines, hardies comme des pages, qui flirtent pour le bon motif avec des *yankees* tirés à quatre épingles.

Les Français sont là en minorité, surtout les Parisiens, qui n'aiment ni les repas à table d'hôte, ni le mouvement perpétuel d'un caravansérail cosmopolite.

Avant d'entrer au bureau pour demander où était

situé l'appartement occupé par son créancier, Destérel s'arrêta un instant à examiner ce tableau animé : les allées et venues des voyageurs, l'agitation des garçons occupés à servir des amateurs de rafraîchissements pris en plein air.

Parmi ceux qui sirotaient leur café dans un coin, il aperçut, assis devant une petite table ronde, l'unique gagnant de la partie de creps, ce M. Kunersdorf, qui représentait l'Allemagne au congrès présidé par la comtesse de Vercin.

Destérel le reconnut tout de suite, quoiqu'il n'eût pas du tout l'air d'un homme qui vient d'enlever près d'un demi-million en quelques coups de cornet.

Il était très correctement vêtu, mais l'habit ne fait pas le gentleman, et, à sa tournure, on aurait pu le prendre pour un bottier prussien.

Sa présence dans la cour du Grand-Hôtel allait éviter à son débiteur la peine de monter quelques étages, et Destérel s'empressa de profiter de l'occasion, mais au moment où il s'avançait pour aborder M. Kunersdorf, le marquis Cavalcano, venant du fond de la cour, arrivait bon premier.

Destérel le vit frapper familièrement sur l'épaule de l'Allemand, s'attabler sans cérémonie et entamer avec lui une conversation vive et animée.

Ces Messieurs ne l'avaient pas remarqué, et il ne tenait qu'à lui d'assister de loin à leur conférence, mais il avait faim ; il lui tardait de déjeuner et, d'ailleurs, il n'était pas fâché de payer sa dette devant un témoin.

Il intervint donc, très convaincu que son créancier ne lui en voudrait pas de le déranger. « Bien

15

venu qui apporte, » dit le proverbe, et Gaston apportait vingt-cinq mille francs.

Il fut en effet très bien reçu par l'Allemand, mais il lui parut que le Florentin aurait préféré ne pas le rencontrer là.

Tout se passa du reste comme il convenait. Les billets de banque de Marie Bas-de-Laine passèrent de la poche du perdant dans la poche de M. Kunersdorf, qui formula, en assez bons termes, un remerciement assaisonné d'un compliment de condoléance, et Destérel allait se retirer, mais le marquis se leva et le tira à l'écart, pour lui dire :

— Cher Monsieur, je suis bien aise de vous voir, ce matin, car je me proposais de passer chez vous dans la journée. Mme de Vercin m'a chargé de vous annoncer qu'elle ne recevra pas, vendredi, et que, provisoirement, les réunions sont suspendues.

Destérel se contenta de s'incliner, sans demander pourquoi. Ce que voyant, Cavalcano reprit sur un ton plus bas :

— Elle m'a même autorisé à vous informer du malheur qui lui arrive. Sa fille a disparu.

Destérel, sur ce point, savait à quoi s'en tenir ; il devina que le marquis le soupçonnait de le savoir et il eut la présence d'esprit de feindre l'étonnement ; — l'étonnement discret d'un homme bien élevé qui apprend un désastre de famille et qui ne veut pas s'enquérir des causes de la catastrophe.

— C'est incroyable, murmura-t-il.

— Ce n'est que trop vrai, dit le marquis. Elle s'est échappée de l'hôtel de sa mère, hier soir, vers neuf heures, par-dessus le mur du jardin.

Ce matin, on a trouvé, accrochée à la balustrade, l'échelle de cordes qui lui a servi à descendre dans la rue. Il faut en conclure, hélas ! qu'elle ne s'est pas sauvée toute seule. On l'y a aidée... Et son complice ne peut être qu'un amoureux. C'est un enlèvement.

— Je comprends que Mᵐᵉ de Vercin soit désolée, mais il me semble qu'il est encore temps de prévenir les suites de... d'une étourderie. On retrouvera Mˡˡᵉ de Vercin.

— On la retrouverait peut-être en s'adressant à la police, mais la comtesse est décidée à ne pas faire d'éclat, et d'ailleurs, je puis bien vous dire cela, elle prévoyait ce qui vient d'arriver. Sa fille avait déjà commis quelques inconséquences qui devaient finir ainsi, et elle ne veut plus s'occuper d'elle. La saison s'avance. Mᵐᵉ de Vercin va quitter Paris pour aller aux eaux d'Aix. Elle voyagera ensuite, et, quand elle reviendra, si cette malheureuse enfant a décidément mal tourné, Mᵐᵉ de Vercin vendra son hôtel et ira se fixer à l'étranger.

Vous voyez, cher Monsieur, qu'elle a du caractère, et je l'approuve fort de prendre ce parti héroïque. Je crains donc de ne plus vous rencontrer chez elle, mais nous nous reverrons au cercle.

Je regrette seulement que vous ayez eu si peu de chance, hier, pour votre première séance de *creps*, qui sera aussi la dernière. Cet excellent Kunersdorf a été plus heureux que vous. Je viens de lui annoncer la clôture des opérations et il n'est pas content.

Je verrai tantôt le prince Golymine, et il ne sera pas content non plus, puisqu'il aime à perdre, ajouta en riant Cavalcano.

Destérel en avait assez entendu et il ne tenait pas à prolonger cet entretien instructif dont il comptait cependant faire son profit. Il tenait à déjeuner et on déjeune au Grand-Hôtel comme au restaurant. Il y a une salle où on mange à des tables séparées.

Il la connaissait et il y alla tout droit, après avoir assez froidement pris congé de Cavalcano, qui lui semblait de plus en plus suspect et qui n'avait rien pu tirer de lui.

De sa conversation, Destérel n'avait retenu qu'une chose : la Vercin allait quitter la France et Claire ne pouvait plus compter que sur son amoureux.

Ce n'était pas le moment de l'abandonner et Destérel était plus que jamais décidé à tenir la promesse qu'il avait faite la veille à Luminet. Il irait, l'après-midi, la prendre chez Brigitte pour la conduire chez Marie Bas-de-Laine, puisque Marie Bas-de-Laine consentait à la recevoir, et il était sûr maintenant que la comtesse ne viendrait pas l'y chercher, puisque la comtesse allait décamper de Paris.

Tout en expédiant de grand appétit le déjeuner qu'on lui servit, il arrêta dans son esprit un plan de conduite : s'entendre d'abord avec Marie, qu'il commençait à tenir en grande estime, pour assurer à Claire une existence convenable, jusqu'à ce qu'il eût pris un parti définitif et, en attendant, changer de vie lui-même : renoncer au jeu, aux fêtes, à tout ce qu'on appelait jadis l'équipage du diable.

C'était bien pensé, mais il était écrit que Destérel ne ferait jamais ce qu'il avait résolu de faire.

Destérel achevait de déjeuner et il allait demander sa note, lorsque M. de Subligny entra dans la salle.

Le baron avait l'air de chercher quelqu'un, et ce quelqu'un n'était pas Destérel, car il parut très surpris de le trouver là ; mais il vint à lui et, après lui avoir demandé s'il n'avait pas vu un de leurs amis du cercle, qui lui avait donné rendez-vous au restaurant et qui n'y était pas, il prit une chaise et il commença gaiement :

— Eh bien ? et cette chère comtesse... cidevant Sabretache ?... Je me suis trompé, hier. Ce n'était pas elle qui frappait aux carreaux. En sortant de chez vous, j'ai aperçu sous vos fenêtres l'homme qui vous faisait cette farce.

— Oh ! dit Destérel, c'est un vieil artiste qui a connu mon père.

— Mais vous êtes allé tout de même rue Mozart ?

— Oui... malheureusement.

— Bon ! je devine... On a joué et vous vous êtes enfilé.

— Vous l'avez dit, mon cher.

— Dans les grands prix ?

— Dans les grands prix, pour moi qui n'ai pas de compte courant chez Rothschild.

— Combien avez-vous perdu ?

— Vingt-cinq mille.

— Diable ! c'est assez raide.

— Trop raide. Enfin ! je viens de les payer... et c'est pour ça que vous me trouvez déjeunant au Grand-Hôtel.

— Serait-ce par hasard à Cavalcano que vous les deviez ?... Je viens de l'apercevoir dans la cour.

— Non ; c'est à un Monsieur qui loge ici et que j'ai trouvé causant avec lui... un Allemand.

— Une espèce de pot à tabac, très laid et très commun. Il y est encore, parbleu ! et ils causent toujours. Je m'étonne même que le marquis ait de si vilaines connaissances. Mais, dites-moi..., qui tenait les cartes chez la Vercin ?

— Personne. On a joué à un jeu de dés que je ne connaissais pas... On a joué au *creps*.

— Je le connais, moi. J'y ai eu de rudes passes dans le temps. Joli jeu... quand on le joue avec d'honnêtes gens.

Un *creps* tournant, alors ?

— Il y avait un banquier... un prince Golymine.

— Je sais. C'est celui qu'on appelait autrefois Golymine, *du jour*..., pour le distinguer d'un autre Golymine qu'on ne voyait jamais que la nuit et qui s'est ruiné au baccarat. Celui *du jour* est encore colossalement riche et on le dit très veinard. Il a dû gagner.

— Il a perdu trois cent mille francs.

— Ah ! elle va bien, la petite Sabretache ! Maintenant, on se culotte chez elle de trois cent mille !... c'était une belle partie !... J'aurais voulu y être. Racontez-la moi donc... ça me rajeunira !

Le vieux viveur dressait les oreilles comme un cheval de guerre, réformé, qui entend sonner la charge.

Destérel ne se fit pas prier pour le satisfaire. Lui aussi il aimait le jeu et il se rappelait tous les incidents de la partie qui venait de lui coûter si cher.

Il fit au baron un rapport très clair, très complet et très détaillé. Il lui expliqua les règles posées, — ou plutôt imposées, — par Cavalcano : la répartition des jetons entre le banquier et les pontes; l'interdiction de jouer sur la main des autres et de se recaver, si on perdait sa première mise de vingt-cinq mille.

Et il ajouta, en soupirant, qu'il se consolait presque d'avoir perdu, parce qu'il n'avait pas été volé.

Subligny l'écouta sans l'interrompre, mais il lui posa quelques questions, quand il eut fini.

— Personne que le marquis n'a touché aux dés? demanda-t-il d'abord.

— Personne. Il s'est privé du plaisir de jouer pour épargner au prince la peine d'être son propre croupier.

— Et, en fin de compte, il n'y a eu qu'un seul gagnant?

— Un seul. Ce M. Kunersdorf a enlevé d'un coup la banque de trois cent mille, grossie de toutes les sommes perdues par les autres pontes. La comtesse elle-même y a été de son argent.

C'est bien la preuve que la partie a été loyale.

— Vous croyez, cher ami?

— Certainement. Si Cavalcano était capable de tricher, il aurait triché au profit de Mᵐᵉ de Vercin ou de compte à demi avec elle, puisqu'il est son amant... Vous me l'avez dit et je n'en doute pas.

— Vous êtes bien naïf!

— Comment cela?

— Voulez-vous savoir pourquoi il a établi comme règle que chacun ne jouerait que sur sa main?

— Dans l'intérêt des pontes..., pour les empêcher de s'emballer.

— Pas du tout ; pour empêcher que la banque sautât trop vite. Quand on introduit des dés pipés dans une partie, on ne peut pas s'en servir constamment, sous peine d'écœurer les pontes en ne les laissant jamais gagner. On les réserve pour les coups décisifs. Ainsi, avant de perdre, vous avez dû passer plusieurs fois.

— Oui, car j'avais devant moi trente-six mille quatre cents francs... je me rappelle ce chiffre.

— Et, à ce moment-là, un maudit dé que Cavalcano a ramassé sur les genoux de la Vercin vous a collé un creps perdant.

— C'est vrai, mais...

— Bon ! et cet Allemand, qui jouait petit jeu et qui, sans crier gare, s'est avisé de faire le reste à la banque... il a gagné, lui !

— Oh ! du premier coup ! il a appelé le point de sept et il l'a amené. Mais je dois vous dire qu'avant le coup, le marquis lui avait fait observer qu'il ne pouvait pas jouer plus qu'il n'avait devant lui. C'est le prince qui a insisté pour qu'on autorisât une exception à la règle. Mal lui en a pris.

— Golymine *du jour* est encore plus naïf que vous, et il faut que vous le soyez rudement tous les deux pour n'avoir pas compris que l'Allemand et le Florentin étaient associés. Ils sont en train, pour le quart d'heure, de régler leurs comptes dans la cour du Grand-Hôtel et je n'ai pas besoin d'ajouter que Sabretache a sa part dans l'affaire.

Destérel commençait à y voir clair. Les écailles tombaient de ses yeux.

— Alors, demanda-t-il presque timidement, vous êtes convaincu que ce Florentin est un grec ?

— Tellement convaincu, grâce au récit que vous venez de me faire, que je me propose de le signaler comme tel au comité de notre cercle, répondit sans hésiter Subligny. Je ne suis pas de ces timorés que la crainte du scandale retient, et je considère que c'est un devoir de chasser les brebis galeuses. Je demanderai l'expulsion de Cavalcano, sans aucun égard pour l'illustre maison des princes Boboli.

— Parbleu ! je ne m'y oppose pas ! s'écria Destérel, et si on ouvre une enquête, je serai prêt à dire ce que j'ai vu. Mais j'ai des raisons de penser que l'accusé n'attendra pas l'arrêt. Il vient de m'annoncer que la Vercin va quitter Paris. Je suppose qu'il la suivra de près et qu'on ne les reverra pas de si tôt.

— Bon voyage !... Pourquoi s'en va-t-elle ? Est-ce qu'elle aurait été reconnue par un de ses anciens amants, qui voudrait la faire *chanter* ?

— Non, ce n'est pas cela. Sa fille s'est sauvée, hier soir.

— La blonde aux yeux noirs ! eh bien ! ça ne m'étonne pas. Rappelez-vous ce que je vous ai dit toutes les fois que vous m'avez parlé d'elle. Ainsi, cette innocente avait un amoureux, et comme la Vercin l'empêchait de le voir, elle a pris la poudre d'escampette ?

— Vous vous trompez. Ce n'est pas ça du tout.

— Alors racontez-moi l'histoire. J'espère que vous n'y êtes pour rien.

— J'y suis pour beaucoup, au contraire.

— Auriez-vous fait la sottise de l'enlever?

15.

—Non, mais je n'y ai pas nui. Un garçon de mes amis l'a aidée à s'échapper... je l'en avais prié.

— Et il l'a amenée chez vous ?... C'est un comble !

— Il l'a conduite chez une brave femme qui l'a hébergée cette nuit et qui va, dès aujourd'hui, la mener chez une vieille dame, propriétaire à Passy. Celle-là est riche et elle est installée de façon à la loger sans se gêner.

— Admirable ! et comment finira cette idylle ?

— J'avoue que je n'en sais rien.

— Ni moi non plus, dit le baron en éclatant de rire ; mais... depuis que la petite a pris la clé des champs, vous l'avez vue, je suppose ?

— Pas encore, mais je vais la voir. J'y vais en sortant d'ici.

— Naturellement. Et après ?... La laisserez-vous chez cette respectable dame qui reçoit si volontiers les demoiselles échappées ?

— Cette dame, mon cher, n'est pas ce que vous semblez croire, et je ne serais pas surpris qu'elle se chargeât définitivement de la jeune fille.

— Il faudrait pour cela que la jeune fille, comme vous l'appelez, consentît à y rester... et j'ai dans l'idée que cet arrangement ne lui sourirait guère. Elle n'a pas brûlé la politesse à la Vercin pour s'en aller vivre aux crochets d'une bourgeoise de Passy, que diable ! Ce qu'elle veut cher ami, c'est vivre avec vous, et c'est à vous de voir si vous êtes disposé à vous embarquer dans cette liaison... dangereuse.

Destérel ne se pressait pas de répondre. Il sentait que Subligny avait raison et il regrettait déjà

de lui avoir raconté l'aventure de Claire. Il s'était
pourtant bien promis, depuis leur dernier entretien,
de ne plus jamais lui parler d'elle, mais il y avait
été amené, sans s'en apercevoir, par une conversation à propos de Cavalcano.

— Quand je dis : dangeureuse, reprit le baron,
j'entends qu'elle le deviendrait, si vous la preniez
trop au sérieux, cette liaison qui n'en est qu'aux
préliminaires. Il est encore temps pour vous de la
prendre autrement, et, si vous avez le bon esprit
de vous en tenir à l'agrément qu'elle peut vous donner, je ne vous plaindrai pas du tout. Cette adorable
blonde serait une charmante maîtresse... surtout si,
comme je n'en doute pas, elle a du goût pour vous...
et vous n'auriez pas maille à partir avec la Vercin,
qui n'est pas sa mère et qui ne doit pas être fâchée
d'être débarrassée d'elle.

Seulement, pas de bêtises !... n'épousez pas !

— Je n'en suis pas là, murmura Destérel.

— Non, mais vous pourriez y arriver, si vous n'en-
visagiez pas la situation telle qu'elle est. Heureusement, vous êtes fixé depuis que je viens de vous
démontrer qu'on vous a volé dans cette maison où
la beauté de Mlle Claire servait d'appât pour attirer les dupes. J'admets, à la rigueur, qu'elle ait
échappé aux périls que sa vertu y a courus, mais
c'est encore trop d'y avoir passé, et vous conviendrez qu'elle n'a pas pris le chemin qui mène au mariage. Contentez-vous donc de l'union libre et soyez
sûr qu'elle s'en accommodera parfaitement.

— Je ne crois pas.

— Alors, laissez-la surveiller le pot-au-feu de la

bourgeoise de Passy qui l'a recueillie... ou qui va la recueillir.

Entre nous, le mieux serait de ne plus vous occuper d'elle.

— Vous oubliez que je l'ai aidée à se sauver.

— Un service que vous lui avez rendu. Que serait-elle devenue chez la Vercin?

— Rien de bon, j'en conviens ; mais je n'en suis pas moins responsable de sa fuite. Je ne peux pas l'abandonner.

— D'accord, mais puisqu'elle a trouvé provisoirement un asile sûr, vous n'avez pas besoin de vous presser d'intervenir; à votre place, moi, je laisserais passer quelques jours avant d'aller la voir.

— J'ai promis d'y aller aujourd'hui.

— A qui avez-vous promis?

— A l'ami que je lui ai envoyé pour la recevoir si elle s'échappait. Il est venu m'apprendre que l'évasion avait réussi et que l'évadée m'attendait pour la conduire chez la personne dont je viens de vous parler.

— Votre ami pourrait s'en charger; il vous a bien remplacé, hier.

— Parce que c'était le soir. Pendant la journée, il n'est pas libre. C'est un employé de commerce qui a été mon camarade de collège.

— Celui que vous avez retrouvé dimanche dernier, au concert de Ranelagh. Il est très bien de sa personne, ce garçon, dit avec intention Subligny.

Destérel comprit et s'empressa de répliquer :

— Oh! j'ai confiance en lui et, je suis certain que ma confiance est bien placée.

— Raison de plus pour lui donner carte blanche.

Il fera, ce soir, ce que vous auriez fait ce matin et il le fera mieux, parce qu'il est désintéressé dans la question. La petite arrivera sûrement chez la bourgeoise, tandis que, avec vous, elle pourrait s'égarer en route.

Quand devez-vous le voir, ce précieux ami?

— Nous nous sommes quittés sans prendre de rendez-vous, mais je sais où le trouver après ses heures de bureau... Encore faudrait-il qu'il fût prévenu...

— Vous n'avez qu'à lui écrire pour le prier de se substituer à vous et de venir vous rendre compte après avoir rempli sa mission. Demain ou après-demain, quand vous saurez par lui comment s'est opéré le changement de domicile, vous pourrez aller voir la nouvelle installation de votre protégée. Vous aurez eu le temps de réfléchir et de vous calmer; vous serez maître de vous et vous prendrez un parti en connaissance de cause; mais, croyez-moi, mon cher ami, ne vous pressez pas; aujourd'hui, vous feriez des sottises.

Destérel ne dit pas : oui, mais il ne dit pas : non, et son silence équivalait presque à un acquiescement.

Il commençait à penser que le conseil de ce vieux viveur était bon à suivre et que Claire se passerait bien de lui pendant vingt-quatre heures. Ce serait une épreuve et, si elle la subissait sans changer de sentiments, il l'en dédommagerait en s'attachant à elle.

C'était là une capitulation de conscience bien caractérisée, car il était engagé et, avant que le coq

eût chanté trois fois, il allait manquer à une parole
donnée.

— Passons la journée ensemble, voulez-vous?
reprit le baron.

— A quoi faire ? demanda Destérel, toujours
indécis.

— Je vous proposerais bien de monter à cheval,
mais ce n'est pas l'heure..., nous aurions trop chaud,
même au bois de Boulogne, et nous n'y rencontre-
rions pas un chat.

— Alors je ne vois pas trop...

— Attendez! j'ai une idée. Après votre culotte de
cette nuit, vous devez être dégoûté du jeu.

— Oh! oui.

— Remarquez, je vous prie, que je ne dis pas
guéri... on ne guérit pas de la passion du jeu; seulement, on peut la traiter par l'homœopathie.

— Je ne comprends pas.

— Comme on traite maintenant les alcooliques en
ne leur servant que des plats à l'eau-de-vie... *simi-
lia similibus.* Allons au cercle... il n'y a personne,
mais il y fait frais et c'est à deux pas d'ici. Vous aimez le piquet; moi aussi. Nous entamerons un *rubicon* à dix sous le point... nous ne nous ruinerons
pas et ça vous calmera. Je serai votre homme jusqu'à l'heure du dîner... et après, nous nous y re-
mettrons, si le cœur vous en dit. La journée pas-
sera vite, je vous en réponds.

— Pourvu que Cavalcano ne vienne pas nous
déranger! dit Destérel, déjà rallié à la proposition.

— Je parierais gros qu'il n'osera pas se montrer
au club, aujourd'hui, et je compte, sans plus tar-

der, l'exécuter au comité, qui se réunit précisément demain. Venez, mon cher!

Destérel paya son déjeuner, se leva et sortit avec le baron.

En traversant la cour, ils n'aperçurent ni le marquis ni l'Allemand.

Ces Messieurs avaient probablement lévé le siège aussitôt après l'arrivée de Subligny.

Le cercle n'était pas loin et les deux amateurs de piquet y arrivèrent sans avoir échangé en route beaucoup d'idées.

Le baron en était venu à ses fins et il croyait sincèrement rendre un bon office à son jeune ami en le confisquant pour l'empêcher de courir à Passy.

Destérel avait des remords et il ne parlait pas, de peur de parler de Claire. Si, malgré la distance, il avait pu la voir en ce moment, plantée sur le seuil de la boutique de Brigitte et regardant vers Paris, il aurait lâché le baron et son *rubicon* à dix sous le point, pour aller bien vite la rejoindre rue de la Pompe. Mais il se raidissait contre les entraînements de son cœur, beaucoup moins par raison que par amour-propre. Il s'admirait lui-même d'être si fort, sans se demander s'il n'aurait pas beaucoup mieux fait d'épargner les angoisses de l'attente à une jeune fille qui l'aimait, il n'en pouvait pas douter.

Le programme de Subligny fut suivi jusqu'au bout. Ils s'attablèrent au piquet; Destérel y prit goût, et ils allèrent jusqu'à sept heures sans se faire grand mal, mais avec tant d'acharnement que Destérel oublia d'écrire à Luminet.

Après le dîner, ils recommencèrent, mais vers minuit, la scène changea. Il arriva des joueurs et on tailla un baccarat. Le baron alla se coucher, mais l'incorrigible Destérel s'y mit et y resta.

Il était en veine. Il avait gagné quelques centaines de francs à Subligny ; il gagna quelques centaines de louis à la grosse partie qui ne cessa qu'à dix heures du matin.

Destérel fut le dernier à se lever, quoiqu'il gagnât. Il donna des revanches, tant qu'on voulut, car il était très beau joueur et, le combat fini, faute de combattants, il partit avec six mille francs dans sa poche, maigre compensation à sa perte chez la comtesse.

Il était temps de songer à dormir.

Destérel sauta dans une voiture du cercle et se fit mener rue de Berry. Quand il y arriva, là première chose que son groom lui apprit, ce fut que M. Luminet était venu trois fois ; deux fois la veille, pendant la soirée, à deux heures d'intervalle, et une fois, le matin, un peu avant neuf heures.

A cette dernière visite, il avait beaucoup insisté pour être reçu. Il ne voulait pas croire que Monsieur n'était pas rentré et il était parti en chargeant expressément le groom d'avertir son maître qu'on l'attendait rue des Bauches.

Il n'en avait pas dit davantage, mais c'était assez pour que Destérel comprît.

En même temps, le groom lui présenta sur un plateau un télégramme qui venait d'arriver : *un petit bleu*, comme on dit familièrement.

En y jetant les yeux, Destérel vit qu'il portait le timbre du bureau de la rue des Abbesses et, après l'avoir ouvert, il fut très surpris de lire la signature de son parrain au bas de ces six lignes :

« Arrive chez moi *dare-dare*. J'ai absolument besoin de te voir, et il faut absolument que je sorte ce
matin à onze heures. Lâche tout pour venir. Si tu
te permettais de me faire poser, je te donnerais ma
malédiction... et tu t'en repentirais. »

C'était bien la première fois de sa vie que Destérel recevait une dépêche de Sylvain. Le vieil artiste
ne donnait pas dans les nouveautés et il ne se servait jamais du télégraphe.

Pour qu'il se fût décidé à user de cette invention
moderne, il fallait que le cas fût grave. Mais de quoi
s'agissait-il ? Sylvain n'avait pas d'affaires pressan-
tes, Sylvain menait une existence qui ne compor-
tait pas d'événements imprévus et il n'avait pas
éprouvé d'accident, puisqu'il parlait de sortir avant
midi.

Destérel eut beau chercher à deviner ; il y perdit
son latin.

La phrase de la fin était un peu *à la blague*, et il
se demanda un instant si cette convocation inattendue n'était pas une charge de vieux rapin, dans
le goût des coups de canne de la veille aux fenêtres
du rez-de-chaussée de la rue de Berry ; mais celle-
là aurait passé les bornes et ce n'était plus la saison
des poissons d'avril.

Il n'y avait vraiment pas moyen de ne pas tenir
compte de cet appel du parrain.

Destérel, éreinté par une nuit blanche et tombant
de sommeil, le donnait à tous les diables, ce parrain
qui le dérangeait si mal à propos, mais il ne prit

que le temps de changer de linge et de se débar-
bouiller, pendant que son groom allait chercher un
fiacre.

Il y monta en maugréant contre le vieil original
qui le mandait à comparaître, sans lui dire pourquoi, et qui, pour comble de disgrâce, demeurait
dans des parages à peu près inaccessibles.

La rue des Saules, peu connue des Parisiens, commence presque au sommet de la butte Montmartre,
qu'elle franchit pour descendre sur le revers opposé, et les voitures n'y montent qu'en faisant des dé-
tours, — quand elles y montent, ce qui n'arrive pas
souvent.

Destérel laissa la sienne au bas de la rue Lepic,
pour grimper pédestrement à l'assaut des hauteurs.

Il n'était pas venu chez Sylvain depuis deux ans,
et il eut quelque peine à retrouver son chemin dans
ce dédale de voies tortueuses et d'escaliers à pic qui
s'entrecroisent sur le versant méridional de la colline Montmartroise.

Il arriva pourtant, essoufflé et mécontent, à la rue
Norvins, où il se reconnut.

La rue des Saules part de là et la maison de Sylvain était à l'autre bout, tout près de l'ancien cimetière de l'abbaye, abandonné après la première
Révolution, mais non pas détruit, car on y voit encore des tombes historiques.

Étrange, cette maison que Sylvain avait achetée
pour un morceau de pain, et qu'il avait fait arranger à son usage ; plus étrange encore que le chalet
de Marie Bas-de-Laine.

Isolée et carrée, massive comme un fort détaché,

elle n'était pas vitrée par en haut, mais elle n'avait qu'une fenêtre sur chaque face et une seule porte, si bien dissimulée dans un angle qu'il fallait savoir où elle était pour la découvrir.

Destérel la connaissait et il connaissait aussi les hatudes bizarres de son parrain, qui demeurait seul dans cette Bastille où il ne laissait pas même entrer une femme de ménage.

Par une ouverture pratiquée dans la muraille, au-dessus de la porte unique, il descendait le matin, à heure fixe, un panier qu'une voisine, fruitière de son état, garnissait de provisions de bouche et qu'il remontait quand il était plein.

Le soir il allait dîner dans un *caboulot* du quartier, et il réglait quotidiennement ses comptes avec sa pourvoyeuse.

Cette vie qu'il s'était faite et qui lui plaisait fort expliquait son antipathie pour le mariage.

Destérel, qui ne venait pas lui parler du sien et qui avait hâte de savoir pourquoi Sylvain l'avait appelé, se hâta de s'annoncer en frappant avec son poing trois coups, espacés d'une certaine façon.

C'était le signal convenu, une fois pour toutes, et connu seulement de deux ou trois personnes.

Destérel ne l'avait pas oublié, — heureusement, car la porte n'avait pas de sonnette.

Sylvain, qui l'attendait sans doute avec impatience, ne le fit pas languir.

Il ouvrit brusquement et son premier mot fut :

— Enfin !

— Ah ! çà, qu'est-ce qu'il y a ? demanda Destérel.

— Entre vite. J'ai encore dix minutes à te donner. ·

Sylvain avait sur sa tête son feutre mou et à la main sa canne, sans laquelle il ne marchait jamais.

Il introduisit Destérel dans une salle basse, dépourvue de toute espèce de meubles et fort mal éclairée par un jour qui tombait d'en haut par la baie d'un escalier.

— Ah! tu ne t'es pas dépêché, toi ! commença le parrain; tu devrais être ici depuis longtemps.

— Pardon !... je viens seulement de recevoir votre dépêche.

— Il y a trois heures que j'ai été la porter moi-même au télégraphe... la poste va aussi vite que leur mécanique électrique... mais il ne s'agit pas de ça... il paraît que tu en fais de belles ! un enlèvement!

— Qu'est-ce que ça signifie ?

— Ça signifie que, dès l'aurore, on est venu me demander de recevoir ici une demoiselle qui a planté là sa maman pour courir après toi.

— Qui est venu ? demanda Destérel, stupéfait.

— Une brave femme que je connais depuis trente ans. Tu m'as déposé, avant-hier, à la porte de sa boutique, rue de la Pompe.

— Brigitte?... la marchande de gâteaux?

— Justement. La demoiselle en question était chez une autre vieille amie à moi, qui demeure rue des Bauches et qui n'aurait pas mieux demandé que de la garder, mais elle n'a plus de place chez elle... son frère est arrivé.

— Son frère ?

— Oui... Charles Cassan..., celui qui avait disparu pendant le siège de Paris. Je t'ai raconté cette histoire, pendant que tu me charriais à Passy dans ta guimbarde. Ce matin, il est tombé comme un obus chez Brigitte, qui l'a conduit chez sa sœur...

— Marie Bas-de- Laine?

— De son vrai nom, Marie Cassan... et comme elle ne peut plus loger la jeune personne, Brigitte, d'accord avec Marie, a imaginé de me l'amener. Une belle idée qu'elles ont eue là!... Les femmes ne doutent de rien, ma parole d'honneur!... Comme s'il n'était pas plus simple et plus naturel de te l'envoyer!... C'est ce que j'ai dit à Brigitte, qui m'a répondu un tas de bêtises... que, si elle allait chez toi, cette enfant se perdrait de réputation... comme si elle n'était pas flambée, sa réputation, depuis deux jours qu'elle a décampé de la maison maternelle!... Moi, tu comprends, je ne peux pas me mêler de tes amourettes.

— Enfin, qu'avez-vous fait?

— Ce que je devais faire. J'ai couru au télégraphe pour te signifier d'arriver au pas accéléré. Après quoi, j'ai renvoyé Brigitte rue des Bauches, avec ordre d'annoncer pour ce matin ma visite à Marie Cassan. Il me tarde de la voir et surtout de voir son frère qui a été, je te l'ai dit, un de mes meilleurs amis. Il paraît qu'il n'a pas déserté, comme on l'avait cru.

— Bon!... mais la jeune fille? demanda Destérel, impatienté.

— Je ne pouvais pas la mettre à la porte. Elle est là-haut, parbleu! mais tu penses bien qu'elle n'y restera pas.

— Et où ira-t-elle, si elle ne peut rester ni chez Brigitte, ni chez Marie, ni chez vous?

— Ça, mon garçon, c'est son affaire... et la tienne. Elle rentrera chez sa maman, à moins que tu ne veuilles te charger d'elle. Moi et mes amis de Passy nous allons avoir d'autres soucis que de nous occuper de cette petite. Ce n'est pas qu'elle ne m'intéresse pas, car elle est tout plein gentille, et elle me fait l'effet de t'adorer, mais il faut que nous nous occupions du ressuscité, de ce malheureux Charles Cassan, qu'on a cru mort et qui a été trahi par une gueuse. C'est pourquoi je te passe la main pour la demoiselle et je te conseille de l'emmener au plus tôt. Je me génerais volontiers pour l'héberger; je lui céderais même la place, si tu l'exigeais, mais je suis sûr qu'elle n'accepterait pas l'arrangement. Elle ne fait que pleurer depuis qu'elle est ici. C'est toi qu'elle veut et je n'ai pu la calmer qu'en lui promettant qu'elle allait te voir ce matin.

Maintenant, mon petit, te voilà au courant et je m'en vais. On m'attend rue des Bauches et on t'attend là-haut, dans mon atelier.

Tu n'as pas besoin que je te présente, ajouta en souriant l'accommodant Sylvain. Quand tu partiras, et j'espère que tu ne partiras pas seul, tu n'auras qu'à tirer la porte.

Au revoir, filleul! D'ici à deux ou trois jours, tu auras de mes nouvelles.

Ayant dit, Sylvain sortit sans laisser à Destérel le temps d'articuler un seul mot. Évidemment, il brusquait son départ pour couper court à des objections qu'il prévoyait.

C'était son droit, après tout, et son filleul ne pou-

vait pas le contraindre à garder chez lui la pauvre
Claire qui, du reste, ne tenait nullement à y rester.

Mal commencée, l'aventure devait mal finir. Luminet, Brigitte et Marie Bas-de-Laine avaient fait
de leur mieux pour en atténuer les conséquences ;
ils y avaient perdu leurs peines et la force des choses allait jeter les amoureux dans les bras l'un de
l'autre.

Ce vieux viveur de Subligny avait seul prévu ce
résultat fatal d'une escapade qu'excusaient amplement les abominables tentatives de Cavalcano.

A vrai dire, Destérel ne s'en affligeait pas outre
mesure. Il aurait préféré un dénouement moins
prompt ; il n'aurait pas, de propos délibéré, cherché à abuser de l'imprudence d'une jeune fille et,
surtout, il ne lui aurait pas tendu un piège. Mais
ce n'était pas sa faute si elle n'avait plus d'autre
refuge que son appartement de garçon.

La faute était à Brigitte et à Marie Bas-de-Laine
qui, après l'avoir recueillie, s'étaient si lestement
débarrassées d'elle.

Destérel se promettait même encore de la respecter. Restait à savoir si cette vertueuse résolution
résisterait à l'épreuve d'une intimité prolongée. Serments d'amoureux, serments de joueur et serments
d'ivrogne, c'est tout un.

Destérel, qui le savait bien, ne recula pas devant
la nécessité où l'avaient mis les événements d'en
courir la chance.

Sans s'attarder à réfléchir, il enfila l'escalier, qui
n'était pas en meilleur état que le reste de la maison du parrain.

Les marches branlaient et la rampe était une corde à puits.

Il ne manquait à Sylvain que de loger dans un tonneau percé pour être le Diogène de Montmartre, — moins le cynisme pourtant, car Sylvain était probablement le plus vertueux et même le plus chaste des habitants du dix-huitième arrondissement.

Claire eût été plus en sûreté dans cette masure de la rue des Saules qu'au coquet rez-de-chaussée de la rue de Berry.

L'escalier débouchait directement dans l'atelier, une grande pièce exposée au Nord, d'où la vue s'étendait à travers la plaine Saint-Denis, jusqu'aux côteaux de Montmorency.

Quand Destérel y entra, Claire était affaissée sur un vieux canapé, les mains sur ses genoux, la tête penchée. Elle se leva brusquement au bruit des pas de Destérel et, quand elle le vit, elle pâlit, elle chancela, ses lèvres balbutièrent le nom de Gaston. Elle défaillait et elle serait tombée, s'il ne s'était pas précipité en lui tendant les bras. Elle s'y laissa aller et il la tint quelques instants serrée contre sa poitrine.

Mais elle rouvrit les yeux, elle revint à elle et, sans chercher à se dégager, elle murmura :

— Vous !... c'est vous !... Ah ! je n'espérais plus vous revoir.

Pour Destérel, c'eût été le moment d'expliquer pourquoi il n'avait pas paru, la veille, chez Marie Bas-de-Laine, mais il ne pouvait pas avouer qu'il s'était laissé aller à écouter les conseils du baron de Subligny et qu'il avait passé la journée à jouer au piquet, pendant que Claire l'attendait, rue de la

Pompe d'abord, et rue des Bauches ensuite. Faute d'excuses valables à présenter, il se répandit en protestations d'attachement et même en démonstrations, car il couvrit de baisers les cheveux blonds qui effleuraient sa bouche.

La jeune fille tressaillit au contact de ses lèvres et se déroba à son étreinte, — instinctivement, car elle ignorait le danger, — et Destérel resta assez maître de lui-même pour ne pas chercher à l'attirer encore dans ses bras.

Il avait, lui, l'expérience de ces situations-là, et il ne voulait pas jouer avec le feu.

Ce fut elle qui, la première, parla des aventures qui l'avaient amenée de Passy à Montmartre, en trois étapes.

—Si vous saviez tout ce qui m'est arrivé! murmura-t-elle en essuyant ses yeux pleins de larmes.

— Je sais que ce brave Agénor vous a confiée à Brigitte, la marchande de gâteaux, dit Destérel pour dire quelque chose, embarrassé qu'il était de justifier son absence au moment critique où la fugitive comptait sur lui.

— Je serais restée chez elle très volontiers, mais elle a prétendu que je serais beaucoup mieux chez une bonne dame qui vous connaît...

— Oui, rue des Bauches..., et cette dame n'a pas pu vous garder parce que son frère est arrivé.

— Je serais partie sans cela. J'ai eu trop peur, la nuit, dans le chalet où elle m'a logée, et quand Brigitte est venue, ce matin, me proposer de la suivre chez votre parrain, j'ai accepté tout de suite, parce qu'elle m'a promis qu'il vous préviendrait.

16

— Il n'y a pas manqué et je suis accouru. Je viens de le voir... et il vient de partir.

— Il vous attendait avec impatience. Et moi donc!... je ne vivais plus; il avait beau chercher à me calmer et me jurer que vous alliez arriver, je ne voulais pas le croire.

— Vous doutiez donc de moi?

— Non... oh! non...; mais je suis si malheureuse que je me suis déshabituée d'espérer... et je n'ai plus au monde que vous.

— Si je vous disais que c'est plus vrai que vous ne pensez, peut-être... si je vous disais que Mme de Vercin n'est pas votre mère?...

— Tant mieux! répliqua Claire en relevant la tête; après ce qu'elle a fait, j'aurais honte d'être sa fille.

Ce fut dit d'un ton si ferme et d'un air si décidé que Destérel comprit tout ce que la douceur de cette enfant cachait d'énergie.

— Elle m'a abandonnée aux mauvais desseins de cet homme, ajouta-t-elle, indignée. Je ne sais ce qu'il aurait fait de moi, mais j'étais à sa merci; les verroux de ma chambre avaient été enlevés. J'ai pu fuir, grâce à vous... et grâce à votre ami. Maintenant, je ne crains plus rien, puisque je vous ai retrouvé, mais j'aimerais mieux mourir que de de retomber dans les mains de...

Elle allait dire : « de ma mère, » par habitude, elle reprit:

— De la comtesse et de son complice.

Destérel, très ému, hésitait encore, et pourtant l'heure était venue de prendre un parti. Il ne pouvait pas laisser la jeune fille chez Sylvain, qui ne voulait pas se charger d'elle. Marie Bas-de-Laine n'avait plus de place pour la loger. A moins de la reconduire chez Brigitte, qui n'était peut-être plus disposée à la recevoir, il ne restait à Destérel qu'à l'emmener chez lui, et c'était une grosse résolution à prendre.

— Mᵐᵉ de Vercin va quitter la France, dit-il. M. Cavalcano m'a annoncé la nouvelle hier.

— Vous l'avez vu? demanda Claire en frissonnant.

— Oui, et il a ajouté qu'elle ne s'occupera plus de vous.

— Mais, lui!... il ne part pas, et j'ai le pressentiment qu'il me cherche.

A ce moment, Destérel, qui faisait face à la fenêtre de l'atelier, aperçut, planté au milieu d'un terrain vague, un homme qui regardait de loin la maison de Sylvain, et presque aussitôt il le reconnut.

C'était l'affreux marquis, et assurément il n'était pas venu là pour admirer la belle vue.

Destérel ne pouvait pas deviner que, le matin, dans la rue de la Pompe, Calvacano avait entendu Brigitte donner à un cocher de fiacre l'adresse de Sylvain. Claire ne s'en doutait pas non plus. Mais évidemment, ce complice de la comtesse avait surpris le secret du dernier asile où se cachait la fugitive, et il cherchait un moyen de remettre la main sur elle.

Il n'en était encore qu'à examiner les abords de la place, mais il ne manquerait pas d'essayer d'y entrer par ruse ou par force.

Destérel n'hésita plus.

— Mademoiselle, dit-il sans préambules, je ne connais qu'un endroit où vou'' serez à l'abri des entreprises de ce misérable... C'est chez moi.

Claire rougit, les sages conseils de Luminet lui revenaient en mémoire.

— Je vous jure sur l'honneur que vous n'y aurez rien à craindre... de personne, reprit Destérel, en appuyant sur le dernier mot.

Claire comprit. Elle le regarda en face et elle répondit:

— J'ai foi en vous. Je suis prête.

— Alors, il nous faut partir sans perdre une minute.

Destérel calculait qu'ils auraient le temps de sortir avant que Cavalcano eût fini d'étudier la face opposée de la maison.

Claire eut tôt fait de remettre le manteau et le chapeau de Brigitte, et son amoureux ne s'attarda point à lui demander pourquoi elle s'affublait ainsi. Il ne pensa qu'à déguerpir et à gagner, par le chemin le plus court, une station de voitures, sans s'inquiéter de ce que diraient de cet étrange costume les habitants de Montmartre.

Ils sortirent, sans que Cavalcano les vit, et ils descendirent vivement la pente escarpée de la butte. Le sort en était jeté. Luminet avait eu beau faire. Claire avait pris par la rue des Saules, pour arriver rue de Berry. Il eût été plus simple d'y aller tout droit.

VII

Pendant que Claire et Gaston se dérobaient par une fuite précipitée à l'espionnage de Cavalcano, Sylvain roulait en fiacre vers Passy et ne pensait guère aux deux amoureux qu'il laissait dans son pigeonnier de la rue des Saules.

Sylvain avait dit à Destérel ce qu'il pensait de la situation. Il la prenait par le côté gai. Une fillette qui venait se jeter dans les bras d'un coureur de bonnes fortunes, l'aventure lui semblait toute naturelle, et il s'inquiétait fort peu du dénouement qu'elle pourrait avoir.

Sylvain ne croyait pas à la vertu des demoiselles qui s'échappent de la maison maternelle pour courir après un jeune homme; et c'est tout au plus s'il avait écouté les explications de Brigitte, qui s'était évertuée à lui démontrer que Claire s'était sauvée parce que sa prétendue mère cherchait à trafiquer de sa beauté.

Peu lui importait ce que ferait Destérel de cette émancipée, pourvu qu'il ne fît pas la sottise de l'épouser; et Destérel n'en prenait pas le chemin, puisqu'il avait consenti à l'installer chez lui, sans autre cérémonie.

Sylvain comptait bien que, aussitôt après son départ, ces tourtereaux s'étaient envolés du haut

16.

de la butte Montmartre pour s'en aller nicher au
rez-de-chaussée d'une belle maison de la rue de
Berry.

La suite ne le regardait pas, et il était parfaitement décidé à ne pas s'en mêler.

Il avait bien d'autres soucis, depuis que Brigitte
était venue lui annoncer la grande nouvelle.

De tous les événements possibles et imaginables,
le retour inattendu de Charles Cassan était le seul
qui pût troubler le repos du vieil artiste. Sa philoso-
phie se serait résignée à toutes les catastrophes,
mais cette résurrection du disparu le bouleversait.

Charles Cassan avait été le camarade de sa jeunesse et son meilleur ami. Sylvain s'était consolé
de l'avoir perdu parce que, après avoir douté longtemps, il avait fini par croire que le malheureux
s'était déshonoré en passant à l'ennemi.

Sylvain n'avait jamais dit à personne ce qu'il pensait là-dessus. Il feignait même d'entrer dans les
idées de Marie Bas-de-Laine, qui affirmait que son
frère avait été pris par les Prussiens, mais au fond
il ne doutait pas qu'il n'eût déserté et il se disait que
le déserteur avait bien fait de mourir en Prusse,
puis s'il y était resté après la paix.

Et voilà que tout à coup l'absent reparaissait.
Par quel miracle et après quelles aventures? Le diable seul le savait. Sylvain avait bien interrogé Brigitte, mais Brigitte n'était pas à même de le renseigner. Tout ce qu'elle avait pu lui dire, c'est que
Charles Cassan était venu la réveiller avant le jour
en frappant aux volets de la boutique, qu'elle avait
eu quelque peine à le reconnaître, car il avait beaucoup vieilli, mais que c'était bien lui et qu'elle l'avait

conduit chez sa sœur qui avait failli mourir de joie en le voyant.

Brigitte l'avait laissé rue des Bauches. C'était à sa prière et sur l'ordre formel de Marie qu'elle était venue demander à Sylvain d'accourir à Passy.

De tout cela, le vieil artiste était assez disposé à conclure que Charles Cassan n'avait rien à se reprocher, mais il en doutait encore, quoiqu'il se fût empressé de se rendre à l'appel de Marie Bas-de-Laine.

A tout péché miséricorde, après tout, et si Charles Cassan était un grand coupable, il avait durement expié sa trahison par dix-huit ans d'exil et de misère.

Sylvain se promettait déjà de ne pas lui tenir rigueur. Il voulait seulement le confesser ; — pas devant sa sœur, de crainte de l'humilier et d'affliger Marie, — mais plus tard, quand il pourrait l'interroger en tête-à-tête.

Ce serait pour une prochaine entrevue, puisque, rue des Bauches, il allait les trouver réunis.

Son cœur battait à la pensée de revoir ce compagnon de ses belles années, et alors même qu'il l'eût voulu, il n'aurait pas eu le courage de le traiter sévèrement, à leur première rencontre, après une si longue séparation.

Il quitta son fiacre dans la grande rue de Passy et il descendit à pied jusqu'à la rue des Bauches.

En passant rue de la Pompe, il avait vu que la boutique de Brigitte était fermée et il s'attendait à la trouver chez Marie Bas-de-Laine. Ce fut elle, en effet, qui vint lui ouvrir, et elle lui dit tout d'abord :

— Vous arrivez bien. On soupire après vous, là-haut.

— Où sont-ils? demanda Sylvain.

— Dans le chalet ...,au premier étage. C'est là que M. Charles va demeurer et c'est pour cela que la demoiselle a dû déménager.

Comment se trouve-t-elle chez vous ?

— Pas bien.

— Elle s'habituera. J'irai la voir dès que Marie n'aura plus besoin de moi.

Sylvain se dispensa de lui apprendre qu'il avait laissé Claire avec son amoureux, et qu'il ne comptait pas les retrouver quand il remonterait à Montmartre.

— Il est donc logeable, le chalet? demanda-t-il, sans répondre à cet énoncé des intentions de Brigitte. Je croyais que Marie l'avait laissé tomber en ruines et qu'elle n'y entrait jamais.

— Moi aussi, je croyais ça... autrefois... c'est-à-dire je croyais qu'elle n'entrait que dans la cave où elle a serré les écus qu'elle a hérités de son père. Mais elle y a logé, hier, la demoiselle, et ce matin, quand elle y a installé M. Charles, j'ai vu des choses... ah ! de drôles de choses, allez !... Pauvre Marie !... quand je pense qu'elle passait toutes ses nuits à pleurer, là-dedans !... Enfin, c'est fir.ᵢ .. elle ne pleurera plus, puisque son frère est revenu.

— C'était donc lui qu'elle pleurait.

— Lui et la pauvre petite qu'on lui a volée. Malheureusement, elle ne reviendra pas, celle-là ; elle est morte. M. Charles en a eu la preuve, pendant qu'il était prisonnier là-bas.

— En Prusse?

— Eh ! oui !... venez !... il va vous raconter son histoire.

Sylvain ne demandait qu'à l'entendre, cette histoire, à l'entendre de la bouche même de celui qui en avait été le triste héros.

Il suivit Brigitte et elle le conduisit à l'entrée du chalet, — pas celle que Claire connaissait, — une autre qui se trouvait placée en face de la maisonnette habitée par Marie Bas-de-Laine.

Il y avait de ce côté un escalier extérieur qui aboutissait directement à la galerie du premier étage, et c'était par là que Marie venait prier dans la salle tendue de noir.

Brigitte ouvrit une porte, y fit passer Sylvain et le laissa seul après lui avoir dit :

— Entrez ! ils sont là.

Il entra et il crut rêver en voyant les catafalques. Peu s'en fallut même qu'il ne reculât, mais il entendit des voix qu'il reconnut.

Le panneau mobile avait été déplacé : le passage était libre et Marie causait dans la chambre où Claire avait dormi une nuit.

Sylvain n'hésita plus. Il franchit l'ouverture et il se trouva face à face avec Charles Cassan, qui lui sauta au cou.

Il lui rendit chaleureusement son accolade et immédiatement les doutes qui le tourmentaient s'évanouirent.

Son ami d'autrefois avait beaucoup vieilli, beaucoup changé, mais il avait toujours l'air loyal et ouvert ; le regard était franc et clair ; les traits ne s'étaient pas avachis, et si les souffrances avaient laissé leur empreinte sur ce visage amaigri, la dé-

gradation morale n'y avait pas mis sa marque in-
délébile.

Marie pleurait silencieusement, mais c'était de
joie.

Sylvain, très ému, ne voulait pas le laisser voir,
et au lieu de faire des phrases à sentiment, il essaya
de blaguer.

— Ah ! çà', d'où sors-tu, mon vieux ? demanda-
t-il en riant. Tu m'as quitté sur la place Pigalle, un
soir de septembre 70, et tu rentres un matin de juin
88... Tu as découché pendant dix-huit ans... En voilà
une bordée de longueur !... et tu arrives sans crier
gare... Nous ne t'attendions plus.

— D'où je sors ? répéta tristement Charles Cassan ;
je sors de la citadelle de Graudenz.

— Où ça se trouve-t-il, ça ?

— Graudenz est sur la Vistule.

— Connu, la Vistule !.. C'est en Pologne.

Et Sylvain se mit à fredonner ces vers d'une
vieille chanson de caserne et d'atelier : « Pris par
les Polonais, qu'on ne me reverra jamais. »

— Graudenz est en Prusse, dit Charles. Tu sais
bien que j'ai été fait prisonnier au combat de Châtillon, sous Paris, le 19 septembre.

— Oui... oui..., tu me conteras ton aventure tout
à l'heure. Laisse-moi d'abord causer un brin avec ta
sœur. Eh bien ! ma bonne Marie, le voilà notre Charlot ! Vous aviez joliment raison de dire qu'il reviendrait...

— Je le disais..., je ne l'espérais pas, murmura
Marie Bas-de-Laine.

— A preuve que vous avez installé ici une chapelle mortuaire... je viens de voir ça en passant...

Maintenant, vous pouvez supprimer toute cette pompe funèbre.

— Non, mon ami, dit doucement Marie, j'ai encore une morte à pleurer.

Cette réponse de Marie, si simple et si touchante, coupa court à la verve blagueuse de Sylvain.

Il avait affecté de prendre gaiement la situation, parce qu'il ne voulait pas commencer par faire subir à Charles un interrogatoire en règle. Il n'était pas encore absolument convaincu de l'innocence de ce malheureux, qu'on avait jadis accusé d'avoir trahi son pays. Et si le frère de Marie Cassan était coupable, Sylvain, disposé à pardonner, préférait ne pas l'obliger à avouer devant sa sœur.

Mais cette sœur venait de lui rappeler que, d'un premier mariage, Charles avait eu une fille, et que cette enfant, disparue dans le même temps que son père, n'avait pas, comme lui, reparu après dix-huit ans d'absence.

Sylvain sentit qu'il venait d'affliger sa vieille amie et s'empressa de changer de ton.

— Excusez-moi, ma chère Marie, dit-il d'un air contrit, la joie de revoir Charles m'a fait oublier un instant qu'il revient seul.

— Et que sa fille ne reviendra jamais, interrompit Marie Bas-de-Laine. Il a eu la preuve qu'elle est morte. Il va vous dire comment il l'a eue, cette preuve ; mais je ne me sens pas le courage d'entendre encore une fois cette triste histoire. Je vous laisse... vous me retrouverez au jardin avec Brigitte.

Elle sortit, et les deux anciens camarades n'essayèrent pas de la retenir. Il leur tardait à tous les

deux d'être seuls, et ce fut Charles Cassan qui le
premier parla du passé.

— Mon cher Sylvain, dit-il, j'ai le devoir de te
raconter mes malheurs, sans te cacher mes fautes,
et je te prie de m'écouter jusqu'au bout.

— Je te le promets, et pour te montrer que j'y suis
décidé, je m'assieds et j'allume ma pipe, répondit
Sylvain, en tirant de sa poche une vieille bouffarde,
qu'il se mit à bourrer.

Charles n'alluma rien, mais il prit une chaise et
il commença son récit en remontant au point de
départ de ses lamentables aventures.

— Tu m'avais prédit mon sort, dit-il; tu m'avais
annoncé que cette femme me perdrait. Si je t'avais
écouté, je ne l'aurais pas épousée... et plus tard, il
était encore temps... elle m'avait ruiné, mais si
j'avais eu le courage de la chasser, j'aurais sauvé
mon enfant... et on ne m'aurait pas soupçonné
d'avoir déserté.

— Soupçonné, oui... mais heureusement tu n'as
été ni condamné, ni jugé. On t'a porté disparu, voilà
tout... et je me demande encore ce qui t'est arrivé.

— Je vais te le dire. Tu sais que, après nos premières défaites, je voulais m'engager dans un régiment de ligne, comme simple soldat... C'est elle
qui m'a poussé à rester à Paris dans la mobile, où
j'ai été nommé sous-lieutenant ! Elle savait bien ce
qu'elle faisait en m'empêchant de partir. C'était
pour se débarrasser de moi plus sûrement... et elle
y a réussi, dès la première affaire où mon bataillon
a été engagé.

— Oui, je sais... à Châtillon. Mais ta femme

n'y était pas, que diable! et ce n'est pas elle qui t'a fait prendre.

— Non; c'est son amant, un misérable qui s'était vendu aux Prussiens, qui leur a servi d'espion jusqu'à la fin du siège et qui a déserté à l'affaire de Buzenval. Après la capitulation, elle est allée le rejoindre à Berlin, et ils ont vécu ensemble pendant un an ou deux de l'argent qu'ils avaient reçu pour prix de leurs services.

— Bon! mais ça ne m'apprend pas comment il t'a livré aux Allemands.

— Il était sergent dans ma compagnie. Je ne me doutais pas que Juliette était sa maîtresse, et j'avais confiance en lui. A Châtillon, la veille de l'affaire, il était de grand'garde avec moi; le matin, avant le jour, il est venu me dire qu'il ne tenait qu'à nous d'enlever une sentinelle prussienne, isolée sur la lisière d'un bois, à deux cents pas de notre poste avancé, et il m'a proposé de faire ce joli coup à nous deux.

J'ai été assez bête pour le croire; je l'ai suivi et il m'a mené tout droit dans une embuscade. Dix casques à pointe se sont jetés sur nous. J'ai fait comme jadis le chevalier d'Assas... j'ai crié : aux armes! mais j'étais trop loin de mes hommes; ils n'ont rien entendu et j'ai reçu trois coups de baïonnette qui m'ont coupé la parole. Naturellement, mon gredin de sergent s'est replié sans accroc... il s'était fait reconnaître de ses amis les ennemis... et, une fois rentré au bataillon, il a raconté que j'avais passé aux Allemands.

— Pour une canaille, en voilà une!... Mais, dis-

17

moi... on ne t'a pas, je suppose, évacué directement du plateau de Châtillon sur Graudenz?

— Non, les Prussiens, qui étaient restés maîtres du terrain, m'ont ramassé après l'affaire et m'ont porté à une de leurs ambulances, où je suis resté trois semaines entre la vie et la mort. Dès que j'ai pu supporter le voyage, on m'a expédié en Allemagne... à Mayence d'abord, et on m'y a enfermé dans une casemate. J'ai eu beau réclamer mon droit d'être traité comme un officier prisonnier de guerre. On ne m'a pas écouté. J'étais recommandé. On m'avait signalé comme espion, et on m'a menacé plus d'une fois de me traiter comme tel, c'est-à-dire de me faire fusiller.

— Qui t'avait signalé?

— Juliette, parbleu! elle n'a jamais cessé, pendant le siège, de correspondre avec l'état-major allemand, et elle y avait de bons amis.

— Mais quand la paix a été signée, comment se fait-il qu'on ne t'ait pas mis en liberté?

— J'étais recommandé, te dis-je. Juliette et son complice s'étaient fixés à Berlin, où Juliette avait des protecteurs en haut lieu. Ce n'est pas sa faute si je n'ai pas laissé mes os dans un cachot. Sous prétexte que j'avais tenté deux fois de m'évader, on m'a transféré au fin fond de la Prusse, à Graudenz. J'y suis resté quinze ans.

On m'y avait oublié; depuis longtemps, elle avait quitté l'Allemagne et elle ne s'occupait plus de moi. Enfin, le gouvernement s'est lassé de me nourrir, et un beau matin, il y a quelques jours, on m'a jeté hors de la forteresse.

Et, comme les Allemands sont des gens méthodi-

ques, ajouta en souriant tristement Charles Cassan,
on m'a remis cent louis que je portais sur moi quand
ils m'ont pris à Châtillon; plus, ma commission
d'officier et aussi des papiers qui m'avaient été
adressés pendant que j'étais encore enfermé à
Mayence et qu'on avait gardés, sans me les montrer.

— Voilà de terribles aventures, mon pauvre
Charles, dit Sylvain, qui avait écouté ce long récit
avec beaucoup d'attention.

Puis, après une courte pause:

— Comment as-tu su que tu dois à ta femme tout
ce que tu as souffert?

— Je l'ai su par un vieux major qui commandait
en sous-ordre à Graudenz et qui m'avait pris en
amitié. Avant de me mettre en liberté, il m'a raconté que Juliette s'était débarrassée de son complice, qu'elle faisait passer pour son mari, qu'elle l'a-
vait remplacé par un banquier berlinois, et qu'après
avoir ruiné celui-là, elle avait quitté l'Allemagne,
depuis dix ou douze ans.

— Tu n'as pas eu, je pense, la moindre envie de
courir après elle?

— Si. Pour me venger. Mais je ne savais pas...
et je ne sais pas encore où elle est allée après son
départ de Berlin.

J'ai pensé d'abord à revoir la France.

— La France..., et aussi ta sœur... et ton vieil
ami Sylvain, j'espère.

— Je ne savais pas si vous viviez encore. Je suis
arrivé à Paris hier, et je n'ai pas osé aller tout de
suite rue des Bauches.

— Ni chez moi. Tu as préféré aller chez Brigitte.

— Pour m'informer d'abord de Marie et de toi. J'avais peur de trouver vos maisons vides. J'étais, depuis tant d'années, sans nouvelles !

— Par ta faute, mon cher. Tu en aurais reçu, si tu nous avais donné des tiennes. Nous t'avons cru mort.

— Je vous ai écrit plusieurs fois de Mayence.

— C'était la guerre, alors..., ça ne m'étonne pas trop que tes lettres ne nous soient pas parvenues. Mais après la paix...

— A partir du moment où on m'a transféré à Graudenz, on m'a interdit de correspondre avec qui que ce fût. Je n'avais ni plume, ni encre, ni papier. J'étais au secret comme un criminel.

— C'est incroyable. Les Prussiens ne sont pas tendres, mais traiter ainsi un prisonnier de guerre !... un officier !

— Après m'avoir accusé d'espionnage, on m'accusait d'être affilié à je ne sais quelle société révolutionnaire et d'avoir pris part à un complot contre la vie de l'empereur d'Allemagne..., moi qui étais enfermé depuis 1870 !

— Et tu crois que la main de ta femme était dans tout cela ?

— Je n'en doute pas. Elle a perdu les relations qu'elle avait à Berlin, mais, tant qu'elle a pu, elle n'a pas cessé de me persécuter. Elle voulait que je disparusse pour toujours. Elle m'aurait fait empoisonner, dans ma prison, si elle en avait eu les moyens.

— Ah ! ton mariage t'a coûté cher !... Enfin, te voilà débarrassé de cette vipère, car je ne suppose pas qu'elle ait jamais l'audace de revenir en France, et, du reste, si elle osait s'y montrer, le divorce a été rétabli depuis ton départ..., tu n'aurais pas de peine à l'obtenir.

Maintenant, parle-moi de ta fille.

— Ma fille ! elle est morte... Marie vient de te le dire.

— Elle ne m'a pas dit comment.

— Comment ?... Je n'en sais rien. Son acte de décès est daté du 24 mai 1871 et il a été dressé à Lahr, dans le grand-duché de Bade. J'étais alors enfermé à la citadelle de Mayence. C'est là qu'on l'a envoyé, mais on ne me l'a montré que beaucoup plus tard et on ne me l'a remis que le jour où on m'a rendu la liberté.

— Alors, tu l'as ?

— Je l'ai donné ce matin à ma sœur, qui le gardera. Il est légalisé par les autorités allemandes. Je ne peux pas douter de mon malheur.

— Et cette enfant est allée mourir dans une petite ville d'Allemagne ! Qui l'y avait amenée ?

— Juliette. Elle a quitté Paris après la capitulation et, avant de venir à Berlin, elle a séjourné dans le pays de Bade.

— Pourquoi lui avais-tu laissé ta fille ?

— A qui l'aurais-je laissée ? Mon mariage m'avait à peu près brouillé avec toi et avec ma sœur. Je ne pouvais pas prévoir que je serais fait prisonnier au premier combat qui s'est livré sous Paris, et je ne soupçonnais pas de quoi cette femme était capable. Elle avait l'air d'aimer beaucoup Charlotte. Quelques jours avant l'investissement, elle avait été la chercher à Villemomble, où elle était en nourrice...

— Nous l'avons bien su, ta sœur et moi. Quand

j'ai lu dans les journaux que tu avais disparu aux avant-postes, nous y avons couru, à Villemomble, et la nourrice nous a appris que ta femme était venue retirer la petite... elle avait eu soin de ne pas laisser son adresse et nous l'ignorions. Nous avons fait des recherches et nous n'avons rien trouvé. A ton ancien domicile de la place Pigalle, on ne savait pas ce que tu étais devenu.

— Je bivouaquais avec mon bataillon. Juliette avait loué un logement garni, à Montrouge..., pour être plus près de moi, disait-elle, tandis qu'elle s'était logée dans la banlieue pour pouvoir communiquer plus facilement avec les Prussiens.

— Ah ! la gueuse ! Si j'avais su !

— Personne ne s'en est douté, et moi-même, je n'en savais rien encore, il y a un mois. C'est ce brave homme de major qui m'a dit à Graudenz que j'avais été dénoncé par une femme galante, une Française établie à Berlin après la guerre, et expulsée plus tard. Je l'ai reconnue au portrait qu'il m'a fait d'elle. Et d'ailleurs, elle seule a pu avoir l'idée de m'envoyer l'acte de décès de ma fille.

— Je me demande dans quel but.

— Pour me briser le cœur. Cette créature est un monstre.

— Ton major ne t'a-t-il pas dit ce qu'elle était devenue ?

— Non. Il n'en savait rien.

— Et l'autre ?... Le gredin qui était son amant ?

— Les gardes de nuit l'ont trouvé mort dans une rue de Berlin. On l'a soupçonnée de l'avoir fait assommer, mais on n'avait pas de preuves, et c'était un chenapan de la pire espèce. On n'a pas poursuivi.

— Ah ! mon pauvre Charles ! dans quelles mains étais-tu tombé ! Cette coquine t'avait donc ensorcelé !

— Ensorcelé, oui, c'est le mot. Je l'aimais comme un fou... comme un désespéré... ; je ne vivais que pour elle... j'aurais commis des crimes, si elle me l'avait demandé.., et je l'aurais tuée, si j'avais appris qu'elle me trompait. Quand ce geôlier de Graudenz, qui s'était intéressé à moi, m'a dit ce qu'elle avait fait, je ne voulais pas le croire ; mais je le crois maintenant, et si jamais je la retrouvais sur mon chemin, je te jure que j'en ferais justice.

— A moins qu'elle ne t'ensorcelât encore une fois. Il est vrai que ses charmes ont dû baisser depuis la guerre. N'importe ! Je te souhaite de ne pas la rencontrer. Qui a bu boira, mon vieux. Mais elle ne se risquera pas à Paris et j'espère bien que tu n'en sortiras plus. J'avais douté de toi, je l'avoue, mais je te rends mon estime et nous serons amis comme autrefois.

— J'y compte bien et je reprends courage en pensant que je ne vous quitterai plus, ma sœur et toi. Je ne me consolerai pas d'avoir perdu ma fille, mais je ne serai pas seul au monde. Vous m'aiderez à supporter l'existence.

— Nous ferons de notre mieux, mon ami... et laisse-moi te dire qu'il est heureux que ta fille n'ait pas vécu. Qu'aurait fait d'elle cette femme ?

— Je ne la lui aurais pas laissée.

— Tu oublies que tu viens de passer en prison près de dix-huit ans, que ta fille en aurait vingt-deux et qu'il serait un peu tard pour la sauver.

Juliette l'aurait jetée dans le vice. Mieux vaut pour elle et pour toi qu'elle soit morte.

— C'est vrai, murmura le malheureux père en baissant la tête.

— Tache de ne plus penser au passé, reprit Sylvain, et maintenant, parlons du présent, ce sera moins triste.

— Ce ne sera pas gai non plus; que ferai-je, à cinquante ans passés, dans ce Paris où je ne connais plus personne?

— Je suis plus vieux que toi et je ne m'ennuie jamais. Il est vrai que j'ai ma peinture et qu'à ton âge tu ne peux plus apprendre à peindre. Eh! bien, tu te laisseras vivre?

— Vivre! avec quoi? Je n'ai plus rien.

— Ta sœur est riche pour deux. Votre père était millionnaire et elle n'a pas, comme toi, mangé sa part de l'héritage; au contraire... Elle passe même pour avoir amassé une grosse... grosse fortune. J'admets qu'on exagère, mais elle a certainement beaucoup d'argent et pas d'autre parent que toi. Tu n'as donc pas à t'inquiéter de l'avenir.

— Je le sais... Marie me l'a dit...; mais j'espère bien qu'elle me survivra, et je ne veux pas être à ses crochets.

— Laisse-moi donc tranquille avec tes crochets! Je connais ta sœur; elle pense que ce qui est à elle est à toi et elle n'entend pas que tu fasses ménage à part. Te voilà rentré au bercail; je te conseille d'y rester. Tu combleras de joie cette bonne Marie et ce sera plus prudent, car si tu revenais demeurer dans mon quartier, tu pourrais rencontrer une autre Juliette, et alors...

— Tu crois donc que le malheur ne m'a pas corrigé ?

— Je crois qu'on fait des sottises à tout âge, et je trouve que tu es très bien dans ce chalet. Ta sœur l'avait transformé en chapelle ardente, mais quand il ne sera plus tendu de noir, ce sera une habitation très agréable... tu y as déjà logé, du reste, dit Sylvain en montrant du doigt les armes accrochées à la muraille.

— Oui, quand j'étais tout jeune. Depuis mon mariage, je n'y ai couché qu'une nuit, pendant une absence de ma femme et à son insu, car je ne lui ai jamais dit où demeurait ma sœur. Je venais d'être élu officier dans la mobile et je ne voulais pas entrer en campagne avec mon bataillon sans dire adieu à Marie. Que ne l'ai-je écoutée quand elle me suppliait de lui confier mon enfant ! j'étais fou... j'ai refusé... nous nous sommes mal quittés, et je suis parti si précipitamment que j'ai oublié ici mon sabre et mon revolver d'ordonnance.

— Oui..., elle m'a dit cela, dans le temps... et tu vois qu'elle les a conservés comme des reliques. Personne n'est entré ici qu'une pauvre fille que sa mère avait jetée sur le pavé et que ta sœur a recueillie..., une bonne action doublée d'une imprudence, car cette petite a un amoureux et Marie aurait eu du désagrément si elle l'avait gardée chez elle, comme elle en avait la charitable intention. Elle s'est décidée à s'en séparer pour te recevoir. Tu remplaceras avantageusement une étrangère qui aurait gêné ta sœur et qui se tirera très bien d'affaire sans elle. Je m'en suis occupé et c'est déjà fait. Elle est casée.

17.

Charles Cessan écoutait d'une oreille distraite cette explication qui ne l'intéressait guère et il ne songea point à demander qui était cette jeune fille, ni ce qu'elle était devenue.

— A présent, reprit Sylvain, il faut encore que je te renseigne sur ta situation vis-à-vis de l'autorité militaire. Tu as été porté comme disparu, je te l'ai déjà dit, tu n'as donc pas à craindre d'être inquiété. Quant à tes anciens camarades, s'il en reste, ils te croient mort et ils ne te reconnaîtraient pas, s'ils te rencontraient. Du reste, j'ai fait moi-même une enquête au bataillon, immédiatement après le combat du 19 septembre. Quelques-uns t'accusaient d'avoir déserté ; d'autres te défendaient et ceux-là étaient les plus nombreux. Les désastres de notre pays ont passé sur cette vieille histoire et personne ne s'en souvient. Oublie-la, mon cher Charles... oublie même la gueuse qui t'a fait tant de mal... remarque bien que je ne te dis pas de lui pardonner... et ne pense plus qu'à ceux qui t'aiment.

Ayant ainsi conclu, Sylvain secoua la cendre de sa pipe, qu'il avait fini de griller, la remit dans sa poche et se leva pour dire :

— Tu as vidé ton sac ; j'ai vidé le mien, et ta sœur nous attend avec Brigitte. Allons les rejoindre.

Charles ne demandait pas mieux. Ils traversèrent encore une fois la chambre aux catafalques et ils descendirent dans le jardin, sans s'arrêter, en passant, à philosopher sur les malheurs dont un seul était irréparable : la mort de la pauvre petite Charlotte, trépassée sur la terre étrangère.

Dans le jardin, Brigitte était occupée à ramasser du linge qui séchait, étendu sur des cordes, et ne se dérangea pas de cette occupation ménagère.

Marie Bas-de-Laine, assise au pied d'un arbre, se leva, dès qu'elle aperçut son frère.

Elle ne se lassait pas de le voir, de lui parler, et il lui en avait coûté de le quitter pour le laisser raconter ses aventures à Sylvain.

Elle courut à lui et elle lui prit le bras en disant :

— Je te tiens maintenant, et tu ne me quitteras plus.

— Vous lui permettrez bien de venir chez moi quelquefois, réclama gaiement le vieil artiste, et si vous vouliez l'y accompagner je ne serais pas fâché de vous montrer mon château de la butte; mais, n'est-ce pas que vous tenez à le loger, notre Charles ?

— Si j'y tiens ! ah ! je voudrais bien voir qu'il s'avisât de loger ailleurs ! et où 'rait-il donc ?... Il est chez lui, ici.

— Hein ? Charlot, qu'est-ce que je te disais ?

— Comment ? demanda Marie en regardant son frère d'un air inquiet, est-ce que tu pensais à me faire le chagrin de ne pas demeurer avec moi ?

— Il a des scrupules, reprit Sylvain en riant; il craint de vous gêner. Je l'ai rassuré, et ce que je l'ai secoué pour avoir eu une idée pareille !...

Puis s'adressant à Charles :

— Tu as beau me faire des signes, je veux que ta sœur sache tout. Figurez-vous, ma chère Marie, qu'il se croit pauvre, sous prétexte qu'il ne lui reste plus un sou de l'héritage de son père.

— Mais ce n'est que trop vrai, dit Charles Cassan,

et je voudrais travailler pour n'être à la charge de personne.

— Tais-toi ! cria Marie en lui fermant la bouche avec sa main, ne me gâte pas ma joie, et écoute-moi, au lieu de dire des absurdités. Quand notre père est mort, nous n'avons pas fait de partage, n'est-ce pas ?

— Hélas ! non. Tu m'as laissé prendre sur sa succession tout ce que j'ai voulu et il ne me reste plus rien. J'ai tout dissipé.

— Tu n'as pris que ce qui te revenait et il ne tenait qu'à toi de prendre ce que tu m'as laissé. Je te l'ai offert. Tu as refusé d'accepter et je t'y aurais forcé si tu n'avais pas fait cet affreux mariage. Quand tu l'as fait, malgré mes supplications, j'ai pensé que mon devoir était de conserver ma fortune pour ta fille, et, en vingt ans, je l'ai triplée, cette fortune. Maintenant elle est à nous deux. Entre un frère et une sœur, il n'y a pas de régime dotal; tout est commun... et tu es le chef de la communauté.

— Bravo ! s'écria Sylvain en battant des mains. C'est comme ça que je comprends le code civil, moi !

— Je veux que tu entres en fonctions dès aujourd'hui, continua Marie; ça t'apprendra à ne plus faire le réservé avec ta sœur...

Viens avec moi. Vous aussi, mon cher Sylvain. Vous serez témoin...

— Je ferai tout ce que vous voudrez, ma chère Marie, répliqua Sylvain, mais témoin de quoi ?... Il ne s'agit ni d'un mariage, ni d'un baptême, et je ne vois pas du tout...

— Vous verrez tout à l'heure, si vous voulez bien
me suivre...

— Au bout du monde, s'il le faut, chère amie.

— Pas si loin.

Et, élevant la voix, Marie appela :

— Brigitte, fais-moi le plaisir d'aller fermer à
clef la porte de la rue et de n'ouvrir à personne, si
on venait sonner.

Pendant que Brigitte exécutait l'ordre, Marie entraîna les deux hommes, très intrigués, — son frère
surtout, — et les mena à l'entrée du chalet, du côté
qui faisait face au mur de la rue des Bauches.

Il y avait là, au rez-de-chaussée, une porte beaucoup plus solide que celle que Brigitte venait de fermer ; une vraie porte de prison, munie de cadenas
énormes, de barres transversales et autres armatu-
res défensives.

Marie Bas-de-Laine, pour l'ouvrir, fut obligée de
se servir successivement de trois des clés du trousseau qu'elle portait suspendu à sa ceinture.

Sylvain commençait à deviner, quoique, dans l'espèce de caveau qu'elle entra la première, l'obscurité
fût profonde.

Marie eut tôt fait d'allumer une lanterne placée à
l'intérieur et, à la vive clarté du gaz, les deux amis
aperçurent, scellée à la muraille, une colossale armoire en fer, qui devait dater du temps où les mo-
dernes coffres-forts à combinaison n'étaient pas
encore inventés.

Ce meuble blindé n'avait pas de serrure à secret,
mais il était à l'épreuve du boulet comme un vais-
seau cuirassé.

Quand Marie l'eut ouvert, ces Messieurs virent qu'il était bondé de richesses : rouleaux d'or alignés sur une tablette, liasses de billets de banque empilées sur une autre, paquets d'actions et d'obligations entassés sur une troisième.

Sylvain en eut comme un éblouissement.

— Cachez ça, Marie, dit-il facétieusement. Je n'en ai jamais tant vu et ça me fait loucher.

Il y avait là une fortune, et une belle : au moins trois fois plus d'argent que Charles n'en avait jeté par les fenêtres.

— Ce que c'est pourtant que l'économie ! reprit Sylvain. Et dire que, moi, je n'ai jamais su mettre un sou de côté ! Je m'en console, parce que, si j'avais chez moi un magot comme celui-là, je ne dormirais plus Et, entre nous, ma bonne Marie, vous avez grand tort de garder tout ça ici. On finira par vous voler, et on pourrait bien vous assassiner, par-dessus le marché.

— Charles fera comme il l'entendra, dit Marie; tout est à lui.

— A vous deux, que diable ! Vous n'allez pas, j'espère, vous dépouiller pour lui; c'est déjà bien joli de partager !... et je suis sûr que Charles n'accepterait pas.

— J'ai déjà refusé, dit Charles.

— Tu ne peux pas refuser les clés, reprit doucement Marie; j'en ai assez de les porter sur moi depuis vingt ans. Et si tu préfères placer notre fortune autrement et ailleurs que dans ce caveau, je ne m'y oppose pas. Elle restera indivise jusqu'à ma mort et elle te reviendra après, puisque tu es mon unique héritier. Ce que je te demande, c'est de la

gérer, en attendant qu'elle t'appartienne à toi tout
seul. Tu n'as rien de mieux à faire que de t'occuper
de nos intérêts, et moi, j'ai bien gagné le droit de
me reposer.

Marie fit comme elle le disait. Elle ferma le cof-
fre, elle remit la clé à son frère qui fut obligé de la
prendre et, quand ils furent tous les trois hors du
caveau, elle lui remit les autres.

Sylvain ne disait mot, mais il pensait que la solitaire de la rue des Bauches était bien imprudente et
que l'armoire qui lui servait de bas de laine pourrait bien être vidée quelque jour par Charles Cassan.

L'enfant prodigue revenait repentant, mais rien
ne prouvait qu'il fût corrigé, et Sylvain n'avait pas
confiance.

Sous le hangar, Brigitte achevait de plier le linge
sec et de le ranger au fond d'un grand panier.

Marie s'approcha d'elle pour lever la consigne
qu'elle lui avait donnée de ne recevoir personne, et
les deux amis, restés en tête-à-tête, s'entre-regardè-
rent quelques instants avant d'échanger leurs impressions sur ce qui venait de se passer.

—Ah! s'écria le vieil artiste, tu peux te flatter
d'avoir une sœur comme on n'en voit guère. Il ne
tient plus qu'à toi maintenant d'être jusqu'à la fin
de tes jours le plus heureux des hommes. Il te suffira d'être sage.

—Et tu doutes de ma sagesse, je m'en aperçois,
dit Charles. Eh bien! tu me verras à l'œuvre. Si j'ai
feint de céder sur le chapitre de la communauté et
si j'ai accepté les clés du trésor, c'est que je pense
comme toi qu'il n'est pas en sûreté dans cette mai-

son de bois. Je me propose de le transporter dès demain à la Banque de France, et de l'y déposer au nom de Marie Cassan. Je compte même que tu voudras bien m'accompagner dans cette expédition.

— Je ne dis pas non et je t'approuve de prendre cette précaution. Mais parlons d'autre chose. Ta sœur t'a-t-elle montré son belvédère du grand marronnier ?

— Pas encore. Il était à peine achevé, en 70, quand je suis venu ici pour la dernière fois.

— Alors, tu n'y es jamais monté ?

— Jamais.

— Eh bien ! je vais t'y conduire. On y est très bien pour causer et j'ai à te demander un tas de choses que Marie n'a pas besoin d'entendre.

— Comme tu voudras..., si elle y consent.

Marie, consultée, ne fit pas d'objection, mais elle ne voulut pas être de la partie et Sylvain ne tenait pas à l'emmener.

Les deux amis grimpèrent sans elle et, quand ils arrivèrent à la plate-forme, Charles fut émerveillé du panorama qui s'offrit à ses yeux.

— Tiens, lui dit Sylvain, vois-tu, là-bas, à l'horizon, ces hauteurs ; c'est le plateau de Châtillon. Je m'étais installé ici avec ta sœur, dès le matin de l'affaire du 19 septembre. Nous ne pouvions guère distinguer que la fumée des canons, mais nous pensions à toi.

Et je me figure que tu ne pensais guère à nous, ajouta en riant le vieil artiste.

— Plus que tu ne crois, dit Charles ; mais à l'heure où vous regardiez d'ici le champ de bataille, j'étais déjà par terre avec mes trois coups de baïonnette dans le corps, car il ne faisait pas encore jour quand les Prussiens m'ont lardé. Maintenant, je vois très bien l'endroit où j'ai reçu mon affaire, au coin d'un petit bois, un peu plus bas que la rangée d'arbres qui se profile sur l'horizon.

— Oh ! le terrain n'a pas changé depuis la guerre... il n'y a que les hommes qui changent... les hommes et les femmes ; si la tienne est encore de ce monde, tu passerais peut-être à côté d'elle sans la reconnaître.

— Elle aurait donc vieilli bien vite, car elle n'a pas quarante-cinq ans. Elle en avait vingt-six quand j'ai eu le malheur de la rencontrer... mais, je t'en prie, mon ami, ne me parle plus de cette infâme. Renseigne-moi plutôt sur les voisins de ma sœur. Il me semble qu'on a beaucoup bâti aux environs de sa propriété de la rue des Bauches. Voilà un bel hôtel qui n'existait pas à l'époque où je suis venu ici pour la dernière fois.

— On commençait à le construire. La guerre a arrêté les travaux. L'architecte était un de mes bons camarades. Tu as dû le voir avec moi.

— Comment s'appelait-il ?

— Destérel... Jacques Destérel.

— Oui, je me souviens vaguement de ce nom-là, mais pas du tout de l'homme qui le portait. Est-ce qu'il vit toujours ?

— Non, mais il a laissé un fils dont je suis le parrain et que, tout récemment, le hasard a mis en relations avec ta sœur, qui a un peu connu le père autrefois. Entre nous, je crois qu'elle a prêté de l'argent au fils, et je ne l'en blâme pas, d'abord parce que je sais qu'il le rendra…. et puis c'est un très bon et très aimable garçon. Je te le présenterai, un de ces jours.

— Quand tu voudras. Tes amis seront les miens.

— Tu ne t'engages pas à grand'chose, car je n'ai que celui-là et il te plaira, j'en suis sûr. Il a fait, comme toi, beaucoup de folies…, pas de si grosses que toi, pourtant, puisqu'il ne s'est pas marié.

— Encore ! murmura Charles, avec un accent de reproche qui toucha Sylvain et fit qu'il s'écria :

— Je te demande pardon ; j'ai tort de faire allusion à tes malheurs conjugaux. Que veux tu !… ça m'est échappé, mais je vais m'observer et ça ne m'arrivera plus.

— Apprends-moi qui habite le palais bâti par feu ton ami.

— Des étrangers, je crois. Tu penses bien qu'ils ne voisinent pas avec ta sœur et je ne me suis jamais enquis d'eux. Tout ce que je sais, c'est qu'ils sont très riches et que l'hôtel a une magnifique façade du côté de la rue Mozart. Tu pourras l'admirer en te promenant, car je suppose que tu ne vas pas te priver de circuler dans ce vieux Passy où tout le monde t'a oublié… il est vrai que tu ne l'as jamais beaucoup fréquenté. Tu préférais les quartiers gais.

— Je m'accommoderai parfaitement de celui-ci et je n'en sortirai guère que pour aller te voir. Tu habites toujours tout en haut de la butte Montmartre?

— Toujours. Rue des Saules, 19. C'est là que, ce matin, ta sœur m'a envoyé Brigitte pour m'annon-

cer que tu venais de nous tomber du ciel. Tu y seras
le très bien venu.

Maintenant que je t'ai montré le panorama, si
nous descendions?

— Comme tu voudras; je ne m'ennuie pas ici.

— Ni moi non plus, mais je crains que Marie ne
s'ennuie en bas et, du reste, j'ai à lui parler. Je te
laisse admirer le paysage. Quand tu en auras assez,
tu viendras nous rejoindre, et je te préviens que si tu
tardes trop, nous t'appellerons; mais ne te presse
pas.

Sylvain avait ses raisons pour proposer cet arrangement. Depuis son arrivée, il n'avait pas encore
trouvé l'occasion d'entretenir en particulier Marie
Cassan, et avant de regagner son domicile, il ne
pouvait guère se dispenser d'apprendre à Marie que
sa protégée n'était plus chez lui.

De son côté, Charles n'était pas fâché de se recueillir un peu, après avoir remué tant de souvenirs et échangé tant d'idées. Pour le moment, il ne
souhaitait rien tant que d'être seul.

Sylvain ne trouva au jardin que Brigitte. Marie
venait de rentrer dans la petite maison qu'elle habitait, et, sans hésiter, il alla l'y chercher. Elle le
reçut dans sa chambre, et il lui dit de but en blanc :

— Charles se plaît tant là-haut, que je l'y ai
laissé, et je profite de ce qu'il n'est pas là pour vous
donner des nouvelles de la jeune personne que vous
m'avez expédiée ce matin.

— Vous avez eu la bonté de la recevoir et je vous
en suis bien reconnaissante, mais je crains qu'elle
ne vous gêne et nous allons aviser ensemble à lui
trouver un asile sûr et convenable.

— Ne vous tourmentez pas de cela, ma chère Marie.
C'est fait.

— Quoi! Elle n'est plus chez vous?

— Elle m'a déclaré très nettement qu'elle n'y
resterait pas. J'ai dû agir en conséquence et je
n'avais pas beaucoup de temps. Brigitte était partie en me disant que vous m'attendriez avec Charles.
Je n'ai pas perdu une minute et tout s'est arrangé à
la satisfaction générale.

— Arrangé?... Comment?

— J'ai commencé par envoyer un *petit bleu* à
Gaston.

— Un télégramme!... à M. Destérel!...

— Mais, oui. C'était certainement ce que j'avais
de mieux à faire dans la circonstance. Il est arrivé
tout de suite, ce cher Gaston.

— Et vous l'avez laissé seul chez vous avec cette
enfant?

— Voici: je l'ai reçu sur le pas de ma porte. La
petite était dans mon atelier. J'étais si pressé de
venir ici que je ne suis pas remonté pour les aboucher..., à quoi bon?... ils se connaissaient de reste.
En deux mots, j'ai mis Gaston au courant de la situation, je l'ai poussé dans la maison et j'ai laissé
ces amoureux se débrouiller.

— Mon Dieu! qu'avez-vous fait-là!

— Oh! ne craignez rien. J'ai conseillé à Gaston
d'emmener la demoiselle chez lui, et je ne doute pas
qu'il n'ait suivi mon conseil. Elle sera mieux là que
n'importe où.

— Oh! mon ami, comment pouvez-vous parler
ainsi! dit douloureusement Marie; mais elle va se

perdre, cette jeune fille! et j'avais tout fait pour la sauver.

— Permettez-moi de vous dire, ma chère, que vous rêviez l'impossible. C'est ce que j'ai tâché de faire entendre à cette excellente Brigitte, ce matin, mais elle n'a pas voulu m'écouter... et c'est elle-même qui m'a prié d'avertir Destérel que la petite était chez moi, et que vous désiriez qu'il vînt la voir. J'ai joué du télégraphe ; Destérel est accouru. Ma foi ! j'ai cru bien faire en la lui confiant.

Et, maintenant que c'est fait, je n'y vois pas grand mal, quoi que vous en pensiez. Sur elle, je suis très peu renseigné. Brigitte m'a dit seulement qu'elle s'était échappée d'une maison de votre voisinage, que vous l'approuviez de s'être échappée et que vous espériez la marier à Gaston..., un jour ou l'autre...; il m'a semblé que vous n'en preniez pas le chemin et je doute que vous y réussissiez. Mais je le connais, lui, et je suis bien sûr que si cette fillette n'a qu'une étourderie à se reprocher, il n'abusera pas de la situation.

Et comme Marie ne paraissait pas convaincue, Sylvain ajouta:

— Rien ne vous empêche, si vous en doutez, d'aller chez Gaston et de la lui reprendre; mais ne vous fâchez pas si je vous demande pourquoi vous vous intéressez tant à elle.

— Il suffit qu'elle soit malheureuse pour que je la soutienne. Ne vous a-t-elle pas raconté son histoire ?

— Je ne la lui ai pas demandée et je vous avoue que je ne suis pas curieux de la connaître. Les af-

faires de Charles me préoccupent beaucoup plus
que les infortunes de cette demoiselle.

— Charles s'y intéressera comme moi, quand il
les saura, et je vais dès à présent les lui apprendre.
Il me conseillera. Descendons, mon cher Sylvain.
S'il est encore là-haut, vous allez l'appeler, car je
ne me sens pas la force de grimper jusqu'à la plate-
forme.

Sylvain ne demandait pas mieux que de le consulter pour en finir avec une aventure qu'il ne pouvait
pas se décider à prendre au sérieux et qui lui faisait l'effet d'un hors-d'œuvre sans importance, en
comparaison du retour miraculeux de Charles
Cassan.

En débouchant dans le jardin avec Marie, il
aperçut Brigitte, plantée sur le seuil de la porte de
la rue des Bauches.

Elle les vit et elle revint à eux en levant les bras
au ciel, signe d'étonnement très caractérisé.

— Qu'y a-t-il donc? lui demanda Sylvain.

— Il y a... que... M. Charles... balbutia Brigitte.

— Eh bien! quoi? Il est là-haut, je le sais.
Nous venons le chercher.

— Il n'est plus là haut. Il est descendu en courant
et il est sorti de même.

— Comment, sorti?... Sans te dire où il allait?

— Sans rien me dire du tout. Il avait l'air d'un
fou. Je l'ai vu enjamber quatre à quatre les marches
de l'escalier qui est au bout de la rue. S'il court
longtemps de ce train-là, il ira loin.

Marie et Sylvain échangèrent un regard. Ils
n'échangèrent pas les idées que leur suggéra ce

brusque départ. Ils n'y perdirent rien, car pas une n'était juste, et il ne dépendait pas d'eux d'arrêter Charles Cassan sur le chemin où le poussait la fatalité.

VIII

Depuis deux jours, tandis que se succédaient, rue des Bauches, des incidents qui troublaient le repos de Marie Bas-de-Laine, la comtesse de Vercin, tout près de là, dans son hôtel de la rue Mozart, n'était pas précisément sur un lit de roses.

La fuite de Claire était pour elle un événement fâcheux à tous les points de vue.

Elle en redoutait les conséquences, et elle n'avait pas tort de les redouter, mais elle ne pouvait s'en prendre qu'à elle-même de ce dénouement imprévu d'une situation trop tendue.

Emportée par un de ces accès de passion qui bouleversent parfois les femmes sur le retour, elle n'avait pensé qu'à accaparer Gaston Destérel, et, pour en venir à ses fins, elle n'avait rien imaginé de mieux que de livrer à son vieux complice Cavalcano la jeune fille qui avait eu le malheur de plaire à Gaston.

C'était ignoble, c'était brutal et, par-dessus tout, c'était bête, car en supposant que cet odieux projet réussît, Claire ne manquerait pas de se plaindre de l'outrage, et il s'ensuivrait un éclat qui pourrait coûter cher à la fausse comtesse.

Elle jouait de bonheur depuis vingt ans, à travers les mille péripéties d'une existence interlope, car elle était parvenue à faire oublier partout Juliette Sabretache, et elle avait acquis une belle fortune qui allait s'arrondissant tous les jours ; mais pour mettre un terme à ses prospérités, il aurait suffi que la police s'avisât de s'occuper d'elle.

Elle avait jusqu'alors échappé à ce danger, — pas complètement, puisqu'on l'avait jadis expulsée d'Allemagne ; mais, depuis sa rentrée à Paris, elle avait su garder l'incognito, à force de prudence et en s'astreignant à ne recevoir que des étrangers.

Tout marchait à souhait et, pendant cette journée du mardi, qui devait si mal finir pour elle, la partie de *creps* avait été exceptionnellement fructueuse pour les associés.

Le coup de l'évasion de Claire n'en était que plus rude à recevoir, car il remettait tout en question.

Avertie, dès minuit, par Cavalcano, que Claire s'était échappée de l'appartement qui lui servait de prison, Mme de Vercin avait immédiatement, avec ce vil marquis, cherché la fugitive. Ils n'avaient trouvé que l'échelle de cordes accrochée au mur de la rue Pajou et ils n'avaient pas besoin de cette preuve pour être convaincus que quelqu'un avait aidé la jeune fille à s'enfuir.

Cavalcano doutait que ce fût Destérel. La comtesse, qui n'en doutait pas, l'avait chargé de s'en assurer et, le lendemain, Cavalcano avait acquis la quasi-certitude que Claire n'était pas rue de Berry.

Il avait rencontré dans la cour du Grand-Hôtel, avant midi, Destérel qui ne s'était pas troublé en apprenant de sa bouche que Claire n'était plus rue Mozart, et, le soir, il l'avait laissé au Cercle, jouant au baccarat comme un homme qui va y passer la nuit.

Cavalcano était revenu rendre compte de ce qu'il avait vu à la comtesse, qui avait fini par croire aussi que Destérel n'était pour rien dans cette aventure.

Ils ne se doutaient ni l'un ni l'autre que Claire était cachée tout près de l'hôtel où ils délibéraient sur le parti à prendre pour parer aux conséquences de sa fuite ; mais où qu'elle fût, le danger pour eux était le même.

Qu'elle eût suivi un galant connu d'elle seule ou qu'elle fût allée se mettre sous la protection d'une autorité quelconque, ils devaient tout craindre, — la Vercin surtout.

Et elle s'affermit dans la résolution qu'elle avait prise dès le premier moment de partir pour les eaux d'Aix, où elle pourrait attendre que la situation se dessinât.

Cavalcano viendrait l'y rejoindre, mais il n'était pas obligé de l'y accompagner, n'étant pas aussi exposé qu'elle. Mieux valait même qu'il restât pour se renseigner davantage et pour la renseigner, par correspondance.

Le digne couple passa la nuit à examiner la question sous toutes ses faces et le marquis ne sortit qu'au petit jour, par la petite porte, sans soupçonner que Claire, du haut de l'observatoire de Marie Bas-de-Laine, le voyait se glisser comme un voleur hors de l'hôtel de la Vercin.

Il était convenu qu'il reviendrait l'après-midi et que s'il n'avait rien appris de nouveau, elle pren-

drait le train du soir, n'emmenant avec elle que
Dolorès et une femme de chambre.

Elle était très vexée et assez inquiète, mais dans
son existence accidentée, elle en avait vu bien
d'autres, et elle ne perdait pas l'espoir de ramener
Destérel, puisqu'il n'était pas pris par Claire comme
elle l'avait cru.

Du reste, une longue pratique de la vie cosmopolite l'avait accoutumée à se tenir toujours prête à
tout événement et, à l'exception de son hôtel qu'elle
ne pouvait pas emporter, sa fortune se composait
de valeurs réalisables immédiatement.

Quant aux habitués de la partie de *creps* qui pourraient s'étonner de son brusque départ, le marquis
se chargerait de leur fournir une explication qu'il
inventerait.

Après avoir déjeuné assez tard, en tête-à-tête
avec la duègne, témoin impassible et muet de ses
agitations, Mme de Vercin alla attendre le retour de
Cavalcano sur un banc du jardin, celui que Claire
affectionnait parce qu'on y était à l'ombre, et elle
se mit à y fumer des cigarettes russes, offertes par
le prince Golymine.

Elle n'espérait pas le revoir, ce cher prince, et
ce n'était pas le moindre de ses chagrins, car elle
fondait de grandes espérances sur le goût qu'il
aurait pris pour Claire, si on la lui avait montrée.

Les plumes dorées qu'il venait de laisser entre
les mains du marquis-croupier compensaient un
peu cette déconvenue, mais ils étaient trois à partager l'aubaine, et Golymine, quoiqu'il aimât à perdre,
irait chercher ailleurs d'autres blondes aux yeux
noirs pour les couvrir de roubles.

C'étaient là les honteuses pensées qui hantaient l'esprit de la fausse comtesse quand arriva son associé qui vint s'asseoir près d'elle pour lui dire ce qu'il avait fait de sa matinée.

— Il y a du nouveau, commença-t-il.

— Vous savez où elle est ? demanda vivement la Vercin.

— A peu près.

— Comment ! à peu près ?...

— C'est toute une histoire. Ce matin, en sortant de chez vous, je regagnais Paris, à pied, par la rue de la Pompe. Je m'étais arrêté un instant pour allumer un cigare, lorsque j'ai été rattrapé par deux femmes qui venaient derrière moi... un fiacre arrivait, vide ; elles ont appelé le cocher.., elles ne voyaient pas ma figure parce que, pour allumer, je m'étais collé contre le mur d'une maison. Au moment où je me retournais, elles montaient en voiture et j'ai entendu l'adresse que l'une des deux a donnée au cocher..., une vieille, celle-là, que je ne connais pas...; l'autre, c'était Claire... Elles ne m'ont pas vu et la voiture a filé.

— Claire ! dans Passy ! à cinq heures du matin ! où a-t-elle pu passer la nuit ?

— Ce qu'il y a de certain, c'est qu'elle ne l'a pas passée chez Destérel qui demeure aux Champs-Élysées.

— Mais vous savez où elle est et vous l'avez suivie, j'espère.

— Je n'ai pas pu. Elles étaient en fiacre et je n'avais que mes jambes. Et, du reste, alors même que j'aurais eu une voiture à mes ordres, je me serais abstenu, car elles m'auraient remarqué, tandis qu'elles n'ont fait aucune attention à moi, et j'étais bien sûre de les retrouver, puisque j'avais l'adresse, rue des Saules, à Montmartre.

— A Montmartre ! je n'y comprends rien.

— Et moi, pas davantage. Elle n'y connaît personne, et c'est tout au plus si elle sait que Montmartre existe.

— Comment est cette femme qui l'y menait ?

— Elle est habillée comme une porteuse de pain. Elle a certainement été envoyée à Claire par quelqu'un.

— Enfin, vous y êtes allé, à cette adresse ?

— Oui, j'en viens et je n'en suis pas beaucoup plus avancé. C'est tout en haut de la butte Montmartre, dans une rue déserte, en face d'un ancien cimetière, et la maison a l'air de n'avoir ni portes, ni fenêtres. J'ai cru d'abord que je m'étais trompé, mais c'était bien là. J'ai fait le tour de la bâtisse et j'ai fini par découvrir une porte où il n'y a pas de sonnette. J'ai cogné à coups de poing, à coup de pied ; on ne m'a pas ouvert.

— Et vous vous en êtes tenu là !

— Non. J'ai interrogé, non pas des voisins, car la maison est complètement isolée, mais une fruitière qui a sa boutique à cent pas de là. Elle m'a dit que cette étrange construction était habitée par un artiste.. un peintre de paysages... pas un jeune homme..., un vieux. J'ai demandé son nom. Il s'appelle Sylvain.

— Sylvain ! répéta la comtesse. C'est singulier. Il me semble que je connais ce nom-là.

Et elle passa la main sur son front, comme pour fixer un souvenir qui la fuyait.

— Alors, cet homme est vieux ? demanda la Vercin, pensive.

— Je vous répète ce que m'a dit la fruitière, répondit Cavalcano. Moi, je ne l'ai pas vu. Il venait de sortir, à ce qu'il paraît, quand je suis arrivé. Et comme ce n'était pas lui que je cherchais, je n'ai pas demandé d'autres renseignements sur sa personne.

— Vous avez eu grand tort.

— Pourquoi donc ? En quoi cet individu vous intéresse-t-il ?

— Il y avait autrefois un peintre de ce nom-là qui habitait Montmartre. Je voudrais savoir si c'est le même.

— Il y aurait un moyen : ce serait de faire vous-même le voyage de la butte, et encore !... vous pourriez bien ne pas le trouver, car il est rarement chez lui, m'a-t-on dit.

— Je n'ai nulle envie de le voir : d'abord, parce que je ne sais pas si je le reconnaîtrais, et surtout, parce que, lui, pourrait me reconnaître. Ce qui me préoccupe, c'est de savoir comment Claire a pu être conduite chez cet homme, qui certes n'est pas son amant.

— Il est peut-être lié avec ce M. Destérel, qui aura imaginé de la lui confier pour dérouter les recherches. Mais que vous importe, puisque vous êtes décidée à partir ?

— Cet homme pourrait me nuire, si c'est celui qui m'a connue.

— Raison de plus pour ne pas vous occuper de lui. A quelle époque vous aurait-il connue ?

— Avant la guerre de 70.

— Dans un temps où vous n'étiez pas encore comtesse, dit Cavalcano, avec un demi-sourire. Vous ne m'en avez jamais parlé, de ce temps-là, chère amie, et vous me rendrez cette justice que je ne vous ai jamais questionnée sur le passé. Je ne suis donc pas à même de vous donner un conseil dans un cas qui me semble se rattacher à ce passé que j'ignore.

— Est-ce à dire que vous me sommez de vous le faire connaître ? demanda la Vercin avec impatience. Vous savez tout ce que j'ai fait depuis dix ans. Est-ce que cela ne vous suffit pas ?

— Mais, si... nous sommes liés l'un à l'autre par des... comment dirai-je ?... par des complicités?... non, le mot serait trop fort.... j'aime mieux dire par des participations à de communes entreprises, et nous nous sommes si bien trouvés, vous et moi, de cette entente cordiale, que nous avons tout intérêt à la maintenir.

— A quoi bon tant de phrases? Je sais fort bien que le jeu nous a enrichis tous les deux. Il n'est pas dit pour cela que notre association doive durer toujours.

— Vous m'avez signifié, avant-hier, qu'elle était dissoute, en ce qui concerne notre liaison, et je me suis soumis à votre volonté durement exprimée. Vous n'êtes plus ma maîtresse, mais je puis rester votre ami.

— Vous m'avez déjà dit cela, avant-hier.

— Et vous m'avez répondu en me jetant à la tête,

comme dédommagement, cette jeune fille dont vous vous proposiez d'exploiter la beauté.

Vous voyez que je ne fais plus de phrases.

— Achevez ! où voulez-vous en venir ?

— A vous montrer que si les choses ont mal tourné, c'est votre faute. Vous aviez très mal jugé la situation. J'ai eu, moi, le tort d'entrer dans vos idées, mais au point où nous en sommes, je crois qu'il vous faut renoncer absolument à des projets dangereux, et oublier cette petite, qui doit vous être indifférente, car elle n'est pas votre fille..., j'en suis sûr, quoique vous ne me l'ayez jamais dit... il est vrai que ne vous ne m'avez jamais dit non plus qui elle est.

— Vous ne me l'avez jamais demandé.

— Si je vous le demande maintenant, c'est que je crois m'apercevoir que vous craignez qu'on ne vienne à découvrir où vous l'avez prise.

— Au couvent des Ursulines de Trieste, vous le savez bien.

— Je sais aussi qu'elle y était depuis seize ans, au moins, quand vous l'en avez retirée, mais elle n'y était pas née, je suppose, dit ironiquement Cavalcano.

— C'est son histoire et la mienne que vous voulez connaître ? interrogea la comtesse d'un ton sec.

— Pas pour le plaisir de satisfaire ma curiosité, je vous prie de le croire ; c'est uniquement parce que je pense qu'étant mieux renseigné je pourrai mieux vous servir.

— En quoi et contre qui ?

— Cessez donc, ma chère, de jouer au fin avec moi. Vous ne m'apprendrez rien que je ne sache, en me disant que vous aviez pratiqué, à Paris, l'union libre, avant d'aller chercher fortune en Allemagne.

Ce n'était pas précisément un mystère quand je vous ai rencontrée à Vienne, après votre séjour à Berlin. L'année dernière, vous avez pris un grand parti ; vous êtes triomphalement rentrée à Paris ; vous y avez même acheté cet hôtel, un peu contre mon avis, et jusqu'à présent, vous n'avez pas eu à vous repentir. Personne ne s'est souvenu de vous ; ou du moins personne ne s'est rappelé à votre souvenir. Il n'en est pas moins vrai qu'il y a encore dans Paris des gens qui vous y ont... fréquentée avant la guerre... dix-huit ans, ce n'est pas un siècle... et tous ne sont pas morts ; mais Paris est si grand que vous étiez très fondée à espérer que vous n'en rencontreriez aucun. Et voilà que tout à coup se trouve mêlé à l'histoire de la fuite de cette petite sotte un homme que vous avez connu et qui vous a connue.

C'est un danger qui s'annonce, et c'est pour vous aider à y parer que je vous prie, ma chère Antonia, de me dire ce que vous savez sur ces deux êtres qui, assurément, ne s'étaient jamais vus, et qu'un hasard inexplicable vient de rapprocher... inexplicable et inquiétant.

Parlez-moi d'abord de l'homme. Quelles relations avez-vous eues autrefois avec lui ?

— Aucunes. Il me détestait et je le lui rendais bien. Il était l'ami de l'amant que j'avais alors, et il a fait tout ce qu'il a pu pour que cet amant me quittât. Il n'y pas réussi, puisque mon amant m'a épousée... Vous savez bien que j'ai été mariée...

— Vous me l'avez dit et vous m'avez dit aussi que vous étiez veuve. Vous n'avez donc pas à craindre que les deux amis se rencontrent ; mais, sans aucun doute, ce Sylvain est resté votre ennemi, et s'il vous retrouvait, il ne chercherait pas à vous être agréable. Reste à savoir comment et pourquoi Claire s'est réfugiée chez lui... pas directement, puisqu'elle s'est sauvée d'ici avant-hier soir, et que c'est seulement ce matin qu'on l'a menée à Montmartre.

— Êtes-vous bien sûr qu'elle y soit allée ?

— Le fait est que je ne l'y ai pas vue, puisque, comme je viens de vous le raconter, je n'ai pas pu pénétrer dans la maison ; mais j'ai entendu parfaitement l'adresse que cette femme a donnée au cocher, et je ne peux pas croire qu'elle l'a donnée exprès pour me dérouter, attendu qu'elle ne me connaît pas et que la petite ne m'a pas vu.

Tout indique, au contraire, que le Sylvain l'a reçue chez lui et l'y a laissée en lui défendant d'ouvrir. C'est ce dont je pourrai m'assurer en recommençant l'expédition. Il me semble qu'il y aurait mieux à faire : ce serait de m'aboucher tout bonnement avec Destérel, rue de Berry ou au cercle, de lui dire ce que j'ai vu ce matin et de lui demander s'il connaît ce Sylvain.

— Il est fort inutile de lui apprendre où est Claire, dit vivement la Vercin, qui n'avait pas perdu tout espoir de ramener Gaston.

— Dans tous les cas, il faut que je sache ce qu'elle est, reprit Cavalcano. A qui tient-elle ?

— A personne.

— Une enfant trouvée, alors ?

— Non, une orpheline, qui n'a jamais connu ses parents.

— Mais vous les avez connus, vous ?

— J'ai connu le père. Il est mort depuis long-temps. Et Claire n'a jamais su son nom.

— Mais vous le savez, vous ?

— Il appelait Cassan.

— Un Français ?

— Oui, un Parisien.

— Un ami de ce Sylvain, peut-être. Cela expliquerait comment...

Le marquis, au lieu d'achever son raisonnement, se mit à regarder du côté de la rue Mozart.

— Que se passe-t-il donc là-bas ? reprit-il. Votre valet de pied est aux prises avec un homme qui m'a tout l'air de vouloir entrer ici malgré vos gens... et, ma foi ! il est déjà dans la cour.

— J'avais défendu qu'on laissât la grille ouverte, dit la comtesse avec humeur. On ne tient aucun compte de mes ordres. Si je reste à Paris, je les chasserai tous.

— Vous ferez bien... mais cet homme n'est pas un mendiant et il insiste tellement qu'il doit avoir de graves motifs pour vouloir forcer la consigne. En d'autres temps, je ne m'inquiéterais pas de les connaître, mais dans les circonstances où nous sommes, rien ne m'est indifférent. Ce Monsieur ne paie pas de mine ; mais qui sait s'il ne vous apporte pas des nouvelles intéressantes ?

J'ai envie d'aller lui demander ce qu'il veut.

— Allez ! répondit d'un air indifférent la Vercin.

Cavalcano se leva pour aller interroger cet entêté qui voulait entrer à toute force, mais avant qu'il eût fait un pas, la scène prit une autre tournure.

D'une violente poussée, l'homme écarta le valet de pied qui lui barrait le passage et se lança dans le jardin, en courant à toutes jambes vers le banc où la comtesse était assise.

Cavalcano ne pouvait pas moins faire que de se jeter en travers, quoique cet enragé eût tout l'air de se disposer à le traiter comme il venait de traiter le domestique, et Cavalcano allait se précipiter, mais la dame le devança, ce que voyant l'homme s'arrêta court.

Il était tête nue, son chapeau étant tombé pendant qu'il se colletait avec le laquais, et son visage apparaissait en pleine lumière; un visage éclairé par de grands yeux qui étincelaient de colère, et vieilli par une longue barbe blanche.

Le marquis florentin n'avait jamais vu cet étrange visiteur et il l'aurait pris pour un fou s'il n'avait pas regardé la Vercin.

Elle était livide, cette comtesse de contrebande, et ses traits bouleversés trahissaient la terrible émotion qui la clouait sur place.

On eût dit qu'un spectre venait de se dresser devant elle.

Cavalcano, stupéfait, cherchait l'explication de ce tableau et ne se décidait pas à la demander.

— Laissez-moi, lui dit en italien la comtesse. Allez m'attendre au salon. J'irai vous y rejoindre. Ne partez pas sans me revoir.

Cavalcano ne devinait pas encore de quoi il s'agissait, mais il comprit tout de suite que la situation était grave et que sa présence gênait sa complice.

Il s'éloigna sans souffler un seul mot et, avant d'entrer dans l'hôtel, où elle l'envoyait, il eut la présence d'esprit d'arrêter le valet bousculé qui accourait et de lui donner en passant l'ordre de se tenir coi.

Restée face à face avec l'homme dont l'apparition l'avait terrifiée, M\ me\ de Vercin, qui commençait à reprendre son sang-froid, ne songeait point à fuir une explication inévitable.

Du premier coup d'œil, elle avait reconnu Charles Cassan et, au lieu de se demander d'où il lui tombait ainsi, elle se préparait à faire tête à l'orage.

Il était plus troublé qu'elle, car il n'était pas encore revenu de l'accès de fureur qui l'avait affolé lorsque, du haut du marronnier de sa sœur, il avait découvert sa femme assise dans le jardin d'à côté.

Cette fois encore, le télescope était la cause de tout, ce télescope dont Gaston Destérel s'était servi pour déchiffrer son nom que Claire écrivait sur le sable d'une allée.

De si loin, avec ses yeux, Charles Cassan n'aurait pas pu reconnaître la Juliette d'autrefois; mais il l'avait reconnue, après l'avoir longtemps examinée en s'aidant de la lunette d'approche qui était excellente.

Son sang n'avait fait qu'un tour ; une force irrésistible l'avait poussé à descendre de son observatoire et à se précipiter hors du jardin, à la vue et au grand étonnement de Brigitte.

Il savait où il allait. Sylvain, tout à l'heure, en lui montrant le panorama, lui avait dit qu'on en-

trait par la rue Mozart dans l'hôtel bâti, depuis la
guerre, par un architecte de .ses amis. Il y avait
couru. La grille était ouverte. Il venait de forcer le
passage. L'inconnu qu'il avait surpris causant avec
Juliette venait de lui céder la place.

Charles Cassan était là, devant-elle, haletant
d'une course effrénée, étouffant de rage et cherchant pour l'écraser de mépris et de reproches des
mots qui restaient dans sa gorge.

Elle eut l'audace de commencer et de le prendre
de très haut.

— Je vous croyais mort, dit-elle sèchement. Que
me voulez-vous ?

— Ce que je veux ! éclata Charles. Tu oses me le
demander, misérable !... Je veux me venger. Je
veux te tuer.

— Vous êtes fou !... et je vous préviens que si
vous leviez la main sur moi, j'appellerais mes gens,
qui vous conduiraient au poste de police. Ce serait
un gros scandale, mais vous y perdriez plus que
moi, car je ne suis pas bigame et vous êtes déserteur.

Cet excès d'impudence eut pour effet, non pas de
calmer Charles Cassan, mais de lui montrer qu'il
faisait fausse route.

L'affaire, ainsi engagée, ne pouvait aboutir
vis-à-vis d'une coquine, armée de toutes pièces,
car elle devait avoir de puissants protecteurs, et la
seule satisfaction qu'il attendit d'elle, c'était de lui
arracher la vérité sur le sort de sa fille, qu'il la
soupçonnait d'avoir fait disparaître, quoi qu'il en
eût dit à sa sœur et à Sylvain.

L'effrontée créature ne devina pas tout à fait ce

qu'il pensait, mais elle vit très bien qu'il hésitait, et elle reprit tranquillement :

— Vous ne ferez pas cela, et si vous voulez vous borner à me demander des explications, je suis prête à vous les fournir, car je reconnais que votre retour les rend indispensables. Je comprends même que vous me haïssiez, mais la haine ne mène à rien. Il s'agit de savoir ce que vous voulez faire. Assurément, vous n'avez pas le projet de vous prévaloir de notre mariage pour me contraindre à vivre avec vous comme autrefois. Si vous teniez à régulariser notre situation, mieux vaudrait divorcer, et je ne m'y opposerais pas, je vous prie de le croire. Avant tout, laissez-moi vous dire que si notre liaison a mal tourné, vous ne devez vous en prendre qu'à vous-même.

J'étais votre maîtresse et, avant de l'être, j'avais été celle de beaucoup d'autres. Vous le saviez très bien et vous m'avez épousée, quand même. Il est arrivé ce qui devait arriver : vous vous êtes ruiné et je vous ai trompé. Est-ce ma faute si vous avez déserté, parce que vous ne saviez plus où donner de la tête ?

— Vous mentez, dit froidement Charles Cassan, qui était redevenu maître de lui. C'est vous qui trahissiez la France et c'est votre complice qui m'a livré aux Prussiens.

— Prouvez donc cela ! je vous en défie. Est-ce aussi ma faute si les Prussiens vous ont gardé en prison, après la paix ? Me reprocherez-vous d'avoir vécu chez eux et de les avoir exploités ? Mais je n'avais jamais fait autre chose à Paris, avant d'être votre femme ; au lieu d'exploiter des Allemands, j'exploitais des Français... C'est dans le sang, ces choses-là... et d'ailleurs, je vous l'ai déjà dit, je vous croyais mort ; donc, je me croyais libre.

— Vous mentez encore. Vous saviez très bien que j'étais enfermé à Graudenz. Seulement, vous espériez que je n'en sortirais jamais.

— Pardon ! interrompit la Vercin, vous affirmez ; moi, je nie ; nous ne pouvons pas nous entendre et, au point où nous en sommes, les récriminations me semblent tout à fait superflues. J'en reviens donc à la question que je vous ai adressée dès le début de notre entretien : Qu'attendez-vous de moi ? Des secours ? Je ne demande pas mieux que de vous aider, si, comme j'ai tout lieu de le croire, vous êtes sans ressources.

— Vous vous figurez que je viens vous demander l'aumône ! s'écria Charles Cassan, indigné.

— L'aumône ! voilà un bien gros mot, pour exprimer une chose toute simple dans notre situation réciproque. J'ai fait fortune ; vous êtes mon mari : vous avez le droit de réclamer votre part de ce que je possède, et cette part, je ne prétends pas vous la refuser... j'y mettrai seulement certaines conditions.

— Épargnez-vous la peine de les énoncer. Je n'accepterais rien de vous, alors même que je serais sans pain. Mais je suis riche, moi aussi... plus riche que vous peut-être.

— Vraiment ? demanda la Vercin avec une grimace ironique. La fortune vous est donc venue en prison ?

Charles Cassan aurait pu répliquer à cette insolence par une allusion aux moyens qu'elle avait employés pour édifier la sienne.

Il se contenta de répondre :

— Vous oubliez que j'avais une sœur, quand j'ai eu le malheur de vous épouser, que cette sœur n'était pas mariée et qu'elle ne s'était pas ruinée comme moi.

Cette déclaration fit sur la ci-devant Juliette Sabretache un effet si prodigieux qu'elle ne laissa pas à Charles le temps d'ajouter que cette sœur, encore vivante, l'avait reçu à bras ouverts.

— Alors, vous avez hérité d'elle ? demanda, d'un ton très radouci, la fausse comtesse.

Charles eut la présence d'esprit de ne pas la détromper. Pourquoi lui aurait-il dit la vérité ? Mieux valait cent fois lui laisser croire qu'il avait d'ores et déjà la puissance que donne la possession de l'argent. Se taire n'est pas mentir et contre cette femme le silence était de bonne guerre.

Elle prit le sien pour un aveu et elle dit :

— Je suis très heureuse d'apprendre que votre existence est assurée, et je vous jure que je ne chercherai pas à la troubler. Si vous doutiez de ma parole, il me suffirait, je pense, de vous annoncer que je vais quitter Paris, et, cette fois, pour n'y jamais revenir. Vous ne me trouverez donc plus sur votre chemin.

Charles interrompit ce discours conciliant.

— Qu'avez-vous fait de ma fille ? demanda-t-il brusquement.

— Votre fille ? répéta, non sans changer de visage, la fausse comtesse. Ne savez-vous pas qu'elle est morte ?

— Je sais, répondit Charles Cassan, que j'ai reçu un acte écrit en allemand, un acte constatant le décès d'une enfant du même âge que ma fille et qui s'appelait comme elle. Cet acte m'a été remis par les geôliers qui me gardaient, et c'est vous qui le leur aviez envoyé. J'ai toujours cru qu'il était faux.

— Je m'étonne que vous ne m'accusiez pas de l'avoir tuée!

— Je vous en accuserai, si vous persistez à soutenir qu'elle est morte. Et je vous dénoncerai dès ce soir. Vous haussez les épaules?... Écoutez-moi avec attention. L'hôtel où je vous retrouve, vous ne pouvez l'avoir acheté qu'avec l'argent que vous avez honteusement gagné en Allemagne. Je ne sais pas ce que vous y faites, ni qui est l'homme que je viens d'y trouver avec vous. Mais il me sera facile de le savoir... aussi facile que de prouver que vous avez servi d'espionne aux Prussiens pendant le siège. Je suis riche et je n'ai pas de ménagements à garder, parce que je n'ai rien à me reprocher. Il m'est resté des amis qui attesteront que je n'ai pas déserté, si tant est que jamais on l'ait cru. Je suppose que vous avez changé de nom, mais je trouverai des gens qui vous ont connue quand vous vous appeliez Juliette, et nous verrons ce que vous gagnerez à l'éclat que je vais faire. Moi, je n'ai rien à y perdre.

— Alors, c'est la guerre que vous me déclarez?

— La guerre sans merci. Une seule considération aurait pu me retenir. Si la pauvre enfant que vous m'avez volée vivait encore, j'aurais hésité à vous exécuter, car vous avez porté mon nom, qui est le sien, et vous pourriez le reprendre; mais, puisqu'elle est morte, je ferai justice de l'infâme qui m'a déshonoré et qui l'a peut-être assassinée.

Charles Cassan. avait frappé juste et la Vercin baissa le ton pour formuler une réponse évasive.

— Tout cela n'est pas sérieux, murmura-t-elle, et d'abord, ce n'est pas moi qui vous ai envoyé l'acte de décès.

— Et qui donc, si ce n'est vous? s'écria Charles.

— Je n'en sais rien, et peu m'importe ; mais je voudrais savoir ce que vous feriez si on vous la rendait.

— Vous avouez donc qu'elle vit?

— Je n'avoue rien du tout. Je me renseigne. Nous traitons une affaire, et il est tout naturel que je veuille connaître les conditions que vous m'offrez.

— Si vous me rendiez ma fille, j'oublierais le passé et je vous laisserais partir sans vous dénoncer.

— Ce serait très généreux de votre part, ricana la fausse comtesse, mais si j'étais à même de conclure ce marché, j'exigerais quelque chose de plus. Et je serais dans mon droit, car, en supposant que votre fille soit vivante, elle aurait vingt-deux ans et elle en avait quatre quand elle m'est restée sur les bras. Je l'aurais donc nourrie pendant dix-huit ans, et le moins que vous dussiez faire, ce serait de me rembourser mes dépenses.

— Vous n'auriez qu'à en fixer le chiffre, mais avant d'en venir là, je vous dirais encore : qu'avez-vous fait d'elle depuis que vous me l'avez prise? L'avez-vous associée à la vie que vous menez?

— Exigeriez-vous d'elle un certificat de vertu?

— Cessez d'odieuses railleries. J'exigerais la preuve que c'est bien ma fille.

— Vous ne la reconnaîtriez donc pas si je vous la

montrais? Il me semblait pourtant qu'elle était née
avec un signe sur l'épaule droite.

— C'est vrai.

— Eh bien! elle doit l'avoir encore. Vous ne
pourriez pas vous y tromper. Je n'ai plus qu'une
question à vous poser : Donneriez-vous cent mille
francs pour la ravoir?

— Oui.

— Alors, vous les avez?

— J'ai bien davantage.

— Et vous seriez en mesure de les donner... immédiatement?

— Dans une heure, si, dans une heure, vous me
rendiez ma fille.

— Il n'est pas en mon pouvoir de vous la rendre
dans une heure, mais je puis, dès à présent, vous
dire la vérité. J'aurais commencé par là, si vous
n'aviez pas commencé par me menacer. Puisque
vous avez fini par entendre raison, je ne vois pas
pourquoi je vous cacherais ce que j'ai fait, car je n'ai
rien à me reprocher. J'ai placé votre fille dans un
couvent.

— En Prusse?

— Non. En Autriche, à Trieste., chez les Ursulines. J'ai des pièces qui constatent qu'elle y est
entrée en 71.

— Elle y est encore?

— Non. Je l'en ai retirée, l'année dernière, et je l'ai
amenée en France, à Paris, quand je m'y suis fixée.

— Et... depuis?

— Elle a vécu chez moi, dans cet hôtel. Elle a
toujours cru que j'étais sa mère et ce n'est pas ma
faute si elle m'a quittée avant-hier.

— Où est-elle? demanda Charles, haletant d'émotion.

— Je la cherche depuis deux jours et je crois que j'ai découvert où elle est allée. Dès que j'en serai sûre, je vous le dirai... ; j'espère que ce sera ce soir... vous savez à quelles conditions !

— Je le sais et je les ai acceptées, mais...

— Oh ! vous ne paierez qu'après l'avoir revue. Je ne m'engage pas à vous l'amener chez vous, mais on vous conduira près d'elle. Le reste vous regarde. Vous vous assurerez que c'est bien elle; vous l'interrogerez; elle vous racontera son aventure, et quand vous saurez à quoi vous en tenir, vous la reprendrez avec vous, si le cœur vous en dit, ou vous la marierez. Je vais partir et vous n'entendrez plus parler de moi. Ce sera comme si vous ne m'aviez jamais connue. Est-ce convenu? Oui... Eh bien ! il ne vous reste qu'à m'apprendre où vous demeurez.

Charles Cassan n'avait garde de la satisfaire. Il aurait fallu lui dire qu'il était logé chez sa sœur, qu'elle croyait morte, et qu'il ne voulait pas mêler au drame qui se préparait.

— Que vous importe ? demanda-t-il. Vous ne comptez pas, je suppose, que je vous recevrai chez moi.

— Oh ! ce sera comme il vous plaira, répondit d'un air dégagé la ci-devant Juliette Sabretache. Il suffit que nous prenions rendez-vous quelque part pour terminer cette affaire.

— Où et quand?

— Ce soir, à dix heures, si vous voulez ; tout près d'ici..., le plus près possible, car il n'est pas absolument certain que je sois en mesure de vous mettre dès ce soir en présence de votre fille, et vous n'exigerez pas que je m'expose à aller vous rejoindre, pour rien, à l'autre bout de Paris. Vous connaissez ce quartier, puisque vous êtes venu m'y chercher...

Interrompant tout à coup le fil de son discours, la fausse comtesse demanda brusquement :

— Au fait, comment avez-vous su que j'habitais Passy ?

La question aurait pu embarrasser Charles, décidé à ne pas dire que sa sœur l'y hébergeait, mais la réponse lui vint tout de suite :

— Je passais par hasard devant la grille de votre hôtel, quand je vous ai aperçue.

— Alors, c'était écrit, reprit Juliette avec un sourire forcé. Eh bien! puisque vous m'avez retrouvée, sans me chercher, vous retrouverez bien, en la cherchant, la rue qui passe au pied du mur de ce jardin. C'est la rue Pajou. Venez m'y attendre ce soir, à dix heures. Je serai exacte, et si j'ai une certitude, je vous conduirai près de votre fille. Ne manquez pas d'apporter la somme en billets de banque. Vous ne me la remettrez, je vous le répète, qu'après l'avoir vue.

— Je vous préviens que je serai armé, dit froidement Charles Cassan.

— Et bien vous ferez, quand ce ne serait que pour me défendre. Je viendrai seule, et vous n'aurez rien à craindre de moi, qui ne suis qu'une femme; mais le quartier où je vous mènerai est assez désert et nous pourrions y faire de mauvaises rencontres. Encore un mot... Vous verrez votre fille et je ne la verrai pas. Je vous attendrai à la porte de la maison où elle est. Quand vous vous serez assuré que je ne vous ai pas trompé, vous sortirez; nous réglerons notre compte et nous nous séparerons pour toujours.

— Est-ce tout? demanda Charles du ton le plus méprisant.

— C'est tout. Seulement, il est bien entendu que je ne m'engage à rien de plus, et que si votre fille refusait de vous suivre, vous ne vous en prendriez pas à moi.

— Non, car j'espère bien ne jamais vous revoir après que je vous aurai payée, répliqua Charles en lui tournant le dos.

Le valet de pied qui, de loin, avait assisté au colloque, l'attendait dans la cour pour lui rendre son chapeau. Il le prit sans dire un mot, franchit la grille et, au lieu de regagner l'escalier de la rue des Bauches, il eut soin de descendre la rue Mozart.

Sa femme n'attendit pas qu'il fût loin pour courir au salon où Cavalcano s'impatientait.

Le marquis florentin attendait sa complice en maugréant contre un accident qui l'inquiétait.

Il avait fort bien vu l'effet que l'apparition de cet homme avait produit sur la Vercin et il prévoyait que les affaires allaient se gâter.

La situation était déjà très tendue et, depuis la fuite de Claire, Cavalcano songeait, sans le dire, à se mettre à l'abri de conséquences qu'il redoutait.

Ce rejeton des princes Boboli avait le flair des rats qui abandonnent un navire, quand ils sentent que le navire va couler, et le moment lui semblait venu de lâcher définitivement la fausse comtesse.

Leur association avait prospéré longtemps. Elle

menaçait de devenir désastreuse. Il voulait liqui-
der.

— Eh bien? demanda-t-il, dès que Juliette se
montra.

— Eh bien! dit-elle, je viens de me tirer d'un
très mauvais pas, mais plus que jamais il faut partir.

— Pourquoi? qui est cet homme?

— Cet homme, c'est Charles Cassan.

— Le père de Claire !... diable! il ne pouvait rien
vous arriver de pis. Vous m'aviez dit qu'il était mort.

— Je le croyais, mais c'est bien lui.

— Et il est l'ami de Sylvain, n'est-ce pas ?

— S'il n'était que cela !

— Quoi donc encore ?

— C'est mon mari.

— Votre mari! vous m'aviez dit aussi que vous
étiez veuve.

— Je me trompais. Il vit. Je ne l'avais pas vu depuis dix-huit ans et je l'ai parfaitement reconnu.
Lui aussi, il m'a reconnue.

— Comment a-t-il découvert votre adresse?

— Par hasard. Il passait dans la rue, il m'a aperçue et il est entré.

— Allons ! décidément, c'est la grande déveine.
Et que veut-il? Est-ce qu'il prétend se remettre
avec vous?

— Non. Il veut sa fille.

— Eh ! mais... vous pourriez la lui rendre. Ce serait un bon débarras.

— Vous voulez dire la lui vendre. C'est ce que je
viens de faire.

— Comment cela? Expliquez-vous, chère amie.

— Je lui ai tout raconté : que je l'avais fait élever dans un couvent, depuis sa première enfance, que je l'ai amenée à Paris l'année dernière, qu'elle s'est échappée de chez moi avant-hier, que je sais où elle est et que je l'y conduirais, s'il consentait à me rembourser l'argent que j'ai dépensé pour elle.

— Pas mal imaginé! Et il a accepté ce marché?

— Immédiatement.

— Il est donc riche?

— Il l'était quand je l'ai connu. Je l'ai ruiné, mais il a hérité de sa sœur, qui devait être plus riche qu'il ne l'a jamais été, car elle a eu part égale dans la fortune de leur père et elle vivait modestement.

— Combien lui avez-vous demandé en échange de sa fille?

— Cent mille francs.

— Ce n'est pas assez. Claire vaut un demi-million.

— J'ai craint de ne rien obtenir en demandant trop.

— Toute la question est de savoir combien il peut donner.

— Je n'avais pas le temps de m'en informer, car je me suis engagée à lui remettre sa fille, ce soir, contre paiement de la somme.

— Voilà ce que j'appelle un engagement téméraire, car, enfin, je crois qu'elle est rue des Saules, mais je n'en suis pas absolument sûr, puisque je ne l'y ai pas vue.

— Elle ne peut pas être ailleurs.

— Bon! mais vous oubliez que ce peintre de la rue des Saules est l'ami du père.. c'est vous-même qui me l'avez dit.. et que le père n'a pas besoin de vous pour la réclamer à son ami.

— Oui, s'il savait qu'elle est chez lui... je me suis bien gardée de lui apprendre... et si ce Sylvain savait qu'il héberge la fille de Charles Cassan, mais il ne s'en doute pas. Comment le saurait-il, puisque Claire elle-même ignore que ce Charles Cassan, dont elle n'a jamais entendu parler, est son père?

— Ce serait drôle si le peintre en question était l'amant de la petite, ricana Cavalcano. Votre mari serait bien attrapé.

— Je ne lui ai pas garanti la vertu de sa fille. Je lui ai même laissé entendre qu'elle ne s'est pas échappée de chez moi toute seule.

— Et il n'a pas renoncé à la reprendre! C'est d'un bon père! Mais apprenez-moi comment doit s'opérer l'échange.

— J'ai compté sur votre concours.

— Il vous est acquis ; qu'aurai-je à faire?

— J'ai donné rendez-vous à cet homme, ce soir, à dix heures, rue Pajou, sous le mur du jardin. Il y viendra et il aura sur lui les cent mille francs, en billets de banque. Il m'a prévenue qu'il serait armé. Je n'aurais pas peur de le rencontrer seule, mais, sans vous, je ne pourrais pas le conduire à Montmartre.

— Vous vous êtes donc engagée à l'y mener?

— Il le fallait bien. Je ne lui ai pas dit où je le mènerais, mais je lui ai promis de l'accompagner jusqu'à la porte de la maison où est sa fille. Or, cette maison, je l'ai vue, je crois, autrefois, mais je ne saurais pas la retrouver, surtout la nuit. Voici donc ce que j'ai imaginé : Vous ferez atteler

votre coupé ; vous endosserez la livrée de votre cocher, vous le remplacerez sur le siège et vous viendrez stationner avec la voiture, rue de Boulainvilliers, au coin de la Grande-Rue de Passy. J'y mon-
terai avec l'homme, que j'irai chercher rue Pajou,
et vous nous mènerez devant la maison de la rue
des Saules.

— Vous me réservez là un joli rôle ; mais sup-
posons que je l'accepte. Que se passera-t-il là-
haut?

— Cassan descendra, il se fera ouvrir en se nom-
mant, si son ami Sylvain ne reconnaissait pas sa
voix ; il entrera; il verra Claire ; il s'assurera que
c'est bien sa fille... Rien de plus facile : elle a un
signe sur l'épaule droite.

— La croix de sa mère, dit en ricanant Cavalcano.

— Je l'attendrai dans la voiture et il viendra me
remettre les cent mille.

— Ah çà ! ma chère, parlez-vous sérieusement?

— Je ne suis pas d'humeur à plaisanter.

— Alors, vous êtes folle, car votre plan n'a pas le
sens commun.

— En avez-vous un meilleur à me proposer?

— Tout vaudrait mieux que le vôtre, car il pèche
par la base, attendu que si Claire est allée à Montmartre rien ne prouve qu'elle y soit encore, et si
elle n'y est plus, votre belle expédition n'aboutira
qu'à remettre cet homme en rapport avec ce Sylvain
qui a été son ami et qui n'était pas le vôtre.

Juliette n'avait pas pensé à cela.

— Cent mille francs sont bons à prendre, murmura-t-elle, et c'est le seul moyen de les avoir.

— Vous feriez bien d'y renoncer plutôt que de

courir tant de risques, dit froidement le marquis;
mais je crois qu'il n'est pas impossible d'arriver au
même résultat, sans vous exposer personnellement.

— Apprenez-moi comment.

— D'abord, vous vous êtes beaucoup trop pressée d'en finir; et puis, ce rendez-vous nocturne
dans une rue déserte est une imprudence inutile.
Moi, je pourrais m'y rendre, mais vous! une
femme!

— Vous ne pouvez pas y venir avec moi. J'ai dit
à Cassan que je viendrais seule.

— Je puis y aller à votre place.

— Ce serait encore pis. En vous voyant, il croirait
que je lui ai tendu un piège; il vous éviterait et
il irait me dénoncer tout de suite. Oui, me dénoncer. Il sait beaucoup de choses que je veux cacher.

— Vous avez donc tout intérêt à ne pas vous
mettre en avant. Mais sur moi, il ne sait rien.

— Il sait que vous me connaissez, puisqu'il m'a
vue avec vous, quand il est entré dans le jardin,
comme un furieux.

— Aussi ne s'étonnerait-il pas de me voir arriver
de votre part.

— Alors, vous me proposez de me remplacer au
rendez-vous que je lui ai donné?

— Pas encore. Je ne suis pas suffisamment renseigné et, avant de me décider, je veux savoir d'une
façon certaine où est Claire. Je le saurai, d'ici à ce
soir. Ce que je vous demande dès à présent, chère
amie, c'est de me donner carte blanche.

— Il ne tient qu'à vous de la prendre.

— Non, car je ne veux rien faire que d'accord
avec vous. Nos intérêts sont les mêmes, et j'agirai

au mieux de nos intérêts, vous le savez bien. Je vais de ce pas aux informations, et si je constate que Claire est encore là haut, peut-être me rallie-rai-je à votre projet de voyage à trois, quoiqu'il me paraisse d'une exécution difficile. Si, au contraire, elle a quitté la maison de la rue des Saules, je reviendrai vous l'apprendre et nous trouverons autre chose. Mais, dans tous les cas, je suis d'avis de nous tenir prêts à partir. Moi, je suis prêt.

— Moi aussi, dit Juliette.

— Alors, tout ira bien. A ce soir! conclut Cavalcano en gagnant prestement la porte.

Il mentait. Son plan était irrévocablement arrêté dans sa tête scélérate, et ce plan n'avait rien de commun avec celui que sa digne associée avait conçu.

IX

De tous les personnages du drame qui avait commencé sur la pelouse du Ranelagh et dont les péripéties se succédaient avec une rapidité effrayante, Agénor Luminet était le seul qui eût conservé du sang-froid et du bon sens.

Destérel allait au gré de ses passions et même de ses impressions du moment, comme un navire sans gouvernail s'en va à la dérive, au gré du vent qui souffle.

Marie Bas-de-Laine, bouleversée par le retour inattendu de son frère, ne savait plus ce qu'elle faisait.

Sylvain agissait en artiste sceptique, qui ne prend au sérieux que son art et qui ne croit pas à l'innocence des fillettes.

Brigitte n'y voyait pas, comme on dit, plus loin que le bout de son nez. Avec les meilleures intentions du monde, elle avait fortement compromis la pauvre Claire qui, faute de posséder la science du bien et du mal, s'était jetée dans les bras de son amoureux.

Charles Cassan venait de perdre la tête en apprenant que sa fille vivait encore, et il était en passe de tomber dans un piège.

La Vercin se laissait conduire maintenant par son complice Cavalcano, qui la poussait aux résolutions extrêmes.

Parmi ces affolés et ces déraillés, Luminet représentait la sagesse, quoiqu'il eût à se reprocher d'avoir aidé Claire à fuir, sans se préoccuper des conséquences de cette escapade.

Il n'avait pas tardé à s'en repentir, en s'apercevant que Destérel le lâchait, après l'avoir embarqué dans une aventure scabreuse, et il n'était pas disposé à le laisser se tirer à l'écart, comme il semblait avoir envie de le faire.

Luminet était allé rue de Berry deux fois, pendant la soirée que Claire avait passée rue des Bauches, et il y était revenu, le lendemain matin, pendant que Brigitte conduisait Claire à Montmartre.

Il n'avait pas rencontré celui qu'il cherchait et, après sa dernière visite inutile, il s'était juré de ne pas se présenter chez Marie Bas-de-Laine sans amener avec lui l'oublieux Destérel.

Luminet ne savait pas qu'on ne l'attendait plus rue des Bauches, mais il savait que Destérel rentrait toujours pour s'habiller avant le dîner, et c'était justement l'heure où, lui, Luminet, il était libre après sa journée de travail.

Il prit ses dispositions à cet effet et, en quittant son bureau, un peu plus tôt que de coutume, il s'achemina vers la rue de Berry, bien décidé à avoir avec son ami une explication décisive.

Il voulait le mettre, comme on dit, au pied du mur, et le sommer de déclarer ce qu'il allait faire pour la pauvre enfant qui n'espérait plus qu'en lui.

Il prévoyait des objections de la part de Gaston, il craignait même une reculade complète, mais si, après l'avoir poussé jusque dans ses derniers retranchements, il ne parvenait pas à obtenir qu'il s'engageât formellement à épouser, Luminet était résolu à lui dire d'abord ce qu'il pensait de sa conduite et à courir aussitôt rue des Bauches, afin de s'entendre avec Marie Bas de-Laine sur le moyen d'assurer à la fugitive un sort acceptable.

Pour cela, il s'en rapportait à Marie, mais il était prêt à s'associer à cette bonne œuvre, car il se considérait comme ayant une part de responsabilité dans la situation.

Il retardait de quelques heures, ce brave Luminet, — de quelques heures qui équivalaient à quelques mois, — car, depuis la veille, les choses avaient complètement changé de face.

Claire, qu'il avait laissée rue des Bauches, n'y était plus, et il ne pouvait pas deviner où l'avait conduite une série de ricochets plus imprévus les uns que les autres.

Aussi crut-il rêver lorsque, rue de Berry, où il arrivait à pied, il l'aperçut accoudée à une des fenêtres de l'appartement de Destérel.

Non seulement elle ne se cachait pas, mais elle avait l'air d'être là comme chez elle.

Toutes les illusions du vertueux Luminet s'envolèrent. Il arrivait trop tard. Il n'était plus temps de la sauver du naufrage. Peut s'en fallut qu'il ne rebroussât chemin, car il ne lui restait qu'à aller informer Marie de la catastrophe.

Claire le vit et l'appela du geste et de la voix.

Tant d'audace l'étonna ; la colère le prit, et, pour en avoir le cœur net, il entra dans la maison.

Ce fut Claire, elle-même, qui lui ouvrit et qui l'introduisit, en le remerciant d'être venu.

Elle était seule et elle commença par le lui dire,

Gaston était sorti, ajouta-t-elle, mais il n'allait pas tarder à rentrer. Elle l'attendait. Le groom aussi était sorti. Son maître l'avait envoyé en course.

D'explications, pas un mot. Luminet les provoqua.

Et alors, Claire, sans aucun embarras, lui raconta ses nouvelles aventures : le voyage à Montmartre, sous l'escorte de Brigitte, la réception chez Sylvain, l'arrivée de Destérel et la fuite précipitée de la butte à la rue de Berry.

Claire, complètement rassurée, ne manifestait ni regrets de ce qu'elle avait fait, ni inquiétudes pour l'avenir. Elle ne paraissait pas soupçonner à quoi elle s'exposait. Et cette sécurité n'était pas jouée. C'était bel et bien de l'innocence. Son air et son regard l'attestaient.

— Elle est effrayante de naïveté, pensait le bon Agénor.

Il ne se sentait pas le courage de la détromper, et, au lieu de lui reprocher son imprudence, il se mit à l'interroger doucement sur ce qui s'était passé depuis qu'elle avait suivi Destérel.

Elle ne fit aucune difficulté de répondre que Gaston, après lui avoir encore juré de ne jamais se séparer d'elle, s'était occupé de l'installer chez lui confortablement. Il avait déjà acheté tout ce dont elle manquait : du linge, des robes, des chaussures, en attendant que les fournisseurs vinssent prendre ses commandes.

Une véritable entrée en ménage, et, pour que rien n'y manquât, il lui cédait sa chambre, annonça sans rire la confiante jeune fille.

Plus Luminet l'écoutait, plus il se sentait désarmé contre cette incurable ignorance du danger.

A quoi bon le lui montrer, ce danger qu'elle s'obstinait à ne pas voir? Il n'était pas venu pour l'éclairer, puisqu'il ne comptait pas la trouver là. Il était venu pour s'expliquer avec Destérel. Il n'avait qu'à l'attendre.

Et Destérel ne tarda guère.

Il arriva au moment où Claire était en train de raconter qu'elle avait déjeuné, le matin, en tête-à-tête avec lui et qu'ils allaient dîner de même, à moins que Luminet ne voulût dîner avec eux.

Il ne parut ni fâché, ni même trop surpris de rencontrer Agénor, et à l'air dont il aborda la jeune fille, Agénor vit qu'il n'y avait rien de plus entre elle et son amoureux que ce qu'elle avait dit.

— Je suppose que Claire t'a mis au courant, commença Destérel.

— Oui. Mademoiselle m'a appris ce qui s'était passé ce matin, mais...

— Eh bien! je n'ai rien de plus à t'apprendre, car je n'ai revu ni mon parrain, ni Marie. Est-ce que tu viens de la rue des Bauches?

— Non. J'y vais.

— Alors, suis-moi dans le fumoir. J'ai à te parler. Claire nous permettra de la laisser seule un instant.

Et comme elle approuva d'un sourire et d'un signe de tête, Destérel emmena son ami dans la pièce à côté.

— Est-ce là ce que tu m'avais promis? demanda douloureusement Luminet.

— Écoute-moi avant de récriminer, interrompit Destérel. Claire ne t'a pas tout dit, parce qu'elle ne sait pas tout. Marie Bas-de-Laine ne peut plus la garder et, désormais, Marie Bas-de-Laine se souciera fort peu d'elle, attendu qu'il lui est tombé des nues un frère qu'elle croyait mort.

— Claire m'a parlé d'un proche parent.

— Elle t'a répété ce que Brigitte lui a dit, mais ce proche parent est le propre frère de Marie, et il n'y a plus de place rue des Bauches pour une étrangère. Claire n'a plus d'asile. La soi-disant comtesse de Vercin n'est pas sa mère. Mon parrain ne veut pas la garder chez lui. Dieu sait ce qu'elle deviendrait si je ne me chargeais pas d'elle! Mais je m'en charge et je te prie expressément d'aller annoncer cette nouvelle à Marie.

— Alors, tu es décidé à épouser?

— Ah! tu m'ennuies, à la fin! Tu m'en demandes plus que cette chère enfant ne m'en a demandé. Elle sait que je l'aime et que je ne l'abandonnerai jamais. Ça lui suffit. Le reste ne te regarde pas.

— Pardon! Tu oublies que je l'ai aidée à s'échapper. Je ne m'en serais pas mêlé si tu ne m'avais pas promis que tu n'abuserais pas de la situation.

— Va-t'en au diable avec tes scrupules! Je n'ai que faire de ta morale.

Agénor, à bout de patience, allait répondre vertement et la discussion allait mal tourner, lorsqu'un violent coup de sonnette fit tressaillir les deux amis.

Destérel n'attendait personne. Il avait même défendu à son groom de recevoir qui que ce fût. Luminet ne serait pas entré, si Claire ne lui avait pas ouvert la porte. Et Destérel comptait bien ne plus être dérangé.

Or, ce coup de sonnette annonçait un visiteur résolu à forcer toutes les consignes. Ce n'était pas le tintement discret d'un ami qui vient voir un ami ; c'était l'appel autoritaire d'un homme qui a le droit d'être reçu : quelque chose de plus qu'un créancier irrité.

Un commissaire de police n'aurait pas sonné autrement, au nom de la loi.

Et on ne s'en tint pas à ce premier avertissement.

On recommença deux fois, presque coup sur coup ; puis, après quelques secondes de répit, la cloche se mit à vibrer sans discontinuer.

Ce n'était plus une sonnerie, c'était un carillon.

Evidemment, le groom n'était pas là et, pour peu que le vacarme continuât, Claire, restée dans la pièce à côté, allait prendre peur et entrer en scène.

Destérel, furieux, courut ouvrir, laissant là Luminet, qui n'était pas fâché de cette diversion, car elle était survenue au moment où il allait s'emporter.

Il ne bougea point, ce brave Luminet, et presque aussitôt il vit reparaître son ami, pressé, ou plutôt poussé, par un homme à barbe grise que, lui, Luminet, ne connaissait pas, mais dont il devina le nom aux premiers mots de Destérel, qui s'écria :

— Ah ! çà, mon cher parrain, est-ce que vous devenez fou ? Vous avez failli arracher ma sonnette ! qu'est-ce qu'il y a donc, bon Dieu ?

Oh ! vous pouvez parler devant mon camarade Agénor.

— Agénor Luminet. Bon ! j'y suis, interrompit Sylvain. Ou est-elle ?

— Qui ? demanda rageusement Destérel.

— La petite que tu as emmenée ce matin.

— Eh ! sacrebleu ! vous savez bien qu'elle est ici.

— Et... depuis qu'elle y est ?...

— Quoi ?

— Tu m'entends bien..., l'as-tu respectée ?

— C'est vous qui me demandez cela ! vous qui me l'avez remise en me conseillant d'en faire ma maîtresse !

— J'ai eu tort, et la preuve que je m'en repens, c'est que je viens la chercher.

— Vous qui avez refusé de la garder chez vous ! c'est trop fort ! Décidément, parrain, vous perdez la tête.

— Pense et dis de moi ce que tu voudras, mais rends-moi cette enfant ; j'ai promis de la ramener.

— A qui ?

— A Marie Bas-de-Laine, qui veut la voir immédiatement.

— Et qui, ce matin, l'a mise à la porte de chez elle, sans cérémonie. Elle est donc folle, aussi, votre Marie Bas-de-Laine ?

— Pas plus folle que moi. Ce matin, nous ne savions pas ce que nous venons d'apprendre.

— Auriez-vous découvert que Claire est une princesse déguisée ? demanda ironiquement Destérel.

— Si ce n'était que ça ! Mais nous savons maintenant qui est la voisine de Marie... la comtesse de la rue Mozart.

— Une intrigante, parbleu !.. Je l'ai su dès le jour où je l'ai rencontrée pour la première fois. Un Monsieur de mon cercle m'a renseigné sur elle... ; il me semble même vous l'avoir dit.

— Peut-être, mais ce que tu ne m'as pas dit,

20

parce que tu ne le savais pas, c'est que cette coquine est la belle-sœur de Marie Bas-de-Laine.

— Comment! Sa belle-sœur?

— Parfaitement. Je t'ai parlé de son frère, Charles Cassan ; je t'ai raconté son mariage, sa disparition, et, ce matin, je t'ai annoncé son retour miraculeux.

— Retour qui a eu pour résultat le renvoi de la pauvre Claire. Et après?

— Eh bien! mon cher, Charles Cassan, du haut du marronnier que tu connais, a aperçu la fausse comtesse dans son jardin. Il paraît qu'elle n'a pas trop changé depuis dix-huit ans, car il l'a reconnue; il y a couru et il a eu avec elle une explication...

— Orageuse, je le crois sans peine, mais qui, je suppose, ne concernait pas Claire.

— Tu te trompes. Il a été fortement question d'elle et voici comment: Charles avait d'un premier mariage une fille que sa seconde femme a enlevée et qu'il croyait morte. Cette gueuse lui a avoué qu'elle vivait encore, et lui a proposé de la lui rendre, contre une forte somme d'argent. Il est venu nous raconter ça, et comme il ne sait pas le premier mot des aventures de Claire, hébergée une nuit par Brigitte et une nuit par Marie, il ne se doute pas que c'est peut-être sa fille qui, ce matin, lui a cédé sa place dans le chalet de la rue des Bauches.

— Mais vous l'avez renseigné.

— Non, ma foi! La même idée nous est venue en même temps, à Marie et à moi. Nous nous sommes dit qu'il serait cruel de lui donner une fausse joie.

Rien ne prouve encore que Claire est sa fille et, avant de les mettre en présence l'un de l'autre, nous voulons avoir une certitude... d'autant que Charles l'a déjà vue chez Brigitte et qu'il ne l'a pas reconnue.

— Marie non plus ne l'a pas reconnue.

— Non..., quoiqu'elle ait été frappée de sa ressemblance avec un portrait de sa nièce, enfant, qui est dans sa chambre. Mais elle a un moyen de s'assurer que c'est bien elle. Sa nièce avait un signe sur la peau. Si Claire l'a, ce signe, quand Marie l'aura vu, elle ne doutera plus.

— Et alors, que fera-t-elle? interrompit Destérel, qui n'avait pas l'air de se réjouir beaucoup de ce qu'il entendait.

— Alors, mon garçon, Claire sera Mlle Charlotte Cassan, et tu pourras demander sa main à son père. Je t'appuierai chaudement et j'espère qu'il ne te la refusera pas.

Comprends-tu maintenant pourquoi, tout à l'heure, je m'inquiétais de savoir si tu n'avais pas... mangé ton blé en herbe?

— Si je ne l'ai pas mangé, ce n'est pas votre faute.

— C'est vrai. Je me suis conduit comme un vieil étourneau. Marie vient de me faire une scène!... les oreilles m'en tintent encore!... Mais tout peut se réparer, puisque tu as été sage.

Je te dis tout ça devant M. Luminet, parce que je sais qu'il n'a donné que de bons conseils à toi et à la petite.

Agénor fit signe qu'il n'en donnerait jamais d'autres, mais Destérel demanda avec impatience :

— Enfin, que venez-vous me proposer?

— Je viens te prier de me confier Mlle Claire.

— Pour la montrer à votre ami?

— Non. Charles n'est pas chez sa sœur en ce moment. Il vient de nous quitter et il ne rentrera que ce soir... peut-être assez tard. Nous voudrions, Marie et moi, pouvoir lui annoncer que sa fille est retrouvée.

— Et si Claire n'est pas sa fille? Si le signe manque?... Ce signe sur lequel Marie compte pour la reconnaître?

— Marie ne l'abandonnerait pas, répondit le parrain avec un peu d'embarras.

— En d'autres termes, reprit sèchement Destérel, vous voulez que Claire se prête à une vérification qui intéresse vos amis de la rue des Bauches et qui ne les engage à rien. C'est à elle de décider.

Mais expliquez-moi donc, je vous prie, comment, si Claire était la fille de M. Cassan, cette femme de la rue Mozart aurait pu proposer à son père de la lui vendre? Elle ignore certainement que Claire est chez moi. Il s'agirait donc d'une autre jeune fille.

— Je ne crois pas. Je crois plutôt que, pour se débarrasser de Charles, elle lui a fait une promesse qu'elle est hors d'état de tenir.

Il y compte, pourtant, car il doit la revoir ce soir, et il a pris ses mesures pour la payer, au cas où elle lui amènerait sa fille. Si, comme j'en suis convaincu, elle lui manque de parole, il faudra bien qu'elle confesse la vérité. Son passé, que nous connaissons, nous donne barre sur elle. Je me chargerais, à moi tout seul, de la forcer à parler; et cela, d'ici à quelques heures, si tu ne mets pas de bâtons dans mes roues.

M. Luminet ne refusera pas de nous aider, ajouta Sylvain, et à nous trois nous ferons vite et bien.

Luminet ne demandait pas mieux. Il était tout acquis aux sages idées du parrain et il se ralliait bien volontiers à la proposition de remettre la jeune fille sous la protection de Marie Cassan.

Destérel n'osait pas s'y opposer, mais il manquait d'enthousiasme et on le voyait bien.

— Il faut battre le fer tandis qu'il est chaud, reprit gaiement Sylvain.

Ta voiture est arrivée en même temps que moi et elle attend devant ta maison. Veux-tu me la prêter pour mener Claire rue des Bauches?

— Oui, si elle consent à y monter avec vous, et j'en doute.

— Pourquoi? Tu te figures donc que je lui fais peur?

— Je crois qu'elle préférerait venir dîner avec moi, à Madrid, comme c'était convenu.

— Au restaurant! Tu voulais la conduire au restaurant! Parbleu! j'arrive à temps pour t'empêcher de faire une sottise.

A ce moment, la porte s'ouvrit et Claire se montra.

Elle se montra, mais, au lieu d'entrer, elle se rejeta en arrière, et si le vieil artiste ne s'était pas précipité pour la retenir, elle allait refermer la porte, qu'elle n'avait fait qu'entre-bâiller.

— C'est donc moi qui vous effraie, Mademoiselle? dit-il en lui prenant les mains et en l'attirant doucement dans le fumoir; plus doucement qu'il ne lui avait parlé chez lui, rue des Saules.

20.

C'était la première fois qu'il l'appelait : Mademoiselle.

— Je ne savais pas que vous étiez là, Monsieur, balbutia la jeune fille, toute décontenancée.

— Je viens vous chercher de la part de notre amie de Passy.

Claire, stupéfaite, interrogea des yeux Destérel, qui resta impénétrable.

Il s'était promis de ne pas intervenir, mais il espérait bien qu'elle allait refuser.

Fidèle à sa devise, — battre le fer tandis qu'il est chaud, — Sylvain ne laissa pas à l'enfant le temps de se reconnaître.

— Vous savez, Mademoiselle, combien cette bonne Marie vous aime. C'est à son grand regret qu'elle a dû, ce matin, se séparer de vous, et il lui tarde d'autant plus de vous revoir qu'elle a une heureuse nouvelle à vous annoncer. Gaston sait de quoi il s'agit et nous sommes convenus de laisser à Marie le plaisir de vous l'apprendre. La voiture qui vient d'arriver va nous mener chez elle. Vous deviez dîner au bois de Boulogne avec lui. Vous y dînerez demain... Et beaucoup plus gaiement, je vous le prédis.

Claire hésitait et Destérel enrageait d'entendre son parrain parler ainsi sans sa permission.

Il n'osait pas le démentir, mais il le donnait à tous les diables.

— Et aujourd'hui, continua imperturbablement Sylvain, vous ne serez pas longtemps séparée de lui, car il viendra, ce soir, nous rejoindre, rue des Bauches.

Tu entends, Gaston? Marie compte sur ta visite

à... voyons !... il est sept heures passées... Eh
bien ! à dix heures.

Et M. Luminet ne sera pas de trop. Il pourra
t'accompagner, si le cœur lui en dit.

— Oh ! très volontiers ! s'écria Luminet, et, en
attendant, je ne quitterai pas Destérel.

L'approbation d'Agénor décida la jeune fille. Elle
avait en lui une confiance absolue, et elle ne douta
pas qu'il fût d'accord avec Gaston, qui ne le contre-
disait pas.

Gaston se taisait, mais ce n'était pas faute d'avoir
envie de parler, car il se tenait à quatre pour ne
pas mettre Claire au courant de la situation, en lui
déclarant que Marie Bas-de-Laine voulait la voir
pour procéder sur sa personne à une vérification
corporelle.

Il aurait fallu alors demander à Claire si le signe
existait, et il y répugnait, ne sachant pas où le
signe était placé.

Destérel ne se piquait pas de vertu, mais il avait
encore de ces délicatesses.

— Mademoiselle, reprit le tenace parrain, nous
n'avons pas de temps à perdre. Pardonnez-moi de
vous prier d'aller mettre votre chapeau.

— J'en ai un, maintenant, et ce ne sera pas long,
dit gaiement Claire.

La rondeur de Sylvain, l'assentiment d'Agénor et
le silence de Gaston l'avaient rassurée.

Quand elle ne fut plus là, Destérel essaya de réclamer, mais le vieux peintre avait pris, comme on
dit, la garde haute et il ne s'en départit point. Moitié en riant et moitié sérieusement, il fit honte à son
filleul de ses velléités d'opposition à un simple

déplacement qui allait décider du sort de cetteenfant.

— Elle va peut-être retrouver son père, tu n'as pas le droit de l'en empêcher. Donc, tais-toi, et laisse-moi faire, conclut-il. Je te donne ma parole d'honneur que, ce soir, à dix heures, la question sera tranchée. Après, tu feras ce que tu voudras, et tu peux bien attendre jusque-là.

Et pas de scène d'adieux, maintenant, n'est-ce pas ? Dès que je serai arrivé rue des Bauches, je vais te renvoyer ta voiture. Viens à la fenêtre du salon donner tes ordres à ton cocher, de peur qu'il ne s'imagine que j'enlève ta bonne amie.

Destérel, résigné, suivit son parrain et se mit à la fenêtre avec lui pour faire ce qu'il demandait.

Claire, presque aussitôt, reparut, prête à sortir.

Luminet l'encouragea d'un coup d'œil approbateur, Gaston lui serra la main et Sylvain lui offrit son bras, qu'elle accepta de très bonne grâce.

Sylvain l'avait convertie. Elle l'aurait suivi partout, parce que, en le suivant, elle croyait obéir à Gaston.

Un instant après, la voiture filait vers la rue des Bauches, emportant un couple, mal assorti quant à l'âge, mais parfaitement d'accord.

— Bon voyage ! dit entre ses dents Destérel.

— Quoi ? demanda Luminet, étonné de voir les yeux de son ami briller de colère. Est-ce que tu n'es pas content de ce dénouement ? Il me semble qu'il ne pouvait rien t'arriver de plus heureux et que tu dois de la reconnaissance à ton parrain.

— Oui, pour m'avoir à tout jamais débarrassé de cette petite sotte.

— Oh ! dit Agénor, scandalisé.

— Une folle qui ne sait pas ce qu'elle veut !
Avec elle, le dernier qui parle a toujours raison.
Tiens ! Je n'ai qu'un regret, c'est de n'avoir pas
profité de la situation.

— C'est indigne, ce que tu dis là. Comment ! tu
te reproches de ne pas avoir abusé de la candeur
d'une enfant qui s'est fiée à ta loyauté !

— Et qui me plante là pour aller courir après un
père problématique.

— Mais c'est très sérieux. Maria est incapable de
mentir.

— Ça m'est égal. J'en ai assez, de toutes ces histoires. Ces gens-là s'arrangeront comme ils pour-
ront. Je ne veux plus m'en mêler.

— Est-ce à dire que tu ne viendras pas, ce soir,
avec moi, rue des Bauches ?

— Certainement non. Je ne t'empêche pas d'y
aller, mais tu iras tout seul.

— Et que leur dirai-je ?

— Tu leur diras ce que tu voudras. Moi, je me
retire.

— Après avoir compromis cette jeune fille !

— Compromis ! Tu me la bailles belle ! Est-ce ma
faute si elle a décampé de chez cette femme ?

— Absolument, puisque c'est toi qui m'as prié de
l'y aider. On ne se conduit pas comme ça quand on a
du cœur.

Ce fut dit d'un ton ferme qui fit impression sur
Destérel, exaspéré.

— Enfin, s'écria-t-il, que diable veux-tu que je
fasse ! Ce vieux toqué de Sylvain me la reprend
après me l'avoir jetée à la tête. Cette autre toquée
de Marie Bas-de-Laine, qui l'a chassée ce matin,

l'envoie chercher pour savoir si elle a une marque sur la peau. Et ce père qui ressuscite tout exprès pour réclamer sa fille ! Ah ! je serais curieux de le voir, celui-là, car il ne m'est pas prouvé qu'il existe.

— Tu le verras, si tu veux venir avec moi à Passy.

— En attendant, tu ne l'as pas vu toi non plus. Ils l'ont peut-être inventé.

— Dans quel but ? Quel intérêt ont-ils à te tromper?

— Je n'en sais rien, et je veux bien admettre qu'ils ne s'entendent pas contre moi ; mais que me conseilles-tu, toi qui raisonnes si bien?

— Je te conseille de m'accompagner rue des Bauches..., ou tout au moins de venir m'y rejoindre.

— J'aimerais mieux ça.

— Alors, j'annoncerai ta visite?

— Non. Je t'attendrai quelque part, près de la maison de Marie. Tu sortiras, tu me diras ce qui se passe chez elle et je me déciderai.

Et comme Luminet ne se pressait pas de répondre :

— Eh bien? demanda Destérel.

— Si je ne te connaissais pas, répondit lentement Luminet, je croirais que tu tiens à savoir, avant de t'engager davantage, si Claire est bien la fille de Charles Cassan, qui est riche...

— Tu as une jolie opinion de moi !

— Mais je ne le crois pas.

— C'est encore heureux ! Acceptes-tu l'arrangement que je te propose?

— J'accepte tout, pourvu que tu n'abandonnes

pas une jeune fille qui t'aime et qui en mourrait de chagrin.

— C'est bon! Tu iras chez Marie à dix heures et tu me trouveras à onze heures au bas de l'escalier qui va de la rue Pajou à la rue Mozart. Maintenant, pas un mot de plus et allons dîner. Je t'invite.

— Dîner! tu penses à dîner, toi!

— Pourquoi pas? Je devais conduire Claire au restaurant de Madrid. Je vais t'emmener aux Champs-Élysées, chez Laurent. C'est à deux pas et nous ne nous séparerons qu'à l'heure où tu partiras pour me précéder à Passy.

Agénor n'avait pas faim. L'inquiétude lui avait coupé l'appétit et il avait bonne envie de refuser; mais il se dit qu'en restant il entretiendrait Destérel dans la bonne résolution qu'il venait de prendre. Il se défiait de la mobilité d'esprit de son camarade et il craignait qu'il ne changeât d'avis, s'il le laissait seul.

Un quart d'heure après, les deux amis arrivaient au restaurant et le premier dîneur que Destérel y aperçut, ce fut le baron de Subligny, attablé en plein air.

Luminet ne connaissait pas le baron, mais le baron avait vu Luminet, le dimanche, au concert de la pelouse du Ranelagh; il l'avait remarqué et il avait la mémoire des figures.

Il n'hésita pas à appeler Destérel, qui ne demandait pas mieux que de dîner à trois, pour éviter des redites qu'il redoutait, prévoyant bien que le bon Agénor, plein de son sujet, allait lui parler tout le temps du prochain voyage à la rue des Bauches.

Il s'empressa donc d'accepter la fusion proposée et de présenter Luminet, au grand embarras de celui-ci, que le vieux beau intimidait beaucoup.

Subligny, d'ailleurs, lui fit si bon accueil qu'il le mit vite à l'aise et que le dîner commença joyeusement.

Ce gentleman possédait un fonds inépuisable d'anecdotes scandaleuses, et il les contait si bien que l'honnête Agénor prit plaisir à l'écouter, quoiqu'il ignorât totalement l'existence des femmes que le baron mettait en scène.

Le vin de Champagne pousse à la gaieté et on n'en but pas d'autre. Mais la causerie prit bientôt un tour plus personnel. Subligny demanda à Destérel, qu'il avait laissé la veille attablé au baccarat du cercle, comment s'était terminée la séance, et Luminet apprit ainsi que son ami avait passé la nuit au jeu, pendant qu'on l'attendait chez Marie Bas-de-Laine.

Il s'en doutait bien un peu et le moment eût été mal choisi pour le lui reprocher.

— A propos, dit tout à coup le baron, je viens d'exécuter Calvacano.

— L'exécuter ? comment ? interrogea Destérel.

— Comme je vous l'avais annoncé hier. Justement, le comité de notre cercle s'est réuni aujourd'hui. J'ai demandé à être entendu et j'ai informé ces Messieurs que cet homme est l'associé d'une farceuse que plusieurs d'entre nous ont connue jadis et qui, après une longue éclipse, est revenue tenir à Paris un élégant tripot où on dépouille les étrangers.

J'ai même ajouté que Cavalcano ne dédaigne pas d'opérer lui-même et que, mardi dernier, il a introduit des dés pipés dans une partie de *creps* qui a coûté trois cent mille francs à ce grand fou de Golymine.

— Leur avez-vous dit que c'était de moi que vous teniez ce renseignement?

— Oui, mon cher; ai-je mal fait?

— Non, si vous vous êtes borné à raconter ce qui s'est passé, car je n'ai pas constaté qu'il trichait.

— Parce que vous n'êtes pas au courant des roueries de ce vilain monde. J'ai dit tout simplement ce que vous avez vu et j'ai pris sur moi d'affirmer que la partie n'a pas été loyale.

Seriez-vous fâché que je vous aie mis en scène?

— Oh! pas du tout. Je méprise cet homme autant que je le hais, et je suis tout prêt à le lui dire à la face.

Qu'a décidé le comité?

— Que, pour éviter d'ébruiter la chose, on allait députer à ce marquis dévoyé un membre du cercle qui le priera poliment de s'abstenir d'y reparaître. Et Cavalcano se le tiendra pour dit, n'en doutez pas. Je crois même que la démarche est déjà faite et que nous ne le reverrons plus. Mais... vous le haïssez, dites-vous. Pourquoi? Est-ce à cause de cette petite qui s'est sauvée de chez la soi-disant comtesse de Vercin?

— Il s'est indignement conduit, et...

— Oui, je sais. A propos, qu'est-elle devenue, cette ravissante blonde, depuis qu'elle a quitté la maison maudite? Vous m'avez à peu près promis, hier, que vous ne vous presseriez pas d'intervenir...

Mais..., j'y pense!... N'est-ce pas M. Luminet qui devait vous remplacer?

— Oui, et il peut vous dire que, après divers incidents dont le récit ne vous intéresserait pas, cette
jeune fille est en ce moment à Passy, chez la personne qui s'était offerte à la recevoir.

— C'est parfait et je vous engage à l'y laisser.

Luminet, que le baron venait de citer, ne dit mot.
Il ne se croyait pas assez renseigné pour prendre
part à la conversation, et Destérel, qui ne tenait
pas à le mettre au courant de ses précédentes cau-
series sur ce sujet brûlant, s'empressa de répondre
à M. de Subligny :

— Elle y est mieux que n'importe où, et elle y
restera, j'espère.

— A la bonne heure ! s'écria le baron ; vous voilà
redevenu raisonnable et je vous en fais mon compliment bien sincère. N'en parlons plus, et parlons
d'autre chose, voulez-vous ?

Le vieux viveur se remit à égréner son chapelet
de souvenirs amusants. Il connaissait tout Paris et
il avait vécu dans tous les mondes ; aussi n'était-il
jamais à court d'historiettes, et son répertoire était
loin d'être épuisé que déjà le dîner tirait à sa fin.

Luminet ne s'ennuyait pas de l'entendre, mais
Luminet n'oubliait pas qu'on les attendait, rue des
Bauches, à dix heures.

C'était surtout Destérel qu'on y attendait, et Sylvain, en partant avec Claire, comptait fermement
que son filleul serait exact.

Après son départ, il avait été convenu entre les deux
amis que Luminet irait seul, et qu'à onze heures il
viendrait chercher Destérel qui se tiendrait, rue
Pajou, au bas de l'escalier de la rue Mozart.

Luminet n'avait accepté cet arrangement qu'à

contre-cœur et il espérait bien, pendant le dîner, décider Déstérel à l'accompagner.

La rencontre du baron l'avait empêché d'essayer et il était temps qu'il se mît en route pour Passy, s'il voulait arriver à l'heure indiquée par Sylvain, en présence de Claire.

Il fallut se résigner à lever la séance, sans aborder la question du voyage à deux.

Tout au plus se permit-il de dire à Gaston :

— Tu sais ce que tu m'as promis.

A quoi Gaston répondit d'un air dégagé :

— Sois tranquille. Je n'y manquerai pas.

Et le pauvre Agénor dut se contenter de cette assurance, à laquelle il ne se fiait qu'à moitié.

Il s'excusa auprès de Subligny de partir si vite, et Subligny, croyant ou feignant de croire que Luminet allait en bonne fortune, l'engagea vivement à ne pas manquer l'heure du berger.

Il y ajouta même des protestations de sympathie, et le fait est qu'il trouvait Luminet charmant, parce que Luminet, attentif à ses joyeux récits, avait paru goûter sa réserve et son esprit.

Luminet n'en était pas plus fier, car il avait d'autres soucis, que la gaieté de ce dîner en plein air n'avait pas dissipés.

Il pensait à Claire et il se demandait ce qu'il adviendrait d'elle, si les prévisions optimistes de Sylvain ne se réalisaient pas, et surtout si Gaston changeait encore une fois de sentiments.

Ce malheur était d'autant plus à redouter que Luminet laissait son ami en tête-à-tête avec le baron, qui ne se cachait pas de lui conseiller de ne plus s'occuper d'elle.

Luminet n'y pouvait rien. Il avait fait son devoir, et plus que son devoir, puisqu'il s'était compromis pour sauver une jeune fille qui ne l'aimait pas et qui ne l'aimerait jamais. Sa conscience lui rendait ce témoignagne, mais il n'augurait pas bien de la suite de l'aventure où son bon cœur l'avait engagé.

Il se disait tout cela en remontant à pied l'avenue des Champs-Élysées, et il marchait si vite, qu'à cette allure il aurait devancé l'heure du rendez-vous, ce qu'il voulait éviter.

Arrivé au rond-point de l'Étoile, il ralentit le pas, mais en suivant l'avenue d'Eylau, il se surprit plus d'une fois à accélérer involontairement son train.

Ses jambes obéissaient malgré lui à l'inquiétude qui le talonnait.

Rue de la Pompe, il passa devant la boutique de Brigitte et il ne s'étonna pas de voir les volets hermétiquement clos, mais il eut comme un remords d'y avoir amené Claire, qui n'y était pas restée et qui ne pouvait guère y rester.

Bien entendu il ne s'arrêta point, et il eut beau ne pas se presser, il entendit la demie de neuf heures sonner à l'église de Passy, au moment où il entra dans la rue des Bauches, par la rue de Boulainvilliers.

Il était en avance d'une demi-heure, mais, après tout, cela valait mieux que d'être en retard, et ni Claire ni Marie ne lui sauraient mauvais gré de son empressement.

La question était de savoir si Charles Cassan était déjà rentré, et Luminet aurait préféré qu'il ne fût pas encore là, car il ne le connaissait pas, et sa présence le gênerait un peu pour s'expliquer avec sa vieille amie Marie Bas-de-Laine.

Mais le sort en était jeté et il n'y avait plus à reculer.

Luminet s'engagea dans la rue des Bauches, assez mal éclairée par des becs de gaz trop espacés ; mais, presque aussitôt, il lui sembla entendre devant lui un bruit de pas.

Il s'arrêta court, il se colla contre le mur d'un jardin et il écouta.

On marchait avec précaution et les pas s'éloignaient.

Bientôt, le bruit cessa tout à fait. Luminet attendit un peu, et, n'entendant plus rien, il allait continuer lorsqu'un cri perça le silence de la nuit.

Ce cri, parti du fond de la rue des Bauches, arrêta Luminet, prêt à se remettre en marche.

C'était, à n'en pas douter, un cri d'alarme, sinon un cri d'angoisse ; son premier mouvement fut de courir au secours de la personne qui l'avait jeté, et s'il se hâtait, c'est que la scène se passait dans le voisinage immédiat de la maison de Marie Bas-de-Laine.

Luminet, attendu chez elle, ne s'appartenait pas et il devait y regarder à deux fois avant de se mêler d'une bagarre quelconque.

Il s'agissait peut-être d'une rixe entre deux ivrognes et, dans ce cas, il aurait eu grand tort d'intervenir.

Il se contenta donc d'écouter et il ne tarda guère à être fixé, car il entendit le bruit d'une lutte, des piétinements, des exclamations étouffées et enfin un appel désespéré :

— A moi!... à l'assassin!

Cette fois, la prudence du brave Agénor n'y tint plus. Il se lança du côté où on appelait, bien résolu à prendre le parti du plus faible; mais il n'eut pas fait dix pas qu'il fut heurté violemment par un homme qui venait en sens inverse et qui courait à toutes jambes.

Le choc fut si rude qu'il faillit être renversé. Il trébucha, tourna sur lui-même, et, avant qu'il eût repris son équilibre, l'homme disparut par la rue de Boulainvilliers.

Luminet, qui l'avait à peine entrevu, ne songea point à le poursuivre, quoiqu'il comprît bien que cet homme venait de faire un mauvais coup. Luminet continua d'avancer, poussé par cette idée que, s'il y avait une victime, elle n'était pas loin.

Il ne se trompait pas, car, en avançant un peu, il vit, adossé au mur d'un jardin, un autre homme qui serrait ses deux mains contre sa poitrine et qui se soutenait à peine.

Luminet le prit dans ses bras en lui demandant:

— Vous êtes blessé, Monsieur?

— Je suis mort, dit l'homme d'une voix défaillante.

— Appuyez-vous sur moi. Qui vous a frappé?

L'homme ne répondit pas. Il étouffait, mais il avait encore la force de rester debout et même de marcher, soutenu ou plutôt porté par Luminet, qui ne faisait que l'aider, car cet énergique blessé avait l'air de savoir où il voulait aller.

Ils cheminèrent ainsi, en rasant la muraille et avec force temps d'arrêt, jusqu'à une porte que Luminet, qui commençait à perdre la tête, ne reconnut pas tout d'abord.

— Là !... c'est là !... Sonnez ! murmura l'homme.

Luminet déféra à cette suprême prière d'un mourant et ne s'aperçut qu'après avoir sonné de toutes ses forces qu'il venait de sonner chez Marie Bas-de-Laine.

Fâcheux hasard qui l'amenait là, conduisant un homme assassiné ! Claire et Marie se seraient bien passées de cette nouvelle émotion, après tant d'autres. Mais il n'était plus temps de la leur épargner, et d'ailleurs, Luminet ne pouvait pas abandonner dans la rue le malheureux qu'il avait secouru.

A sa très vive satisfaction, ce fut Sylvain qui vint ouvrir.

Avec celui-là, Luminet allait pouvoir se concerter pour laisser les femmes en dehors de cette sinistre aventure.

Luminet resta stupéfait de le voir étreindre le blessé et de l'entendre s'écrier :

— Charles !... comment, c'est toi !... dans quel état !... qu'as-tu ?... parle !

— Elle m'a tué, articula péniblement le moribond.

Cet effort fut le dernier. Il s'affaissa et il serait tombé si Luminet ne l'avait pas saisi à bras-le-corps.

— Aidez-moi, dit vivement Sylvain ; aidez-moi à le porter là-haut avant que sa sœur arrive.

Ces mots « sa sœur » apprirent à Luminet ce qu'il ignorait. Cet homme, c'était le frère de Marie Cassap. C'était peut-être aussi le père de Claire, et, s'il respirait encore, il n'avait plus que quelques instants à vivre.

Ce n'était pas le moment de demander des explications et Luminet obéit, sans dire un seul mot, au parrain de Destérel.

A eux deux, ils enlevèrent Charles Cassan, qui n'était pas lourd, ils le portèrent au premier étage du chalet et ils l'étendirent sur le lit où Claire avait couché, la veille.

Là seulement, à la vive clarté du gaz allumé dans la chambre, ils virent qu'il était mort, frappé d'un coup de poignard en pleine poitrine, au-dessus du cœur.

L'arme, enfoncée jusqu'à la garde, était restée dans la plaie.

C'était miracle qu'il n'eût pas été tué sur le coup, mais l'assassin ne l'avait pas manqué.

Et cet assassin, Luminet l'avait laissé fuir.

Sylvain, pâle, les yeux secs, les dents serrées, regardait le cadavre de son ami.

Il ne le pleurait pas ; il pensait à le venger.

Luminet, consterné, n'osait pas l'interroger.

— Où l'avez-vous trouvé ? lui demanda brusquement Sylvain.

— J'arrivais par la rue des Bauches..., j'ai entendu un cri... j'ai couru et je l'ai vu qui chancelait. Je l'ai aidé à se traîner jusqu'à la porte du jardin.

— Et elle ?... vous ne l'avez pas vue ?...

— Elle ?

— Oui... l'infâme gueuse de la rue Mozart... ; il nous a dit : c'est elle qui m'a tué...

— Je n'ai vu qu'un homme qui se sauvait.

— Alors, elle l'a fait tuer par un complice. Je les retrouverai tous les deux. Où est Gaston ?

— Il n'a pas voulu venir avec moi, mais il viendra. Il me l'a promis.

— Il arrivera trop tard pour voir vivant le père de celle qu'il aime, ou qu'il prétend aimer.

— Alors !... Charles Cassan... le frère de Marie?..

— Claire était sa fille. Nous avons reconnu le signe qu'elle a sur l'épaule. Nous attendions Charles pour lui annoncer qu'elle est ici, dans la chambre de Marie, qui est folle de joie et qui mourra de douleur quand elle verra son frère assassiné. Pauvre Charles ! il n'aura pas la consolation d'embrasser l'enfant qu'il a tant pleurée. Il meurt au moment où il venait d'apprendre qu'elle vivait encore, et c'est pour elle qu'il meurt.

— Pour elle? répéta Luminet, qui ne comprenait pas.

— A cause d'elle, et c'est ma faute.

— Comment ?

— Vous ne savez pas ce qu'il a fait aujourd'hui. Je ne vous ai pas tout dit tantôt, chez Gaston, parce que j'avais hâte de ramener Claire chez Marie.

— Vous nous avez dit qu'il avait vu Mme de Vercin et qu'elle lui avait proposé de lui rendre sa fille pour de l'argent.

— J'aurais pu ajouter qu'il avait accepté la proposition de cette coquine, qu'il devait la rencontrer ce soir et qu'il était sorti portant sur lui la somme qu'elle lui demandait. Nous avons essayé, Marie et moi, de le retenir. Nous n'y avons pas réussi. Nous aurions dû l'enfermer ; il est parti en nous disant qu'il rentrerait vers dix heures. Quand vous avez sonné, j'ai cru que c'était lui.

— Mais il a été frappé rue des Bauches! C'était

donc là que cette misérable femme lui avait donné rendez-vous ?

— Probablement, et au lieu d'y venir, elle y aura aposté un scélérat qui l'a poignardé et qui s'est emparé des cent billets de mille francs qu'il avait mis, devant moi, dans la poche de poitrine de son habit.

Vous voyez qu'ils n'y sont plus, acheva Sylvain en montrant du doigt à Luminet le cadavre couché sur le dos.

Le coup avait été porté par une main sûre et exercée. Le sang avait très peu coulé. L'assassin avait frappé au bon endroit, mais en fouillant précipitamment sa victime, il avait retourné et presque arraché la poche, qui pendait, béante, sur le revers froissé du vêtement.

Le visage n'était pas altéré. Charles Cassan n'avait pas dû beaucoup souffrir. On eût dit qu'il dormait, mais ses yeux, restés ouverts, n'avaient plus de regard. Il était bien mort, et l'idée d'aller chercher un médecin ne vint ni à Sylvain, ni à Luminet.

En revanche, ils pensèrent tous les deux en même temps à la nécessité qui s'imposait d'annoncer le malheur à Marie, et Sylvain dit :

— Il vaut mieux que ce soit moi. Elle est dans sa chambre avec Claire et Brigitte. Allez la trouver. Dites-lui que j'ai à lui parler. Elle viendra. Je la recevrai sur la galerie du chalet pour la préparer à l'affreux spectacle qu'elle aura ici. Ne dites rien à Claire.

— Je lui dirai que j'attends Destérel, rectifia Luminet.

— Quand doit-il venir ?

— Il a été convenu qu'il serait à onze heures, rue Pajou, au bas de l'escalier de la rue Mozart, et que j'irais l'y chercher.

— Bon ! mais moi, en attendant qu'il arrive, j'irai faire une ronde dans la rue des Bauches. Je me figure que l'assassin y a laissé des traces de son passage.

— Ne pensez-vous pas qu'il serait urgent de prévenir le commissaire de police?

— Pas avant que je me sois entendu avec ma vieille amie, car...

Sylvain n'acheva pas. Il venait de voir apparaître sur le seuil Marie Cassan.

Sylvain et Luminet se précipitèrent pour l'empêcher d'entrer. Ils n'y réussirent pas. Elle avait vu le cadavre de son frère, elle avait couru au lit et elle s'était jetée sur lui en le couvrant de baisers et en l'appelant par son nom.

Sylvain tira Luminet à l'écart et lui dit tout bas :

— Allez trouver Claire et ne la quittez pas avant que je vienne vous chercher.

Luminet ne se fit pas prier pour obéir. Le spectacle qu'il avait sous les yeux lui déchirait le cœur et il sentait bien qu'il valait mieux laisser Sylvain s'expliquer en tête-à-tête avec sa vieille amie.

Il s'esquiva et Sylvain resta debout derrière Marie, qui s'était agenouillée près du mort.

Il attendit qu'elle se relevât pour lui prendre les mains, en lui disant :

— Ils l'ont assassiné, mais...

— C'est elle, n'est-ce pas? interrompit Marie Bas-de-Laine.

— Ce n'est pas elle qui a frappé.

— Elle a payé l'assassin.

— Il s'est payé lui-même. Il a pris les cent mille francs que Charles apportait à cette femme et il a pu fuir. Le jeune homme qui vient de sortir l'a vu, mais il ne le connaît pas. Il a reçu dans ses bras votre frère blessé et il m'a aidé à le porter ici.

— Luminet? Où est-il?

— Je viens de l'envoyer près de votre nièce en le priant de ne pas lui parler de ce qui se passe ici. Il la retiendra dans votre chambre, avec Brigitte, jusqu'à l'arrivée de mon filleul, qui doit venir à onze heures; maintenant, ma chère Marie, nous ne pouvons pas en rester là. Je vais prévenir la police.

— Allez! et faites arrêter cette femme.

— Vous m'y autorisez?

— Je vous le demande..., je l'exige.

— Je vais être obligé de raconter toute l'histoire de votre frère.

— Que m'importe, pourvu que je le venge! Allez, vous dis-je! je veux être seule. Vous me retrouverez ici. J'y passerai la nuit.

— Aurez-vous ce courage?

— Il y a dix-huit ans que je prie sur son cercueil vide; je n'aurai pas peur de prier sur son cadavre. Allez, mon ami, et surtout, pas un mot à Claire. Je ne veux pas qu'elle entre ici.

— Votre volonté sera faite, dit Sylvain.

Et en sortant à reculons, il la vit tomber à genoux.

Il avait fait bonne contenance devant sa vieille amie, ce brave Sylvain, mais il était profondément troublé. La mort tragique de Charles Cassan le navrait, et les suites de ce sinistre événement l'inquiétaient, car il prévoyait qu'il aurait beaucoup de peine à convaincre le commissaire de police que le crime n'avait pu être commis qu'à l'instigation de Mme de Vercin, propriétaire, rue Mozart.

Il y parviendrait peut-être à la suite d'une enquête sur les antécédents de cette fausse comtesse, mais cette enquête serait longue et difficile ; avant qu'elle aboutit, la coquine aurait tout le temps de disparaître. On savait déjà qu'elle se préparait à partir.

Quant à la faire arrêter immédiatement, comme le voulait Marie Bas-de-Laine, il n'y fallait pas songer.

La police n'arrête qu'à bon escient les personnes riches et bien posées dans le quartier qu'elles habitent. Sylvain devait donc s'attendre, s'il dénonçait la Vercin, à être fort mal reçu et même tenu pour suspect, lui qui n'était qu'un pauvre diable d'artiste, domicilié à l'autre bout de Paris et connu seulement de Marie et de Brigitte, à Passy.

Il se pouvait même que la démarche tournât contre lui et contre ses amies.

Un meurtre venait d'être commis et un cadavre gisait sur un lit dans le chalet de Marie Bas-de-Laine. Il faudrait pouver qu'on l'y avait apporté et que la victime avait été frappée dans la rue.

Et quand le commissaire se présenterait pour vérifier les faits et interroger les gens, comment lui expliquer la présence dans la maison d'une jeune fille que, dans le pays, tout le monde prenait pour la fille de Mme de Vercin?

Et Destérel, qui allait arriver et qui, n'étant pas

au courant de ce qui venait de se passer, contredirait peut-être les assertions de son parrain !

Il n'y avait pas jusqu'à Luminet, qui ne pût devenir, malgré lui, un témoin embarrassant.

Sylvain se disait tout cela en descendant l'escalier du chalet, et il n'était pas du tout rassuré sur les conséquences de la visite qu'il allait faire au magistrat chargé de la police de Passy.

Et cependant, il comprenait qu'il ne pouvait pas s'en dispenser, ni même la différer, sous peine d'exposer à de terribles soupçons lui et ses alliés des deux sexes.

On ne cache pas chez soi le corps d'un homme assassiné, quand on n'est pas complice de l'assassinat.

Sylvain maudissait la faiblesse qu'il avait eue de laisser Charles Cassan sortir seul.

Ce n'était certes pas faute de l'avoir supplié de lui permettre de l'accompagner.

Charles n'avait rien voulu entendre; Charles ne pensait qu'à revoir sa fille et il n'était déjà plus là lorsque sa sœur et son vieil ami s'étaient avisés que Claire pouvait bien être l'enfant qu'il cherchait et que la Vercin proposait de lui rendre en échange d'une somme de cent mille francs.

Comment n'y avaient-ils pas pensé plus tôt? Peut-être parce que Charles ne leur avait pas laissé le temps de réfléchir. Pour venir de la rue Mozart à la rue des Bauches, il avait fait un long détour, et, après leur avoir annoncé brièvement qu'il venait de retrouver sa femme, que sa fille n'était pas morte et qu'il allait la chercher, il était parti comme un fou, emportant les cent billets de mille francs et

laissant dans la chambre de Marie le reste du trésor, billets, valeurs et numéraire, qu'il avait reti-
rés du chalet dont Marie lui avait remis les clés.

C'était encore heureux qu'il n'eût pas tout gardé
sur lui, car l'assassin aurait tout pris et Marie Bas-
de-Laine eût été ruinée complètement.

Sylvain ne songeait guère à se réjouir de cet oubli; il ne songeait qu'à l'embarras effrayant où le
mettait la mort tragique de son ami, et il ne voulait
pas aller chercher le commissaire de police avant
d'avoir revu Claire, Luminet et Brigitte.

Il les trouva réunis au premier étage de la maisonnette : Brigitte, très calme; Claire, presque gaie;
Luminet très agité.

Brigitte ignorait tout; Claire comptait sur la prochaine arrivée de Destérel; Luminet, qui savait
tout, avait beaucoup de peine à dissimuler son
émotion.

Sylvain leur dit que Marie les priait de l'attendre dans sa chambre, et qu'il allait, lui, à la rencontre de Gaston, qui ne pouvait pas tarder.

Luminet n'en crut rien, mais il se tut et Sylvain
se hâta de les quitter.

En traversant le jardin, il leva les yeux et il vit
que Marie n'avait pas fermé la salle vivement éclairée où elle veillait près du corps de son frère, mais
il ne fut pas tenté d'y remonter.

Il avait en poche la clé de la porte de la rue; il
pourrait donc rentrer sans sonner pour qu'on vînt
lui ouvrir, et il sortit vivement.

Dès qu'il fut dehors, il se reprit à hésiter.

Il ne savait pas où était situé le commissariat; il
avait oublié de s'en informer et il ne se souciait pas

de revenir demander l'adresse à Marie Bas-de-Laine, qui pouvait fort bien ne pas la connaître, car elle n'avait probablement jamais rien eu à démêler avec la police de Passy.

Il était plus simple d'interroger le premier passant venu, et ce n'était pas dans la rue des Bauches qu'il en rencontrerait un, entre dix et onze heures du soir. Mais la rue Mozart était tout près, et, en été, la circulation n'y cesse que très tard.

Sylvain apercevait l'escalier qui y conduit; cet escalier où Gaston Destérel devait venir attendre Agénor Luminet.

Destérel n'était pas encore arrivé, et pour le moment ce n'était pas à son filleul que Sylvain avait à faire; mais Sylvain, prenant au plus court, se dirigea de ce côté.

Au coin de la rue Pajou, en donnant un coup d'œil à gauche, il crut distinguer une forme humaine qui semblait faire corps avec le mur de soutènement de l'hôtel de la Vercin, et l'idée lui vint qu'il y avait là quelqu'un en sentinelle : l'assassin, peut-être, ou un complice de l'assassin qui l'épiait.

C'était invraisemblable, mais il voulut en avoir le cœur net et il avança. L'ombre glissa le long de la muraille; il courut après elle et il eut tôt fait de la rattraper. Sa main s'abattit sur l'épaule de l'être qui fuyait; il le traîna sous un bec de gaz et il resta confondu.

L'espion était une femme.

Oui : une femme qui, en se débattant, dit d'une voix étouffée :

— Ne me faites pas de mal. Je vais vous donner tout l'argent que j'ai sur moi.

Elle prenait Sylvain pour un voleur.

Et Sylvain, au lieu de la lâcher, se mit à la dévisager.

Il vit alors qu'elle était coiffée d'une mantille à l'espagnole et vêtue d'une robe assez décolletée.

Il crut un instant être tombé sur une de ces rôdeuses qui vont cherchant fortune, le soir, par les rues peu fréquentées : mais cette idée lui passa vite, car, en la regardant de près, il s'aperçut que sa figure ne lui était pas inconnue.

Elle n'était plus jeune, mais elle avait de grands restes de beauté, et il se demanda où il avait déjà vu ses traits réguliers, éclairés par des yeux magnifiques.

— Vous êtes venue ici pour m'espionner, drôlesse! lui cria-t-il en la secouant rudement.

— Non, je vous le jure, balbutia-t-elle ; j'attendais quelqu'un et je demeure là.

Elle montrait l'hôtel dont la masse imposante dominait la rue Pajou.

Cette réponse imprudente fut pour Sylvain un trait de lumière. Il reconnut enfin cette Juliette que, vingt ans auparavant, Charles Cassan avait épousée, et il reprit :

— Vous êtes la comtesse de Vercin, alors?

— Oui, Monsieur, et je vous supplie de me laisser partir, dit la fausse comtesse, qui commençait à se rassurer.

Elle ne se souvenait pas d'avoir jadis entrevu Sylvain. Elle ne pouvait donc pas deviner qu'il savait l'histoire de sa vie passée et elle ne craignait plus d'être à la merci d'un coupe-jarret de banlieue.

Il eût peut-être mieux valu pour elle avoir affaire

à un bandit, qui l'aurait dévalisée de sa bourse et de ses bijoux qu'à Sylvain, qui ne doutait plus de tenir la complice du meurtrier de Charles Cassan.

Le sang monta à la tête du vieil artiste. La colère le prit, une colère froide, plus terrible qu'un accès de rage. En une seconde, il oublia tous ses projets.

Qu'avait-il besoin d'aller requérir la police, maintenant qu'il avait mis la main sur la grande coupable, celle qui avait tendu le guet-apens, armé l'assassin et profité du crime?

Il aurait pu l'écraser comme une vipère et il en avait bonne envie; mais ce n'était qu'une femme et ce n'était pas elle qui avait frappé. Il la tenait et il faudrait bien qu'elle parlât. Il la prit par le bras.

— Où voulez-vous me mener? demanda-t-elle en essayant de se dégager.

— Tu le verras. Marche, coquine! et tais-toi! si tu cries au secours, je t'étrangle.

Il l'aurait fait comme il le disait.

Juliette eut peur. Elle se tut et elle se laissa entraîner.

Elle ne savait pas qui était cet homme, mais elle se sentait perdue, et elle accusait déjà Cavalcano, qu'elle attendait, de lui avoir dépêché un sicaire pour se débarrasser d'elle.

Elle se trompait et elle ne pouvait pas prévoir le châtiment que Sylvain lui réservait.

Il la traîna jusqu'à la porte du jardin de Marie Bas-de-Laine, il ouvrit cette porte, il entra, poussant devant lui sa prisonnière, plus morte que vive, et, après l'avoir collée contre le mur, il se planta devant elle pour lui dire :

— J'étais l'ami de Charles Cassan que vous avez fait assassiner.

— Assassiné, Charles Cassan ! s'écria-t elle. Ce n'est pas vrai. Je l'ai vu aujourd'hui... il devait venir ce soir.

— Il est venu et on l'a tué d'un coup de poignard ; on l'a tué pour le voler ; il avait cent mille francs sur lui, vous le savez bien.

— Et on les a pris ! Ah ! il n'y a qu'un homme qui ait pu...

— Nommez-le, cet homme.

Et comme Juliette ne répondait pas :

— Me reconnaissez-vous ? lui demanda brusquement Sylvain.

Elle fit signe que non, et il reprit :

— Je m'appelle Sylvain ; je demeurais rue des Saules, à Montmartre. J'y demeure encore. Vous souvenez-vous de moi, maintenant?

Elle pâlit, mais elle ne dit rien.

— Et savez-vous chez qui vous êtes, ici ? Vous êtes chez votre belle sœur, Marie Cassan.

— Ma belle sœur ! ce n'est pas vrai elle est morte.

— Vous croyez?

— Charles me l'a dit.

— Vous mentez. Voulez-vous, oui ou non, me nommer l'assassin ?

— Il n'y a pas d'assassin et c'est vous qui mentez, répliqua Juliette en se redressant sous la main qui la tenait. Vous inventez tout cela pour me faire parler. Vous n'obtiendrez rien de moi. Charles m'a trompée. C'est lui qui m'a tendu un piège, en me donnant un rendez-vous dans la rue Pajou et en vous y envoyant à sa place, pour me forcer à lui rendre sa fille, sans me payer. Et bien ! qu'il vienne ! je lui dirai où elle est, sa fille ; je lui dirai ce que vous en avez fait, vous qui étiez son ami. Elle est chez vous et elle est votre maîtresse. Oui, je voulais qu'il me remboursât l'argent que j'ai dépensé pour elle depuis dix-huit ans ; il préfère l'avoir pour rien.. soit ! Il l'aura et il saura ce qu'elle vaut ; il saura que vous êtes son amant...Allez le chercher et cessez de me menacer. Je ne vous crains pas.

Sylvain suffoquait d'indignation, mais il fut frappé de l'assurance que montrait Juliette, depuis qu'elle avait repris un peu de sang-froid.

Aurait-elle l'audace de parler ainsi et de demander à voir Charles, si elle eût commandé le crime ? Sylvain en doutait et il avait raison d'en douter, car c'était à l'insu de son odieuse associée que Cavalcano avait poignardé Charles Cassan.

Aux premiers mots que Sylvain lui avait dits du meurtre, elle avait pensé à cet homme qu'elle savait capable de tout, mais elle s'était vite ravisée. Elle croyait maintenant que son mari vivait et que toute cette scène avait été concertée entre Charles et Sylvain pour obtenir d'elle une confession complète.

— Qu'attendez-vous ? demanda-t-elle insolemment. Où est-il ? Ici, sans doute, puisque cette maison appartenait à sa sœur et qu'elle lui appartient depuis qu'elle est morte. Eh bien ! mettez-nous en présence l'un de l'autre et nous nous expliquerons. Je n'ai rien à démêler avec vous et je ne vous dirai rien de plus.

C'en était trop. Sylvain, à bout de patience, résolut d'en finir.

— Vous voulez le voir, murmura-t il.

— Je l'exige, répondit Juliette, encouragée par ce changement de ton qu'elle prenait pour un signe de faiblesse et pour un aveu. Conduisez-moi près de lui, s'il ne veut pas venir.

— Marchez ! dit Sylvain en montrant le chalet.

— Alors, il est là ?

— Oui.

— Seul ?

— Que vous importe ? Marchez !

— Je vous préviens que s'il n'est pas seul, vous ne tirerez rien de moi.

— Marchez ! répéta Sylvain, menaçant.

Cette fois, Juliette comprit qu'il fallait obéir et elle marcha, serrée de près par le vengeur de Charles Cassan.

La lumière brillait toujours au premier étage du chalet, par la porte restée ouverte, et, au fond du jardin, dans la maison de Marie Bas-de-Laine, une fenêtre était éclairée, la fenêtre de la chambre où Claire, Brigitte et Luminet attendaient l'arrivée de Destérel, qui avait promis à son ami de se trouver à onze heures au bas de l'escalier de la rue Mozart.

Juliette s'arrêta au bas de l'escalier du chalet.

— Vous me jurez qu'il est là-haut ? demanda-t-elle encore.

— Vous allez le voir. Montez ! répondit Sylvain en la poussant par le dos, comme le bourreau pousse un condamné pour lui faire franchir les marches de l'échafaud.

Elle monta lentement. La terreur l'avait reprise et, si elle n'essaya pas de fuir, c'est qu'elle comprenait qu'elle essaierait inutilement.

Mais quand elle eut atteint la galerie extérieure, elle se raidit contre l'impulsion des mains de Sylvain et se rejeta en arrière si violemment qu'il eut beaucoup de peine à la maintenir.

Elle avait entendu des sanglots et elle se serait laissée tomber plutôt que d'avancer, s'il ne l'eût pas saisie à bras-le-corps.

— On égorge quelqu'un ! s'écria-t-elle. Tuez-moi ici ! Je n'irai pas plus loin.

Pour toute réponse, Sylvain, qui était vigoureux, l'enleva comme une plume, la porta dans la salle éclairée et la remit sur ses pieds devant le cadavre de Charles Cassan.

Marie, penchée sur le corps de son frère, se retourna au bruit, et les deux femmes se trouvèrent face à face.

Elles ne s'étaient jamais vues et pourtant elles se reconnurent.

Marie ressemblait à son frère; Juliette ne pouvait pas s'y tromper; et en voyant Juliette amenée comme une prisonnière par Sylvain, Marie n'eut pas de peine à deviner que cette femme était la fausse comtesse de Vercin.

Sylvain, du reste, l'aurait tirée d'incertitude, si elle eût hésité, car il s'écria :

— La voilà, celle qui a perdu Charles ! La voilà, celle qui voulait vendre votre nièce ! La voilà, l'infâme ! Je l'ai surprise dans la rue où elle attendait son complice. Elle refuse de le nommer, mais nous la tenons et elle paiera pour lui.

Juliette, atterrée, cachait sa figure dans ses mains, pour ne pas voir le cadavre. Sylvain la lâcha et elle tomba à genoux en gémissant.

— Ce n'est pas moi. Je jure que ce n'est pas moi.

— Non, reprit Sylvain, ce n'est pas elle qui a frappé. Elle n'en aurait pas eu la force, mais c'est elle qui a donné le rendez-vous où il a trouvé la mort.

— Je ne savais pas que Cavalcano le tuerait, protesta Juliette, sans essayer de se relever.

— Calvacano? interrogea Sylvain.

— Le marquis Cavalcano. Il était chez moi, quand Charles y est entré.

— Ah! oui... Votre amant... Alors, vous avouez que c'est lui l'assassin? Eh bien! je le retrouverai.

Marie n'avait pas encore prononcé une seule parole.

Droite comme une statue de marbre, pâle comme le mort qui gisait sur le lit, elle regardait Juliette, prosternée.

Elle étendit le bras vers le cadavre, et elle dit :

— Je vous pardonnerais peut-être, si vous l'aviez laissé vivre. Moi, j'ai le devoir de le venger. Vous ne sortirez pas d'ici.

Mon ami, reprit-elle en s'adressant à Sylvain, je vous prie de me laisser seule avec cette femme.

— Ah! mais non! s'écria le vieil artiste. Elle est capable de vous faire un mauvais parti.

— Ne craignez rien. Je suis forte et je saurais me défendre. Je veux qu'elle passe la nuit près de mon frère qui est mort par elle. Ce sera son premier châtiment. Demain, nous aviserons.

Ce fut dit d'un tel air que Sylvain resta court. Sa vieille amie était transfigurée; ses yeux étincelaient, sa voix était rauque, ses traits se convulsaient par instants et des tressaillements nerveux secouaient tout son corps.

— Laissez-moi, reprit-elle, ne fût-ce que pour une heure. Je veux l'interroger. Quand ce sera fait, je l'enfermerai ici, et je viendrai vous rejoindre. Allez m'attendre dans ma chambre avec nos amies et ne leur parlez pas de ce qui se passe. Je me réserve de le leur apprendre.

— Comme vous voudrez, ma chère Marie. Seulement, je ne m'engage pas à ne pas revenir vous chercher, si vous tardez trop. Alors, nous renvoyons à demain ma visite au commissaire de police?

— Oui, à demain. Rassurez Charlotte et Brigitte.

— Ce sera difficile, mais je vous promets de ne pas les alarmer, et je vous accorde une heure, pas plus.

— Une heure me suffira. Allez!

Sylvain se résigna à obéir. Il s'en alla, non sans se retourner avant de sortir et il vit Juliette toujours agenouillée, affaissée et comme anéantie.

Il ne comprenait rien à la singulière fantaisie de Marie Bas-de-Laine, mais il n'était pas très inquiet de la laisser en tête-à-tête avec la Vercin, car il se disait que cette coquine ne pouvait plus leur échapper, et que si elle essayait de se révolter, il aurait tôt fait d'accourir au secours de la sœur de Charles.

La maison où elle l'envoyait n'était pas loin du chalet où il la laissait et il se proposait d'ouvrir la fenêtre de la chambre de Marie, afin de pouvoir entendre le premier appel qui partirait du chalet.

Il courut donc à la maisonnette et il fut bien surpris de n'y trouver que Brigitte et Luminet.

— Où est Claire? demanda-t-il.

— Au chalet, répondit Brigitte.

— Comment! au chalet! J'en sors et je ne l'ai pas vue.

— Parce qu'elle y est entrée de ce côté-ci et que, sans doute, vous en êtes sorti par l'autre escalier.

— Et pourquoi y est-elle allée?

— Elle a entendu des bruits dans le jardin. Elle s'est imaginé que sa tante courait un danger et elle est partie malgré nous.

— Vous m'aviez promis de veiller sur elle, dit sévèrement Sylvain en s'adressant à Luminet, qui ne put que répondre :

— Je l'ai suppliée de rester; rien n'y a fait. Pour la retenir, il aurait fallu employer la force. Je n'ai pas osé.

— Du reste, ajouta Brigitte, j'ai été sur le point de faire comme elle. Marie est dans un état qui m'inquiète et il vaut mieux ne pas la laisser seule. Elle étouffe par moments et, tantôt, j'ai cru qu'elle allait avoir une attaque de nerfs.

Après ce qui lui est arrivé dimanche, ça n'est pas rassurant.

— Dimanche? répéta Sylvain.

— Eh oui! le chien était enragé, c'est sûr... et elle a eu beau se cautériser...

— Ah! mon Dieu! Mais c'est vrai! elle pourrait...

— Devenir enragée... et elle y pense, car elle m'a parlé de sa mort, comme si elle n'avait pas longtemps à vivre. Ainsi, elle m'a montré les valeurs que son frère a tirées du coffre-fort où elles étaient et qu'elle a serrées dans cette armoire que vous voyez là, au pied de son lit; elle me les a montrées en me disant : c'est la dot de Charlotte; tu la lui

22

remettras, si je ne suis plus de ce monde quand elle
se mariera.

— C'est signe qu'elle a l'esprit frappé. Diable !
Les émotions n'auraient qu'à déterminer une
crise. J'ai bien envie d'aller la chercher, quoiqu'elle me l'ait défendu, et de la mener chez
Pasteur.

— Nous voulions l'y conduire, le jour de l'accident, et elle s'y est refusée, dit Luminet.

— S'il le faut, je l'y conduirai de force, et pour
commencer, je vais voir et écouter ce qu'elles font
là-bas, grommela Sylvain en ouvrant la fenêtre
pour regarder.

Il n'y resta pas longtemps, car il vit, descendant
précipitamment l'escalier du chalet, une femme qui
n'était ni Marie Bas-de-Laine, ni Juliette Sabretache.

C'était Claire; Sylvain la reconnut à sa tournure
et se hâta d'aller la recevoir dans le jardin.

Brigitte et Luminet n'avaient rien vu et ils ne
bougèrent pas.

Sylvain arriva tout à point pour arrêter la jeune
fille, qui courait déjà vers la porte de la rue, et pour
lui demander :

— Où allez-vous donc, Mademoiselle?

— Laissez-moi partir, s'écria Claire; je ne veux
plus rester dans cette maison. J'y mourrais de
peur.

— Calmez-vous, je vous en prie, et dites-moi ce qui
vous a tant effrayée.

Sylvain s'en doutait bien, mais il tenait à savoir
au juste ce qui venait de se passer dans le chalet.

— Je suis entrée..., j'ai traversé la salle où il y a

des cercueils... Je voyais de la lumière, au fond,
par une ouverure qui est dans la cloison, et j'entendais la voix de Marie. Je me suis approchée et
j'ai vu...

— Quoi?

— Un mort couché sur un lit et une femme qui se
traînait aux pieds de Marie. Cette femme, c'est...

— La comtesse de Vercin, je le sais. Alors,
qu'avez-vous fait?

— J'ai fui sans regarder derrière moi.

— Mais Marie vous a vue?

— Non, je ne crois pas, et cependant, pendant
que je descendais l'escalier, il m'a semblé entendre
barricader la porte par laquelle je venais de sortir.

— C'est que Marie ne veut pas qu'on la dérange,
mais elle nous rejoindra dans une heure et elle
vous dira tout.

Gaston aussi va venir, ajouta avec intention le
vieil artiste.

— Gaston! murmura Claire. Est-ce bien vrai qu'il
viendra?

— A onze heures; c'est-à-dire dans dix minutes.
Voulez-vous que j'envoie Luminet voir s'il est
arrivé?

— Oh! oui. Il me semble que je n'aurai plus
peur, quand il sera ici.

— Qu'à cela ne tienne! dit Sylvain.

Et il appela Luminet, qui s'empressa de descendre.

Il ne demandait pas mieux que d'aller à la découverte, ce brave Agénor, car, depuis qu'il avait reçu
dans ses bras Charles Cassan, frappé à mort, il se
sentait fort mal à son aise et il lui tardait de sortir.

En l'accompagnant jusqu'à la porte, dont il lui remit la clé, afin qu'il pût rentrer sans sonner quand il ramènerait Destérel, Sylvain ne vit plus briller de lumière au premier étage du châlet et il se demanda pourquoi, depuis qu'il l'avait quittée, Marie s'enfermait avec tant de soin, de tous les côtés.

Il ne tenait qu'à lui d'y aller voir et il s'empressa de grimper au premier étage du chalet par l'escalier qu'il avait déjà monté avec la comtesse.

Il trouva porte close. Il essaya d'ouvrir. La porte, fermée en dedans, résista. Il y frappa. Rien ne bougea. Il appela Marie par son nom. Elle ne répondit pas, mais il entendit la voix de Juliette qui criait :

— Au secours ! Elle veut me faire mourir ! sauvez-moi !

Cette prière toucha médiocrement Sylvain. Il croyait Marie tout à fait incapable de tuer sa prisonnière qui, d'ailleurs, était de taille à se défendre et qu'il n'avait nulle envie de délivrer.

Marie devait avoir de bonnes raisons pour prolonger ce tête-à-tête avec la scélérate complice de Cavalcano. Peut-être prenait-elle plaisir à lui reprocher ses infamies et, en vérité, cette première vengeance était bien légitime.

Sylvain revenait trop tôt. Marie lui avait promis de sortir dans une heure et il n'y avait pas dix minutes qu'il l'avait quittée.

Il pouvait donc attendre sans se préoccuper des lamentations de la Vercin.

Destérel, maintenant, ne tarderait guère à arriver, et Claire, en le voyant, se calmerait.

Il l'avait laissée dans le jardin et il était bien sûr qu'elle ne s'enfuirait pas, puisque Luminet avait emporté la clé de la porte de la rue. Mais elle serait encore mieux avec Brigitte dans la chambre de Marie et il descendit pour la prier d'y retourner.

— Que se passe-t-il donc, mon Dieu! lui demanda-t-elle, dès qu'elle le revit.

— Rien d'inquiétant, Mademoiselle, s'empressa de répondre Sylvain. Notre amie s'explique avec cette femme. Aussitôt qu'elle aura fini, elle viendra nous rejoindre et vous ferez bien d'aller l'attendre chez elle, pendant que j'attendrai dans le jardin mon filleul, que Luminet va nous amener et que je vous amènerai dès qu'il sera ici. Quand nous serons tous réunis, nous tiendrons conseil avec Marie et vous y assisterez. Il s'agira de décider ce que nous ferons de la Vercin. Vous nous donnerez votre avis et vous pourrez sans doute nous renseigner sur l'assassin..., un certain Cavalcano, qui est marquis, à ce qu'elle raconte.

— Cavalcano! C'est pour échapper à ses odieuses tentatives que j'ai fui la maison de sa complice. Oui, je vous dirai tout ce que je sais de lui, et si je pouvais vous aider à le prendre...

— Nous le prendrons sans que vous vous en mêliez; mais, je vous en supplie, allez retrouver Brigitte.

— Soit! Je me fie à vous; mais je vais compter les minutes et j'espère que Gaston ne me laissera pas souffrir longtemps, dit Claire.

Sylvain l'accompagna jusqu'à l'entrée de la maisonnette. Il fit signe à Brigitte, qui était à la fenêtre, et il se hâta de revenir à son poste pour recevoir

22.

Destérel qu'il tenait à chapitrer un peu, avant de le mettre en présence de la jeune fille.

Il n'eut pas plutôt repris sa faction près de la porte que la clé grinça dans la serrure et que le retardataire parut, suivi de près par Luminet qui l'avait trouvé au rendez-vous et qui l'amenait.

— Te voilà, enfin! dit entre ses dents Sylvain. C'est heureux, ma foi! Viens par ici; j'ai à te parler. M. Luminet ne sera pas de trop.

Il les entraîna dans un coin, où, de la maison, Claire et Brigitte ne pouvaient pas les voir, et il commença par des reproches auxquels Destérel coupa court en répliquant :

— Mon cher parrain, si j'avais pu deviner qu'on allait tuer votre ami dans la rue, je me serais hâté davantage, mais je n'aurais pas mieux fait que ce brave Agénor, qui est arrivé à temps, lui, et qui ne l'a pas sauvé.

Vous tenez la Vercin, m'a-t-il dit?

— Il ne t'a pas dit, car il ne le sait pas, qu'elle accuse du meurtre un marquis Cavalcano que tu dois connaître.

— Je le connais parfaitement et je ne m'étonne pas qu'il ait fait le coup, car aujourd'hui même on l'a chassé de mon cercle. Il aura joué son va-tout pour voler les cent mille francs que ce malheureux avait sur lui, à ce qu'il paraît, et je parierais bien que ses mesures étaient prises pour quitter Paris dès ce soir. Il doit être déjà loin, et vous ne le rattraperez pas. Quant à la Vercin, vous ferez bien de l'envoyer se faire pendre ailleurs. C'est une coquine de la pire espèce, mais vous ne parviendrez pas à prouver qu'elle a été sa complice.

— C'est ce que nous verrons ; mais voilà donc toutes les réflexions que t'inspire la nouvelle de ce crime abominable! Tu cherches à me décourager de poursuivre les assassins et tu ne plains pas la victime! Ah! çà, tu n'as donc pas de cœur!

— Vous vous trompez, parrain. Je plains beaucoup votre ami et j'aurais très volontiers risqué ma vie pour le défendre.

— Sa fille t'en aurait su gré.

— Sa fille! C'est donc vrai, ce que Luminet vient de m'apprendre ? Marie a reconnu le signe?

— Oui, mon garçon, Claire est sa nièce, et la pauvre enfant, qui l'a embrassée, n'a pas eu la joie d'embrasser son père. Elle ne l'a revu que mort, et elle ne sait pas encore que c'est son cadavre qu'elle a entrevu là-haut, étendu sur le lit où elle a couché une nuit.

— Où est-elle? demanda vivement Des érel.

— Dans la chambre de Marie, avec Brigitte. Elle se demande avec angoisse si tu viendras ; elle n'a plus que toi, maintenant.

— Pardon! elle a sa tante, et elle sera très riche... trop riche pour moi.

— Est-ce à dire que tu veux l'abandonner?

— Elle n'aura pas de peine à trouver un mari.

— Tu oublies que tu l'as compromise. Tu n'as pas le droit de te retirer après l'avoir affolée, c'est le mot, car elle est folle de toi.

— Quand j'ai eu le tort de la recevoir chez moi, et c'est vous qui m'y avez poussé, je croyais qu'elle était seule au monde et qu'elle était pauvre. La situation n'est plus la même. Je ne veux pas qu'on m'accuse de l'épouser pour son argent.

— Et qui t'en accuserait, animal? Marie sait qu'elle t'adore et que tu étais très épris d'elle, alors que tu ignorais qu'elle était son unique héritière. Tais-toi, tiens! tu m'exaspères, et si tu continuais, je finirais par te renier. Mais je compte que tu reviendras à de meilleurs sentiments et que, dans tous les cas, tu n'auras pas la cruauté de signifier tout à l'heure à Claire que tu renonces à elle. Tu la tuerais, net.... comme ce Cavalcano a tué son père. Elle t'attend. Tu vas me faire le plaisir de ne pas la détromper.

Il ne s'agit pas d'ailleurs de demander sa main, cette nuit, pas plus qu'il ne peut être question de la ramener chez toi. Elle est ici chez sa tante ; elle le sait et elle sait qu'elle doit y rester jusqu'au jour de ses noces. Marie, en ce moment, est près du corps de son frère. Elle va venir nous rejoindre et nous allons délibérer tous ensemble sur le parti que nous avons à prendre. J'allais chercher le commissaire de police quand j'ai mis la main sur la Vercin, qui était embusquée dans la rue Pajou. Nous déciderons d'un commun accord si nous devons la livrer immédiatement et, un de ces jours, quand nous en aurons fini avec les suites de ce malheur, tu expliqueras tes intentions à ma vieille amie.

Allons! viens!

Destérel ne pouvait pas refuser. Il suivit son parrain et le fidèle Agénor leur emboîta le pas.

Ils entrèrent ensemble dans la chambre de Marie, et Claire ne se tint pas de sauter au cou de son amoureux qu'elle inonda de ses larmes, car elle n'avait fait que pleurer depuis qu'elle était rentrée.

Sylvain n'eut garde de s'opposer à cette embrassade qui lui semblait de bon augure, puisque Destérel n'essayait pas de s'y dérober.

Du reste, Brigitte l'entraîna du côté de la fenêtre et lui dit à demi-voix :

— Marie tarde trop. Ça me tourmente.

— Elle m'a demandé une heure, objecta Sylvain.

— Elle est seule avec cette gueuse qui est capable de l'étrangler.

— Oh ! la gueuse ne serait pas de force.

— Non, mais Marie est très souffrante, je vous l'ai dit. Si elle avait une crise, l'autre en profiterait peut-être pour se sauver.

— Elle n'irait pas loin. M. Luminet a refermé la porte du jardin, et il a la clé dans sa poche.

— Ça ne fait rien, je ne suis pas tranquille.

Et puis, ajouta Brigitte en humant l'air du dehors, sentez-vous ?

— Quoi donc ?

— C'est comme une odeur de pétrole.

— Ça sent plutôt la fumée, mais je n'en vois pas.

— Parce que la nuit est noire.

— Et d'où diable viendrait-elle, cette fumée ? Marie ne s'est pas amusée à faire du feu au mois de juin.

— Non, mais un accident est si vite arrivé ! Vous ne savez pas qu'il y a deux barils de pétrole dans la salle du rez-de-chaussée. Si, par malheur, le feu y prenait, le chalet, qui est tout en bois de sapin, flamberait comme un paquet d'allumettes.

— Il faudrait donc que Marie l'y mît exprès, et elle n'y est pas, au rez-de-chaussée.

— Elle pourrait y descendre sans sortir du chalet dit Brigitte ; il y a un escalier à l'intérieur.

— Bon ! répliqua Sylvain, mais elle n'a que faire
au rez-de-chaussée. Son argent n'y est plus, puisque son frère l'a transporté ici et les portes sont
fermées en bas, aussi bien qu'au premier étage.
Marie n'a pas quitté la Vercin, je vous en réponds, et
elle ne la quittera que pour venir nous retrouver.
Donc, elle n'a pas pu mettre le feu, par accident, à
ses barils de pétrole, et je ne suppose pas qu'elle
ait fait exprès de se brûler.

— A moins qu'elle n'ait perdu la tête, quand elle
a vu Charles assassiné... et ça ne m'étonnerait pas,
car elle était dans un état !... Elle avait l'air d'une
folle... elle ne parlait que de mourir, et elle a écrit
son testament.

— Pas possible.

— C'est comme je vous le dis. Elle l'a fait pendant que vous étiez sorti, quand elle a été sûre
que la demoiselle avait le signe sur l'épaule ; elle
l'a serré dans son armoire, avec ses valeurs, et
avant de le serrer, elle me l'a montré. Il n'est pas
long ; il n'y a que dix lignes.. elle me laisse une rente,
à vous une somme et le reste à sa nièce en toute
propriété.

— Et son frère ! elle lui avait tout donné de la
main à la main et il n'était pas mort lorsqu'elle a
écrit ce testament !

— Non, mais je crois qu'elle s'était ravisée ; elle
avait peur qu'il ne mangeât encore une fois son
bien et que notre petite Charlotte restât sans le sou.
Elle n'avait peut-être pas tort, car...

Et Brigitte, au lieu de suivre le fil de son discours,
s'écria :

— Ah! pour le coup, je ne me trompe pas... c'est bien de la fumée qui sort par le haut du chalet... et ce craquement... avez-vous entendu ? C'est le vitrage du toit qui vient de s'écrouler.

Sylvain regarda. Un flot de fumée noire s'échappait par le trou que le feu venait d'ouvrir en brisant le plafond de verre qui couvrait les deux salles du premier étage.

Presque aussitôt, comme du cratère d'un volcan en éruption, un jet de flammes jaillit vers le ciel.

L'incendie n'avait pas couvé longtemps et il éclatait maintenant avec une violence inouïe.

Brigitte l'avait prévu : cette cabane en bois résineux brûlait de fond en comble comme un tas de copeaux.

Le chalet n'était déjà plus qu'un immense brasier dont la lueur éclairait le jardin, la maisonnette et les hautes cheminées de l'hôtel de la Vercin.

Pour comble de malheur, le vent, qui venait de se lever, activait les flammes, en les rabattant, et les feuilles du grand marronnier grésillaient, tordues par la chaleur.

Dans la chambre de Marie Bas-de-Laine, on y voyait comme en plein jour.

Éblouis par cette clarté subite, Claire, Gaston et Agénor accoururent à la fenêtre où Brigitte se lamentait, en répétant :

— Je l'avais bien dit qu'elle voulait mourir !

— Ma tante ! ma bonne tante ! s'écria Claire. Sauvez-la !

— Il n'est plus temps... elle est perdue ! geignit la vieille marchande.

— Essayons toujours, dit vivement Sylvain.

Vous , mon cher Luminet , qui êtes de Passy, vous devez savoir où il y a un poste de pompiers... Allez !... Toi, Gaston, viens avec avec moi ; nous tâcherons d'enfoncer la porte là haut. Brigitte va rester pour veiller sur Charlotte. Ici, il n'y a pas de danger ; le vent chasse le feu vers la rue des Bauches.

Ces ordres furent exécutés immédiatement et sans que personne soufflât mot.

Brigitte entraîna au fond de la chambre la jeune fille, éperdue, la fit asseoir et se plaça devant elle pour lui cacher l'effrayant spectacle de l'incendie.

Agénor se précipita dans le jardin et, de là, dans la rue, en criant : au feu ! Et cette fois, il se garda bien de fermer la porte derrière lui, car il comprenait qu'en la laissant ouverte, il faciliterait l'entrée de l'enclos aux voisins que ses cris ne pouvaient pas manquer de réveiller.

Destérel et Sylvain ne firent qu'un bond de l'escalier de la maison à l'escalier du chalet.

Destérel, plus jeune et plus leste que son parrain, arriva le premier sur la galerie et se lança de toutes ses forces contre la porte que, faute d'une hache ou d'une massue pour la briser, il espérait jeter bas d'un coup d'épaule.

Sylvain, qui l'avait suivi de près, vint l'aider ; mais elle était solide. Elle résista.

Ils avaient pris l'escalier le plus rapproché : celui que Claire avait descendu, terrifiée de ce qu'elle venait de voir, et Sylvain reconnaissait maintenant qu'elle ne s'était pas trompée, lorsqu'elle avait cru entendre Marie se barricader dans la salle des catafalques.

Sylvain l'avait laissée dans l'autre avec la Vercin, près du corps de son frère. Marie était si loin qu'il l'aurait appelée inutilement.

Et la place n'était plus tenable.

Il pleuvait sur lui et sur Gaston des planches embrasées et la fumée les asphyxiait.

Sylvain pensa que, de l'autre côté du chalet, ils réussiraient peut-être mieux. Destérel eut la même idée et ils dégringolèrent tous les deux, presque étouffés et fortement roussis.

En bas, ils ne trouvèrent personne. Les voisins ne se pressaient pas.

Le parrain et le filleul couraient à l'autre escalier lorsque des hurlements leur annoncèrent qu'ils arriveraient trop tard.

C'était la Vercin qui hurlait, et elle brûlait déjà.

Et sur l'autre face du chalet, tout flambait, de la base au faîte.

L'escalier extérieur venait de s'écrouler. Un pan de la muraille de bois de la chambre mortuaire tomba tout à coup.

Ils entrevirent un instant Juliette, échevelée, levant désespérément ses bras vers le ciel pour demander à Dieu un secours qu'elle n'attendait plus des hommes.

Et tout disparut avec un fracas épouvantable, dans un tourbillon d'étincelles et de poussière.

Miné par le feu allumé au rez-de-chaussée, le plancher du premier étage s'était enfoncé, ensevelissant sous ses débris deux femmes et un cadavre.

Ils n'avaient pas vu Marie, peut être parce qu'elle était tombée avant la malheureuse qui venait d'être brûlée vive.

23

Marie avait dû moins souffrir que l'infâme associée du meurtrier de son frère, et c'était justice ; mais l'incendie vengeur avait dévoré l'innocente avec la coupable.

Et on pouvait croire qu'on ne retrouverait d'elles que des cendres, car l'intérieur du chalet n'était plus qu'un gouffre ardent dont les parois, en s'abattant les unes après les autres, attisaient l'embrasement.

Sous les décombres d'une maison de pierre, on aurait découvert, en déblayant les ruines, des corps écrasés ou calcinés ; mais ces cloisons de bois amoncelées formaient comme un bûcher qui devait tout consumer plus complètement qu'un four crématoire.

Ce n'était pas seulement la destruction, c'était l'anéantissement.

Et cette pensée qui traversa l'esprit de Sylvain lui en suggéra d'autres, auxquelles il n'eut pas le loisir de s'arrêter, car à ce moment des gens entrèrent tumultueusement dans le jardin, qui fut bientôt envahi.

Ceux-là arrivaient avant les pompes, qui du reste n'auraient servi à rien, et, parmi les inutiles attirés par la lueur, il y avait deux sergents de ville.

Il y avait même deux domestiques en livrée que Destérel reconnut pour les avoir vus dans la cour de l'hôtel de la rue Mozart, et qui ne paraissaient pas se douter que la comtesse venait d'être rôtie.

Sylvain dit aussitôt à son filleul d'aller rejoindre Claire qui devait avoir grand besoin d'être consolée, car elle avait dû assister au désastre du haut de la fenêtre où le bruit de l'écroulement avait dû l'attirer, et, dès que Gaston l'eut quitté, il s'empressa de s'aboucher avec les représentants de l'autorité municipale de Passy.

Ils n'auraient pas manqué de l'interroger, et il aimait mieux prendre les devants, pour plus d'une raison.

Il les aborda donc et il n'eut pas à feindre d'être ému en leur expliquant que son amie Mlle Cassan, étant entrée dans la salle basse du chalet, avait probablement mis le feu par accident à un réservoir plein de pétrole, et que l'incendie s'était développé si vite qu'elle n'avait pas eu le temps de fuir.

Il s'abstint, et pour cause, de leur parler de la comtesse et de Charles Cassan.

Les deux agents connaissaient Marie qui habitait Passy depuis qu'elle y était née, et ils avaient trop bonne opinion d'elle pour se permettre de la soupçonner d'avoir volontairement incendié son chalet.

L'un d'eux, qui savait qu'elle était riche, avait entendu dire que ce chalet était son bas de laine et qu'elle y cachait ses trésors. Celui-là déplora tout haut que sa fortune disparût avec elle et déclara que les pauvres y perdraient.

Le colloque ne fut pas long.

Ils lâchèrent Sylvain pour s'occuper de contenir la foule qui allait grossissant, et Sylvain, très satisfait de sa conversation avec eux, s'empressa de rentrer dans la maison où l'attendaient Claire et Destérel, sans compter Brigitte, qui n'était pas femme à patienter longtemps.

Un plan avait germé tout à coup dans son cerveau surexcité et il avait hâte de se mettre à l'œuvre.

Sylvain trouva Destérel et Brigitte entourant

Claire à moitié évanouie et cherchant à la ranimer.

— C'est fini, n'est-ce pas? murmura la jeune fille.

Sylvain ne répondit que par un signe affirmatif, et emmena son filleul à l'autre bout de la chambre, pour lui demander de but en blanc:

— L'épouseras-tu, à présent?

— Elle est trop riche, je vous l'ai déjà dit, interrompit Gaston. Je ne veux pas qu'on m'accuse de me marier pour de l'argent. Luminet m'en a déjà soupçonné.

— Luminet!... de quoi se mêle-t-il?

— Tout à l'heure, en dînant avec moi, il m'a avoué que mes hésitations lui faisaient croire que, pour me décider, j'attendais de savoir si Claire était bien la nièce de Marie Cassan. Je tiens à lui prouver qu'il m'avait mal jugé.

— Et c'est pour te donner le plaisir de le convaincre que tu refuses d'épouser Claire, qui t'adore! Alors, tu ne l'aimes pas. Si tu l'aimais, tu n'aurais pas de ces scrupules absurdes.

— Vous vous trompez. Je l'aime passionnément... je l'aime à ce point que, si elle n'avait pas de fortune...

— Tu l'épouserais?

— Oui, car il me reste assez d'argent pour nous deux et, d'ailleurs, je me rangerais.

— Alors le mariage est fait. Elle est pauvre.

— Elle ne l'est plus, puisque sa tante vient de mourir et qu'elle est son unique héritière.

— Elle hérite de la propriété de cette maisonnette et de ce jardin, qui ne valent pas en tout cinquante mille francs. Il te reste encore bien quatre fois plus.

— Vous oubliez le bas de laine...

— Qui contenait peut-être un million et même davantage. Par malheur, il était dans le chalet, au rez-de-chaussée. Crois-tu que les obligations et les billets de banque soient incombustibles ? On retrouvera quelques rouleaux d'or que le feu aura convertis en lingots, mais le reste s'en est allé en fumée. Si tu te retires, Claire aura à peine de quoi vivre.

Destérel ne pouvait pas douter du désastre que son parrain lui annonçait, — mensongèrement et à bonne intention. Destérel, le jour où Marie lui avait prêté vingt mille francs, l'avait vue les prendre au rez-de-chaussée du chalet et la somme qu'elle lui avait remise était en billets de la Banque de France.

Il n'avait pas oublié ce détail, et il se rappelait maintenant qu'il avait négligé de lui apporter le reçu.

— Je ne l'abandonnerai pas, reprit Sylvain, et elle ne sera pas dans la misère, mais elle mourra de chagrin et tu auras sa mort à te reprocher.

Destérel baissa la tête pour cacher son émotion.

— Et ne viens pas me dire que tu la consoleras en faisant d'elle ta maîtresse, comme j'ai eu le tort de te le conseiller, quand je ne savais pas qui elle était. Je te le défends et je veillerai sur elle comme si elle était ma fille.

— J'en ferai ma femme, s'écria Destérel, vaincu.

— Viens le lui dire ! Brigitte et moi, nous serons témoins que tu t'es fiancé librement et je te connais trop bien pour craindre que tu te parjures, une fois que tu te seras engagé. Mais ne perdons pas une minute ; les pompiers vont arri-

23.

ver..., le commissaire... les autorités de Passy... le diable et son train. Finissons-en et, après, je t'expliquerai ce que chacun de nous devra faire.

Destérel, pour toute réponse, revint à Claire, affaissée dans un fauteuil, tomba à ses genoux, et lui dit, très ému, mais très ferme:

— Mademoiselle, je ne puis demander votre main ni à votre père, ni à votre tante, qui sont morts. C'est à vous-même que je la demande. Me l'accordez-vous?

— Oui, murmura Claire en lui tendant effectivement cette main qu'il demandait au figuré.

Il y mit un baiser respectueux avant de se relever.

La scène était à peindre, éclairée par les sombres reflets de l'incendie, et elle aurait tenté Sylvain, s'il eût voulu changer de genre. Mais Sylvain ne peignait que le paysage.

— Jure! dit-il en regardant son filleul dans les yeux.

— Je jure que Mademoiselle sera ma femme quand il lui plaira.

— A la bonne heure! Elle vient de dire oui..., elle est orpheline et majeure... c'est comme si le maire y avait passé.

Luminet, tout essoufflé, entra juste à point pour entendre cette déclaration solennelle.

— Bon! un témoin de plus! s'écria Sylvain. Et les pompes?...

— Elles viennent, mais...

— Elles ne sauveront pas le chalet, mais elles empêcheront le feu de gagner la maison où nous sommes. Maintenant écoutez-moi bien, tous!... Il s'agit de nous tirer d'une situation difficile et je ne vois qu'un moyen... C'est de nous taire.

— Nous taire ? répétèrent en chœur Destérel et Brigitte.

— Oui..., je viens de dire aux deux sergents de ville qui sont arrivés les premiers que notre pauvre amie s'était brûlée par accident. Nous ne dirons rien de plus.

— Quoi! ne pas parler de son frère assassiné!

— Il est à moitié vengé, puisque la Vercin a été grillée. Le complice est loin et il ne reparaîtra pas. Quant à elle, personne ne saura jamais qu'elle est entrée ici. J'ai vu dans le jardin deux de ses domestiques, et je vous réponds qu'ils ne la cherchent pas.

— Mais... on retrouvera les corps.

— Quelques pincées de cendre..., et on ne fera pas d'enquête pour savoir comment le feu a pris, car Marie n'était pas assurée. Je le sais, parce que je lui ai conseillé souvent de s'adresser à une Compagnie, et elle n'a jamais voulu m'écouter.

Il ne nous reste donc plus qu'à décamper d'ici, tous. Brigitte se chargera encore une fois de loger Mⁱˡᵉ Cassan, qui sera bientôt Mᵐᵉ Destérel.

— Je ne demande pas mieux, dit la vieille marchande de gâteaux, mais le trésor ? Est-ce que vous allez l'emporter?

Sylvain avait momentanément oublié que la fortune de Marie était là, dans une armoire, et son filleul s'écria :

— Le trésor ! Il est en cendres, comme les corps.

— Pas du tout, répliqua Brigitte. Heureusement,

ce pauvre M. Charles l'a déménagé avant de sortir. Il l'a serré dans l'armoire que vous voyez et il a gardé la clef.

Destérel regarda son parrain et ses yeux disaient clairement :

— Vous m'avez trompé. Elle est riche.

— Eh bien ! oui, répondit à ce reproche muet le brave Sylvain ; tu as juré sans conditions. J'espère que tu ne vas pas te dédire.

Destérel se tut. Qui se tait consent.

Ni Claire, ni Luminet, ni Brigitte ne comprirent, et Sylvain ajouta, en s'adressant à la vieille marchande :

— Vous avez raison. Si je l'emportais, on me prendrait pour un voleur, et je ne peux pas le laisser à la discrétion du public. Donc, je change d'avis. Vous passerez la nuit ici, avec Mademoiselle. Moi, je me tiendrai dans le jardin et je me charge d'expliquer les choses aux autorités. Toi, Gaston, et vous, cher Monsieur Luminet, vous allez me faire le plaisir de rentrer chez vous. On ne vous connaît pas et, au milieu de cette foule, vous passerez inaperçus. Demain, je vous verrai, et nous aviserons.

Sylvain parlait d'autorité et personne ne fit d'objections.

Gaston, après avoir baisé encore une fois la main de sa fiancée, qui ne pleurait plus, descendit avec son parrain et son camarade Luminet.

Justement, les pompes arrivaient et les sergents de ville faisaient évacuer le jardin. Les deux jeunes gens sortirent sans qu'on les arrêtât et le bon Sylvain resta satisfait de penser qu'après tant de malheurs, la fille de Charles lui devrait d'être heureuse jusqu'à la fin de ses jours.

Claire commençait à l'espérer.

Il n'y avait plus que Brigitte qui pleurait. La rente que Marie Bas-de-Laine lui laissait ne la consolait pas d'avoir perdu sa bienfaitrice.

ÉPILOGUE

Tout se passa comme le prévoyait Sylvain.

Sous les débris fumants du chalet, on ne retrouva que des clés, des armes et des pièces de monnaie. Le feu avait consciencieusement fait son œuvre, et le feu, qui purifie tout, avait effacé la trace des catastrophes.

Il n'y eut pas de funérailles et il fut officiellement constaté que l'incendie avait eu pour cause une imprudence de Marie Cassan. Personne ne douta qu'il eût anéanti la fortune mobilière de la pauvre Bas-de-Laine, car tout Passy savait que cette fortune était déposée dans le chalet; et comme on trouva ouvert le coffre-fort, qui n'était pas très solide, on supposa que, la violence du feu l'ayant disloqué, les valeurs qu'il contenait avaient flambé.

Cette fortune, Sylvain a pu l'enlever dès le lendemain et la remettre, avec le testament, à Claire, qu'il a conduite chez Brigitte, en lui conseillant de ne pas réclamer la propriété de l'immeuble de la rue des Bauches. Elle avait bien le droit de recevoir de la main à la main l'héritage mobilier que sa tante lui avait régulièrement légué, et personne que ses amis ne s'est occupé d'elle, pendant les quelques semaines qu'elle a passées rue de la Pompe, avant de se marier.

Cavalcano a disparu et on n'a plus entendu parler de lui. Dolorès, aussi, s'est éclipsée. On suppose qu'elle est allée tenir, dans son pays, une *casa de huespedes,* quelque chose comme une table d'hôte pour les irrégulières de Madrid.

Les habitués de la partie de *creps* croient que la comtesse est partie avec le marquis.

Luminet est toujours le bon, le brave, l'excellent Luminet.

Charlotte Cassan, échappée de la rue Mozart, et fictivement domiciliée chez M. Gaston Destérel, l'a épousé à la mairie du huitième arrondissement et à l'église Saint-Philippe-du-Roule.

Tout chemin mène à Rome.

FIN

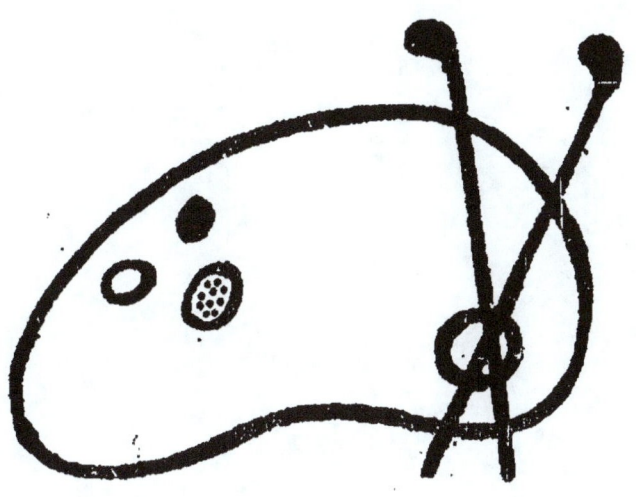